ZHONG GUO MIN JIAN
ZHI WU CHUAN QI

中国民间植物传奇

朱洪斌 / 著

百花文艺出版社
BAIHUA LITERATURE AND
ART PUBLISHING HOUSE

图书在版编目（C I P）数据

中国民间植物传奇 / 朱洪斌著. — 天津 ：百花文艺出版社，2010.6
ISBN 978-7-5306-5557-3

Ⅰ. ①中… Ⅱ. ①朱… Ⅲ. ①民间故事—作品集—中国 Ⅳ. ①I277.3

中国版本图书馆CIP数据核字(2010)第080085号

百花文艺出版社出版发行
地址:天津市和平区西康路35号
邮编:300051
e-mail:bhpubl@public.tpt.tj.cn
http://www.bhpubl.com.cn
发行部电话:(022)23332651　邮购部电话:(022)27695043
全国新华书店经销
天津午阳印刷有限公司印刷
*
开本787×1092毫米　1/16　印张16.75 插页4
2010年6月第1版　　2010年6月第1次印刷
印数：1-5000册　　定价：33.00 元

金针花

并蒂莲

葱花

红枫

蚕豆花

白牡丹花

枸杞

荞麦花

蒲公英

牵牛花

琼花

秋海棠（又名断肠花）

猪笼草

黑牡丹

兰花

槟榔树

美人蕉

丁香花

何首乌

小兰花

梅花

迎春花

萱草花

山丹丹花

目录

藤 蔓

物 种

果　木

序言

绿色植物是我们人类的好朋友，它们不仅给我们提供清新的空气、充足的营养，而且还装点我们的生活。

葱茏如嫣，奇花异草，五彩缤纷的中国植物王国，赋予森林、田野、江河湖海、人们居住周围以蓬勃的生机和活力，平添了诗情画意。试想，如果没有植物花草，我们生存的环境又将变得怎样的单调和寂寞。植物除传说故事外，其本身是奥妙神秘的。

人类的天性是喜爱植物的，中国植物传说源远流长，名扬海内外，每个植物都有一个脍炙人口的故事，都有一部扑朔迷离的神话。对世界产生了强大的震撼力，许多科学巨人就是在好奇心的驱使和激发下，攀上了科学的峰巅，为科学的发展谱写了光彩夺目的篇章。我们知道，伟大的物理学家爱因斯坦说过“人类的一切经验和感受，以神秘感最为奇妙”。对科学如饥似渴的好奇心，使爱因斯坦小时就决定献身于揭开“那广漠无垠的宇宙”之谜。伟大的生物学家达尔文青年时代就开始环球旅行，在跨越地球，走遍世界的旅行途中，他对大自然的奇景心醉神迷，收集了大量生态自然植物标本，发现了许多古代生态自然植物的遗骸，经过反复研究和试验，终于提出了划时代的生物进化论，登上了科学高峰。

大自然是座取之不尽的知识宝库，从中人们可以发现许多奥秘，推动了科学的发展；同时科学的发展，使人的认识达到了更高的水平，看到了更广阔的天地，见到了原先在视野之外的东西，于是又出现了一个奇妙的新问题。在这样的循环往复之中，一批批科学家应运而生，科学也迈开了巨人般的步伐，创造出惊人的奇迹，取得了令人振奋的丰硕成果。

在科学技术飞速发展的今天，我们觉得，偌大的中国有着说不完的关于奇趣的话题，翻开这本书，我们可以看到很多意想不到的植物奇观，领略触摸到大自然的神奇力量。

总之，本书的各篇文章，都是讲述大自然的各种风俗趣闻，其中不乏有科学价值的内容，也有仅仅是出于猎奇心理的东西。其目的，除了满足读者的兴趣、爱好，起到开阔眼界、增加知识、启迪思维，同时也为有关专业工作者提供一些值得研究和参考的资料。

花草

花草俗名很特别

在民间，人们给花起了许多饶有趣味的名字，以颜色而定名的，如黄中带白的金银花，久葆丹心的千日红；还有一种花，早晨初开时为白色，中午淡红，下午深红，到谢落时又变成紫色，名曰“弄色木芙蓉”。有的花芳香四溢，取名十里香、百里香；有的花夜晚飘香，称为夜来香、晚香玉。有的花根据形态命名，如鸡冠花、马蹄莲、喇叭花、倒挂金钟等。迎春花迎来明媚的春光，杜鹃花盛开于杜鹃飞来之时，午时花在中午开放，待宵草到夜晚才开花，如此等等，则是按其开花的具体时间来授予名称的。

还有的花草生性奇特，命名也很别致。如向日葵、含羞草等。

不少名贵的花均有雅号，富于诗情画意。如牡丹称花王，芍药称花相，梅花称花魁，兰花称花祖，月季称花中王后，桂花尊为花中月老，水仙雅号凌波仙子等等。

人们有许多关于花草家族的行语：花草四雅——兰、菊、水仙、菖蒲；花中四君子——梅、兰、竹、菊；花间四友——蝶、莺、燕、蜂；品花三标准——色、香、韵；赏花三品——茗品上，谈赏次 ，酒赏下。

歇后语与成语中也不乏花草的芳影：正月十五看花灯——走着瞧；三月的桃花——空好看；四季开花——长春；五月初六卖菖蒲——过时货；七月的荷花——时鲜；十月的鸡冠花——老来红。一草一木、十步芳草、百花生日、万紫千红，把人们带入秀美的意境。

牡丹被称国色天香

民间俗称牡丹为“国色天香”，如宋代范成大《与至先兄游园看牡丹》诗：“欲知国色天香句，须是倚阑烧烛看”意思是说：要体会人们描写牡丹的诗句之妙，应当是到了晚上靠着栏杆，点了蜡烛来看。这里：“国色天香”就是代指“牡丹”。那么，牡丹这个雅号又是如何得来的呢？原来唐代李正封有一首咏牡丹花的诗，其中有一联名句：“天香夜染衣，国色朝酣酒”。（见唐李濬《松窗杂录》）意思是说：夜晚去赏牡丹，只觉得它天然而美妙的香气萦绕着人们的衣服，早上去看牡丹，它艳丽的姿色就如喝了酒一样迷人，这两句诗很细腻地写出了牡丹富丽的神态，所以后来就称牡丹为“国色天香”了。

唐代人最欣赏的花是牡丹，定牡丹为“国色”，大概是一般人的意见。如刘禹锡有《牡丹》诗写道：“唯有牡丹真国色，花开时节动京城”。也就是说：只有牡丹配得上“国色”的称号，开花时节整个京城都为之而狂热。关于后面这一点，唐代李肇的《国史补》有更详细的记载：“京城贵游尚牡丹三十余年矣，每春暮，车马若狂，以不耽玩为耻”，“一本有值数万者”。意思是说：“京城里面贵族人家崇尚牡丹已有三十余年了，每到暮春，乘车骑马玩赏牡丹的人如醉如痴，不沉醉于玩赏牡丹被认为是一种耻辱。有的一棵牡丹可以卖到上万的价钱。”对于这种过分的奢侈，白居易曾写了一首《买花》诗深为感叹：“帝城春欲暮，喧喧车马度，共道牡丹时，相随买花去。贵贱无常价，酬直看花数。灼灼百朵红，戋戋五束素。上张帷幕庇，旁织笆篱护。水洒复泥封，移来色如故。家家习为俗，人人迷不悟。有一田舍翁，偶来买花处，低头独长叹，此叹无人谕。一丛深色花，十户中人赋。”这首诗的意思是说：“京城暮春的时候，结伴成群去买花，花的价钱没有定准，根据花的品种高低来讨钱。光彩灼灼的百朵红花，就要花费五匹帛的价钱。花的上面张设帷幕遮蔽，周围编起篱笆保护，洒上清水，盖上泥土，移来家中颜色依然很鲜艳。京

城里家家如此，已成为习俗，个个迷恋无人醒悟。有一个乡下人，偶尔来到买花的地方，低下头独自长叹，声声叹息都无人理解。要知道，一丛颜色浓艳的花，代价抵得上十户中等人家的赋税啊！”

白居易的《买花》诗已讲到了唐人对牡丹如何不惜工本，精心护理，而从宋代陶谷《清异录·花》引唐罗虬《花九锡》文来看，当时富贵人家为花所安排的设施，可能还要超出篱护帷遮。据《花九锡》文，所谓“九锡”就是赠给牡丹一类名花的九种事物：（一）用双重顶的帷帐来障风；（二）用金剪子来剪枝；（三）用甘泉浇灌；（四）以玉缸盛放；（五）以雕饰的台座来安放；（六）为它画图；（七）为它创制乐曲；（八）赏给它美酒；（九）为它写新诗。罗虬的《花九锡》文可能有一定的夸张，但由此也可想见，当时贵族人家蓄美名花的开支了。

毛旦巧绣牡丹花

从前，有户姓毛的人家，男人不在后，剩下母女两人相依为命。老妈日夜纺织，把手累瘫了，家里只好靠女儿毛旦挑花绣朵卖，勉强维持生活。

一天，一个商人来到毛家，进院就对毛旦说：“啊，你家有一股宝气哩。”毛旦心想：“哪里来的混账东西，笑我家里穷。”就只顾忙活，没有管理商人。

商人把院里打量了一下，指着门边的一个礁窝说：“姑娘，把这个碓窝卖给我吧，要多少钱给多少。”毛旦想：一个破碓窝，放在那里，只怕有人老几代了，里面尽是些臭鸡屎，你还说要多少钱给多少，就回了商人一句：“要一千两银子。”

商人一听，连忙拿出一千两银子放在毛旦面前说：“好，我就去叫人来抬。”

商人走后，毛旦就对老妈讲了，老妈一听忙说：“伢呐，管它是宝不是宝，我们放着没有半点用，人家要买，我们就卖个公平，只收一两银子，多的都退给他。”毛旦听了老妈的话，把碓窝里的鸡屎扫起来了，用水把里面洗刷干净，再把九百九十九两银子放进去，只等商人搬走。不一会儿，商人带着两个脚夫来了，走到碓窝跟前，他大吃一惊说：“这里面的宝呢？”毛旦说：“什么宝呀？那里面的鸡屎我扫出来倒掉了。”商人忙问：“倒在哪里了？”毛旦朝院子边一指说：“倒在那里。”商人又问：“里面哪来的银子？”毛旦说：“这个碓窝不要那么多钱，这是退给你的。”商人叹了口气说：“真可惜，你把宝气破坏了。你家里的人心肠好，倒也得了一件新宝。”

第二天早晨，毛旦一出门，就看到倒鸡屎的地方长了一棵从没见到过的树，上面开满海碗大的花，花朵不光好看，还有蛮好闻的香气。毛旦心灵手巧，就照样把那花绣在布上。人们见毛旦绣的这种新花格外漂亮，都争着来买，还求她给点那棵树的花籽。这么一来，毛旦家的日子好过多了。那种花长在毛旦家，人们就叫它毛旦花，后来就叫成“牡丹”花了。

武则天怒烧花中王

洛阳牡丹甲天下。它有二百个品种，其中名贵的品种就占一半。这名贵的品种里，有一种棵大、干黑、叶肥、花红、蕊黄，生命力特别强的牡丹，这就是著名的焦骨牡丹。要说它的来历，这是唐朝时候的事啦。

武则天把她的儿子赶下台，自己当上女皇帝以后，大权独揽，飞扬跋扈，喝醉了酒就更是为所欲为。一年冬天的一个大雪天，她在皇宫里喝酒，不觉喝得酩酊大醉。她要赏雪，打开窗子，看见盛开的梅花，说梅花是为她喝酒助兴，心里非常得意。于是她想那皇宫的大花园——上林苑里的花草，也一定知道她在喝酒，都会迎着寒风大雪开花吐艳，来讨她这个女皇帝的欢心。她要到上林苑赏花了。

来到上林苑，武则天从金辇上下来，放眼一看，除了雪花，就是稀稀疏疏的几颗梅花。其他各种花草，都在雪里蒙头大睡，不仅没有花，连一片绿叶也见不到。武则天的醉脸气得像蒙了一层红布，竟想不出一个自我解嘲的词儿来。还是“奸臣知君心”哪，一个随驾太监奏道：“万岁，今天的大风雪许是把花草的耳目都挡着啦，它们不知道圣上要来赏花，因此没开呀！若是万岁下道圣旨，说要赏花，它们敢不一齐开放吗？”武则天听了这话，像吃了一颗顺气丸，微微一笑，便命笔墨伺候。她提笔歪歪斜斜写道：

明朝游上苑，火急报春知；
花需连夜发，莫待晓风吹！

写罢，命太监盖上玉玺，张挂在上林苑中。

第二天，武则天从龙床上一梦醒来，想起昨天酒醉下诏的事，觉得十分荒唐。腊梅是冬花，雪里开放。别的花大都是春花，雪天会开吗？此事传到宫外，岂不惹天下人嘲笑？她正后悔不迭，忽听太监来报，上林苑群花齐放。原来人间的花草，各有花仙司管，开放各有一定时序，都是有规矩的。但武则天心狠手毒，顺她者昌，逆她者亡，不光世上人怕她，连花仙也不敢违旨，生怕被她挖苗断根。因此，众多的花草只得违反时令，应诏开放。武则天听太监这一报，心中惊喜万分。这种意想不到的奇迹，使刚从酒醉中醒来的武则天，又沉醉到她随心所欲的权威之中。她立即宣来公主、太监一帮子人，欣喜若狂地赏花去了。

武则天看见上林苑里一齐开放的各色花朵，实在高兴。但巡视了一阵，意中总觉缺点啥子，命人报上花名一查，九十九种花都开了，唯独牡丹没开，连一片叶子也不发，仍是光秃秃的枝条。武则天很疑惑，问道："九十九种花都应诏开放了，牡丹为啥不应诏开放？"公主在一旁禀道："君为人中王，虎为兽中王，凤凰为鸟中王，牡丹为花中王。有道是'王不朝王'，所以牡丹不肯开。"武则天听了大怒："它个花王，脚下草木，怎能与我堂堂人王相比！"说罢，又恶狠狠地吩咐太监点燃炭火千盆，挖出牡丹千棵，让炭火烤炙牡丹的枝条。武则天这样惩罚牡丹，心中是想逼着牡丹和其他九十九种花一样应诏开花，来个百花齐放。谁知司管牡丹的牡丹仙子与众花不同，绝不违反时令向武则天献花取宠，任凭把牡丹的枝条烧焦，也不下令让牡丹生出一片叶子。武则天看看这千棵牡丹皮都烧焦了仍不发芽开花，便命将皇宫内苑里四千棵牡丹全部挖出，刀砍斧剁，碎为泥土，尽绝其种。这一来，公主慌了，禀道："牡丹乃是草药一品，实属济世的有用之材，如果绝了牡丹，治病将用何物代替？岂不使万民怨恨？"武则天想想这话有道理，本想施恩，宽恕牡丹不肯应诏开花的死罪，但又咽不下这口气，便命将皇宫内的牡丹一棵不留地全部挖出，连同这一千棵烧焦的枝条，总共四千棵，一齐贬往洛阳。

这四千棵牡丹贬到洛阳后，栽在邙山翠云峰下。第二年发芽开花，长得特别旺盛。尤其那一千棵被烧焦枝条的牡丹，长得比在长安时棵更大，叶更肥，花更红，栽到哪里就在哪里生根开花。洛阳人称它为火烧不死的焦骨牡丹。

花魁与鹿仙子

从前，每年谷雨前后，我们做机坊的，都要到龙潭去看金边牡丹。说起这金边牡丹，倒有一段故事。

不晓得在多少年前，龙潭南山脚下，住着一户人家，就母子两个。儿子叫金宝，在城里一家云锦机坊里当挑花工，天天早出晚归。妈妈呢，年纪大了，就在家里照料照料。

有一天，妈妈在家里烧饭菜，忽听见外面“滴滴笃笃”一阵响，就见一只小鹿闯进门来。这小鹿一进门，收起前腿，“啪”地一下就朝妈妈跪了下来。妈妈正觉奇怪，又听见门外“呼嗯哼”一声大吼。妈妈是山里人，听惯了，晓得是老虎。她一点也不怕，抓起一根烧火棍，出去就把老虎赶跑了。

妈妈救了小鹿，刚回到家里，那只小鹿又“啪”地向她跪了下来，点点头，走开了。

谁知走了没多一会儿，这小鹿又跑来了，嘴里还衔着一株焦了叶的枯株牡丹。见了妈妈，就把它放在妈妈脚边，又抬起一只脚，在地上抓了好几下。这一下，妈妈懂得它的意思了，就把这株枯株牡丹栽在院子里，小鹿见栽好了，才又点点头，摇摇尾巴走开了。

说也怪，这株枯株牡丹栽下去，第二天，就吐出嫩嫩的青芽，长出浓浓的绿叶。第三天一大早，竟开出一朵老大老大的金边牡丹来。

这朵牡丹花开得可出奇，花有碗口那么大，花瓣是乌黑乌黑的，花芯红里透白，白里泛红；顶出奇的是那花瓣四边形儿都镶着一圈黄灿灿、亮晶晶的金边儿，照得小院子里通亮通亮，真是世上从没见过的。

妈妈看了，欢喜得了不得；儿子看见了，也欢喜得不得了，越看越要看。金宝是挑花工，见这朵牡丹花色这么好看，就想把这金边牡丹画下来，织到云锦上去。主意一定，就天天照着它描啊画啊，画好了，又把它挑成花样，送到机坊里去织。没多久，金边牡丹织出来了。金宝连忙拿来一看，啊，真好！花样挑得好，机工织得好，乍一看简直就像长在上面一样，把机坊里的工人都看呆了：稀奇，天下竟有这么好看的牡丹花啊！都来问金宝。金宝为人厚道，就一五一十把来龙去脉讲给大伙听。这下子，可就热闹了，他家的小院子给挤得满满的，每天来看金边牡丹花的人不知有多少！

大伙一传十，十传百，后来，连京城里的皇帝也知道了。

皇帝听说出了稀世之宝，也亲自跑到龙潭来看金边牡丹。一看，确实是好，爱得不想走，起了黑心，叫人连土带根把金边牡丹挖了去，栽到皇宫的御花园里。

谁知道，皇帝挖去的那株牡丹，栽到御花园里，活倒是活了，花也照开，就是没有金边儿，花色也跟平常的牡丹花没什么两样。

金宝那小院子里呢，你说怪不，牡丹花根给挖去了，没几天，又出芽了，第二年谷雨前后，又照样开出金光闪闪又黑又大的金边牡丹来了。

从此，织云锦这行当的人都懂得了一个道理：要有好花样，就要多看好花，多下苦功夫。从此，南京云锦工人就传下一个老规矩：谷雨前后到龙潭看金边牡丹，七月七上古陵岗看海棠壁，九月重阳到北极阁看菊花。

吕洞宾二戏黑牡丹

有一种花色深紫色如墨的黑牡丹，每逢开花时，旁边总有一片大叶伸过来，罩在花朵上。传说，它的出现，与吕洞宾戏牡丹有关。

洛阳牡丹不仅天下的人争着来看，天上的八仙也想饱饱眼福。一年，牡丹花盛开的时候，吕洞宾化作一个花花公子，来到牡丹山赏花。正看时，一个年轻女子从他身边飘然而过。吕洞宾见这女子长得美貌不凡，他忘了看花，却被这如花的女子勾走了魂儿，他在后边紧跟；谁知撵到一棵红牡丹花跟前，那女子转眼不见啦。吕洞宾恍然大悟：哎呀，亏我生着仙眼，不识仙体，啊，原来是这棵

红牡丹修炼成仙啦！好办，好办，等它再现出仙体，我把身份一亮，自然会一见钟情。但他一等再等，那红花仙子再也不跟他照面。吕洞宾只好在这棵牡丹枝上绑个绳子，作为记号，自言自语地说："改日再来！"原来，红花仙子化作一颗红豆，飞到牡丹洞中，把这件事向管牡丹的花神禀报去啦。这时，牡丹花神正在洞中画焦骨牡丹谱，见飞来一颗小红豆落在案上。她有意与红花仙子戏耍，捏住装进笔管里，用个小纸球把笔管口一堵，继续作画。红花仙子不能出来，就在笔管里向牡丹花神诉起苦来："姐姐，今儿个真倒霉！我到山上回来时遇到一个花花公子穷追不舍，可把我吓坏啦！"

"你可知道他是谁呀？"牡丹花神对着笔管说，"他就是吕洞宾哪！"

"你咋知道是他？"

"今天八仙赏花来啦。能看见你的仙体不是凡人，唯有吕洞宾一向喜欢寻

花问柳，所以断定不是别的神仙。”

“哎呀，好个吕洞宾！人间有伪君子，想不到仙宫内还有假神仙！”

牡丹花神笑啦：“傻妹妹，不论天上人间，虽然都有高低贵贱之分，但这种自毁声名的人，哪里都有啊！以后时时处处提防些便是。”

说话间，画已作完。牡丹花神停笔，取下笔管上的纸球，把红豆往外一倒，没注意倒在砚池中。鲜红的豆豆染上墨汁，成了黑紫色。红花仙子美如桃花的面容，变得与那染墨的红豆一模一样。牡丹花神惭愧地说：“好妹妹，是我不慎，无意中毁了你的面容，我害了你啦！”

红花仙子说：“姐姐，这倒好。听了你刚才说的，我正想：生为女性，美不如丑，免得无端招来麻烦，我还要感谢你哩！”

第二天一大早，吕洞宾又来找那棵绑了记号的牡丹。到跟前一看，花朵被叶罩着，拨开叶片，下边不是昨天的红花，却是黑色的花朵。这是咋回事呢？原来那红花仙子虽然变成了黑花仙子，仍不想让吕洞宾看见，才用绿纱罩在自己脸上。吕洞宾见此情景，也觉着害臊，袖子一甩，不见啦！

自此，洛阳万紫千红的牡丹山上，就出现一种与众不同的奇花——黑牡丹。

白牡丹苦命女子变

洛阳牡丹中，有一种花白如玉，形圆似月，香味特别浓的白牡丹，是个名贵品种。传说它是一个苦命女子变的。

唐朝时候，洛阳城里有一家杂货店，掌柜的姓肖，已是年过花甲的人了，老伴先他离开了人世，膝下只有一个女儿，名叫贞子。这一年，肖掌柜生了病，医治无效，他怕活不久了，想想自己一份家产没个儿子继承，非常痛心。他家雇个伙计，名叫王成，是个乡下青年，腿勤、手勤，很会办事，深得肖掌柜喜欢。这时，他想把王成招为女婿，就先跟女儿商量。贞子对王成也有好感，便点了头。肖掌柜又对王成讲了自己的心事。王成是人家的伙计，这样的事做梦也没敢想过。但他看掌柜的是真心实意，就答应了。于是，王成和贞子便成了亲。

他俩成亲不久，肖掌柜就去世了。王成感恩不尽，不仅用心经营店里的生意，对贞子更是十分关心体贴。他们的生意越做越兴隆，时常需要贞子招呼门市，这就缺少一个烧锅燎灶的人。王成对贞子说：“看来需要雇个人操持家务呀！”贞子说：“我喜欢乡下人，你去找个吧！”这时，王成想起了乡下的老娘。原来，王成十四五岁时死了父亲，又没田没地，他小小年纪给人家扛不了活，靠母亲纺花卖钱顾不了俩人的生活，便到洛阳城里，想给人家当个抹桌扫地的小伙计。但他穿得破烂，像个讨饭的花子，人家不放心，没人肯雇用。后来他说自己是个无亲无故的孤儿，只图找个活干干，混碗饭吃就行，找到肖掌柜的店中。肖掌柜出于好心，把他收下了。现在王成有心把老娘接进城来，想想说过无亲无故的谎话，不好开口，也只好作罢。他想等慢慢把话说透了，妻子若不计较，再将老娘接来也不迟。

说也真巧，王成要下乡，刚走出门，就碰上他娘从乡下找来了。他把娘领到屋里，刚把招赘的话说完，贞子从后屋来到店房，问道：“这是谁呀？”王成本想以实相告，又怕猛然说出来不好，顺口说道：“这是王妈，乡下人，来城里找活干的，恰在此时正好让我碰上啦！”贞子说：“王妈，跑累了吧！我去给你烧茶去。”贞子走后，他妈惊奇地问儿子为啥叫她“王妈”，王成就把当初说了谎话的事向娘解释，并说：“娘，店里正好要雇个人，暂且委屈你一下，先不要说明身份，就算是佣人吧。不是儿子难为娘，只因我是‘倒插门’，不比旁人，生怕外人说长道短啊！”他妈知道了这一切，又喜又悲，没啥可说。

他妈自然明白，这里就是她的家，洗衣、做饭，杂七杂八的活儿，想得周到，干得干净麻利。贞子没了爹娘，见“王妈”这样好，也没当外人看，王妈长王妈短地叫着，就像对待自己亲娘一样亲热。贞子对老婆婆越亲，老婆婆对贞子越喜欢。“王妈”还没估透媳妇对她是不是真心，还没敢说明自己的身份，贞子却从言谈话语中觉得这个“王妈”不是旁人，越看越像是自己的婆婆来了。她想，真是婆婆来了，把婆婆当佣人使，也太情理不通了。但丈夫为啥不讲呢？想来想去，她决定试探一下。

一天晚上，王成出门办事去了。贞子让王妈炒几个菜，说是请几位邻居大娘的客。客人到齐了，贞子把王妈叫到席前，笑着说：“妈，过去我不知道，今儿个才听您儿子说您是他亲娘，真是慢待您老人家啦！”说着就搀着“王妈”坐上席。这是贞子想出的辨别婆婆和佣人的办法：若是婆婆，她就敢坐上席；若是佣人，她便不敢坐上席。王婆婆以为真是儿子把话说透了，儿媳也不见怪，便笑哈哈地坐到了上席上。她这一坐，贞子验证了自己的判断，“刷”地流出热泪来，“扑通”跪倒在地，哭着说：“妈！外人不知内情，会骂我忤逆不孝，把婆婆当佣人，留下千古罪名啊！”婆婆忙把媳妇扶起，说：“都怨我那儿子当初说了谎话！”说着也流下泪来。

就在这时，王成办事回来了，一看那场面，猛一愣怔。他见娘在上席前站着，误认为是他娘忍不下去了，亮明了身份，要坐上席，把贞子气哭了。王成想，这样面对面地不好说，上去就把他娘往外拉。他妈呢，以为儿子既然向媳妇讲明了，媳妇还通情达理，羞愧难当，你却不知老少，还要把娘当佣人，忍不住心头火起，一巴掌打在儿子脸上。王成不知事情真相，见娘和妻子都气成这个样子，心里惭愧万分；更觉得当着邻居几位大娘的面，闹得这样难堪，传扬出去，弄得满城风雨，再也没脸见人了。他心一横跑出去，投洛河自尽了。

王成一死，一家剩下老少两个寡妇，日子是不好过的。加之贞子聪明贤惠，模样儿又好，还有一笔家产，好心的人登门提亲，流氓恶棍则是乘人之危，暗中打贞子的坏主意。善良的婆婆看这样下去不是长久之计，便劝贞子再招个女婿，一来有人支撑门户，二来不误媳妇的青春。贞子却流着泪说："妈，从今以后，你就是我的亲娘。你年轻熬寡，守着一个儿子，吃尽了人间的苦。咱娘儿俩苦命相连，王成死了，我就是你的亲女儿。我要养活你一辈子。你活着，我就守在你身边，别的什么都不要提吧！"婆婆听媳妇这样讲，更加心酸，她想：贞子还年轻，这样好的人应该在世上多活些年。我咋能忍心让她为我吃苦流泪，担惊受怕，活活地折磨自己呢？我老了，一天不如一天了，不能拖累媳妇啊！就在这天晚上，她又劝说贞子一番，然后服毒自尽了。

这一来，人们议论开了，有人替贞子可怜，有人在一旁说风凉话，肖家的事一下子轰动了洛阳城。跟贞子一条街上的有个面善心毒的家伙，曾企图奸污贞子未能得逞，因而怀恨在心。他暗中串通几个为非作歹的人，联名写了一张状子，告到县衙，诬告贞子有外心，逼死丈夫，又毒死婆婆，编造得有鼻子有眼，县官是个贪赃枉法的昏官，接了状子，把贞子押到堂上，屈打成招，判了死罪。

可怜的贞子身上插着亡命旗，绑赴刑场的时候，大喊冤枉，哀告一街两行的父老兄弟说："我死后，有可怜我这苦命女子的，请把我的尸首埋在郎山上，九泉之下不忘大恩啊！"说罢，又仰面大喊："天啊！你睁睁眼吧！我贞子如生二心，对婆婆丈夫有恶意，死后让我变成臭椿，长在坟上；我贞子如没二心，死后让我变棵开白花的牡丹，长在坟上。你睁睁眼吧！"

第二年，贞子的坟上生出一棵牡丹，开着洁白如玉的花，放出阵阵清香。人们说，这棵白牡丹是屈死的肖贞子变的。

芍药花

自古以来人们都喜花恋朵，可平民百姓最喜欢的是芍药花。为什么呢？这里可有段有趣的传说。

哪朝哪代记不清了。传说有个皇帝荒诞无稽，每天吃着山珍海味，穿着龙袍玉带，过着花天酒地的生活还不满足，为了玩花赏景，要在皇宫的后院修一座御花园。于是下令把全国最好的能工巧匠都招来，硬逼着在一百天内修起方圆十多里的御花园。又从山南海北挑来一百名花匠为他育花养草。

一晃三个月过去了，御花园修起来了，奇花异草也栽上了。

四月十八这天，是皇帝规定的赏花日子。一早，皇帝就领着妃子们，摇摇摆摆地来到了御花园。此时芙蓉、水仙、月季、玉兰、海棠都开放了。那真是万紫千红，千姿百态，香气扑人。

皇帝抖动着龙袍，摇着彩扇在花丛间这瞧瞧那看看，当看到那名贵的牡丹花时，乐得腰都挺不起来了，连连称道："太美了！太美了！可真是富贵花啊！"

突然一个太监禀报："圣上我主，我们奉命去搜花草，在民间采得一种奇花，据说胜过牡丹！"

皇帝一听眉开眼笑，一看花色崭新，含苞欲放，就下令马上把花栽在牡丹花的旁边。要花匠连宿搭夜浇水育花，明天必须准时开放，看看到底谁美。

这一下子可难坏了花匠。他们整夜没合眼，拼命地培育，可哪能第二天就开放呢？

第二天皇帝领着妃子们又来到御花园，特意观赏这民间奇花。当他走近一看，大吃一惊，这花昨天还水灵灵地扬着头，今天却打蔫了。他气不打一处来，指着花匠大声喝道："你们竟敢偷闲骗我，这花为何不开花呢？"

站成一排的花匠可吓坏了，都知道犯了欺君之罪，是要杀头问斩的。他们连连说："小人哪敢！小人哪敢！"

有个太监上前一步，献媚地奏道：“启禀我主，小人无知，据说这花在民间时，正是此时开花。”

皇帝顿时大怒道：“这是蔑视寡人，瞧不起孤王，谅它刚从民间来，今天先饶它一命，令它明日定要准时开放，如若不然我要重重惩罚！”

说罢，领着妃子们扬长而去。

第三天，皇帝又领着妃子们来了。进了御花园直奔那株奇花。走近前一看，这花纹丝不动，还是没有开放。

皇帝暴怒起来，恶狠狠地吼道：“它竟敢违抗圣旨，我要加重惩罚它！”当即吩咐太监：“你们还瞅什么，还不用烧红的烙铁把这花烙死，再连根拔掉给我烧了！”

太监毫不怠慢，一拥而上，拿来烧得通红的烙铁，不容分说就往花上烙。说来也怪，烙铁刚刚往花上一触，“吱啦”一下子，这花顿时就开了，五颜六色，香味扑鼻。皇帝乐得哈哈大笑起来：“美极了！美极了！还是我有办法……”

他话还没说完，就见这花“吱——”地又收回了花瓣，枝干也打蔫了，绿叶也像火烧似的渐渐干巴了。

皇帝被羞得不知如何是好，气得伸手就要去拔。一个妃子上前阻挡：“我主息怒，这花既是一烙就开，还是留着它天天烙不也就天天开了吗？”

皇帝平时最听信妃子的。一听劝解，气也就消了一大半，说：“也好，也好，那就叫它烧烙花吧！”说完便回宫去了。

从此以后这花就叫烧烙花！

花匠们见皇帝一走，都松了一口气，他们更可怜这倔强不屈的烧烙花，又担忧这花天天挨烧挨烙，多遭罪呀！于是他们就偷偷地把它移回民间。说起来也怪，自从移到民间之后，这花又长得枝叶繁茂，一墩墩的绿油油的，每到春暖花开季节，它老早就开放了，那花朵开得又多又大，香喷喷的，非常讨人喜爱。

人们忌讳皇帝给起的“烧烙花”这名字，借口传音就叫了芍药花。

苏东坡巧识花容

花卉中，芍药最早，相传夏、商、周时芍药花儿已遍开九州，上至帝王，下至百姓，人人喜爱。要论芍药花开最出名的地方还数扬州，自广陵至姑苏数百里间，芍药园连绵不断，在花农的精心培育下，每逢芍药盛开之时，园园放彩，争奇斗艳，甚是好看。因此有“扬州芍药天下冠”的说法，也有人称芍药为扬花的。

宋朝时候，也不知扬州的哪位太守，在扬州的禅智寺内建了个宽敞的芍药厅，举办万花会，每年暮春举行一次，供达官贵人观赏取乐。这一规定可苦了众花农。每逢万花会到来前，地方官吏为了讨好主子，到处搜觅佳品。凡有花圃的花农每年要向芍药厅进献十盆佳品芍药。

苏东坡是个能诗善文的大文人，文人们都爱赏花，他对扬州一年一度的万花会很羡慕。在吏部做官的一个朋友为了满足他的心愿，多方周旋，奏请皇上，就叫他出任扬州。

苏东坡出任扬州的消息一传出，扬州地方官为了讨得新任主子的欢心，别出心裁，要在芍药厅凑齐一万盆佳品。苏东坡到扬州时值暮春，地方官花样百出：他们带轿夫出城迎候，苏东坡的轿子一到，便换轿夫，把苏东坡一直抬进禅智寺，要在芍药厅中给苏东坡用花宴洗尘。

八抬大轿落在芍药厅前，苏东坡一出轿，在地方官的笑脸陪同下走进了芍药厅。好一个芍药厅啊，一盆盆盛开的芍药分色摆放，每盆芍药贴着花名。苏东坡仔细地观赏着每盆芍药，黄的有御黄袍、金绣球；红的有旭日出海、绿野落霞；白的有一捧雪、清水泉……苏东坡一盆盆地品赏着，众官吏满脸堆笑地尾随着。苏东坡眼望着这许多芍药，总觉得花儿虽好，但耗费太大……这时，忽见两个脸露忧伤的姑娘，抬进了一盆别致的上品。万花会的主管忙走到苏东坡面前，献殷勤地说：“太爷，品赏了九千九百九十九盆，这盆绝品一到，正好成了名副其实的万花会。”苏东坡信步走到那盆盖世无双的芍药跟前，只见那花红黄白三色相间，花姿艳丽，只是不见标有花名。奇怪的是在那朵朵芍药上还挂着闪闪露珠。此刻时已过午，哪来的露珠呢？苏东坡对那花瓣上的露珠看了又看，忽然心有所悟。他抬头微笑着说：“这盆佳品，真是扬州一绝，我要把它进献给皇上。皇上或赏官，或赏银，都归原主。不知这盆芍药的主人是谁？”

这时，州官县官，还有那万花会的主管，异口同声地说：“这是我家的。”

苏东坡说：“不要争，想必是州官大人的。我说州官大人啊，这花没贴花名，可不知叫什么名字？”

州官说：“这这这，卑职才疏学浅，也想不出贴切的名字，因此没有贴标。苏大人博学多才，还是劳大人给这三色芍药起个名吧。”

苏东坡说：“在这样的芍药面前，苏某也一样无能为力，想不出恰当的名字。有名也罢，无名也罢，这芍药一贵三色相间，二贵晨露不消。如今州官大人当以花主身份起程进京，把这佳品进献万岁。我另写奏章，言明大人在扬州的政绩。”

那州官先是一喜，后听到“政绩”两字，感到不妙，趴在那盆花上仔细看看，那滴滴露珠好像是泪。忙笑着推辞说：“苏大人，要说这盆奇花么，还是万花会主管送给我的，这功劳当归万花会主管，还是让万花会主管进京献花领赏去吧。”

知县听罢，也感不妙，忙跪在苏东坡面前说：“小人更不敢冒名请功了，倘若有赏，还是让花农进京献花领赏去吧。”

于是，苏东坡让花农进见。进来的正是刚才献花的两姐妹。原来在禅智寺对面的望春园里住着一个姓花的花农，人称花翁。花翁无儿，只有一对双生女儿，因他爱花，就给大女儿起名芍红，二女儿起名芍蓝。他父女三人终日以种花卖花为生。芍药花好，纯属单色，花翁想培育出一种复色芍药，就领着两个女儿下了三年苦功，才育出了这三色相间的芍药。后来，有人上报知县，知县就责令他把这三色芍药献给万花会。花翁不愿，迟迟不献，知县就派衙役去到望春园，打得花翁卧床不起，又逼他的两个女儿把这盆三色芍药立即抬进芍药厅。双生姐妹无奈，只好抬来，满腹辛酸一路泪，点点滴在芍药上，因此芍药上出现了“露珠”。苏东坡和气地对两姐妹细细盘问，终于查明了真情。

于是，苏东坡当厅判案，判罚州官、知县半年俸银给花翁治病养伤，又当众废除扬州一年一度的万花会，并让万花会主管立即把芍药厅中的各种上品送还原主。然后，苏东坡问那双生姐妹这盆三色芍药叫什么名字。双生姐妹说：“爹爹给它起名叫宫锦红。”苏东坡说：“你姐妹把这盆宫锦红抬回去吧。”双生姐妹向苏东坡拜了几拜说：“今逢青天大人，废除了万花会，解除了花农的疾苦，我们姐妹愿把这盆宫锦红献给大人，以表心意。”苏东坡连声谢绝，那双生姐妹只是不依，万般无奈，苏东坡只好收下了。

苏东坡把那盆宫锦红带进衙门，放在案头，起名叫“泪露芍药”。他把这泪露芍药作为座右铭，每当审理公案时常去想一想，深怕办事不慎会给百姓带来疾苦。

虞美人名字来历

“虞美人”民间风俗又称之为赛牡丹、丽春花、蝴蝶满园春等。

虞美人名字的来历有这样的传说，当年“生当作人杰，死亦为鬼雄”的楚霸王项羽，兵败垓下，被刘邦重兵围困，眼看手下将士疲惫不堪，饥饿难支的情景，又闻四面楚歌声，不觉面对心爱的美人虞姬和伴他征战多年出生入死的千里宝马，唱出了“力拔山兮气盖世，时不利兮骓不逝”的无限悲壮的哀歌。随后便与虞姬双双拔剑自刎。后来，在虞姬血染处，长出了一株罕见的艳美草花，为了纪念这位心地善良的虞姬，人们遂称它“虞美人”，一直传到今天。

虞美人在春夏之交的四五月间开花，绽放时，紫红的，粉红的，红白相间的花朵，宛若簇簇彩蝶停息于翠绿丛中，四片薄薄的花瓣，二大二小，丽质天然，艳美非凡，富有诗情画意。

美人花

古时候，洛阳城里住着一位张天官。天官跟前有一公子名叫星奇。这公子自幼投师，聪明过人。长到十八岁的时候，已学得文武双全。他上无兄，下无弟，单根独苗，天官夫妇把他看作掌上珠、心头肉。

那年三月，张公子一时心里烦闷，想出外游历。上哪里去呢？常言说，上有天堂，下有苏杭。他思量了一阵，决定去杭州西湖。便告别了老母，带上盘费，挂上青龙宝剑，拿上他消愁解闷的玉箫，骑上一匹高头大马，离开了家乡。一路上翻山越岭，晓行夜宿，半月光景，来到了杭州西湖。只见苏堤杨柳迎风轻摆，湖内小船剪波荡浪。他留恋湖光水色，不觉天已黄昏，只好向岸边的客舍走去。

张公子走进一家茶馆，靠窗坐下。正要叫茶，忽听对面楼上传来了凄楚的歌声。声声泪，句句血，真叫人听了伤心。公子抬头望去，只见高楼上竹帘半卷，黄昏中看不清那个悲唱的人，忙向茶馆主人询问。

这茶馆主人名叫宋成万，是个侠义之人。他打量了公子一眼，说道：“你问这女伶吗？那可是个才貌双全的佳人。她叫虞美人，原籍洛阳。因家遭横祸，父母双亡，被人贩子拐卖，误入烟花院中。这虞美人图像一出，轰动满城。可她是个性情刚烈的人，宁死也不肯接客。这一下恼了鸨儿，限她三天之内拿出八百两纹银赎身。这女子孤独无靠，哪里拿得出这许多银子！满腹忧愁无处诉说，只好整日眼望皇天且泣且歌。”

张公子听了，心里一阵难受。他想：亲不亲，故乡人，她与俺同乡，不如尽个同乡之谊，把她救出火坑。张公子想到这里，长叹一声，拿起玉箫，望着高楼，颤颤悠悠地吹了起来。那箫声回肠荡气，好像是同知音人诉说衷情。虞美人听着听着依窗探望，噙在眼里的泪水不由得落了下来。

第二天，张公子用罗帕包了五十两纹银，央宋成万引路来到烟花院。见着鸨儿，宋成万施了一礼说道："天官府公子张星奇想见虞美人一面，这五十两纹银送给妈妈作茶费吧！"

那鸨儿见钱眼开，笑嘻嘻地接过银子回礼说道："多谢公子了。公子高看她，可这小人不识抬举，您要多加小心。"

张公子来到虞美人住的艳春楼下，抬头望时，只见她凭窗而立，柳眉倒竖，凤眼圆睁，满面怒容。公子不敢贸然上楼，深施一礼说道："姐姐息怒，小生本是洛阳人氏，昨日来杭州游玩，闻知姐姐身世可怜，情操高洁，又与小生是同乡。听了姐姐悲歌，使俺满腹辛酸，辗转难眠，今特来与姐姐一会，以叙乡情。济贫扶弱，是我所愿，别无他意。"

虞美人听了这番言语，向公子注目问道："昨晚吹箫的敢是公子吗？"

张公子说："昨晚闻姐姐歌声凄婉，情不自禁，以箫相伴，冒昧了。"

虞美人心中一阵翻腾，那眼泪骨碌碌似珍珠断线地落下，磕磕绊绊地迎下楼来。张公子只见她秀美白皙的容颜上满是泪痕，嘴角眉梢微微颤动，三分含喜七分愁，半似戒备半有情。张公子望着虞美人，不知道从何说起。虞美人强压心事，一时也不做声。她沉思了半天才说："公子豪侠仗义，使人敬佩。只是赎身之银，为数甚大，怎能连累公子！我本是良家女子，误落风尘，今蒙公子见怜，虽死九泉，终不忘公子美德。"说罢，又哽哽咽咽地哭将起来。

张公子看着虞美人，心中十分难堪。不救吧，怎忍这个清白女子沦落风尘。救她吧，可身边银两短缺。他思索了一阵，对满怀哀愁的虞美人安慰道："我本想即刻让姐姐脱离苦海，只是手中银两不够。待我回去禀知父母，取足银两，前来解救姐姐。"

虞美人万分感动，心中暗自想道：像这样知音之人，天下有几个呢？何不把终身大事许给了他。于是，她把公子迎上楼去，倾诉衷肠。公子听罢，心中大喜。当下二人立下了山盟海誓。为防走后鸨儿相逼，张公子请宋成万当了媒人。

虞美人定亲的事一传出，姐妹们无不赞美羡慕，鸨儿也不敢威逼虞美人了。

张公子走后，虞美人每天迎风临窗，向北眺望，盼公子早日归来。她掐指计日，一月、两月、三月过去了，还不见公子归来。这一晚，虞美人独坐灯前，思想着与公子分手时的情景，回肠百转，竟伏在案上落起泪来，慢慢地身倦意懒，迷迷糊糊地睡着了。忽见张公子向她走来，怒目圆睁，喝道："我本官宦子弟，岂能娶你烟花之女！"虞美人惊恐万分，醒来却是南柯一梦。抬头向窗外望去，只见斗转星移，正是夜半时分。自此以后，她茶饭渐减，面容憔悴。众姐妹见虞美人病倒，都前来劝解，怎奈心病难医！鸨儿还不时出些冷言恶语，说张公子无非是逢场作戏，她竟害起相思病来了，真不知羞惭！这话儿传到了虞美人耳中，她心肝俱裂，挣扎起床，大喊着"张公子"，便口吐鲜血，死了。

鸨儿做了赔本生意，恨不得把虞美人尸体扔出荒郊去喂野狗。忽一转念，倘若日后公子转来一追查，事情就难办。她无可奈何，只好将宋成万请来商议。

宋成万思索了一阵说："虞美人生是张家人，死是张家鬼。古往今来，金木水火土五种葬法，我看不如请来僧道念经诵佛三日，火化尸体，留下骨殖，公子来时也好交代。"

虞美人尸体火化后，宋成万去收拾骨灰，突然发现骨灰中有个闪光的东西，拿起一看，鲜红晶亮，原来是一颗玛瑙心。宋成万感慨满腹，暗想道："这莫非是精诚凝聚的结果！"便捧着那颗玛瑙心，走到湖边，想用湖水去洗一洗边角上的余灰。谁知刚刚着水，忽见烟波湖光之中现出虞美人的身像。定睛一看，只见虞美人千姿百态，随波浮荡。宋成万一阵慌乱，趸身就走。走几步回头望望，烟波依旧，却不见了虞美人的身像。他以为也许是自己眼花看错了，便又返回去再洗一洗，谁知和方才一样，一抬头又见虞美人立在水面上。

现在宋成万明白了，这颗玛瑙心一沾水，虞美人的身像便会浮现出来。他想，这一定是虞美人的精灵不散，等待着公子哩。我何不将此物供起来，将这奇事传扬出去，那时张公子听到传闻必然赶来，他们夫妻便可见面了。

宋成万回到茶馆，用玻璃箱盛了玛瑙心，在箱前立了一面大镜子。不一会儿，只见虞美人微皱蛾眉，翩翩而出，映入镜内，这下，杭州全城轰动，男女老少争相观看，奇闻一传，天下沸扬，来杭州看奇事的人络绎不绝。

这一日，忽从人群中挤出一公子，只见他风尘仆仆，泪痕纵横，见到虞美人放声大哭，"姐姐呀，你我别后天各一方，难通音信，你可知道，我走后此心并无更改，为什么等不到再相见，你就含愤死去了？”他哭着扑了上去，要拉镜中美人。只听“哗啦”一声，玻璃镜倒在地上，摔了个粉碎。那颗装在玻璃箱中的玛瑙心，“当啷啷”从桌上滚落下来，满场人无不惊骇。那公子捧起玛瑙心，悲痛欲绝，两行热泪滴落在那颗心上，只见那颗心簌簌地颤抖起来。宋成万在后边闻知此事，慌忙迎了出来，一把拉着张公子说：“星奇，你总算来了，来来来，里边叙话。”

二人走进内院，宋成万把虞美人的前后事情诉说一遍。张公子听罢愈加悲伤，无心在杭州逗留，谢过宋成万，带着虞美人的玛瑙心回了洛阳。

你猜张公子为何来迟？原来张公子回到洛阳，告知母亲要娶虞美人为妻。那张老夫人一听是个烟花女子，心中十分厌恶。她假意哄骗儿子说，婚姻之事她一人不能做主，要公子进京和天官商议。暗地里，却又差心腹家人进京诉说公子的不是，叫天官对公子严加管教。因此张公子去到京城，就被张天官看管了起来。后来，杭州奇闻传进京城，张公子知虞美人死后现形，心痛欲裂。他拼死拼活，一定要去杭州。天官无奈，只好差两个家人跟随前往。

再说张公子回到洛阳，吩咐家人保守秘密，把玛瑙心藏进卧室。更深夜静，公子备置香案，将玛瑙心端放在案上，焚香哭祭。正祭间，忽见灯光摇曳，清风飘香，微微响起一声叹息。张公子睁开泪眼，只见虞美人已站在面前，一阵心喜，忙上前一把拉住。虞美人长叹一声，说道：“公子赤诚，感人肺腑。本想与公子结为百年之好。可俺红颜命薄，遭你父母嫌弃，变生风波。奴与公子已是隔世之人，一切如烟似梦！”张公子忙说道：“你我相爱，情深意厚，姐姐为我殉情身亡，我今生绝不再娶，但愿长伴姐姐消此长夜。”自此以后，张公子不肯远离外出，夜夜和虞美人恩爱相处。

张老夫人见儿子面容憔悴，郁郁寡欢，心里犯疑，便舔开窗纸，偷看了几夜。只见儿子房中有一绝色女子，稍有动静，就一晃不见。张老夫人大怒：“哪来的野狐狸，竟敢迷惑我儿！”她心生一计，假说张天官在京城生了重病，叫张公子立时动身去京城探病。张公子无奈，只得前去京城。但又不便携带那颗玛瑙心，就把它锁在箱子里。谁知他刚出门，老夫人就进了公子的卧室。她东瞧瞧，西看看，并没有发现可疑的东西，忽见箱子落锁，心中起疑，即命丫鬟把大锁撬开。开箱一看，见里面放着一颗玛瑙心。心想，必是此物作怪。就拿来铁锤，把那颗玛瑙心砸碎，埋到花园中。

张公子进京后知道受了骗，急忙策马回到家中，却不见了那颗玛瑙心。他询问丫鬟，知道那颗玛瑙心已被砸碎埋在花园中，便失魂似的跑向花园，扒开一看，果然是瓣瓣碎片，一时五脏六腑像针穿刀搅一般悲痛欲绝，“嗖”一声拔出寒光闪闪的青龙剑，照着自己的心口刺去。顷刻之间，一腔热血喷射出来，正好洒在那堆破碎的心瓣上。

第二年春天，在掩埋玛瑙心的地方长出一丛嫩苗苗。这苗儿慢慢长大，四月间现出了几颗蓓蕾，几天后开出粉红色的花。这花儿白中透红，晶莹如玉，人们见了无不称奇。后来，朝廷扩建御花园，下诏收集天下奇花异草，天官不敢藏匿，把它献了上去。皇帝见花姿新奇，问这花的名字，天官对答不出。无奈，只好将儿子和虞美人殉情身死的事说了一番。皇帝听后十分感慨，就把这种花赐名为“虞美人”和“美人花”。

虞姬玉簪花

传说西楚霸王爱妻虞姬的父亲，是个有名的玉石匠。他膝下只有虞姬这么一个女儿，因此，十分宠爱。年复一年，虞姬竞出落得如水中芙蓉，俊美无比，人们都说她是西施转世，嫦娥下凡。那年，她爹爹染上重病，卧床不起，临终时，特把虞姬叫到跟前，从怀里掏出一根碧玉簪对女儿说：“这是你爹爹一辈子琢玉的心血，本想到你出嫁时给你，如今，我已不久于人世了，先给你珍藏，如遇到什么为难之事，它可救你一命。”说完玉石匠就闭上了双眼。小虞姬心哭碎了，泪哭干了。一张芦席安葬了父亲。

后来，虞姬被项羽选进了宫，从此虞姬成了项羽的爱妻和助手，帮助项羽出谋划策打天下。疆域越打越大，就差一统天下了。这时，粗鲁的项羽不识将才，不重用并放走了韩信。韩信拜到刘邦帐下。帮助刘邦打天下。士兵越打越多，疆域越打越大，特别是“垓下之战”打得楚军一败涂地，项羽很后悔不重用韩信，致使彻底失败。半夜时分，他带着爱妻虞姬和亲信马弁二十七骑，从垓下突围沿古驿道向东逃跑。

他本打算从浦口渡江回江东。但当他逃到浦镇“点将台”时，天色微明，见前面黑压压的全是刘邦的兵卒将校。原来大将韩信早有预料并封锁了大江。他只好调转马头原路折回向西，一口气逃到高旺。这时，薄雾渐散，千军万马又挡住了去路，为首一员大将又是韩信。霸王、虞姬一见韩信，转头又向北冲杀，不久，只见北边驿道上，尘土飞扬，“韩”字米黄旌旗遮天盖日，霸王、虞姬又从高旺向南冲杀。说时慢那时快，韩信率领千军万马又截住去路厮杀起来。直杀得尘土飞扬，遮天蔽日。那兵器撞击声、战马嘶鸣声、人们喊叫声，震天动地……虞姬挥舞着双剑始终紧跟项羽、不离身边。战得天昏地暗，日月无光……项羽狗急跳墙，他横眉冷对，鬓发倒竖，摆出目空一切的姿态，挥戈勇猛地直向韩信杀来。机灵的韩信拨马一闪，项羽砍了个空，正从马上摔下，韩信闪电般杀了个回马枪，本想刺死项羽，但又念项羽当初收留之恩，于是他用剑将项羽拨落马下，虞姬一见，慌了手脚，忙上去救驾。韩信见他们数人一起围杀，怒从心头起又是一剑向项羽刺来。虞姬知这一剑大王命休矣！她急中生智，从怀里掏出闪光的碧玉簪，挡在项羽胸前，顿时，迸发出股股强光，把韩信宝剑反击脱手几丈远，勇猛善战的韩信，他哪里肯让呀，飞身跳下战马，取回宝剑又猛杀起来。项羽见实在招架不住，带着虞姬慌忙逃走，激烈搏斗中，虞姬不慎将传家宝碧玉簪失落在一个大塘埂上……这时，虞姬使了个金蝉脱壳计，引韩信大军向前追杀而去。而虞姬、霸王却带着亲信随从返回大塘堤上宿营。霸王由于连日劳累，和衣倒下就呼呼入睡了。虞姬守在身边，听到亲信随从说："如今，霸王败局已定，我们何不趁机逃走?!"虞姬心冷地长叹一声，叹声惊醒了霸王，问：爱妻，为何叹气？"败局已定，亲信随从都要逃走离去……故……对，我跳舞为大王下酒。"她说着，泪下如雨，翩翩起舞，继续说："大王，今后，望你自重龙体，妾先去……"话未说完，她已挥剑自刎了，猝然倒在血泊中了……

第二年春天，就在碧玉簪失落及虞姬血染的塘堤上，到处都开满了叶子清秀碧透、色洁如玉，花芯似簪头，香气袭人的花儿。人们为了不忘虞姬高尚的情操，忠贞的爱情，便把这种洁白的花取名叫玉簪花。

慈禧太后逼花香

菊花的品种据说有二千八百种，就是没听说过哪种菊花是有香味的。但有一种菊花确有香味，不过那是后来的事了。

听人家说，慈禧太后在世的时候，在北京城的颐和园开过一次菊花大会。这个菊花大会可真热闹，山南海北，各式各样的菊花都有：有富丽堂皇、雍容华贵的丹凤朝阳；有体态婀娜、幽静文雅的墨荷；有一团烈火似的金背大红；还有银装素裹、洁白无瑕的白龙须和雪球……有的菊花还扎成各种各样的形状：有狮子、有龙、有山、有桥，还有八只脚的大螃蟹……这些菊花千姿百态、五颜六色，把个颐和园装点成菊的世界。

这一天，慈禧太后由几个太监搀扶着，颤颤巍巍来到颐和园。慈禧太后从东头走到西头，从南头又走到北头，歇歇走走，走走看看闻闻。内宫太监小张德还跟在后面凑趣，报报这个花名，讲讲那个花史。但是她看了老半天，始终板着一张枯脸，一丝笑容也不露。等到看完了，在亭子上坐下来休息时，就忙不迭地叫小张德喊服侍菊花的王祥。

王祥听到慈禧太后喊，头皮就发麻，心里像十五个吊桶打水，七上八下，但只好壮壮胆子来到亭子上。

慈禧问："为什么这么多菊花，没有一盆有香味的！"

这句话问得奇怪，王祥心里想，自古来就没有有香味的菊花，老佛爷难道不晓得啊？但老佛爷既问了，又不得不回，只好硬着头皮说：

"回禀老佛爷，菊花是不香的。"

哪晓得慈禧不听便罢，听了这句话，火气大起来了，把桌子一拍说：

"普天之下哪有不香的花，菊花不香还开什么菊花大会！限你三天开出一种有香味的菊花，不然的话，你就不用见我了。"

这下子，王祥可犯愁啦！那时候，皇太后说话是金口玉言，尽管这是硬要公鸡下蛋的话，你不依她，可真要杀头的。王祥急得团团转，饭也吃不下，觉也睡不着，白天黑夜都在想，走路做事也在想，想呀想的，不知不觉走到一处地方。

这地方也是一座花园，这座花园可真大，开的也都是菊花，品种不比宫廷里的少。他看得正入神，忽然听得一个人在喊："这下可好了，可接上啦！"他顺着声音望过去，原来是一个白发苍苍的老花匠，正忙着接枝呢。他连忙跑过去，只见老花匠蹲在地上，把菊花上的土苗，嫁接到梨树上。王祥看了非常奇怪，就问道："这个接上去能活吗？"

老花匠抬起头来望望，笑笑说："能活，能活。"又指着一盆菊花，"你看不是开花了吗？"说也奇怪，一眨眼的工夫，花开了，洁白的花瓣上洒满一层淡淡的绿色。

老花匠笑笑说："这种花，花瓣可以烧汤，叶子可以做饼，而且还有香味呢，不相信，你摸摸看。"

王祥半信半疑地用手摸一下，送到鼻子上一闻，果然有一股淡淡的、甜甜的梨香味。他高兴得不得了，笑得合不拢嘴。正笑着，忽然听到一声巨响："三天快到了，你还做大梦咧！"他一吓，竟跌倒在地上。等他爬起来一看，哪里有什么老花匠，站在面前的是虎着个脸的内宫太监小张德。他只好赔着笑脸："公公放心，我这就弄。"小张德刚走，他就拼命地回想刚才梦里遇到的事，他越想越觉得神。菊花上的土苗接到梨树上真能活吗？明天为三天限期的最后一天，就是接活了，真的能开出香花吗？想来想去，觉得也只好死马当活马医，试试看，说不定真能捧出个金娃娃来。他说干就干，很快地就接活了，剩下的就是眼巴巴地等着开香花了。

到了第三天中午，这盆有香味的菊花还真的开出来了。王祥连忙禀报内宫太监小张德，不到一刻工夫，慈禧太后由几个太监搀扶着，又颤颤巍巍地来到花园。慈禧看看这盆花，又用手摸摸，闻闻，果真有一股鸭梨般的清香，笑笑说："还真有香味嘞。"小张德马上挨上去讨好说："托老佛爷的福，天赐香菊啊！"慈禧又回过来问王祥："这花叫什么名字呀！"这一问倒把王祥问愣住了，这几天只顾忙着插头接枝，倒忘了花名字了。亏他脑子来得快，一想，这种花有梨香味，就回慈禧说："回禀老佛爷，这种花叫梨香菊，不仅有香味，而且还可以烹调当食品。"慈禧不但爱花如命，还是个有名的馋嘴老太太。一听好吃，马上乐了，立即叫御膳房精心烹调，打这以后，宫里就有了菊花宴。

慈禧还特地为梨香菊盖了一座梨香馆，每年秋季都要在梨香馆里赏菊，有功的大臣还要钦赐一盆。江南的梨香菊，就是因为镇江颜家的祖上当时曾得到慈禧钦赐的梨香菊一盆，因此，梨香菊就在江南世世代代传下来了。

寻找玉蕊花

镇江南郊有座山叫招隐山，山上有座精巧的小亭子叫玉蕊亭。原先就在这块地方曾经开过一株很好看的花，叫玉蕊花。后来，这株花不见了，花到哪里去了呢？

这里面有一段故事。

从前，招隐山上到处都是又高又大的树，树靠树，树帮树，绿葱葱的一大片，把整个山都遮盖起来了。可是，除了树还是树，漫山遍野找不到一株花。

有一年，从山上跑下来一只老虎，天天在半山腰的一块草地上扒，今天扒，明天扒，扒呀扒的，扒出一个洼塘来，塘里沁出一股碧清的泉水。这只老虎就不见了。

这年的春三月，山下桃红柳绿，山上绿树成荫，就在那只老虎扒出来的洼塘附近，忽然开出一株美丽的花。这株花开得出奇，人们从没有看见过。山下住着一位老花匠，他来看看，看得入了迷，连声称赞："好一株神花、仙花、宝花呀！"他天天上山来，整整枝，修剪修剪。穷人家没好的吃，老花匠天天吃豆饼，他就从嘴边省下豆饼，埋在花根旁边的土壤里当肥料。这株花便越开越大，长得像棵小树，一朵花开得像口小锅，每根花须有尺把长，雪白雪白的，像玉雕冰柱，花心金黄金黄，衬得花瓣更加洁白，白里衬黄，黄里透白，着实引人。这株花还有个出奇的地方，香得不得了，十里方圆都能闻得浓郁的香味。

自从开了这株花，一传十，十传百，远近村上的男男女女老老少少，都赶来看花，也有识花的就说，这是天上的仙花，叫"玉蕊花"，看花的就越来越多了。

消息传到城里，连知府老爷也知道了，哪晓得这个知府老爷是有名的"花老虎"、"花霸王"。他平时在衙门里坏事做尽了，却偏偏要装个斯文的样子，欢喜弄个花玩，见了花命都没得啦。他的后花园里，红的牡丹，白的月季，黄的蔷薇，墨绿的秋菊……一年四季，各种名花、名种都有。这些花哪儿来的？都是抢来的。他只要听到哪家有株名花，哪家有个名种，就一摇三摆地走到人家家里，对着花看了又看，望了又望，看中了，二话不说就叫人掘起来，栽到他家后花园里去。这样不到几年就把个偌大的后花园都栽满了。

这一天，他听到招隐山有这么一株神奇的仙花，嘴都笑得合不拢了，连忙叫差役们备轿。从城里到招隐山要走好远好远的路，两个轿夫抬得汗淋淋的，跑得气喘喘的，他还嫌慢。到了招隐山，一看，果然不错，花开得越发茂盛了。他看看笑笑，笑笑看看，心里想，好花看过千千万，这种花倒是头一回看见，越看心里越痒，嗓子干咳一声："来呀，把花挖走！"他这一声喊，一班差役们，拿锹的拿锹，挖花的挖花，一会儿工夫，花老虎就上轿把花带走了，又派差役把山下那个老花工也带走。

花老虎回到府里就把老花工叫来：

"老头儿，你知道这种花叫什么名字？"

"叫玉蕊花，是天上的仙花。"

花老虎开心死了："这个花你要给我多留点种，明年这个时候，我要在后花园里摆花宴。你从此就在我的后花园里专门服侍这株花。"

老花工把这株玉蕊花栽在后花园的墙角落里。看看活了，花儿却慢慢地败下去了，但叶子却长得绿油油翠滴滴的。花老虎一天跑个三四趟，高兴极了，关照老花工好好照应，就支起架子等着明年这个时候大摆花宴！

到了第二年春三月，百花都开了。后花园又是一片万紫千红。可是，就是这株玉蕊花连个花骨朵的影子都看不到。花老虎急得团团转，见了老花工就问：“怎么还不开花？”

老花工总是一句话：“等等看。”

等呀等呀，春天过去了，夏天来了。

等呀等呀，夏天过去了，秋天来了。

一转眼，百花凋零的严冬季节到来了，整天北风呼呼，不要说花朵，连个花毛都没看到一根。花老虎看不到花就天天拿老花工来撒气，不是骂，就是打。打也罢，骂也罢，花总开不出来。

一天，花老虎把老花工找来，火冒冒地问：

“这花到底开不开？”

老花工还是那句老话：“等等看。”

花老虎气得一跳八丈高：“三月里等到腊月里，我没这个闲工夫等了。”

“这是株仙花，我也不知它怎么不开花，只有等等看。”

花老虎眉毛一竖，眼睛一瞪，胡子一翘：“开得了也得开，开不了也得开，我限你三天期限，开不出花，我要你的老命！”

老花工可愁煞了，这严冬腊月，不要说三天，就是三十天也开不了花呀。他心事重重地来到后花园，不知不觉走到墙角落里，望着玉蕊花发呆。心里想，自己从小就死了父母，孤苦伶仃的一个人，跟花打了一辈子交道，想不到被花老虎逼到这步田地。他一边流着泪，一边伤心地望着玉蕊花，只见玉蕊花的叶子都掉光了，枝干光秃秃的迎着西北风摇呀晃的。他望着哭着，泪流满面：“玉蕊花，人家说你是仙花，我服侍你几年，想不到今天为你送掉了这条老命。”说完泪水就像下雨似的直淌。

老花工正哭着，耳朵里好像有人在叫他，再听听又没有了。过一会又听到有人在叫他，这一回可听清楚了，是一位少女又清脆又柔和的细语声，抬起泪眼一看：一位体态婀娜的女郎文静地立在他的面前，身上穿着洁白的衣裳，头上戴着一顶金黄的花冠。老花工想：这位姑娘我从来没见过啊！怎么这么晚还到花园里来呀？只听得这位姑娘轻言慢语地开了口：

“老人家，什么事情叫你这么伤心啊？”

老花工指指面前的玉蕊花说：“就是为了她，我活不成啦！”

“老人家，你不要难过，我替你想办法。”那位姑娘说着就踏着轻盈的步子慢慢地走了。

第二天天不亮，老花工一醒，就闻到一股芬芳的香味，香味愈来愈大，愈来愈浓。他马上闻出来了，这是花的香味，连忙赶到花园里一看，惊住了，玉蕊花竟然开了花，雪白金黄，在寒冽的西北风里，显得比早先开得还好看。

老花工赶紧告知花老虎，花老虎不相信，当老花工说谎，赶来一看，果然是真。他惊奇地看着玉蕊花，好像不相信自己的眼睛，看了又看，闻了又闻，摸了又摸。半天，才高兴得张着个大嘴巴笑哈哈地说："真的，真的开出花来了。"

花老虎立即派出差役，通知城里的县官、士绅、财主和有名望的人物到他的花园里来饮酒赏花。哪晓得，等那班来赏花的人陆续到来的时候，这株花却慢慢地凋谢了。花老虎气得直跳直蹦吹胡子瞪眼睛，但没得用，这株花连根带叶全枯了，花老虎把老花工叫来：

"你在这株花上捣的什么鬼，硬拆我的台，是什么玩意？你说！"

"这株花确实是株仙花！我不知道它怎么突然开出来又怎么突然凋谢的！"

"你不肯说，给我动大刑侍候，看你说不说！"

那班如狼似虎的差役们，搬来刑具往老花工面前一掼，老花工只好直说了：他怎么在花园里哭，怎么有位年轻姑娘来劝他不要哭，一五一十，统统说了。

花老虎一听，"嘿嘿嘿"地笑得骨头都轻了："你确实看到了一位年轻姑娘？"

"一点不假，人品长得十分标致哩！"

"这位姑娘从哪里来的？"

"我不知道。"

"这位姑娘到哪里去了呢？"

"我不知道。"

花老虎琢磨了半天，难不成这位花仙姑娘不愿意在我的花园里落下脚来？也难怪，我这花园里花的品种太多，这位花仙不开心了。花老虎立即改变了主意。

"老头儿，我也不打你了，你仍旧回到招隐山下去吧，到来年三月，看看这株花开不开？如果开，你把它服侍好，我到那时来摆花宴。"这样，老花工又回到了招隐山。

到了第三年春三月，玉蕊花又开了，还是开在招隐山半山腰。花老虎后花园的那株玉蕊花，还是只长叶子不开花。花老虎马上带了一班差役们赶到招隐山上去看。花老虎和差役们到招隐山原先挖过的那块地方一看，果真又长出了一株玉蕊花，雪白金黄，芳香扑鼻，亭亭玉立在万绿丛中，就像一个仙女一样。花老虎立即下令："给我找那个花仙！"

差役们在花丛里，树林里，里里外外，找了一天一夜，连那位仙女的影子都没见着。花老虎气得直跺脚：分明那仙女跟我作对，不愿见我。叫差役们放火烧花，把花烧尽，看这个女人出来不出来！

差役们架起干柴来烧花，不一会儿，火光冲天，火势越来越大，但奇怪的是火不围着花烧，而是撵着花老虎和一班差役们身上烧，扑也扑不灭，只有四处逃。逃到东，迎面冲出一只老虎，他们转身又往西逃，西面又冲出一只老虎，往南往北都迎头碰上老虎，大火还是继续撵着他们烧。

远处看热闹的人个个拍巴掌，拍着拍着，他们看到在火光中有位身穿洁白衣裳，头戴一顶金黄金黄花冠的姑娘，飘飘地向西北方向飞去。

火烧到天亮才熄掉，人们跑去一看，花老虎和差役们都烧死了，玉蕊花也不见了。

那四只老虎呢？它们就在原先扒出来的洼塘里，全力地扒呀扒呀，扒出四股清澈的泉水来，满山遍野地流，流到哪里，哪里就开出一大片光灿灿、亮晶晶小白花。

人们为了怀念玉蕊仙子，就在半山腰盖了一座玉蕊亭，给那个泉起了个名字叫虎跑泉，直到现在玉蕊亭还立在半山腰里，离她不远的地方就是虎跑泉。有时顺着泉水流过的地方还能看到一片一片的小白花呢。

秋海棠也名断肠花

东海边有个古镇，是个水路通商的活码头。海船往返，客商云集，好不热闹。

这古镇，每户人家都喜欢种花、赏花。殷富的，有花园；清贫的，也在屋前、屋后种些花。有些人就以种花、卖花为业。一些客商也喜欢把古镇的花卉带到海外去做买卖。

这古镇有个人叫贵棠，家有娘子、孩子和老母亲，日子过得很贫困。他的娘子除了帮助种花，还能剪花样卖。她见过什么花，就能剪什么花，而且一剪就像。左邻右舍都夸她的手艺巧。这天，她在街头卖花样，一个海外来的客商对她说："大嫂啊，你剪的花好是好，可惜是平的，如果能用色纸、彩绢做成花，我可以带到海外去卖，给你好价钱哪！"

贵棠娘子听了客商的话，高兴地说："先生！我做做看。要是好，你就买。"

贵棠娘子回家去，就日日夜夜做起纸花、绢花来啦。做啊做，做了一篮各色各样好看的纸花和绢花，五颜六色，巧夺天工。这天，贵棠娘子拎着花篮，找到那个客商。客商一见纸花、绢花，喜得拍手叫好，当场付了钱，把一篮纸花、绢花都买下了。

贵棠娘子掐掐指头算算，做花比种花赚钱，从此她就做纸花、绢花卖。别的人也学着做，古镇人除了种花出名，做纸花、绢花也出名了。

可是，贵棠夫妻虽然能种花、做花，但要养活一家四口，日子过得还是很艰难。这天贵棠对娘子说："娘子啊，听说你做的纸花、绢花，在海外卖得起钱。我想自己拿到海外去卖，让我们的日子过得好一些吧！"

娘子眼圈儿一红，舍不得丈夫到海外去做买卖；但为了以后的日子，只好点头答应。

贵棠娘子做了一批纸花、绢花。菊花开的时候，贵棠就搭便船出海去了。

正月梅花，二月杏花，都开过了；七月鸡冠，八月桂花，也开花啦！贵棠去年菊花开的时候去，今年菊花开的时候还没回来！是病了回不来，还是没钱难回家？是死还是生，谁能知道啊！

盼啊盼，信息终于传来，贵棠在海外贫病交加，早就死了。可是贵棠娘子还是半信半疑，想丈夫能活着回来。她每天呆痴痴地倚在北窗窗槛上，朝海里望。悲悲切切，恍恍惚惚。她望穿秋水郎不归，洒尽眼泪哭断肠。

花神怜悯贵棠娘子，把她洒落在北窗下土里的泪水化出一棵草，草叶儿正面绿色，背面红色；开着的小花，像点点泪花，又像贵棠娘子做的鲜艳、浑厚的绢花，既稀奇，又好看。这是花神让贵棠娘子种出这种奇异的花儿来卖了好过日子，也是让贵棠娘子每天看看这花儿，寄托对丈夫的哀思呐！

后来，这种花旺发了一大片。人们说贵棠死得可怜，他是秋天出海的，这花又是秋天开的，就叫它"秋海棠"，用以纪念他；还说这花儿是贵棠娘子哭贵棠哭出来的，所以也把它叫做"断肠花"。

天女花

黄山名花异卉中的佼佼者天女花，又名仙女花、小木兰。尽管历代山志的编纂者没有替它撰文立传；只有清初隐迹皮蓬，在黄山度过三十多个春秋的画家雪庄和尚，传世的一百二十多种花卉绘画中保留着它的风采。而今要想再知道得具体些，就只有到民间传说里去搜寻了。

天女花习生于海拔七百米以上的高山上，它先开花，后放叶，花朵大而洁白，透过云雾看去，恰似一群展翅欲飞的白鸽；如遇清风徐来，云游山动，游人仿佛还能看到它婀娜多姿的舞态。还有一种枝干比较矮小，也是一苞七瓣，微微张开，色彩洁白纯真，香味更加馥郁的小木兰，也是仙女花的一种。据说世界上只有日本、朝鲜和我国有，而在我国仅产于黄山。黄山因为位置高，雨量充沛，温度适宜，一年四季花事不断，素有"天上的花圃"之誉。古人有诗云："何来天女散仙花，此是天都仙子家。一坞花香分两度，争传秋实与春华。""山中可名唯二花，木兰杜鹃并相夸。四月同时争逐放，深红浅白斗云霞。"

对于仙女花这种高山奇葩，观察得细致，赞美得精彩者岂是画家与诗人。关于此花不平凡来历，还有许多民间传说。有的说它原为天帝爱女，曾经下到凡间来，帮助黄山山民惩治了一个作恶多端的地魔王。如今那一朵朵庄重、淡雅的花朵，就是天女奋力拼搏时洒下的滴滴汗水幻化而来的。它这名字寄托着世人对于善与美的赞颂。也有的说，此花本是一位俊俏绝世的农村姑娘，因不愿被恶霸抢占为妾，便逃出家门，遁迹深山，在这奇峰巧石、苍松秀草荟萃的黄山度过了一生。她虽痛恨恶霸，但却热爱人间，勤于劳动。那颗纯洁的心终于感动了观音老母，超度她上天，而她仍有意将自己的丰姿借着花枝长留人间。

围绕天女花的传说很多，流传得最广是这样一则，说：玉皇大帝生有七个女儿，个个聪明美丽，孝顺父母。平时每人每年都要培育一株花卉，敬献给父母。有一年，几个仙女都觉得天庭的御花园范围小了点儿，不能很好施展她们培育花卉的才能。机灵的七仙女说，人世间的名山沃土很多，我们何不请风公公帮忙，把花籽播撒到人间去，让它们自己找地方生根成长。六个姐姐一致同意小妹妹这个好主意，每人都从自己发辫上抹一把，凑在一起就成了七瓣仙花。风公公欣然应命，让这仙花到人间去自寻沃土。那仙花腾云驾雾，走遍三山五岳，觉得一处也不够理想。正在犯愁之际，忽听一阵仙乐，从"丹崖夹石柱，菡萏金芙蓉"的黄山隐隐传来。呵，这黄山当时还叫"三天子都"哩，它是玉皇大帝的一处行宫。仙花飞过去一看，果然这儿集名山奇景之大成。举凡泰岱的雄伟、华山的峻峭、衡岳的烟云、峨眉的清凉、匡庐的飞瀑、雁荡的巧石，黄山莫不兼而有之。仙花再也不想走了，它毅然在此扎下了根。众仙女一瞧此情此景，也都乐得手舞足蹈。她们有的去瑶池取来琼浆玉液，滋润仙花；有的到天河里去担来绿水，细心浇灌。从此，这仙花就在黄山七百米以上的地方安家落户，世代繁衍了。因为它是天上七仙女的"作品"，人们也就顺理成章地把它叫做"天女花"、"仙女花"了。

鲜血开出山丹丹花

据说,哪座大山底下埋藏着煤炭,哪个山顶上就会开山丹丹花。

山丹丹花是鲜红的,美丽的,简直没有什么花能比得过它。山丹丹花为什么那么鲜红?为什么那么娇艳?为什么在埋藏着煤炭的山顶上盛开?——很多年前就流传着这样一个故事。

在山西大同的七峰山下,刚有了用土法开采的煤窑。矿工们就在几十丈深的地底下挖煤。人离开空气不能活,煤窑底下也得有充足的新鲜空气——这就叫“通风”。

那时在许多矿工中间,有一个最能干的老矿工叫刘万昌。他从小就下煤窑。几十年来,他学会了窑底下的各项本领,还最懂得窑下的“通风”。

有一个姓马的窑主,他想要发更大的财,就又开了座新窑。凿开山洞,直挖了两年,才挖到煤层上。黑油油的煤层足有三四尺厚。窑主看着那些闪光的黑色的金子,乐得三天三夜没睡觉。

窑主正乐得脚丫子朝天的时候,窑上管事的跑来了。管事的气喘吁吁地说:“坏啦,窑底下的风没啦!”

窑主一听窑底下没有了风,身子立刻就凉了半截。

他问管事的:“怎么办?”

管事的也问他:“怎么办?”

两个人大眼瞪小眼,脑袋上都冒出了热汗。

过了一会儿,管事的忽然想起老矿工刘万昌来。他说:“我一时急得糊涂了!我们找刘万昌去。”窑主说:“你想得倒容易,这时去找刘万昌,那个宁折不弯的老家伙,他会痛痛快快地给我们帮忙吗?”

窑主说得一点不假,老矿工刘万昌是有点别拗脾气的。平常日子,要是工人们有事求到他,那他一顺百顺,一说就通。唯独窑主有事求他,他总是一口回绝:“我没拿你这项工钱,不伺候!”多少年啦,都是这样。

管事的说:“主家,不怕!这事包在我身上。”

窑主说:“只要他答应给新窑通风,要多少钱给多少钱。”

管事的说:“只要肯花钱,还怕他不听使唤?”

管事的说完,就去找老矿工刘万昌。一进门,就满脸带笑地跟刘万昌说:“老刘头,主家特意派我来找你。有点小事非你帮忙不可。”老矿工说:“主家有事求我,好说。”管事的说:“咱们新窑风不通了!”老矿工抢着说:“想找我给通风？”管事的咧开大嘴，哈哈一笑说：“你真是聪明人，一猜就准。”老矿工说：“让我通风，得先说说条件。”管事的满口应承，说：“条件好办。你要多少钱，张口就行。”

老矿工笑嘻嘻的，只是不说话。管事的把大拇指一伸，说：“这样吧，你给新窑通风，我立刻给你一个整数——一百两银子，怎样？”

老矿工还是笑，只摇了摇头。管事的说：“你嫌少，给你二百两，怎样？”

老矿工还是笑着，摇着头。

管事的说：“那就再添一百两——三百两。”

老矿工还是摇着头。管事的一直往上添：四百两，五百两，六百两……最后说：“一千两吧！”可是老矿工一直笑着，摇着头。

管事的看老矿工总不答应，把两手一张，装出十分可怜的样子说：“我说的你总嫌少，那你就自己说吧。”

老矿工把笑脸一收，不慌不忙，十分严肃地说：“想让我给新窑通风，就是给我一座金山，一片银海，我也不干！用金子、银子，别想买动我的心。——想叫我给通风，只要窑主答应我三件事就行。”

管事的赶忙向前走了一步，躬着腰，说：“行！行！什么事？你快说！”

老矿工说：“我说出来就得算！”

管事的连忙点头。

老矿工说：“第一件，我把新窑的风通了，你们雇的那些大小工头，下井的时候，手里不准再拿鞭子。”管事的倒吸了一口气，说：“不准再拿鞭子？”老矿工斩钉截铁地说：“嗯！你们不愿意，那就干脆别往下谈了。”管事的连忙哀求着说：“你再说第二件。”老矿工说：“每年一到夏天，煤卖得少了，你们就解雇工人，以后凡是冬天用的人，夏天也不能无故不用。”管事的说：“这个……”他犹豫了一下，接着说：“行！你再说第三件。”老矿工说：“每年腊月十八，你们说是窑神爷的生日，给窑神爷做寿，让大家白挖三天煤。以后不管什么窑神爷生日，还是窑神奶奶生日，反正干一天，你们就得照样给工钱。——我的三件事说完了。你们要是答应，咱们就写个字据，当众讲明，我立刻就把新窑洞的风通好。”

管事的硬着头皮，答应下来。回去和窑主一说，把窑主气得一跳三尺高，说：“好啊！他想破坏我开窑的老规矩。去！去！立刻派人把他抓来。倒要看看他的骨头硬，还是我的鞭子硬！”管事的赶忙劝窑主：“依我说这样办……”他凑到窑主的耳朵上，“唧唧喳喳”地说了一阵，说得窑主一个劲儿地点头。

窑主派管事的把老矿工请来，一起来到新窑上。把窑上窑下的工人都叫来了，当着大家，窑主答应了老矿工的三件事，还写下字据，按上手印。

当天，老矿工自己下了趟窑，回到家里，跟他的老伴说："老伴，你把咱们烧炕的那个灶火门打开吧。"老伴问："干什么？"老矿工说："我打破了窑主订下的那些老规矩，等窑下的风一通，他们绝不会饶我的。你记着：咱们这个灶火门是管窑下通风的，把它打开，窑下就有风；关上，窑下的风立刻就断了。我若是被他们暗算了，事情一有变化，你就拿这个法宝治他们。千万别让他们的金钱买动心啊！"

果然如老矿工所料：窑下的风一通，过了两天，窑主认为没事了，就派狗腿子硬把老矿工叫去了。到他家里，先是客客气气地商量，想让老矿工自动撤回他提出的三件事：把窑主当着大家按了手印的那个字据送回，再当着大家的面撕毁了。窑主告诉老矿工：要是他这样做，就可得到荣华富贵；不然，就要受惩罚。可是无论窑主怎样软的哀求，硬的吓唬，老矿工只狠狠地说了两句："想让我照着你的道儿走，除非太阳从西天出来！"老矿工这样一说，真把窑主气炸了，他向旁边站着的狗腿子努了努嘴，说："好！把他拉到后山去！他不答应撕毁字据，就给我整治他！"

老矿工被几个狗腿子架到七峰山的山脚下，狗腿子扬起了手里的鞭子，吼叫着："你答应不？"老矿工挺直了身子，昂起了头，冷笑了一声，说："你们的鞭子吓不倒我！"

狗腿子吆喝着，一鞭子，一鞭子打到老矿工的身上。老矿工忍着痛，咬着牙，一步一步地往山顶上走。鲜血溅在山上。等爬到山顶，老矿工就直挺挺地倒了下去。

狗腿子们又像一伙强盗，拥到老矿工家里，向老婆婆要那张字据。老婆婆问老矿工在哪里，狗腿子们说："打死在山顶了。"老婆婆哭着说："你们打死他，想赖脱你们答应下的三件事，你们算白想了！——我照样能叫风不通。"

狗腿子们根本不管老婆婆怎么难过，翻箱倒柜地把字据给翻了出来，拿到窑主面前请功去了。

窑主心想这下子可好了：窑下的风通了，刘万昌也死了，字据也毁了——就只剩下痛痛快快地往外挖煤发财啦。他越想越得意，越想越欢喜，立刻吩咐管事的摆酒席庆贺。哪想到，窑主刚刚把酒杯端起来，还没喝上半口，新窑上送信的人来了，说："糟啦！——窑下的风又没啦！"

窑主、管事的又都瞪了眼，都说："刘万昌已经被打死了，可怎么办？"一个狗腿子从旁边插了一句："刘万昌的老婆说，她也会通风。"

窑主没办法了，只好又打发管事的来找老矿工的老婆。老婆婆只是一口咬定：非得窑主重新答应那三件事不可。

窑主屈服了，窑下的风也就通了。

过了没多久，就在山上老矿工流过血的地方，长起了茂盛的鲜艳的山丹丹花。

迎春花

远古年间，大地上洪水泛滥，一片汪洋。庄稼淹没了，田地荒芜了，房屋冲塌了，黎民大多数饿死了，幸存的百姓都聚集在荒山顶上，吃草根食树皮，饥寒交迫，苦不堪言，过着四季不分，混混沌沌的悲惨生活。

后来，出了个好皇帝舜，他为拯救黎民百姓逃出死亡线，命他最得意的大臣鲧带领天下百姓治水。治了一年又一年，可洪水不但没有消除，反而越治越大。鲧的儿子禹亲眼看到洪水夺去了他父亲的生命，他恨死了凶恶的洪水，决心继承父志，又挑起了治服洪水的重担。

禹带领人马首先察到水路，挑河治水，当他来到巫山脚下察看地势的时候，遇到一位绝代美人。这美人为他精神所感动，一见钟情，主动帮他们烧水做饭、指点水路。禹从内心感激这位美人儿，患难之中两人产生了爱情，在众人的撮合下订下百年终身。可禹早把一切都献给了治水，婚夜五更天，就离别了美人儿。分手时，美人儿情意绵绵地把禹送了一程又一程，越过一山又一山，转眼上了美人山。禹实在忍不住了，深情地对美人儿说："送客千里总有一别啊！我下定为天下生灵除洪害的决心，不达目的死不回头！"美人儿眼泪汪汪地看着禹说："你走吧，我永远站在这里等待你，待你治服了洪水，春回大地，百姓安居乐业，你再回到我身边……"禹被她的肺腑之言感动得泪下如雨，他把束在腰间的一把条葛藤腰带解下来，送给美人儿作留念，想人看葛藤，看到葛藤如见人。美人儿把葛藤腰带紧紧地贴在心尖上，深情地说："去吧，你去吧，我在这里等待你，待你治服洪水，春回大地，葛藤开花，黎民百姓安居乐业的时候，我们再团聚，共享天伦之乐。"

大禹狠狠心，挥泪辞别了美人儿，带领人马继续寻遍九洲，才找到水源，历尽艰辛，开挖河道。开了一月又一月，挖了一年再一年，胡子黑了，胡子灰了，胡子白了。终于，把九州一条条河道开通了，治水成功了。庄稼出土了，杨柳返青了，春回大地了，黎民百姓安居田园了。这时，大禹想起了爱妻美人儿。于是，他日夜兼程，赶回美人山。他千辛万苦地登上山去，老远就看到爱妻美人儿手挥着他临别留念的葛藤，站在山顶之上。他高兴得一跳十八丈，奔跑着，高喊着。可当他到跟前一看，啊！那美人儿，由于寒春不分，日雨如常，天长地久，早风化成一尊美人峰了。草锥子穿透她的脚，草籽儿在她胸上发了芽，生了根，开了花。她的手和葛藤长在一起，她心血浸透干枯的葛藤变了青，转了嫩，抽出了条条新枝，长满美人山！禹狂狮般一头撞在美人的怀中。他呼天抢地恸哭起来，直哭得天昏地暗、日月无光，滚滚如潮的泪水竟浸浮起美人山。说来也真蹊跷，凡是大禹泪水浸透的地方，那枯干的葛藤，顿时绽蕾，开出一朵朵金黄灿灿的花儿。人们都说这黄花是大禹和美人儿的灵魂变的。所以，为了不忘大禹为天下生灵生存，舍家为国治服了洪水的伟大精神和崇高品质，为了纪念美人儿纯洁忠贞的爱情，便把冬去春来，梅谢它放，盛开的灿灿黄花，叫做迎春花，从古一直流传到今。

映山红

这是沂山上的两句放牛小唱：

“二月里，沂山上，什么花风催在开？

二月里，沂山上，映山红风催在开。”

说起这映山红花，有一个很有趣的故事。

那时候，山脚下有一个小庄，庄里有三个上山拾草的孩子。二月里，沂山上雪没化净，北风直吹，草芽才发，三个拾草的孩子爬上了一座山，又爬上了一座山，到了沂山最高山顶了。那里有一块探海石，只见在那探海石上坐着一个十七八岁的俊俏闺女，她周身罩着温和的红光，一看就知是仙女了。仙女一手拿着一把芭蕉扇，一手拿着一枝小红花。红花像是刚刚才开，鲜艳得像是火红的朝霞，娇嫩得像是带着露珠的凤仙花。三个孩子欢喜了起来，顶大的那个孩子说道：“仙女姐姐，你把那枝红花送我吧，我拿回去给嫂子戴，她就会给我做双纳帮的鞋。"第二个孩子也说道:"仙女姐姐,你把那枝红花送给我吧,我拿回去给嫂子戴,她就会给我做双方头鞋。"第三个孩子也说道:"仙女姐姐,你把这朵红花给我吧,我拿回去给嫂子戴,她就会给我做双花边的鞋。"

仙女不慌不忙地说道:"我叫这朵红花开,要给聪明的女人戴。"

顶大的孩子抢着说道:"我的嫂子最聪明,你不信的话,我就讲她一个故事给你听。"

第二个孩子也说道:"我的嫂子最聪明,你不信的话,我就讲她一个故事给你听。"

第三个孩子说:"我的嫂子最聪明,你不信的话,我就讲她一个故事给你听。"

下面就是三个孩子讲的故事了,要是想知道,到底谁该戴上那枝小红花,那你就仔细听吧。

顶大的孩子说道:

有一天,我哥哥上山去割草,走到百丈岩顶上,碰到了两个游山的公子,一个穿着绿缎袍,一个穿着红缎袍,指手画脚地在那里说什么。哥哥心想:他们说什么,说得这么有味,这么热闹呢?他站住了,听那绿袍公子说道:"俺家里,钱使斗量,米烂陈仓,可是这些日子我犯愁了,京里的西宫娘娘,穿够了绫罗绸缎,想个万页纱裙穿,老弟,你当什么是万页纱裙,就是用苍蝇翅子缝成的裙子。皇帝一道圣旨下来了,跟我要这万页纱裙。你说,我到哪里去弄呢?"那个穿红袍的公子哈哈笑道:"你这事还容易呀,苍蝇总是有翅的。皇帝跟我要一百斤蛤蟆绒絮棉袄,蛤蟆哪有绒呀!我家里金满缸,银满坛,也没处弄呀?"哥哥见他俩那么认真地说着假话,憋不住"哧"的一声笑了。两个公子一见哥哥笑他们,立刻火了,骂道:"你这个穷小子,还配听我们说话!"哥哥也不服软,把腰一叉说道:"你们骂谁?"两个公子吆喝道:"就骂你这个穷割草的呀!"哥哥哼了一声:"我穷割草的,俺家里倒养着个金骡子,我天天去割灵芝草给它吃呢!"两个公子听了,吃了一惊,连忙喜笑颜开,朝着哥哥又是鞠躬又是作揖的,哥哥是又好气又好笑。两个公子非要我哥哥领着他俩,去看看那金骡子不可。哥哥领着他俩往家里走去,心里却为难了,本来是一时说的气话,家里只有一个小毛驴,哪里有什么金骡子。可巧走到半路上,碰见我嫂子上山去挖药材,嫂子吃惊地问道:"领着这些人去做什么呀?"还没等哥哥做声,两个公子一齐说道:"我们到你家里去看金骡子啊!"嫂子一看哥哥的脸色,一下子就明白了。她笑了笑说道:"这么不巧,他奶奶刚刚骑上了金骡子,到西天去看王母娘娘去了。"两个公子什么也没说就回去了。

仙女听完了故事，不觉称赞说道："这真是一个聪明的女人。"她的话还没说完，第二个孩子又讲开了。

第二个孩子说道：

我哥哥很喜欢栽树，在俺家门前修理了一片果园。红樱桃、紫李子、金黄梨、绿苹果，每样果子，哪一年都是结得压弯了枝。有一天，哥哥挑着葡萄去集上卖，卖完了葡萄，王大吹拦住了说道："咱们两个打个赌吧？"哥哥问道："赌什么呢？"王大吹说道："你赌上你果园，我赌上我的六十亩好地。你输了，就把果园给我，我输了，就把那六十亩好地给你。"哥哥说道："不赌，不赌。"王大吹冷笑了一声说道："不是你不赌博，是你不敢和我赌。"哥哥一听火了，说道："你说我不敢和你赌，我就偏要和你赌，咱们是赌力气，还是赌本领呢？"王大吹连忙摇手说道："也不赌力气，也不赌本领，咱们就这样吧，如果我说话你分辩，就算你输了，我分辩别人的话，就算我输了。"哥哥心里想道：他无论说什么，我都不会辩，那就输不了啦。就这样，哥哥答应和他赌了。

王大吹说道："昨天晚上刮了一场大风，把庄东的碾盘，刮到庄西去了。"

王大吹一看，哥哥没有做声，又天南地北地说开了，说得那个热闹呀，哥哥把打赌的事也忘记了。说着说着，又说到风上了："黑夜里，大风又刮起来了，嘿！把庄东面的井，一下子刮到庄西面去了。"

"你这是胡说，井还能刮得动吗？"哥哥说完了这句话，才又想起打赌的事来啦，王大吹拍着哥哥的肩膀说道："小伙子，过晌午我就要去拿约了。"

哥哥挑着空筐回到了家里，一进门，就耷拉着头，嫂子叫他吃饭，他也不吃。嫂子一眼看出哥哥是有什么心事。她说道："夫妻是最亲近的人了，你还有什么事情瞒着我呢？"哥哥叹了一口气，把王大吹怎么找自己打赌，打的是什么赌，自己怎么输了，王大吹过晌午就要来拿约，都仔仔细细地跟嫂子说了。嫂子听了，笑嘻嘻地说道："是这点小事啊，怎么还用那么犯愁，你吃完了饭，尽管上炕歇着吧，等王大吹来了，我来对付他。"

哥哥吃完了饭，就到里间房里躺下了。可是，心里有事，怎么也睡不着。嫂子还是若无其事地坐在当门口那里缝衣裳。果然，不多一会，王大吹来了，一进门就找哥哥。嫂子站了起来，把门口堵住了。慢声细语地说道："你找他是找不着了啊，今天上集回来，走到院里叫一个苍蝇碰死了。"王大吹真急了，他巴不得一下子就把那果园弄到手，他气呼呼地说道："你赶紧闪开，让我进屋里去找他，我不信苍蝇能碰死人。"哥哥在炕上听见了，猛地跳了下来，冲上来说道："王大吹，你也输了啊，说话不让分辩，那你也分辩了。"

王大吹输给了一个女人，恼怒得满脸通红，他生怕哥哥跟他要那六十亩好地，赶紧溜走了。

仙女听完了这个故事，也止不住称赞说道："这真是一个聪明女人……"仙女还没说完话，第三个孩子又说开了。

第三个孩子说道：

我有一个嫂子，还有一个姐姐，有一年春天，嫂子和姐姐坐在门前做针线，忽然听到半空里有人说话："下面一朵好花！下面一朵好花！"

嫂子抬头一看，只见半空里飞着一只老鹰，老鹰打了一个旋子就向山里飞去了。不多一阵，又飞回来了，老鹰又在半空里说话了：

"我想和你家姑娘把亲成，做活的大嫂，你不应也得应。"说完，扔下一匹红绫、一副金圈，就飞走了。

姐姐吓得哭了，嫂子也猜出那一定是个妖怪了。嫂子想了一想，找了一块布，缝了一只布袋，里面装满了荞麦，又在袋底剪上了一个口，给姐姐挂在了身上，说道："妹妹呀！那妖怪说不定今晚上就要来娶你啦，它叫你坐轿，你说晕的慌；它叫你坐车，你说颠的慌。你可千万记住我的话呀。"

果然，到了晚上，一乘花轿落到当院了，妖怪变成了一个白脸公子，披红挂彩地从轿里走出来了。

姐姐记着嫂子的话，哭着说道："坐轿我嫌晕的慌。"

妖怪听了把手一招，又来了一辆结彩的大车。

姐姐又哭着说道："我坐车嫌颠的慌。"

妖怪说道："那我来背着你走吧。"他说话的工夫，已经变成它本来的样子了，头上长角，身上长毛，两眼和灯笼一样，背起姐姐，风声呜呜地走了。在妖怪过去的地方，脚踪儿也没留下一点，却有着从布袋的破洞里漏出来的荞麦种子。

东风吹，西风刮，荞麦种子盖上了一层土。露水润，雨水湿，荞麦种生根发芽，旺生生地长起来了。嫂子顺着荞麦，翻沟过岭地一直找到了一个大石壁前面，石壁上一个大洞，洞门口堵着一块大石头。嫂子大声地说道：

"荞麦红梗长绿叶，嫂子深山寻小姑。"

嫂子话还没落音，就听到洞里姐姐的声音了：

"咱嫂子来了，又不是外人，把洞口那块石头挪开吧。"

不多时，洞口那块石头骨碌碌地滚开了，妖怪站在她眼前了。嫂子壮了壮胆子，跟着妖怪走了进去。姐姐见到了嫂子就掉开了眼泪，嫂子四下里一看，看到了一个盛蜜的大瓶子。她心里立刻有了主意了，还是声色不动地说道："妹妹呀，你还哭什么呀！你看这洞里，要米有米，要面有面，桌椅条凳的哪样也全……"

妖怪得意地哈哈大笑说道："对呀，嫁给了我，也该知足了。"

嫂子也接着说道："我听说你有天大的本领，你能不能显一手叫我看看？"

妖怪听到奉承它，更是乐得了不得，当场就答应了。只见它摇身一变，便成了一头凶猛的大虎。大虎把头一摇，又变成了一只威严的狮子。狮子一转身的工夫，又变成了一条桶样粗的大虫。大虫头在洞里，尾巴却伸在洞外，少说也有十多丈长。嫂子说道："他姑夫，你变来变去，尽变这些大东西，你可不能变成一个小苍蝇，飞到瓶里去吃蜜。"

话音刚落，只听那大虫叫了一声，一转眼就变成一只绿头苍蝇，"嗡"的一声，钻进那个盛蜜的瓶子里去了。嫂子三摇二摇，蜂蜜就把苍蝇给沾固住了。它再也没法变成别的东西了。

嫂子说道："妖怪呀，你不该抢人家的闺女来成亲，我有心放了你，怕你再生歹心。"嫂子说完，领着姐姐回了家。

仙女听完了最后的一个故事，欢喜地说道："沂山上有这么多聪明女，二月也该让花开。"仙女说着，把手里的扇子一摇，只见遍山上一阵红光闪闪。三个孩子被耀得眼睛也睁不开了。他们睁眼再看时，干枝上无叶花开了。石缝里，泉水边，松林里，到处红闪闪的，每一枝花都好像朝霞一样的鲜艳，每一朵花都好像凤仙般的娇嫩，孩子们每人采了一大把花，欢天喜地地回家去了。

从此以后，每到二月，沂山上，冰雪还没化净，树芽也没发，花却开了，红花把山石、泉水都映红了，当地的人们给这花起名叫"映山红"。

月月红与包公

包拯六十岁的时候，皇帝念他德高望重，要给他做寿，包拯一再上书谢绝，因皇帝不依，只好遵命办理。但他吩咐儿子包贵，一概不收寿礼。执意要送者，可说明理由，如果说不通就去禀知他。

寿辰前几天，他的儿子包贵就亲自在衙门口拒礼。送寿礼的第一个人是当朝天子，来人是六宫司礼太监。这一下可把包贵难住了，万岁爷送来的礼敢不收吗？包贵无奈，只好把爹爹的话说了出来，并拿出红纸一张，叫那老太监写上理由。于是，六宫司礼太监提笔在那红纸上写出了一首诗：

德高望重一品卿，
日夜操劳似魏征。
今日皇上把礼送，
拒礼门外理不通。

包贵叫王朝把那几句诗拿到内衙让爹爹展示。不一会王朝走了出来。包贵接过红纸一看，只见那四句诗下边又添了四句：

铁面无私丹心忠，
做官最怕叨念功。
操劳本是分内事，
拒礼为开廉洁风。

包贵看罢递给太监。那太监无奈，只好带着礼物回宫交差去了。

太监刚走，又来一人送礼，包贵抬头一看，可把他难坏了，原来来的是爹爹的好友，在京城做官的同乡人张奎。包贵先说了刚才拒了皇上礼物的事，然后笑着又说："张伯父，不是侄儿不收你的礼，侄儿实在为难……"

张奎说："别人的礼不收，我送的礼物一定得收。贤侄，我知道你爹的脾气，我不为难你，来来来，拿出红纸，我写几句理，看你爹收我这份礼不收？"

包贵递上纸一张，张奎提笔写了四句：

同窗同师同乡人，
同科同榜同殿臣，
无话不谈心肝照，
怎好拒礼南衙门？

包贵接过红纸，叫马汉拿回内衙。不一会马汉出来了。张奎接过一看，只见下面写着：

你我本是知音人，
肝胆相照心相印。
寿日薄酒促膝叙，
胜似送礼染俗尘。

张奎看罢无话可说，只好笑着把礼物又带回去了。

紧接着又来了一个送礼人，包贵抬头一看，只见那人头戴烂毡帽，身穿小夹袄，双手抱着一个花盆，花盆里种着一株青枝绿叶的月月红。他来到南衙门口，笑着对包贵说："相爷六十大寿，俺来祝寿，请您把这份寿礼收下。"包贵感到奇怪，开口说道："请问尊姓大名？"那人说道："俺叫赵钱孙李。"包贵笑道："哎，哪有这样的名字呢？"那人说："我本姓赵，右邻姓钱，左邻姓孙，对门姓李。相爷今年六十大寿，大家一商量，推我送来一盆月月红，给相爷做寿礼。"包贵一听，知道了百姓的心意。有心收下吧，没禀明爹爹，不敢做主，便微微一笑说："相爷有规矩，凡是送寿礼的人都得说个理由，是理了他收，不是理了他不收。"那人说："好好好，我说你代笔，看相爷他收不收我们的寿礼！"那人想了片刻，说出了四句诗：

花落花开无间断，
春来春去不相关。
但愿相爷常健在，
勤为百姓除赃官。

包贵代写完毕，叫王朝再拿进内衙。不一会，包拯亲自出来了，双手接过那盆月月红，笑着也说了四句诗：

赵钱孙李张王陈，
好花一盆黎民情。
一日三餐抚心问，
丹心要学月月红。

带刺的蔷薇花

传说，蔷薇是一个美丽姑娘的名字。她住在浙江的天目山下，父亲早已去世，家里只有她和母亲两个人，过着有上顿没下顿的穷苦日子。她们待人很好，所以穷苦的邻舍都肯帮助她们，其中有一个老婆婆对她家更好，时常给她们送些米呀、菜的。这个老婆婆，有个儿子名叫阿康，因此人们都叫她“阿康妈”。阿康是一个好小伙子，脾气和他母亲一样：即使自己生活过得再苦，总愿意帮助别人。他每天上山砍柴回来，一定分一份给蔷薇家。蔷薇母亲看着阿康娘俩都是好心肠的人，心里就有把女儿许给他家做媳妇的念头；而蔷薇自己呢，早已偷偷地爱上了阿康。阿康和他的妈妈，也有两家并一家的意思。

蔷薇和阿康刚要成亲的那一年，皇帝下了圣旨，要各地方官选几千名美女进宫。许多有女儿的人家，都悄悄地逃到深山里去躲起来了。可是蔷薇的美丽，地方官是早就知道的。一天，地方官带着几个差役来到蔷薇家门口，说：“你家姑娘，是本地少有的美女，皇帝要选她进宫。”蔷薇听了，马上昏倒在地。醒来后，又哭得死去活来。蔷薇母亲跪在地上，苦苦哀求，说：“选进宫去的千千万万个姑娘，有几个落得好下场！我就只有这么一个亲人，求求你们饶了她吧……”这时候，阿康妈和其他邻舍，也都来求情，要他们把蔷薇的名字除了。地方官说：“这是皇帝的圣旨，谁敢违抗？”硬逼着蔷薇马上就走。这时，阿康妈把阿康平时砍柴、打工积蓄下来准备娶蔷薇的几两银子，悄悄地递给地方官，说：“老爷，您看她们娘俩哭得怪可怜的，请老爷宽限两天，让她们再聚聚吧。”地方官收了银子，心想：反正跑不了你，落得做个顺水人情。当下，就对蔷薇妈说：“老爷看你们哭得可怜，就宽限你们两天，让你们母女团聚团聚；过两天，我就派人来接蔷薇姑娘。”说完，就带着差役们走了。蔷薇妈谢了阿康妈和邻舍，又愁苦起来。现在把地方官打发走了，过两天，他们还是要来接人，该怎么办呀？邻舍们想了好半天，有个老年人说：“大妈，我看你们娘俩不如也赶快逃到深山里躲起来。官府们来接人时，我们就说蔷薇姑娘生急病死了。他们也就没有办法了。”蔷薇姑娘和她妈妈听了，也觉得这是个好办法，就照着去做了。

过两天，地方官派人来接蔷薇，见人已不在了。问邻舍，邻舍们说：“蔷薇姑娘前夜生急病死了。”差役们没有办法，只好把这情况回去给地方官说了。地方官没办法，也只好算了。

不料这件事情，被地方上一个贪财的坏人知道了。他想讨好皇帝，就去告发了。皇帝一听，大发雷霆，一面下令把地方官关进监牢；一面吩咐他的卫兵们说："这小女子，竟敢瞧不起我，我倒要看看她究竟有多大的本事。你们快点去把她给我抓来！就是死的也要！……"卫兵们哪敢怠慢，骑上快马，飞奔而去。

阿康在村上听到他们要来抓捕蔷薇的消息，急忙进山，带着蔷薇拼命往深山里跑。跑了三天三夜，翻过了一座又一座大山，蹚过一条又一条深溪，可是后面的追兵还是一点也没有放松。蔷薇又饥又渴，已经没有力气再爬山越岭了。阿康就背着她，走一段，歇一段；眼看追兵要赶上了，蔷薇拉着阿康的手，流着眼泪，说："郎呀，看来我是逃不脱了。你快丢开我走吧。"阿康扶着她说："要死，我也要和你死在一起。"这时候，追兵的马蹄声已经听得见了，蔷薇想宁愿死，也不进宫去伺候皇帝。她突然用力推开阿康的手，翻身跳下万丈深崖；阿康悲痛极了，心一横，也跟着跳了下去。

京城里皇帝看到卫兵们带来的蔷薇的尸体，感到姑娘确确实实非常漂亮，但又懊丧自己得不到她，所以听说他们跳崖的经过，心里更加恼火，就叫卫兵们去把阿康的尸体也取来，要一起办罪。

皇帝命令：把他俩的尸体搁在一堆干柴上，浇上油，点起火来烧。可是烧了一天一夜，尸体还是面不改色，连衣角也没有烧焦一点。皇帝气极了，命令刀斧手，把蔷薇和阿康的尸体剁成肉酱。但是，钢刀砍断了好几把，他俩的尸体一点也没有损伤。皇帝气炸了，命令卫兵们把他俩的尸体丢到大海里去。可是尸体不沉，好端端地浮在水面。岸上看热闹的老百姓都交头接耳，纷纷议论，说："这是皇帝做了缺德的事情啊！"

皇帝听到这话，心里吓了一跳，他不敢再折磨蔷薇和阿康的尸体了。他命令卫兵把他们捞起来葬在天目山下。谁知这里正好是蔷薇和阿康生前经常相会的地方。不久，他们的坟上长出了一朵美丽的花，大家说这是蔷薇姑娘变的，就叫它蔷薇花。而花茎上长着许许多多的刺，谁想伸手去碰花，就会被尖尖的刺扎上。据说这就是阿康变的——它时时刻刻保护着蔷薇。而他俩总在一起永远也不分离。

滚水红花

有一种花，暗红色的梗子，绿茵茵的叶子，顶上开出一朵朵红绒球一样的花，太阳光一照，红闪闪的，一开就是几个月，花店里叫它千日花，也有人叫它万年红。可是，我们老百姓都叫它滚水红。为什么叫滚水红呢？有个说法哩！

过去，有一户人家，哥哥在外面做生意，姑子跟嫂子过，这嫂子很不正经。

有一次，嫂子对姑子说："猪仔没有吃的了，你到山上打些猪草回来吧。"

姑子拎篮子到山脚下，才发现打猪草的刀没带来，急忙回家去拿。刚跨进门槛，看见一个男人偷偷从后门溜走了。

姑子说："嫂子，哥哥不在家，这男人经常来可不好啊！"

"噢！"嫂子一愣，"哪——他是来借东西的。"

嫂子已晓得瞒不住姑子了，有她在家，做这种事，总有些碍手碍脚的，长远下去不是事情，万一她哥哥回来，告诉他就坏事了！嫂子就起了坏心。

有一天，姑子上山打柴回来。嫂子从灶膛后出来，拍掉围裙上的草屑子，笑嘻嘻地对姑子说："我替你把水烧滚了，皂角又替你磕好了，快去把头发洗洗干净，再不洗就要生虱子了！"

姑子一听，嫂子今天客客气气的，心里也蛮感激的，是啊，这几天上山打柴，草里蹲，树下站，头是痒呢！她就在盆里放了磕得浓浓的皂角，到灶上掀开锅盖，一大锅滚嘟嘟的开水，热气直冒，她舀了开水，又掺了些冷水，把辫子散开，头一埋就洗起来。烫水洗头，舒服得很哩！皂角水淌到脸上，眼睛睁不开，她也顾不得擦一下。

嫂子一看，时机来了！她就舀了一桶滚水，猛地往姑子的头上倒去，又用桶扣住姑子的头，硬把个姑子给烫死了。

嫂子把姑子埋在花台子下面。

过了几天，花台子里长出一棵小花秧子，长呀长呀，没有多少天，上面开出一串串水灵灵的紫色花朵。这花怪呢，圆圆的，没有花瓣子，像一个个小小绒球，上面一个小孔连着一个小孔，好看得扎实哩！

嫂子看到这棵花，心里咯噔一下：咦，又不曾栽它，怎么长出来的呢？这种花怎么从来没见过的呢？她越看越不对劲。这花圆圆的，就像姑子的头，那一个个小孔，就像姑子的小嘴，哎呀呀，一张张小嘴不是正在骂我吗？她越看越怀疑，越想越来气："你会骂我呢，我把你拔掉！"她连忙用力一拔，这花被连根拔起，想想还不解恨，又把根上的泥磕磕干净，搁在花台上，放在太阳底下晒。

又过了几天，嫂子到花台边上一看，更奇怪了，这花的根子，叶子呀，茎子呀，全晒枯了，花呢？反而更红，更鲜艳了。

嫂子心想：看这样子，这花肯定是小姑子变的了，人死心还不死呢！她连忙又去烧水，把水又烧得滚嘟嘟的，舀了一大桶往花台边上一放，用勺子舀了就浇。嘿，这花被滚水一烫，显得更红嫩了。嫂子气得腿都发抖了，又来舀开水。哪晓得她气急败坏，脚一滑，身子向前一冲，一头栽进滚开的水桶里，烫得她再也爬不起来了。

后来，这花越长越多。因为秋天这花枯了，花朵儿还是红的，所以人家给它起了个好听的名字，叫千日红；有的人将这花朵收藏起来，等到过年时，插在糕点上，为的是图吉利，索性叫它万年红；这花用滚开水来烫，越烫越红，所以又叫"滚水红"。

长白山下的水红花

长白山下的水红花，花朵不但俏白清香，花籽还能治病，在这一带常听人们讲这么个故事：

从前，靠山屯住着个隋福老汉，老伴死得早，撇下了红花、兰花两个小姑娘。苦水中拉扯孩子，隋老汉既当爹，又当妈，既做针线，又顾庄稼，真是把心都快操碎了。可是大女儿在十七岁这年，得了一场大病死了。什么病呢？就是肚子有硬块堵疼，吃不下东西，看郎中，吃草药，医治无效。水葱似的大姑娘硬是让病折磨完了。

儿女是父母的心头肉。大女儿死后，隋老汉是吃不香，睡不着，整天像掉了魂似的，要不是牵挂二女儿，真的就不想活了。每年清明上坟，他都要掘墓开棺看一阵子。

这一年，他刨开土打开棺材，见里边尸首已经烂得剩一根根的骨头了。突然，他发现肋骨下有一块古铜色的东西，拣起来一看：是鸡蛋大小，既像血、又像肉的圆疙瘩，硬邦邦的。这是什么东西呢？可能就是医生们说的痞块吧，老人心里不禁一阵难过。不管什么东西，毕竟是女儿身上长的，留起来吧！老汉包了包，裹了裹，揣在怀里。他有空就掏出来看看，时间长了磨得锃亮，后来干脆用它做了个烟荷包疙瘩。

祸不单行，这一年正当兰花长大成人，在本村订了婚的时候，突然也病了，并且和红花那时候同样，一病就不轻，花多少钱也治不好。邻居急，婆家急，隋老汉更急。

这一天，他哭着拉着女儿骨瘦如柴的手说："儿呀，你要是不好，咱们就一块走吧！”说完难过地躺在了炕边上。朦胧中，他突然看见大女儿红花向他走来，说：“爹，妹妹的病有法治了。”说着从怀里掏出一棵长满绿叶，开着一串串小粉红花的草药来。说：“您把花籽抖落下来，炒熟研成面，天天冲着喝。”又再三叮嘱说：“这就是孩儿的化身，您上山去采吧！”

隋老汉听了又高兴又着急，他望着红花，伸手想拉住女儿，结果扑了个空。醒过来，原来是一场梦。他揉了揉眼睛，再也待不住了，向亲家母、女婿吩咐了几句，一手拎着筐，一手拿着镰刀上山了。

他一去就是十天，可是山上山下找遍了也没有找着梦见的那种药，不知什么时候，还把烟荷包刮拉丢了。这可怎么办呢？老人想，梦未必见，找不着药，还得要那烟荷包疙瘩呢。

就在他第二次上山的时候，在一条小河边上，看见了他的烟荷包，正挂在一片绿叶梗上。他跑过去拣起来，哎！烟荷包疙瘩怎么化掉一半了呢？还直往下滴血水。他再看那绿叶子，正是梦见的草药叶！一节节的箭杆梢上，是一串串的小粉红花。隋老汉心里又高兴、又难过，采了满满的一筐，按着红花说的方法研成粉面。兰花用药后，病果然慢慢地好了起来。

隋福老汉说这种草药是红花姑娘为妹妹治病救命变的，所以，这一带的人们都管这种花叫隋红花，时间长了，就叫成水红花了。也有叫它蓼吊儿的，因为蓼吊儿是红花姑娘的乳名。

兰花十杰

早在战国的时候，楚怀王听信谗言，把忠贞耿直的屈原流放到汨罗江，他自己转赴秦国，被秦国拘禁起来，后来，他死在秦国。屈原听到这个消息，悲愤填膺，身体一天比一天瘦下去。他姐姐怕他身体垮了，就给他的几个心爱的学生写信，让她们来劝解屈原。接到信后，宋梅、祥梅、荣梅、绿云、绿英、绿墨，还有翠玉、紫云等九个学生先后来到。她们知道屈原最爱兰花，就陪着屈原到汨罗江边的山上观赏兰花。

阳春季节，一簇簇、一丛丛的兰花竞相开放，发出素雅的清香，把山水点缀得美丽、诱人。屈原环顾四周，更觉得激情难耐，他摘下一把兰花，给每人分了一株说：“兰花抗严寒，傲霜雪，美而不媚，香而不娇，清雅大方，堪为人之师表。

当此报国之时，你们要像兰花一样，不惧强暴，不媚权贵，拯救黎民于水火之中，我纵然死了，也放心了。”说罢，唏嘘不止，潸然泪下。宋梅她们也跟着流下了眼泪。

过了几天，屈原催促九个心爱的学生说：“你们回去吧，回去为收复国土出点力，我的心也得到一点安慰。”宋梅等依依不舍地离去了，九个学生走后，屈原展纸磨墨，给朝中几个知音老臣写信，让他们上奏大王，励精图治，重整山河。等他把信写好封固，突然听人传说，秦兵破了京城，大王降了秦国。他只觉得天旋地转，登时昏了过去，半晌才苏醒过来。他挣扎着爬起来，给宋梅等人分别写信，让她们不管在什么样的艰难困苦中，也要保持高风亮节，不能降敌，要她们做一个真正的正人君子。又挥笔给她们每人画了一幅素兰图。画毕，他整了整衣冠，走了出去。

初夏之夜，波光粼粼。他想想这大好河山不日将陷于敌手，顿时热血奔涌，悲愤交加，大声呼喊道：“山河何罪，黎民何罪，为什么你们要惨遭蹂躏？朝廷昏庸，奸臣误国，忠贞之士何在？”喊罢，一阵冷风刮来，他踉跄了一下，打了个寒战。他看看天，天阴沉沉，看看地，地灰蒙蒙。远处传来一两声鸡啼，一群乌鸦“呱呱”叫着向南方飞去。他自言自语地说：“国家险时，禽鸟惊飞，天明这里将不属楚地矣，我身为朝臣，上不能保国，下不能安民，还有何颜面活在世上?！”想到这里，就纵身跳进了汨罗江。

屈原跳江的消息一传开，宋梅、绿英、紫云等人匆匆赶来了。在老师住过的屋子里，她们找到了老师给她们写的信和素兰图，就急忙把素兰图抱在怀里，向江边跑去。这时，江面上人来船往，还在打捞屈大夫。她们沿江找了三日，没找到。想着大夫为国为民，操劳半生，含恨而死，国家已亡，忠士何在？就在一天傍晚，九个学生也手拉手一齐跳进了汨罗江。

后来，江边长出了十株芳香四溢的兰花，人们都说是屈原、宋梅等十位英杰的化身，人们为了不忘屈原和宋梅等十位英杰为国为民的高风亮节，便把这种芳香四溢的花取名“兰花”，一直流传到今。

小兰的精灵

从前有家穷人生了个女孩叫小兰，她从小就不淘气，生得也挺伶俐。十岁时，小兰就学会帮妈妈洗衣服烧饭。妈妈非常爱小兰，乡邻老少没有一个不夸小兰子的。

有一天，小兰的妈妈旧病复发，就把小兰叫到床前。她伸出蜡黄瘦小的手，抚摸着小兰悲痛地说："孩子，你爹去世后，你跟随着娘从来没穿过一件新衣，没吃过一顿饱饭，现在家里一粒米也没有。我身子眼看不行啦，西屋你刘大婶说，东庄上王财主家里要人，赶明儿就去吧，受点苦，总比饿着肚子好哇！"说到这里，妈妈伤心地哽咽起来。小兰一头栽倒在妈妈怀里，大声地痛哭起来。

母女俩抱头痛哭了好久好久。小兰心想：到财主家兴许还能弄点剩菜冷饭给妈妈吃呢！想到这里，她抬起头，一双哭红的眼睛睁得大大地对妈妈说："妈，你好好养病，我到财主家后，只要有空就回来看你。"妈妈轻轻擦着小兰脸上的泪水，难过得说不出话来。

第二天清早，小兰就随刘大婶来到了东村王财主的家里。刚一进门，小兰就禁不住地"呀"了一声。正屋里桌旁坐着个油头粉面、肥头大耳的胖女人。她见到刘大婶领小兰进门时，手捂鼻子，酸溜溜地说："哎哟！你这个死老婆子，给我弄来这个没锅灶高的小黄毛丫头，能有啥用呀！还不是白搭米面！"刘大婶一听，连忙上前赔笑说："少奶奶，你别看这孩子面黄肌瘦个子矮，可干起活来能顶个大人用。"

财主老婆看了小兰好半天，才瓮声瓮气地说："好吧，先留两天试试看。"

刘大婶忙施了个礼，转过身子说："兰子啊！在这里好好听少奶奶的话，少奶奶人可好着哩。"说完，抚摸着小兰，不由得泪珠"刷刷"往下掉。从此，小兰一天到晚手脚不闲地忙着。可是老财主的老婆还嫌小兰干活太少。

有一天晚上，小兰把老财主和他老婆侍候上床后，想摸黑回家看妈妈。刚要出门，被少奶奶听见了。她大声喝道："死黄毛丫头，往哪里跑！"小兰像掉了魂似的慢吞吞地说道："俺……俺想回家看看妈妈……"

"不行！"财主老婆打断了兰子的话，厉声地说道："你是我花了三吊钱买来的，你要是敢离开我家大门一步，我就砸断你的腿！"

从那以后，小兰像是被打进监牢一样，想妈妈的心情就越来越重了。财主的老婆对小兰的折磨也一天比一天更凶狠了。小兰被折磨得有些疯疯癫癫了，逢人就哭诉着自己爹爹死得早，妈妈生重病。

一天中午，财主老婆叫小兰把锅里煮的肉端来尝尝。不料肉已煮化了，汤也熬得不多啦。财主老婆一看大发脾气，像疯狗一样张牙舞爪地端起砂锅肉汤对小兰的脸，劈头摔下去。滚开的热汤，把小兰的脸上、身上烫得皮破肉烂，痛得她在地上直打滚。可是，财主老婆还嫌出气不够，又喊了几个打手，把小兰绑起来。自己回到房里取出好几包绣花针，一根根地刺满了小兰的全身，还恶狠狠地捏着小兰的脖子，把舌头拉出来，扎上好多针。小兰被财主老婆连烫带扎，活活地害死了。几位长工难过地把小兰的尸首埋葬在山脚下的一块荒地上。

几个月过去了，有一天，这几个长工和一些短工在地里干活，忽然飘来一阵扑鼻的花香。他们扛着镢头，顺着香味找了去。原来这香味是从小兰坟上正在开放的鲜艳花朵里传来的。花瓣上有许多小红点儿，大家看了这花都感到奇怪。这时，那几个长工猛然想起了被针刺死的小兰来，这花一定是小兰变的，所以大家叫它兰草花。从那时起，每年秋天，满山遍野都开这种兰草花，花瓣上永远留着小红点，看到它，人们就要诅咒那恶毒的财主婆。

梅兰幽香

明武宗正德游览江南，沿途搜掳民间美女和各种珍宝，所到之处，百姓无不怨声载道，恨之入骨。

那时候，兰溪两岸的兰荫山上出产名贵兰花。正德皇帝慕名来到兰溪，心想选几株绝品，带回皇宫里去。

正德皇帝要上兰荫山选兰花的消息，被兰荫寺里的住持知道了。他心中很着急。为啥呢？只因兰荫山上有一株罕见的梅兰。花如腊梅，异香四溢。这株梅兰，很可能被皇帝选走。

真是急中生智，兰荫寺的住持老和尚很快地想出一个好主意。他将那株梅兰从土中挖出，把它移在一只小香炉里，又用一条很长的绳子缚住那只小香炉，然后端到山上一口很深的古井旁，手提绳子，缓缓地将小香炉垂放到井底。

住持和尚刚刚将梅兰隐藏好，正德皇帝已经在一班侍臣的前呼后拥之下进了山门。他们在兰荫寺里歇了一会儿之后，正德皇帝便命众侍臣上山去选兰花。

可是，山上的兰花繁多，幽香扑鼻，弄得那些选花的侍臣眼忙手乱，谁都辨不清哪一株是好是次。他们挑来选去，不得不单凭各人的眼光选定几株，以便回兰荫寺去向皇上交差。

正德皇帝把众侍臣选来的各种兰花一一过目，都觉不太中意。正在这时，突然有一股浓郁的香味从山上飘进兰荫寺来。正德皇帝翘起鼻子深深地吸了吸香气，立即令众侍臣快快跟随这股香味，去把兰花寻来。于是众侍臣又离开兰荫寺，赶紧去追香寻花。

那么，这股奇异的花香究竟是何处传来的呢？原来，隐藏在井底的那株梅兰，异香喷薄，溢出井口，向四面飘散。那班侍臣便顺着这股异香，一个个伸颈吸鼻，如同猫儿寻腥一般，一齐走向古井。有个侍臣往井里一看，见井中有截绳子露在外面，便毛手毛脚地将它往上一拽。只听井中"哗啦"一声，紧接着，一只缚在绳端的小香炉，被拽出井口，里面连泥巴也没有，似乎香气都是从小香炉里发出来似的。于是他们带着那只小香炉，一齐回到兰荫寺，把一切经过向皇上奏明。皇上端起那只小香炉，细细地端详了一番，也没发现什么奇特之处。他想了一想，便宣召住持老和尚，盘问这只小香炉的底细。住持灵机一动，答道："用这小香炉取井中泉水一喝，便可使人的双目明亮。"正德皇帝信以为真，立即命内侍去那井中提回一香炉的井水，他自已先喝，再叫众侍臣轮流喝。由于泉水格外清凉，初喝一口，果然使人有明目的感觉。众人喝完泉水，叫好不绝。

但是，正德皇帝对于兰荫山上那口古井能喷溢异香，心中大为惊疑，便命内侍取来文房四宝，准备题写"兰荫深处有奇香"七字。谁知当他写下"兰荫深处"四个字时，突然感到头昏目眩，腹中疼痛。你道为何？原来刚才喝了井水，冷热相冲，感染风寒。众侍臣也一个个捧腹弯腰，叫苦不迭。正德见此情景，心中大为不悦。一气之下，将手中那支毛笔一甩，只写了半句就不再往下写了，草草落了款。故而兰荫山石壁上刻有："御题，兰荫深处，正德十四年五月十六日。"这题字至今一直还留存着。

正德皇帝十分扫兴，闷闷不乐地带领众侍臣走了。这时兰荫寺的住持满面笑容，念起了"阿弥陀佛"。他庆幸那株珍贵的梅兰未被皇帝搜去。于是，他召集兰荫寺所有的大、小和尚，共同商议打捞梅兰之事。

可是，事与愿违。他们也不知花了几天几夜的工夫，把一切打捞的办法都用尽了，那株珍贵的梅兰却不见了踪影。

据光绪十三年修的《兰溪县志》上记载："兰荫山多兰蕙。今兰荫山不见生兰蕙，而春时登蹑，往往有香气惹人，咸以为异。"这大概就是指失传的"梅兰"了。

君子兰村

传说远古年间，西北有个村庄，庄上住着好几个民族的人。由于这个村的人都喜欢栽兰花，所以又叫兰花村。村里好些住户有民族偏见，爱逞强好胜，常常为一点点鸡毛蒜皮的小事，吵闹不止、争论不休，甚至动武打群架，严重地影响了民族的团结，各族人民心不齐，因而常受外人欺辱……

后来，这个村搬进一个读书人，大伙儿见他为人忠厚，彬彬有礼，公正无私，对人更是谦让宽容，与任何人都相处得来，像一家人一样地和和气气。因此，大伙儿都很尊重他，一致推选他为兰花村的村长。他一上任，就全心全意地为大伙儿谋福利。在他精神感召下，人人齐心协力，共建村庄。从此，那些惯于欺负他们的人，再也不敢来欺负他们了。

一天深夜，寒风怒吼，乌云滚腾，村中一家兰花盆被狂风刮倒在地上，连盆带花都被摔得乱七八糟。兰花的主人，一见盆碎花断，疑窦顿生，一会儿猜说某某打的，因为他与我家不和；一会儿又猜说是某某人搞的，因为他与我家不是同一个民族……眼看事情就要闹大了，这样任其发展下去，将会给民族团结带来不可收拾的后果。村长看到这种状况，心似刀割一般，他急中生智，悄悄地变卖了自己家中仅有几件值钱的衣物。专程跑到街上，买回一盆比原来那盆更加珍贵的兰花。亲自上门，赔礼道歉，并说明他夜里走路不小心，撞倒了兰花盆，打破了这盆兰花，现在赔兰花来了。这场风波总算平息了。

第二天晚上，狂风卷着大雪，纷纷扬扬地倾天而下。那盆兰花的主人因白天吵闹得过度劳累，又忘掉了把那盆兰花收进屋去。五更时分，大雪停止，北风刺骨，干冷异常。兰花哪能吃得消这样强大寒流的袭击呢！那位秉公无私的村长，办完了大伙的公事，回家路上，见到那盆兰花还放在露天地里，没有收进屋内。就想帮忙把这盆珍贵的兰花搬进屋去，但又想到，这盆兰花的主人疑心病很大，万一夜里想起来收兰花不见兰花，肯定又要闹个天翻地覆。这样下去，更会加深民族与民族之间的仇恨。于是，他用自己的身子偎依着兰花，用自己的心血、体温暖着兰花。最初，他还不感到怎么样，后来，他越来越感到寒风朝骨缝里钻。接着，浑身打颤发抖，支持不住了。这时，死的威胁向他袭来，他想到一家老小，真有点动摇了。但他立即又意识到：动摇与成功无缘。因而，他牙一咬心一狠，死也要用身体暖活这盆兰花。于是，他咬着牙关，坚持下去……

谁知，兰花村百姓起床后，一眼就发现热心为人的村长冻死在兰花旁。顿时，一传十，十传百地传遍了全村。人们相互询问，待事情弄清后，全村各族人民都后悔莫及，一起围在村长的尸体旁失声痛哭。由于人太多看不到，便把村长的尸首放在高桌上，百姓围上好几层，有人从上向下看着、哭着，有人从下向上看着、哭着。越哭越伤心，心哭碎了，泪哭干了，滚滚的泪水，有的从村长的脸上向下滚流，也有的泪水从村长脸上滚落，渐渐地把村长的尸首浮了起来。说来也真蹊跷，血泪浸透的村长尸首，突然收缩，变成了一盆无比珍贵、清香、幽雅的兰花。人们为了纪念这位村长，这位真人君子的楷模，便将村长灵魂化成的兰花取名为君子兰。

云锦杜鹃花

从前，祝融峰下的南天门边有一座高山湖，湖的东岸有一棵玉兰花。这棵玉兰花活了几千年，白天承受阳光，夜晚吸收甘露，变成了玉兰仙姑。玉兰仙姑是个美丽、聪明而又善良的姑娘。一天上午，她在湖边游玩，只见湖水像面镜子，倒映着祝融峰和满天白云，各种山花围着湖的四周，像是给高山湖戴了一个万紫千红的大花环，她高兴极了，情不自禁地跳起舞来。这时，一阵微风吹过，传来一阵阵凄凉的哭声。她连忙循声找去，来到湖边的一个亭子上。只见两只可怜的小杜鹃，正在伤心地哭。玉兰仙姑跑上前去，扶起小杜鹃，和蔼地问："春光明媚，花儿都张开了笑脸，鸟儿都在放声歌唱，小杜鹃，你们为什么哭得这么伤心呀？"小杜鹃睁开眼睛，看到玉兰仙姑是个好心眼的姑娘，就抽抽搭搭地诉说了自己的遭遇。

原来她们是姐妹俩，住在高山湖西边的一棵雪里青上面。她们的羽毛还没有长丰满，爹爹就被山鹞杀害了；她们还没有学会唱歌，妈妈就被岩鹰抓去了。她们孤苦伶仃，还受到邻居们的歧视。有一天，杜鹃姐妹正在湖边蹦蹦跳跳地玩耍，山雀看见了，就冷笑着说："看你们这副蠢相，也想跳舞呀？"她们急忙向旁边躲去，想找个僻静的地方玩玩，正好碰到一只黄鹂在那里唱歌，黄鹂看到她们来了，马上收住了歌喉，不耐烦地说："不是知音，在这里偷听什么？还不赶快滚开些！"可怜的小杜鹃处处遭到白眼，于是来到亭子上悲痛万分地哭了起来。她们哭呀，哭呀，从白天哭到黑夜，从黑夜又哭到白天，眼里流出的不是一滴滴泪，而是一滴滴血。

善良的玉兰仙姑，对小杜鹃的悲惨遭遇非常同情，她抚摸着杜鹃姐妹，安慰她们说："小妹妹，不要哭了，我来教你们唱歌跳舞吧！"杜鹃姐妹听玉兰仙姑这么一说，收住了眼泪，紧紧地依偎着仙姑。这一天，她们跟仙姑学会了唱《春色满园》的歌，还学会了跳《百花飘香》的舞。从此以后，每天都这样学歌学舞，玉兰仙姑热心地教，杜鹃姐妹认真地学，进步很快。仙姑还特地帮杜鹃姐姐做了一件漂亮的白裙，帮杜鹃妹妹做了一件漂亮的红衫，把姐妹俩打扮得好看极了。

自从两只小杜鹃学会了唱歌跳舞，高山湖增加了不少色彩。她们在湖面上跳起舞来，姐姐好像蓝天飘着的白云，妹妹好像早晨飞起的红霞。她们的歌声回荡在山谷，行人忘记了走路，樵夫忘记了砍柴。从此，山雀跳的舞，没有人爱看了；黄鹂唱的歌，没有人爱听了。那山雀和黄鹂站在草丛中的岩石上，嫉妒地望着两只小杜鹃，越看越生气，他们叽叽咕咕地商量了一气，怀着鬼胎偷偷地离开了祝融峰。

山雀和黄鹂飞到了凤凰峰的梧桐树下，拜见了凤凰。山雀说："尊贵的百鸟之王啊，祝融峰上出了两只骄横的小杜鹃，天天在唱：'我跳得比凤凰好，我站得比凤凰高，我是鸟类的天骄。'"黄鹂说："王爷呀，她们穿得比您还漂亮；她们眼里根本没王爷，只有一朵玉兰花。"凤凰听了这些谎言，肺都气炸了，咬牙切齿地说："这简直是要造反了！赶快传我的法旨，叫杜鹃姐妹到凤凰峰来，听候发落！"山雀和黄鹂回到祝融峰，向杜鹃姐妹宣了凤凰的法旨，洋洋得意地飞开了。

杜鹃姐妹听了法旨，吓得哭了起来。左思右想，想不出自己到底犯了凤凰哪一条王法。她们赶快去告诉玉兰仙姑。仙姑听了，脸都气红了，说："你们千万不要到凤凰峰去，如果凤凰到祝融峰来，我们跟他说道理。"杜鹃姐妹听了以后，心里踏实了，仍旧飞到高山湖上，尽情地赞美着祝融峰上的美好春光。

一天过去了，两天过去了，到第三天了，凤凰还没有看到杜鹃姐妹的影子。凤凰气得浑身发抖，为了维护百鸟之王的尊严，决定亲自到祝融峰去惩罚杜鹃姐妹。往日，凤凰起舞的时候，天上祥云万朵；可是这一天太阳不露面，祝融峰不仅浓雾滚滚，高山湖边冷气逼人。玉兰仙姑知道凤凰要来了，带着杜鹃姐妹在湖边的亭子上等着。

凤凰果然来了，后面还跟着长长的队伍，把高山湖围了个水泄不通。凤凰指着杜鹃姐妹厉声喝道："小小杜鹃，口出狂言，身穿彩衣，目无百鸟之王，你们知不知罪？"杜鹃姐妹吓得不敢开口，玉兰仙姑走上前说道："请问尊贵的王爷，我送给杜鹃姐妹的裙衫，既无王冠，又非龙袍，怎么不能穿呢？杜鹃姐妹聪明漂亮，能歌善舞，应该是你们鸟类的荣耀，为什么反而成了罪名呢？再说，王爷远在凤凰峰，怎能听到杜鹃在祝融峰口出狂言呢？尊贵的王爷，千万不要听信谗言啊！”一席话，说得凤凰哑口无言，他知道自己错怪了杜鹃姐妹，理亏了。但是转念一想：玉兰仙姑在大庭广众之中竟诉说王爷的不是，如果再当着下属向仙姑认错，就会失去尊严。再说连小小杜鹃都治不了，今后怎么管得住百鸟？于是，他横眉鼓眼，对玉兰仙姑说：“你这冥顽不灵的草木，并不与我们同类，我们的事，与你有何相干？”不等仙姑再说话，他翅膀一拍，扑到仙姑身边，抓住两只小杜鹃丢进高山湖，把她两个活活淹死。接着，又掀起一阵黑风，摧毁了高山湖所有的楼台亭阁，摧毁了湖边万紫千红的山花。玉兰仙姑气得眼前金星直冒，连忙脱下身上的白衣往空中一丢，天上立即下起鹅毛大雪。大雪铺天盖地，把凤凰压在下面。凤凰拼命挣扎，想从白雪下面飞出来。但是，雪越下越大，压得他再也飞不起来了，只有长长的尾巴还翘在外面。现在南岳山上看不见作威作福的凤凰，偏僻角落里却还能看见凤尾草。传说这种草就是凤凰翘在雪外的尾巴变的。

当时，玉兰仙姑埋住了凤凰，把高山湖水放干，捞起杜鹃姐妹的尸体，把她俩安放在两株雪里青上面。仙姑悲痛地哭啊哭啊，整整哭了三天三夜，泪水把两株雪里青下面的冰雪哭化了。这两株泪水浸着的雪里青紧紧抱住杜鹃姐妹，变成了两株洁白的杜鹃花。远远地看去，像朵朵白云，因此，大家叫她云锦杜鹃。从此以后，祝融峰的前后左右，到处都长着高大的杜鹃花。她们不像山下的杜鹃花那样矮小，高的有一丈多高，大的有两三尺大。每到春季，冰雪刚刚消融的时候，杜鹃花就开出美丽的花朵。在有玉兰花的地方，杜鹃花开得更加鲜艳。

百合花

百合在民间有个传说。道是东海上有一伙海盗，经常到海边打劫渔民。一天，海盗来到了一个渔村，他们把财物粮食搬到贼船上，又把妇女和儿童劫去，然后驶向大海中的一个孤岛。

一天，海盗又离开孤岛到别的地方抢劫去了，岛上的孩子、妇女们盼望着大浪掀翻贼船，淹死海盗，说也巧，贼船终于在一次抢劫中被大浪掀翻，那伙强盗全部掉进大海喂了鱼。妇女和孩子们非常高兴，可是她们把贼窝的粮食吃完后，又犯起愁来。四周是一眼望不到边的大海，到哪里去找吃的呢？人们饿得头昏眼花，就在岛上到处找吃的，能吃的东西都吃光了。有个妇女饿得没办法，挖来了一些根子圆圆的像大蒜一样的野草根子，煮熟一尝，有香甜味，于是，大伙就纷纷挖起这种野草根子来了。一连吃了好几天，他们发现这种东西不但像米饭一样解饿，就连原先的几个身体瘦弱、痨伤咳血的病人，吃了也都恢复了健康。

第二年，有一条采药船偶然来到孤岛。岛上的人欢天喜地，殷勤接待采药人，采药人问明了这些妇女和孩子遭劫的经过后很奇怪，又问："这荒岛上根本不长粮食，你们怎么吃得这又白又嫩啊？"

妇女们就把挖来的"大蒜头"拿给采药人看，采药人掐了一点尝尝，很甜，猜想它可能具有药性。

后来，采药人找来大船把妇女和孩子接回陆地，并且带回许多"大蒜头"，经过栽种，果然发现这东西有润肺止咳，清心安神的作用，就把它当药用了。可是，给这药取个什么名字呢？采药人掐指一算，在岛上遭劫的妇女和孩子，合起来整整 100 人，一个不多，一个不少，于是就把这种药叫"百合"了。

长乐百合花

唐朝太和年间，宪宗穷奢极欲，荒淫无道。下诏广取天下美女，日夜在长乐宫饮酒作乐。

一天夜里，月明如昼。一个新选入宫的美女，独自躲在御花园里嘤嘤啼哭，其声甚哀。正哭间，忽见一个白衣姑娘来到她的面前，问她为何哭泣。女子抽抽噎噎，把自己的身世说了一遍。原来那女子已有丈夫，二人结婚不久，十分恩爱，只为得罪了乡里地保，便把她报到县衙，县令派人硬把她送进了都城。那白衣姑娘听罢，又气又怜，便说："姐姐不必啼哭，今晚我送你逃出去。"那女子一听，先是一喜，后又摇摇头说："这可使不得，倘若让人知道，岂不连累于你。"白衣姑娘微微一笑说："这个无妨，我自有办法。"说罢用手一招，即刻从天上落下一个莲花宝座，她说："你把眼睛闭上，它自然会送你回家。"那女子感激万分，对着白衣姑娘拜了拜，转身上了莲花座飞走了。

那女子走后，白衣姑娘就随新选的彩女来到长乐宫。宪宗一见白衣姑娘，顿时，神魂飘荡。白衣姑娘向他丢个秋波，转身就走。宪宗急忙从后追赶，眼看就要追上了，就伸开双臂，朝前猛地一扑，只听"砰"的一声，头被撞得疼痛难忍，眼里金星乱冒，定睛看时，原来是一根殿柱子。只见那白衣姑娘站在一旁，哧哧直笑。宪宗顾不得疼痛，急忙转身又追。白衣姑娘左躲右闪，宪宗又接连栽了几个跟头，只栽得鼻青脸肿，还不死心。白衣姑娘见他又追了上来，就闪身出宫门，向御花园里跑去。宪宗在后穷追不舍。追进御花园不远，只见白衣姑娘脚下一滑，一跟头栽倒在地上，宪宗见了大喜，朝着姑娘猛地一扑，只听“扑通！”一声，却栽进了茶花池。等众内侍赶来救起时，已经奄奄一息。寻那白衣姑娘时，早已踪影不见。众人大吃一惊，急忙报于正宫娘娘。正宫娘娘想知这件事的蹊跷，便差人仔细查找，找来找去，在白衣姑娘失踪的地方，发现长着一株花。正宫娘娘就叫侍从们向下挖，不多时，挖出很大一根长乐百合，一瓣一瓣的，紧合在一起，好像南海观音的莲花宝座，数了数，整整一百瓣。所以，人们把这种花叫“长乐百合花”。还说这花是百合仙子显灵。宪宗听后，又惊又怕，从此，他再也不敢广选天下美女了。

蒲公英

早年间，柳河湾里住着一个叫周成的小伙子，自小失去双亲，十分孤苦。周成二九一十八岁时，好心的邻居就给他说了个媳妇——蒲氏。婚后，两人十分恩爱。周成下地干活，蒲氏在家纺纱、织布，料理家务，小日子过得幸福美满。

这一年刚刚忙罢，周成突然得起病来，咽喉肿痛，鼻子口里蹿火，吃饭也免不了把脖子歪几歪，和村里很多人得的病一样。人们到处求医，结果是吃药无效，求神不灵。蒲氏心里很难过，整天张嘴泪不干。一天夜里，她梦见自己来到了一座高山，名叫花儿山。山上万花艳艳，浓香扑鼻。她走到山顶，见一株花草生得别致逗人，铺开一簇绿叶两边像锯齿一样，青紫色的花茎上开着金黄的小花。有人告诉她这种草名叫公英，可以入药，有清热解毒、消散痈肿的作用。蒲氏听了不禁高兴地笑了起来。蒲氏笑着醒来，原来是自己做了一个梦。

第二天清早，她就把梦告诉了丈夫，并打算去花儿山采药。周成听了，说：“花儿山，东南天，脚生泡，鞋磨穿，蹚过九十九条河，绕过九十九道湾。路途遥远，你可是去不得呀。”蒲氏说：“只要能找到这种药草，别说过河绕湾，就是走上千山万水，俺也心甘情愿。”她收拾好行装，毅然辞别了丈夫和乡亲。

蒲氏走了一天又一天，饿了口里啃干馍，渴了河边饮清泉，倦了草地盖甘露。终于蹚过九十九条河，绕过九十九道湾。一天，她走到一座山下，见有一个茅庵，里面坐着个老太太正纺纱。

她连忙走进庵棚向老太太问路。老太太说："你再往东走上百步，左数九十九棵树，右数九十九棵树，对着中间的那棵树往前走，就有上山的路了。"蒲氏按照老人的指点，来到百步尽头，真的左数九十九，右数九十九，顺着中间那棵树信步朝山上走去。不大工夫，眼前现出了一条直通山顶的大道。她来到了山头上，只见绿树荫下，坐落着一间茅庵，有一个老头正坐在门口聚精会神地看书，那老人鹤发童颜，甚是精神。蒲氏上前施礼，说明了自己的来意，求老人给以指点。老人仔细打量着蒲氏，说："这种药草名叫公英，它要长三千年方能入药。你历尽千辛万苦可不容易呀，回去吧。"蒲氏呆呆地看着老人，说："难道人得了急病，也非等三千年再治不行吗？"老人听了蒲氏的话，点点头说："是呀，如果不等三千年的话，病人服了这种药汤，采药人就会马上死去的。"蒲氏恳切地说："只要把大伙的病治好，我甘愿一死。"老人听罢，沉吟一会，点点头说："既然你有这颗诚心，好吧。"说着，他从屋里拿出一朵金花递给蒲氏，说："只要戴上这朵金花，就能免去一死，去吧，按照你梦里见的那样寻找去吧。"

蒲氏谢罢老人，头戴着那朵金花，径直往山顶走去。她到了山顶，嗬，满山顶到处是鲜花，绿叶映衬，五光十色，她凭着自己的记忆，终于找到了那棵仙草——公英。她双手捧着公英草，朝着自己的家乡张望，激动得两行热泪如断线的珍珠。再也无心在山上停留，急忙朝山下跑，头上那朵金花，也在奔跑中失落了。

蒲氏回到了家里，熬了一锅药汤，大碗大碗地分给众乡亲。时间只用了三天，乡亲们和周成的病全都好了。蒲氏看着大伙的病情好转，微笑着合上了眼睛。人们听到蒲氏死去的噩耗，都难过的掉下了眼泪。蒲氏被安葬不久，在她的坟上长出了许多公英。后人称为"蒲公英"，一直传到如今。

七叶一枝花

在深山密林的沟坑里，生长着"七叶一枝花"，如果被毒蛇咬伤了，敷上"七叶一枝花"，就可以去毒消肿，真是一种治蛇伤的好草药。"七叶一枝花"是怎样来的呢？这里有个动人的故事：

从前，东山脚下有一个村庄，村庄上住着一对老夫妇，他们生了七个生龙活虎般的儿子和一个如花似玉的女儿。

春天，七个兄弟在山下耕地播种，妹妹上山去采花采茶。

冬日里，七个兄弟到东山的密林中去打猎砍柴，妹妹在家里织布缝衣。

一家人的日子过得蛮好。

有一年，东山的沟坑里，突然来了一条大蟒蛇，给村庄里的人添了无穷的灾难。不管白天，还是晚上，大蟒蛇都出来寻找食物，见牛咬牛，见人吃人，村庄上家家户户吓得关门闭户，不敢外出，过着提心吊胆的日子！

老头子和老太婆两个人，天天守着七个儿子和一个女儿，不准他们出去。日子一久，粮食吃光了，一家人饿瘦了。

一家人望着空空的米缸，半天说不出话，老大忍不住对爹娘开口了：

"让我去打死大蟒蛇吧！我们不能眼巴巴地看着大家活活地饿死！"

老头子和老太婆流着眼泪说："崽是爹娘身上的肉，不管怎样也不能让你去送死。"

老大长叹一声，闭口不语了，心中却在盘算着："今日晚上偷偷出去，一定要把大蟒蛇打死。"

太阳从东山爬出来，又落下了西山。老大趁着大家睡着的时候，偷偷地打开后门溜了出去。

在星光下，老大手上拿着一根木棍，朝山里走去。刚刚走进深山，霎时，刮起了一阵大风，飞沙走石，树枝在呼呼地摇摆，星星隐灭了，老大浑身战栗。突然，在他面前出现了一条眼睛像灯笼似的大蟒蛇，张着血盆大口，飞也似的蹿了过来，老大还没有举起木棍子，就被大蟒蛇吞进肚里去了。

第二天一早起来，老大不见了。老头子和老太婆在呜呜地哭，弟弟妹妹也在呜呜地哭着。

老二揩了揩眼泪，对爹娘说：

"大哥哥一定被大蟒蛇吃掉了，让我去打死大蟒蛇，为村上人除害，为哥哥报仇！"

老头子和老太婆吓慌了，又是鼻涕又是眼泪地死死地拉住老二说："我们不能让你去，大蟒蛇太厉害，你会被它吃掉的！"

老二说："能打死！"

"不能！"

"能！"

"崽是爹娘身上的肉，我们不准你去！"

老二不做声了。

到了晚上，老头子和老太婆睡得很香了，弟弟妹妹睡得很甜了，老二偷偷地爬了起来，摸到一把菜刀，就轻手轻脚地打开窗门跳了出去。

星星在头顶上发光，老二大步地跑进东山。突然，又刮起一阵大风，飞沙走石，树枝在呼呼地摇摆，星星隐灭了。老二浑身战栗，在他面前出现一条眼睛像灯笼似的大蟒蛇，张开血盆大口，朝老二扑来，老二刚刚想举起刀，就被大蟒蛇一口吞进肚里去了。

麻雀在窗外喳喳叫，太阳从东山出来了。一家人爬起了床，可是老二不见了。

老头子和老太婆哭得眼睛流血水，弟弟妹妹也哭得地动屋摇。

老三要去替大哥哥、二哥哥报仇；要去替全村人除害，要去打大蟒蛇，老头子和老太婆更不肯了，紧紧地抱住老三说："不能去，不能去送死啊！"

夜来了，老三偷偷地走了，也没有回来。

以后，老四、老五、老六、老七都陆陆续续地偷偷出去想打死大蟒蛇，可是，都先后被大蟒蛇吞掉了。

老太婆和老头子哭得死去活来，只剩下唯一的一个女儿了。

女儿说："我要去打死大蟒蛇！"

老头子和老太婆更吓慌了。

老太婆紧紧地抱住女儿不放手，说："你是娘的命根子，千万不能去！"

老头子紧紧拉住女儿的手说：

"你力气小，一出去就会被大蟒蛇吃掉，不能去！"

女儿再三再四地恳求她爹，嘴都说破了，老头子还是不同意女儿去。

晚上睡觉的时候，老头子和老太婆怕女儿偷偷走了，就拿一根绳子把女儿的脚捆在床上，才放心地去睡觉。

女儿翻来覆去睡不着，偷偷地爬了起来，摸了一把剪刀把绳子剪断，便打开了大门出去了。

女儿匆匆忙忙地朝山里跑，刚刚跑到山口，在洁白的月光下，看见一个白发苍苍的老公公迎面走来，她惊讶地站住脚问：

"老公公，你看见大蟒蛇了吗？"

"看见啦！大蟒蛇厉害呀！你一个女孩子赤手空拳怎么行，不久前，有七个年轻力壮的小伙子，都被大蟒蛇吃掉了，我劝你还是赶快回去吧！"

"不！我要去！那七个人就是我的哥哥，我要为他们报仇，为村里的乡亲们除害！"

“你一定要去？”

“一定要去，只要能打死大蟒蛇，就是刀山也要上！”

“你不怕死吗？”

“不怕死，只要能打死大蟒蛇，就是滚油锅也愿下！”

老公公走近她的身边，亲切地抚摸着她的头发，感动地说：

“好，你一定要去，我就帮帮你的忙吧！我有一件用绣花针编织成的衣裙，你把它穿上，就可以战胜大蟒蛇，替你哥哥报仇，替村上人除害了。”

女儿高高兴兴地穿上了老公公送的绣花针编织成的、光闪闪的衣裙。谢过老公公的帮助，就蹦蹦跳跳地朝山里跑去了。

她刚刚跑进深山，突然，刮来一阵大风，飞沙走石，树枝在呼呼地摇摆，星星隐灭了。她看见一条眼睛像灯笼似的大蟒蛇，张着血盆大口朝她扑来。她睁开闪着愤怒火星的眼睛冲了上去，大蟒蛇一口又把她吞下去了。

大蟒蛇把她吞进肚子内，就像有万把尖刀在宰割一样，痛得在沟坑里滚上滚下，到天亮的时候，大蟒蛇就死了。

从此，东山脚下的人们又太太平平地过日子了。老头子和老太婆没有了女儿，就天天在山里哭着寻找，眼泪流满了沟坑。一天，就在大蟒蛇死去的地方，生长出一种由七片叶子托着一朵花的奇妙的植物。老头子和老太婆拔了一些回家，遇上有人被毒蛇咬了，就给他敷在伤口上，伤口很快就好了。据说，它就是老头子和老太婆为民除害而死的七个儿子和一个女儿变成的。人们把这花叫做“七叶一枝花”。它成为世世代代治蛇咬伤的草药。

云中落下水仙花

水仙花是福建龙溪的特产。它有单瓣、复瓣两种，单瓣名叫金盏，复瓣名叫百叶，都是驰名世界的名花。

弄不清是哪朝哪代了，在龙溪上南乡里有一对青年男女，男的叫金盏，女的叫百叶，他们俩都没爹没妈，靠种庄稼过活。金盏勇敢好义，百叶心灵手巧，两人正是天生的一对儿。

他们住的村后有一个大湖，湖水碧绿绿的，远近几十里庄稼都靠它灌溉。大湖四周，土地肥沃，柑橘、五谷年年丰收，人们的生活过得很好。

谁知有一天半夜，大家正在睡梦里，忽然飘来一堆乌云。一会儿，刮起了人们从来没听见过的“呼呼”大风，下起了人们从来没看见过的“哗哗”大雨，又是打雷又是闪电的，吓得人们都坐在床上直打哆嗦。金盏和几个胆子大的小伙子，急急忙忙奔出门来一看，只见西南方飞来一座大圆山，“轰隆隆”一声巨响，把整个大湖盖得连条缝儿也找不出。

圆山落下后，上南乡田地里的水源断绝了，年年闹旱灾，再也听不到人们的笑声和歌声了。金盏和百叶带动大伙去挖井，挖呀挖，挖十尺深还是干涸涸；挖呀挖，挖五丈深还是不见一滴水。干旱越闹越凶，青翠的果林枯死了，田地都裂得跟龟背一样，东一道缝西一道缝，原先种上的禾苗都枯焦了。老乡们受不了，扶着老人带着小孩，开始四处逃荒了。有些人虽然硬着头皮留下来，也都只好靠吃草根、树皮过日子。每天都有人死去，村里一片荒凉悲惨景象，看了真叫人伤心。

又是一天夜晚，月亮仍高高地挂在天上，但是乡亲们黄瘦的脸却紧锁着。金盏默默地待在枯死的果树下，看着远处荒掉的田地，想起逃荒的人们，眼圈就红起来。再想到过去那幸福快乐的日子，想到面前的大山，就是碧绿绿的大湖，心里就更加难过。

金盏正想得入神，突然山顶上传来一个很轻的声音：“要想知道湖泊搬到哪里去，赶快向着西南找。”这声音虽然很小，但听起来却越来越清楚，像是一个老人在讲话。金盏听后又惊又喜，就跑去向百叶说：“我要找湖水去。”百叶望着金盏，心里不知说些什么好，擦着眼泪说：“给大伙找水源，你放心去吧，家里我会照顾的。”

第二天清晨，天刚刚蒙蒙亮，金盏就扛上大斧，朝西南走去。百叶含着眼泪送了好长一段路。金盏回头来向百叶告别时，百叶禁不住哭了起来。

金盏跟百叶分别后，翻过了一座又一座大山，穿过一片又一片大树林，荆棘戳穿了他的鞋，寒风刮破了他的脸，鲜血顺着脸和腿滴了一地，但他还是不顾一切地往前走。累昏了倒下去，醒过来撑起身再走。就这样倒下，起来，起来，倒下，再起来，不停地向前走着、爬着。

金盏走过了九十九个山峰，走遍了每个山顶的石头，还是没看到湖水的一点影子。但是他记着老人的话，想起枯死的庄稼和盼水的乡亲们，他又坚强起来，咬紧牙关，忍着疼痛，不断往前走。整整走了三天三夜，走过的地方，草木都给他的血染得红红的。

又过了三天，金盏翻过了许多秃山，越过许多峭壁，攀上了最高的白鹤峰。

他低头一看，欢喜得狂跳起来。他几乎不相信自己的眼睛，眼前竟是一片清清的湖水，跟家乡的一模一样。他跑下山，蹲在湖边，急忙捧了两捧湖水润润喉，立刻感到心清气顺，浑身有劲。这时，他乐得什么都忘了，只想赶紧把湖水弄回家乡，使它回到原来的地方。

但是，四周都是岩石，把湖水紧紧围住，这怎么能够把它弄回家呢？金盏又心急起来，他一边围着湖转一边想：只有打通岩石峭壁，把湖水引到家乡，除了这样，再也没别的办法了。于是，他抽出挂在腰上的大斧，"噼里啪啦"地向峭壁猛砍。

日子一天天过去，金盏一斧斧地砍着，肚子饿了嚼嚼树皮，口渴了喝口湖水。他从日出砍到日落，从星亮砍到星稀，从来没有闲过一会儿。

不知不觉，冬天到了。上南乡还是一片荒凉，金盏约定的归期早过了，还是没有回来。百叶的眼珠儿快望穿了，她实在不能再挨下去了，决心去找金盏。她拭干眼泪，告别乡亲，上了路。

百叶按着金盏脚印，找了一山又一山，寻了一林又一林，翻过了九十九个山峰，最后跟着脚印，攀上了白鹤峰。这时候，金盏累得只剩下一丝气儿，但还是一斧一斧不停地砍着峭壁。百叶飞快地跑到他身边，金盏一看见百叶赶来，眼睛一亮，露出微笑，指了指峭壁，把大斧交给了百叶，没来得及说一句话就累得倒下了。百叶望着金盏又黑又瘦的脸孔，两眼早已模糊了，再看他倒下，哭得更伤心。她连忙去扶他，但是再也扶不起来了。

百叶抬头望望碧绿的湖水，想到家乡的亲人们，抡起大斧，咬着嘴唇，朝着峭壁一斧一斧地砍去。肚子饿了嚼嚼树皮，口渴了喝口湖水。不知过了多少日月，厚厚的峭壁，已经凹下去，眼看再砍几斧就要穿了。但是，她实在太累了，一下晕了过去。

忽然，一阵寒风把百叶吹醒了。她睁开眼皮，挣扎着爬起来，咬着牙，使出了最后一口气，连人带斧猛一下向峭壁抡去，忽听"哗啦啦"一声巨响，清清的湖水从缺口处涌了出去，像条银龙似的向山下奔去。

滚滚的湖水，一直向上南乡奔去，流水经过的地方，秃树变成青翠翠的，田垄又变得绿油油；鸟儿飞回了旧窝，黄牛躺在树荫下搔痒。逃荒的乡亲们都欢欢喜喜地搬了回来。上南乡又响起了歌声。

乡亲们都回来了，可是，唯独不见金盏和百叶俩。大家想念他们，决定沿着流水上山去找。

乡亲们绕过了九十九个峰，攀上了白鹤峰，只见上下罩着一层薄雾，金盏和百叶正站在涌泉的地方，一斧一斧地砍着峭壁。大家高兴得狂叫起来，震得山岭呜嗷响。金盏和百叶听到乡亲们的声音都转过头来，向大家微微一笑。这时，只见涌泉处升起一股雪白的水柱，水柱顶端一朵彩云，托着金盏和百叶。两朵彩云愈升愈高，一眨眼就飞上天空。接着从云里落下两颗闪闪发亮的东西，掉在奔流的湖水里，一下化作两朵清香扑鼻的花儿：一朵黄似金盏，一朵似百叶。于是，大家的心膛亮了。他们知道金盏、百叶为大伙死了，这花儿是他们的化身。乡亲们把它们抱在怀里，带回家乡，用瓷盆养着，天天换上清水，供在大厅里作纪念。

不久，春天过去了，花儿凋谢了，乡亲们舍不得扔掉，把它掩在土里。隔年春天，它又开起花来，比以前更加清香、更加鲜艳。往后年年如此，越开越盛。因为金盏和百叶是为乡亲们找水砍山而死的，清香的花儿又是从水里托出来的，所以大家叫它水仙花，单瓣的叫金盏，复瓣的叫百叶。而且一直用清水养着，据说四周放着石头，就是他们砍山时落下来的小石块。

漂游的海菊花

你见过海菊花吗？海菊花的花瓣形如花环，外沿翠绿，花心紫红，花蒂紧紧地吸在海礁上。住在海边的渔民们，对海菊花的传说可多啦。

在许多年以前，渤海岸边住着一个打鱼的老汉，大家都叫他老海头。他带着独生女过活，闺女叫海姑。海姑刚出生，妈妈被渔霸逼去做乳娘。后来渔霸奸污了海姑妈，她忍受不了污辱，便悬梁自尽了。家里扔下嗷嗷待哺的海姑。爹当娘实在难啊！老海头屎一把尿一把地把海姑拉扯大。海姑长到十六岁，出落得可俊啦，白皙粉红的小脸蛋儿一双乌黑闪亮的俊眼儿，两个招人喜爱的酒窝儿总是含着笑意。老海头对他的闺女像明珠一样地疼爱。海姑不但长得像鲜花一般招人爱，而且聪明能干，编织渔网、纹线绣花、唱渔歌，海湾里九十九个俊姑娘里没有能比上她的。更叫人喜爱的是她那水性和捕鱼的手艺比海湾里的小伙子还强。像海姑这样的好姑娘谁不爱啊！就连蝴蝶都绕着当花采。小伙子围着她求婚配，海姑连瞄都不瞄一眼。老海头看着聪明美丽的女儿，手摸着下巴从心里往外笑，心想：看你选个什么样的女婿。

一天，勤劳勇敢的海姑和往常一样，跟爹爹出海捕鱼，当她看到那火红的太阳，从东边海面上欢跳着升起来的时候，便情不自禁地唱起那优美动听的渔歌。这时，渔霸正坐着大帆船在海中游逛，听到这动人心弦的渔歌，他高兴极了，命令船夫朝歌声划去。渔霸看到海姑长得像月儿一样清白，花儿一样的美丽，心里起了歹意。当天渔霸就派说嘴媒婆带着金银首饰到老海头家去说亲。可是媒婆子说了几船好话，海姑不点头，说了几船吓人的话，海姑不害怕，最后媒人只好灰溜溜地回去了。渔霸听说海姑拒绝了婚事，气得火冒三丈，恶狠狠地说："敬酒不吃，吃罚酒，哼，叫你尝尝我的厉害！"渔霸派人去抢亲。这消息被老仆人王奶奶知道了，她偷偷地给海姑送了信。海姑流着泪扑在老海头的怀里，哭成了泪人。老海头心痛地扶着海姑的头说："海姑，快顺海逃走吧，可不能落在渔霸的手里呀，逃吧，逃到阿罗岛去吧。听老人们说，阿罗岛在很远的大海里，那是个幸福岛，那里有的是春花秋果，没有严寒和饥饿。去吧，孩子，等到渔霸死了再回来，爹爹等着你。"老海头和王奶奶给海姑在腰间系上两个葫芦，胸前鱼皮袋里装上干粮，叫她逃走。在老海头和王奶奶的一再催促下，海姑擦了擦眼泪说："奶奶，爹爹，我走了，多保重。"

海姑强压着内心深处的悲痛，游进了大海。她不时地回头望望影影绰绰的家乡，想着自己凄凉的遭遇，担心着爹爹的命运。阿罗岛啊，在哪里？她游啊游啊，饿了咬口干粮，累了仰在葫芦上喘口气，由白天到黑夜，由黑夜到白天，海姑自己也记不清游了多少天。有一天，实在游不动了，就望着海面上盘旋的海燕喃喃地说："海燕啊，告诉我吧，阿罗岛在哪里呢？"那群海燕好像听懂了她的话，飞来几只大海燕，轻轻地叼起海姑的衣袖，扇起双翅，带着海姑向前游去。游了三天三夜，来到一座孤岛上，疲倦困乏的海姑倒在树下睡着了。当她醒来时，已是第二天的黎明。红霞又渐渐地升起来了，岛上一片光明。树木蓊郁，绿草如茵。各种树上结满了果实：紫的葡萄，黄的枇杷，像颗颗珍珠倒悬在绿树翠荫之间。鸟儿在枝头上唱着清脆的歌。此时此刻，海姑无限的忧愁苦恼，全都烟消云散了。渴了，便掬起清凉的泉水解渴，饿了，便摘下野果充饥。她仰卧在绿绒般的草地上，想着往后的日子，夜间怎样过夜，有没有野狼？想着想着，渐渐地睡着了。当她醒来时，面前站着一位英俊的小伙子。小伙子关切地问："姑娘，你从哪来？为什么睡在这里啊？"海姑慢慢地抬起头，看着小伙子默默不语，只是流下了伤心的眼泪。小伙子说："告诉我吧，看我能为你做些什么。"小伙子温暖的话语，感动了海姑，她用充满感激的泪眼望着他，慢慢地把自己的不幸遭遇一五一十地哭诉了一遍。那如怨如泣的诉说使小伙子也流下了眼泪。他这才知道，眼前这个如花似玉的姑娘就是常听到渔民们传说的那个勤劳、聪明、伶俐的海姑。小伙子很同情她，说道："这里叫阿罗岛，你就叫我阿罗哥吧！我的父母也是被渔霸害死的，这个恶霸使我失去父母无依无靠，才逃到阿罗岛。岛上的土地任我开，岛上的果树是我栽，你有什么困难，我都能够帮助你。"海姑激动地淌着眼泪说:“阿罗哥,你真好,让我怎么报答你呢?”

“海姑妹妹,你我虽然不是同根生的一双苦瓜,却是苦海里泡大的一对苦娃,你就住下吧,慢慢地想法再报仇。”接着,阿罗搬来五颜六色的岩石,为海姑盖起了美丽的小屋,拣来像青丝发一样的龙须草为海姑铺床,采摘各种野果为海姑准备粮食。阿罗准备好这一切后,驾起小船出海打鱼去了。

傍晚,阿罗回来怀着喜悦的心情,为海姑做了一碗最好吃的鱼羹。阿罗端起香喷喷的鱼羹走到海姑面前,让海姑趁热喝下。海姑见了鱼羹想起了爹爹,流下了思亲泪。阿罗叹口气说:“海姑啊,喝口鱼羹暖暖身子吧。”海姑见阿罗这样好心待她,心里升出一缕甜意,腼腆地朝他笑了。

从那以后,阿罗的心里有了海姑,海姑的心里有了阿罗。阿罗每天殷勤地关照着海姑,使海姑几经风雨的心复活了。

爱情的闸门从此被打开了。白天,海姑和阿罗同出海打鱼;夜里,伴着星星和月儿同在一起谈心。多么美丽的生活啊!可是,那个该死的渔霸,没抓到海姑不甘心,派人到处打听消息。有一天,他的狗奴才回禀说:“老爷,阿罗岛上有海姑。”于是,渔霸亲自率领恶奴划船来到阿罗岛。那天,阿罗正和海姑在海上捕鱼,突然传来渔霸的叫声:“抓住阿罗,老爷有赏!”海姑回头一看,只见渔霸觍个大肚皮、裂开蛤蟆嘴冷笑道:“哈……我看你往哪跑!”恶奴们划着大船飞一般地追上来了。海姑惊慌地偎在阿罗身边说:“阿罗哥,你快跑吧。”阿罗护着海姑说:“海姑妹,不要怕,咱们一块逃!”说着,便飞快地划起小船,箭一般地逃去。这时候,天空卷起了乌云,狂风激起了恶浪,逆水行舟,真难啊!眼看渔霸的大船要追上了。阿罗思量着难逃渔霸的毒手,急中生智脱掉自己身上的衣服同海姑对换,又把斗笠戴到海姑的头上,说道:“海姑妹妹,我掩护你,你……快快顺海逃走吧!”

“不!阿罗哥,我死活都和你在一起。”

“海姑啊,好妹妹,不要担心我,逃吧,离开阿罗岛,找一个安全地方藏起来,再想办法。”

“那你?”

“我自有办法找到你,快走吧!”海姑眼含热泪,迟迟不肯离去。阿罗忍着心痛把海姑推到大海里。海姑边游边哭喊着:“阿罗哥,我等着你,永远等着你。”阿罗含着热泪把小船向另一个方向划去。海姑逃走了,可是,阿罗终于被渔霸抓住了。渔霸见是穿着海姑衣服的阿罗,恨极了,让狗腿子将阿罗的两脚绑上一支大铁锚,沉进大海。然后,继续追捕海姑,一连追了三天三夜,连海姑的影子也没见到,只好失望地回去了。

可怜的海姑哪里知道阿罗哥已经离开了人间！自从离开了阿罗，她在大海里游啊游啊，到哪里去呢？没有落脚的地方。后来，海姑在大海里一面漂游，一面打听阿罗的消息，有的渔人说："阿罗逃了。"也有的说："渔霸把阿罗沉到大海里去了。"阿罗究竟是死是活，海姑得不到确切的消息，急得她放声恸哭起来，边哭边喃喃地说："阿罗哥啊阿罗哥，你在哪里啊，快快来到我的身边，快快来吧。"哭声惊动了海燕，海燕和她一起流泪，惊动了海中的鱼儿，鱼儿和她一起悲鸣。海风，浪花也为海姑啼泣。海姑在大海里到处漫游、寻找，从炎夏找到严冬，从严冬找到炎夏。就这样，成年累月，海姑变成了一朵美丽的海菊花。海菊花的根长在岩石上，永远漂游在大海里寻找她的亲人阿罗哥。

婆婆留住丁香花

丁香树啊，开紫花，
叶子苦啊，花儿香，
香飘千里，招人爱。
丁香美名传四方。

早年，在松花江岸上，住着这么一家，有三个儿子，三个媳妇，还有孙男弟女一大帮。老爷子早年去世，归婆婆当家。大儿媳妇又馋又懒；二儿媳妇又奸又猾；只有三儿媳妇丁香老实厚道，不显山露水，整天埋头干活，对婆母又孝顺，每天早饭前晚饭后都要给婆母请安，装烟，沏茶。可是大嫂和二嫂呢，闯尖卖快，大嫂看丁香泡好了茶，她抢过来去送给婆母，二嫂看丁香熬好了汤，她也抢着端给婆母娘，还在婆婆面前说三道四的。天长日久，婆婆就看不上丁香了。整天骂丁香："小丁香有多懒，不做饭，不熬汤。"丁香听了也不说话，还是起早贪黑地忙活。

有一次，婆母得了病，丁香日夜守在身旁，煎汤熬药不辞辛劳。想吃什么丁香就去做。

可是大嫂二嫂呢，却盼着婆母早点死去，好分家产单过，所以根本不理婆母的茬儿。

有一天，婆母一心想吃甜香瓜，十冬腊月到哪去掏弄？这下可难坏了丁香，两口子急得团团转，晚上丁香躺炕上两眼盯着房笆犯愁，她忽悠一下做个梦，梦见一位白发老大娘，送来一粒甜瓜籽，告诉丁香种在锅台后。丁香醒来伸手一摸，可真有一粒瓜籽，她忙下地把瓜籽种在锅台后，还浇上了两碗水。第二天一早急忙去看时，瓜秧上果然结了一个大瓜，又大又香，真是喜人。丁香赶忙摘下瓜来，要送给婆母，大嫂二嫂听到信都赶来了，一心想尝尝这瓜甜不甜，香不香，寒冬腊月吃瓜真是新鲜事儿。你也抢她也夺，大瓜一下掉在地上，摔了三半，大嫂抢去一半头，二嫂抢去一半尾，剩下中间一半，丁香急忙拣起送给婆母。正在这时，大嫂二嫂闯进门，嘴里连连嚷着："苦呀！苦呀！这不干好事的丁香，怎么把苦瓜送给婆母了。"可是，婆母吃着丁香送来的瓜，却是又香又脆又甜，顿时觉得头清眼亮，病也好了一大半。大嫂二嫂看看婆母病情好转，又都甜言蜜语来哄婆母。

到底是哪个儿媳妇好？婆母也糊涂了，想来想去，总算想出了个办法。这天，她把三个儿媳妇都叫到跟前，说："我这病呀，听说得喝人肉汤才能好断根，你们三个去想办法吧！"大儿媳妇、二儿媳妇听了一声没吭，蔫不悄地走了。丁香听了说："这事我来办吧！"她急忙回自己房中，和丈夫商量，让丈夫在自己腿肚上割一块肉，让丈夫拿去给婆母熬汤。丈夫怎么也下不了手，丁香自己拿起刀，割下一块肉，让丈夫拿去给婆母熬汤。大嫂二嫂听信又赶来了，抢着给婆母熬汤。熬好了汤，两个人你尝尝、我尝尝。尝够了，俩人一商量，大嫂说："就说是我割下的肉，你熬的汤，咱俩一块去给婆母娘。"大嫂故意把腿肚子缠了一层又一层，一瘸一拐地和二嫂一块去送汤。婆母把汤接过来，问："丁香上哪去了？"大嫂哼了一声说："躺炕上睡懒觉呢！"二嫂嘴一撇说："她才不管你的病呢！"婆母一听，来了气："快把丁香给我叫来。"丁香听婆母叫她，便强咬牙挺着一瘸一拐地来到婆母房中，婆母不容分说上去就是一拐杖，这一拐杖正打在丁香的伤口上。疼得丁香汗珠直滚，眼泪直淌。丁香说："娘！你打我哪块都中，咋偏打我的刀口伤啊！"婆母一听心中纳闷，怎么丁香身上也有刀口伤？于是说道："你们都把腿上缠的布条打开，看看到底谁有伤。"大嫂一看要露馅，赶快溜了。丁香打开小腿上的缠布，只见鲜血淋淋，血珠还顺腿往下淌呢！这下婆母全明白了。一气之下，她把大儿子两口子和二儿子两口子全赶出了家门，只留了三儿子和丁香。丁香孝顺婆母的美名到处流传。不知什么时候，人们为了纪念丁香，就把最香的花叫"丁香花"。

鸡冠花

从前,伏牛山里有个蜈蚣岭,岭下住着一家姓张的人家。老头早年去世,母子二人相依为命。看看儿子长到二十七八岁,还未定下亲事,母亲十分焦急。

一天,儿子双喜到山上砍柴,回来时,天色已晚,朦胧的月光照着山坡、小径。忽然,前边传来一个女子的哭声,双喜放下柴担,上前一看,原来是一个十七八岁的美貌姑娘,坐在路边石头上啼哭。双喜想着天色这么晚了,这姑娘还坐在这儿,必是有什么为难之事,忙走过去问。那姑娘止住哭,看看双喜说:"俺爹妈给俺找个婆家,图了人家很多东西,没过门女婿就气死了,俺去给他吊孝,回来在这儿迷了路,你行行好,救救我吧。"双喜是个诚实人,就把那姑娘领回家了。他妈见儿子领回一个姑娘,那姑娘还羞答答地直喊妈,喜得不知说啥好。

第二天,那姑娘早早起来,梳洗完毕,正要到厨房去帮婆婆做饭,不料身后一只大红老公鸡,项毛倒竖,咯咯叫着朝她扑来。她吓了一跳,急忙躲在婆婆身后。双喜拿起棍子朝公鸡狠狠打去,那公鸡扑棱一下飞跑了。姑娘就这样生了病,双喜和他妈急得不知咋办才好,一天要问好几遍,那姑娘眉头一皱,就说:"我想喝点鸡汤。"母子俩听说,一个忙着逮鸡子,一个忙着去烧水,谁知那公鸡又跑又飞,瞅着那姑娘的屋子叫。双喜气了,一坷垃砸在老公鸡身上。老公鸡在地上扑棱了几下,又挣扎着向后山跑去。

老公鸡飞走了,再也没有回来,那姑娘的病也慢慢好了。

一天晚上,老太太去给她送麦仁汤,刚撩起门帘,见一个大蜈蚣躺在床上,吓得"哎呀"一声,一屁股跌坐在地上,碗也打了。那蜈蚣听见响动,翻了个身,又变成那姑娘模样,从床上跳下来。就在这时,双喜回来了,那姑娘怕老太太暴露她的原形,就想法子把老太太逼走。她就势往地上一坐,哭了起来,边哭边说:"哎呀,当媳妇这么难哪!一句话说不对,就把碗摔了,往后叫我咋过呀!"说着装模作样地就要走。双喜慌忙拦着,左劝右劝才算不闹了。老太太吓得一夜没敢睡,第二天,瞅个空把双喜叫到自己屋里,把夜里的事一五一十说了一遍。正说间,那姑娘回来了,进屋就知道事情已经败露,眼珠子一转,计上心来。她对双喜说:"我知道你妈嫌我多,在说我的坏话,我也不叫你作难。"说罢,装着要跳河,哭哭啼啼地往外跑。双喜舍不下这个会撒娇弄情的女人,急忙一把拉住。那姑娘说:"我这个人啥都交给你了,到头来落到这个地步!"说着假意往外挣。双喜气得指指他妈:"唉,你呀……"那姑娘见双喜不信他妈的话,就逼着他说:"你妈待你好还是我待你好,谁能跟你一辈子,到底要谁你说吧!"双喜忙说:“要你,要你。”老太太见儿子被迷了心窍,便哭着走了。

又过了几天,那女人对双喜说:“我出来这么多天数了,今晚想回去看看,你送我一程中不中?”双喜连忙说:“中,中!”喝罢汤,他俩一块向岭上走去。原来那蜈蚣精就是在这岭西一个山洞里成精的,它经常变成美女,迷惑年轻人,然后再把人治死,喝人脑浆。蜈蚣精就是靠吃年轻人的脑子成精的,好多年轻人上当受骗,死在它手里。老太太在时,整天不离左右,使它不敢轻易下手,所以它就千方百计把老太太逼走。

这时,他们来到岭上,看看四下无人,那蜈蚣精就对双喜喷出一股毒火。双喜只觉得头一晕,一跟头摔倒在地上。蜈蚣精正要下手,只听“咯咯咯”几声,那只大红老公鸡不知从何而来,张开一张尖嘴,对着蜈蚣精就啄。蜈蚣精就地一滚,现了原形,张牙舞爪,迎了上来。它们一来一往搏斗,从岭上到岭下,又从岭下到岭上,一直斗到天快明时,老公鸡才把蜈蚣精头上啄了个洞。蜈蚣精翻了几下死了,可是老公鸡也倒在地上累死了。

天明,双喜醒来,见身边死着一只大蜈蚣,一只大红老公鸡,这才明白过来为啥那女人见老公鸡吓了一场病。他把老公鸡埋在山顶上,痛哭了一场。

后来,在埋老公鸡的地方长出了一棵花,那花跟鸡冠一模一样,远看就像一只红公鸡昂首挺胸站在那里,人们都说是大红公鸡变的。就给那花起名叫“鸡冠花”,把蜈蚣岭也改成了金鸡岭。

据说,直到现在,凡是有鸡冠花的地方,就没有蜈蚣。

染红指甲的凤仙花

凤凰山上有只千年彩凤,传说它飞到谁家屋顶叫一声,谁家就会生个聪明的孩子。

凤凰山的山坳里住着两户人家,张家打猎,夫妻俩快四十岁了;李家种田,夫妻俩也要四十出头了,这两家都还没有儿女。

事有凑巧。这年,张、李两家女的都怀孕了。第二年清明节,太阳刚升起,忽然从凤凰山的山顶飞来一只彩凤,先在李家屋顶叫一声,接着又飞到张家屋顶叫一声,然后又回到李家屋顶叫一声。这样一边叫了三声,张家生了一个男孩,李家生了一对女孩。张猎户和李种田抱起刚出生的孩子一看,女的如花,男的似玉，长相再好也没有了。

大家都说，这是凤凰带来的孩子，所以张猎户把男孩取名叫凤哥；李种田把一对女孩大的取名凤仙，小的取名凰仙。这对孪生姐妹，长得一模一样，有时连做父母的也分不清。只有一点不同的地方，凤仙的手指甲是红的。这点不同的地方，也只有她们的父母和从小就在一起的凤哥知道。

年复一年，凤哥和凤仙姐妹长到十五岁那年，地方上发生了一场瘟疫。张猎户夫妻俩临终的时候流着泪对凤哥说："爸妈没有把你抚养成人，就要离开你了。邻家的凤仙姐妹都是好姑娘，你能娶她们中间的一个就好，做爸妈的死也瞑目了。"李种田夫妻俩临终时也对凤仙和凰仙说："爸妈没有把你俩抚养长大，眼看就要离开你们了，邻家的凤哥是个好小子，你们能嫁给这样的人就好，做爸妈的死也瞑目了。"

凤仙和凤哥从小青梅竹马，两小无猜，可是一到这样的年龄，反而拘束起来。每当更深夜静的时候，总要想到父母临死时的嘱咐。凰仙是个机灵姑娘，她深知姐姐的心事，有时有意叫凤仙到凤哥那里去给他洗衣补袜。凤哥呢？白天劳动累了，一到晚上，也想和凤仙说说心里话。一个雨天，凰仙料到凤哥在家，就对凤仙说："今天我要给你去做月下老人了。"她见凤仙含笑不答，就真的来到凤哥家。凤哥一见，连忙紧紧地握住凰仙的手说："凤仙啊！你早点过来吧……"话没说完，看到凰仙的手指甲，一时低下头来，自愧太冒失了。凰仙倒不在意，"哧哧"地笑着说："今天我就为这事而来，既然你已说出真情，那就定在中秋节和我姐姐成亲吧！"凤哥心里可高兴了，便为迎亲的事忙碌起来。

谁知好事多磨，祸从天降。就在中秋节的前一天，凤凰山里来了恶霸胡大的儿子胡福。他听说凤凰山里有两朵世间少有的鲜花——凤仙和凰仙，就存心进山抢人来了。这天，正碰上凤哥上街买花烛红纸，凰仙也不在家。胡福这伙人闯进凤仙家，见凤仙果真如花似玉，不由分说，就要动手。凤仙知道难以脱身，忙说："你们让我穿好衣服再走。"胡福赶紧赔着笑脸："那好，那好，我们就等着你梳妆打扮做新娘！"于是凤仙转身回房，解下裙带，口里轻轻喊了声："凤哥！凰妹！"就吊死在房里了。

外面的胡福等了好久不见凤仙出来，心急地一脚踢开房门，见姑娘已经自尽，未免有点扫兴。正在这时，凤哥和凰仙回来了，胡福迎面碰到凰仙，不觉愣了一下，旁边的一个狗腿子立即向胡福咬耳说了几句，胡福顿时又嬉皮笑脸地要抢走凰仙，气得凤哥拎起胡福从万丈悬崖上甩了下去，吓得众家人个个抱头鼠窜，四散逃去。凤哥也不追赶，陪着凰仙回到家里，才发现凤仙已经死了，两人不禁失声痛哭起来。他们哭了一阵，只好在山上掘了个墓穴，把凤仙埋葬了。

当他俩埋下凤仙后，坟顶上突然长出一株十分美丽的红花来，红色花瓣经风一吹，纷纷扬扬，落满凤哥和凰仙的全身。更奇怪的是：那花瓣一落到凰仙指甲上，凰仙的指甲竟和凤仙生前一样红艳艳了。这时，凤哥和凰仙忽听得"噗、噗"的声音，转身一看，坟地旁边游来一条毒蛇。当它一见凰仙，立即箭也似的蹿了过来。凤哥连忙拉着凰仙奔上坟顶。可那毒蛇一点不肯放松，随后跟随了上来。他们俩正在着急，那坟上鲜花的花瓣竟纷纷落到毒蛇身上，那毒蛇就像受到抽打一样，突然没命地向山里逃跑了。凤哥和凰仙正在惊奇，那恶霸胡大得知儿子被凤哥摔死哪肯罢休，带着众人已蜂拥追来。凰仙挽着凤哥说："让这班豺狼捉住受辱，还不如跳崖死了干净。"当他俩双双挽手向崖下纵身跳去时，谁知崖底飞起一只彩凤，这凤哥和凰仙正好落在彩凤背上。那彩凤越飞越高，越飞越高，一直飞上了天。

从此，凤凰山上多了一种蛇，因为它是恶霸的儿子胡福变的，所以大家都叫它"狗屎蝮"，又叫"蝮蛇"。

从此，人间也多了一种花，因为它是凤仙坟上长出来的，所以人们就叫做"凤仙花"。此花能治蛇伤，还能用它染红指甲哩！

瑞香花

这是一位登临庐山的诗人，写下的《咏庐山瑞香》的诗句：

曾向庐山睡里闻，
香风占断世间春；
窥花莫扑枝头蝶，
惊觉南窗午梦人。

的确，鸟语花香的春天，在苍松掩映，修竹丛生，万紫千红的庐山锦绣谷中，处处奇花争艳、美不胜收。这里，既有蓓蕾绽开的"芙蓉"，也有艳丽多姿的"玉兰"，还有那被人们称为文雅书生的"多诗人草"。然而，尤为珍贵奇特，千百年来被众多诗人赞美讴歌的却是"瑞香花"。

瑞香花，花呈球形，形似丁香，紫、白、黄色都有，盛开时散发着一股浓烈的香味，能压倒周围一切花的香味，所以也有人叫它“奇香花”。关于瑞香花的来历，当地还流传着一个动人的故事。

相传很久很久以前，有个名叫比丘的和尚，因仰慕庐山的美名，不远千里来到庐山。比丘和尚四处云游一通后，觉得锦绣谷这儿最好，既有涓涓泉水，又有四时鲜花，既有苍松，又有修竹，气候分外宜人，于是便在谷内的寺庙中定居了下来。

次年春天，一个风和日丽的日子里，寺中主事长老叫比丘到天池寺去讨取天池仙水，以备炼丹调药之用。比丘遵命，带上装水瓦罐，便兴冲冲地出发了。他出锦绣谷，经佛手崖，过仙人洞，攀登悬崖峭壁，好不容易来到了大天池寺。

比丘走进大天池寺，向主事长老恭恭敬敬地行礼，说：“弟子比丘，今奉师父之命，特到宝寺讨取仙水，万望长老给予方便。”天池寺长老一听哈哈大笑，说：“同是一山僧人，何必如此客气，俗话说，远亲不如近邻，我们既是僧友，又是邻居，有什么事只管说，要仙水你只管取去。”说完，又叫一小僧带路，领比丘去灌取仙水。

比丘跟随小僧来到大天池旁，见仙水洁净清澈，好似碧玉一般，很是高兴便问小僧：“此仙水，不知能不能喝？”小僧说：“师父如要喝仙水，尽管喝，只是切不可弄污仙水，否则，师父知道了，吃罪不起。”比丘一听，喜出望外，连说：“这个自然，这个自然！”说着忙用竹筒打水。比丘一上午走了许多山路，早已累得腰酸腿痛，口干舌燥，见到这样好的仙水，能不想喝吗？如今得到了允许，他高高兴兴地端起竹筒“咕嘟咕嘟”喝了个饱。又把瓦罐装满天池仙水，便告别天池寺众僧，踏上了归途。

比丘由于喝了天池仙水，心中有一股说不出的凉爽和愉快，一时劲儿十足，脚下生风，“沙沙沙”很快便过了仙人洞、佛手崖，进了锦绣谷。他走到一棵古松树下，身上已经出了不少汗，突然，一阵凉风迎面而来，感到有一种说不出的舒服。他抬头看了看太阳，估计离吃晚饭还有两个时辰，心想：我刚才一路小跑，赶了不少路，就是回去早了也没什么事，何不找个凉快地方歇息一下再走？比丘想到这里，正好发现旁边有一块平整的岩石，于是放下水罐在这凉快石头上坐了下来。比丘微屈双膝，双手抱头，山风从腋下轻轻而过，迷迷糊糊就睡着了。

朦胧中，比丘仿佛听见一阵悦耳的仙乐，接着来到了一座奇异的花园中。园内尽是奇花异草，斑竹怪树，阵阵清香，沁人肺腑。比丘自言自语："真香呀！怎么我云游天下，走遍了各山洞府，见了那么多香花异草，茉莉丹桂，玉兰水仙……怎么都不及这花香呢？"比丘伸出双手，托着这花闻了闻，心想，这说不定是神仙种的花呢！我何不挖一棵带回寺中去栽？正想动手，突然，花丛中走出一位老者，笑着对比丘说："师父是哪方来的客人？到此地做甚？"比丘慌忙施礼说："穷僧家住庐山锦绣谷中，法号比丘。"

"啊，原来是比丘师父，你到此有何贵干？"

"不瞒你说，我路过此地，见这花分外芳香，想挖一棵回去栽种，正要动手，你老就出来了。"

"哈哈哈，这花你那锦绣谷中多的是，何必要在这里挖呢？不信，你去看看！"老者说完，推了他一下，比丘没站稳，身子一歪，跌倒在地。比丘感到身子骨有点疼痛，想朝老者发火，就醒过来了。他揉揉睡眼，四下一看，自己在石头上翻身滚到地下，刚才的一切都是南柯一梦。他用鼻子一嗅，啊！好香啊！难道刚才梦中见到的那位老者的话是真的？他还有点不信，又重新吸了几下，果然，同刚才梦中闻到的芳香味是完全一样的。

比丘十分欢喜，四处找寻，终于在一个岩石边缘的石缝中，发现了一株絮黄相间的球形小花。比丘好不高兴，心想：啊，刚才那一场美梦，原来是你引来的，你真是个睡里香啊！想着，想着，有点后悔，怎么忘了问老者此花叫什么名字呢？他转而一想，是啊，我何不给这花起个俗名，干脆叫"睡里香"吧！

从此，"睡里香"这名字便叫开了，以后明代名医李时珍在庐山采药也采集到了这种花才改名为"瑞香花"，原来这花还是一种珍奇的名贵中药呢，有清心明目、防止牙痛的功能。尤其是对"急喉风"有特别疗效。

美人蕉

隋炀帝是我国历史上一个荒淫无道的皇帝。他为了寻欢作乐到扬州看琼花，不顾人民死活，兴师动众，开挖京杭大运河。同时，招来全国雕刻巧匠，连夜为他雕造一条十分华丽的大龙舟。

一年一度春暖花开，隋炀帝抛下朝政，坐着龙舟沿河南下，一边浏览河两岸无限风光，一边寻觅奇花异草。

龙舟行了数天，来到楚州城下，见运河边上有个百花园，奇花异草应有尽有。花园主人是个十六七岁的姑娘。她长得如花似玉，十分漂亮，人们都叫她美人蕉。美人蕉的爹妈就是为隋炀帝挖运河活活累死的。因此，她与隋炀帝有杀父(母)之仇。加之，她亲眼看到隋炀帝每次南游抢美女、杀好人，心里早恨透了他，恨不能一口咬他十八截。她早就决心，要刺死隋炀帝，为爹妈和乡亲姐妹们报仇雪恨，为运河两岸人民除害。她心想：怎样才能引他来，好下手呢？只有把花园里百花培育出奇花异朵，那昏君隋炀帝，在龙舟上见到奇花盛开，必须下舟观采。于是，她十分精心地培育牡丹、芍药、月季、芭蕉……好心的左邻右舍，都为美人蕉捏一把汗，倘若隋炀帝真的进得百花园必然要采这奇花异朵，你不让他采，必然祸及其身。美人蕉却不以为然，她从怀里掏出一把锋利的匕首，在石头上磨后又藏在怀里，甜笑着说，我天天站在运河堤上向北眺望，单等昏君隋炀帝到来。

隋炀帝大龙舟沿河南下，寻花问柳，一到楚州城下，就看到百花园里奇花异朵，园中又站着一位绝代美人。顿时，忙令停舟靠岸，进园赏花准备抢人。美人蕉一见隋炀帝停舟靠了岸，伸手又摸了摸匕首，忙跪在园门口岸边，说："禀万岁，小民美人蕉，祖居百花园，今日有幸皇上光临，百奇花异朵竞相开放，想来是托万岁之洪福，敬请万岁进园赏花。"隋炀帝赏花是假，看美女是真，他双目死盯着美人蕉呆看着。"万岁，请进！"隋炀帝从神魂颠倒、馋涎欲滴中惊醒，心里如喝了蜜汤一样，笑眯眯地伸手叫美人蕉搀他进园赏花。

百花园中百花争奇斗艳，微风轻吹，香醉心肺，奇花异朵轻摇，胜似无数含羞的美人在点头微笑。尽管这样，昏君隋炀帝也无心赏花，他拼命地看着美人蕉，越看意越醉，越看心也越甜……失去理智的皇帝猛然抱住美人蕉，正在这时，美人蕉从怀中掏出一把锋利的匕首，直向隋炀帝胸口刺去……

谁知隋炀帝做贼心虚，平时生怕别人行刺于他，胸口龙袍里备有护心钢衣，即使锋利的匕首也无济于事。这时，随从护卫捉住美人蕉，隋炀帝受惊震怒，拔出天子宝剑，咬牙切齿地杀死了美人蕉。说来也真怪，就在美人蕉血染的地方，第二年破土长出一棵叶似芭蕉，开着深红、鲜红的乳白颜色的硕大花朵。因为这花是美人蕉姑娘的精灵变成的，所以，人们为了纪念美人蕉为民除害的崇高品质，便把这种花取名"美人蕉"。

长春花

靠着松花江边，有一座古老而又美丽的小镇，名叫长春岭。

相传很久以前，这儿既没有山，也没有岭，只有一个住着十几户人家的小屯子。在屯东头有两间小马架子，住着一个没儿没女的好心老头，这个老头姓啥叫啥谁也不知道，因他一年四季不辞辛苦地采草药给乡亲们治病，还一文钱也不要，所以大伙都叫他老善头。

老善头看屯中没井，乡亲们吃水那个费劲儿，他就找了几个小伙子，在屯里那棵老歪脖子榆树下打井。说也怪，这井干打不上水，一直打了三丈多深，从井里打上来一条小白长虫，腰被锹碰了一个小口，它趴在地上一动也不动，两只小眼睛瞅着老善头吧嗒吧嗒地掉眼泪。老善头看它怪可怜的，就找出一小包红伤药，给它抹上了。过了一会儿，小长虫抬起头来，围着他左转三圈，右转三圈，好像要和老善头说什么似的。老善头点了点头，小长虫这才爬走了。

打完井，老善头回到自己的小马架里，觉得孤单单的。他寻思，若是有个一男半女的，那该有多好哇。他想着，想着，“吱嘎”一声门开了，走进一个十二三岁的小姑娘来。这个小姑娘长得眉清目秀，穿一身白，俊俏极了。还没等老善头开口，她就“扑通”一声跪在老人的脚下，眼里闪着泪花说：“我父母双亡，又无兄弟姐妹，您就留下我做个干姑娘吧。”老善头听了，喜出望外，忙说：“好，好……”小姑娘一听老人答应了，乐得给老善头一连磕了三个响头，叫了三声爹。从此，不论老善头是外出看病，还是上山采药，姑娘总是笑呵呵地站在门口等着他。他一到家，爷俩有说有笑，日子过得可乐呵了。

有一天，老善头要采药去，还没等他出门呢，乡亲们就把他围上了，有的向他讨药，有的请他看病。晚上回来，老善头饭也不吃，水也不喝，愁眉不展，捧着药书长吁短叹。起先姑娘问他，他总是摇头不语，后来被姑娘追问急了，他才打了一个咳声说：“今年咱这方生病的人太多了，尽是恶病，只有长春花才能治好，可咱这块儿又不长这种药材。你看这书上写着：长春花，小绿叶，开白花，味苦，产于海南。可是海南离这儿千里迢迢，咱爷俩老的老、小的小，可怎能去得了哇！”姑娘听了，说：“爹，这事你怎不早说呢？”说完转身下地去了。等老善头赶出门时，姑娘早已无影无踪了。

老善头挺高兴，可是细一想又后悔了。女儿年纪小，一个人怎么能跑那么远的路？这下可就惦记上了，真是睡不实，吃不下。这天，老善头手捧药书，坐在炕上似睡非睡的，忽听窗外传来一阵银铃似的叫声："爹爹，爹爹！"老善头急忙下地开门，一缕奇香扑鼻而来，再一瞅，姑娘一手举着一把新鲜的长春花，一手拎着一个小包走进屋来。这下子可把老善头乐坏了，他赶忙接过长春花，调成一剂汤药，送给一个得重病的人吃了。说也怪，那人吃过药后，没过几天病就好了。乡亲们知道后，都来帮助他们爷俩种长春花，刨的刨，挖的挖，七手八脚开出了一片地。爷俩打开小包，拿出长春花籽，大家齐下火龙关，把长春花种上了。转眼间，长春花长出了小绿叶，开出了小白花，全屯的人那个高兴劲，就别提了。因为是老善头的姑娘从海南弄回来的花籽，所以大伙就管这姑娘叫"长春花"了。

长春花姑娘采回花籽、种出了长春花的事，一传俩、俩传仨，越传越远，一下子传到大恶霸王老歪那里去了。王老歪为了升官发财，就从大江北领来一个黄头发、大鼻子、蓝眼珠的奸商来，他非要买下这片长春花不可。老善头一口咬定，给金山也不卖。那个蓝眼珠、大鼻子的人比比划划地嘟噜了一阵，王老歪说："老善头，他说多给你们金子，保你们享一辈子清福。"老善头瞪了他一眼说："我们穷人可享不了那份清福。"这两个家伙一看动软的不行，互相递个眼神就走了。

一天，他们摸准了老善头又出远门去看病了，就在这天夜里，王老歪和那个大鼻子带着几个打手又偷偷地来了，要抢走长春花，霸占长春花姑娘。长春花姑娘哪里肯让，便使出全身本事，和这群强盗交了手。

第二天，天刚放亮，老善头回来一看，不好了，长春花被踩得东倒西歪，地里还烧死了好几个人。这是咋回事呢？他仔细一瞅，长春花姑娘浑身是血，嘴里衔着一棵美丽的长春花，两手还紧紧地掐着王老歪的脖子哩！埋葬长春花姑娘时，乡亲们也都来了，大家便一把土、一把泪地往墓坑里扔土。可埋着、埋着，就看这平地往起拱，不多时便拱成一条蜿蜒起伏的土岭。一看这情景，再看看地上烧死的人，大伙明白了：原来长春花姑娘，就是那条小白蛇变的呀！老善头站在岭上老泪纵横，乡亲们无不放声痛哭，哭得天昏地暗，黄风四起，下起了倾盆大雨，把那几个死尸全冲进大江里去了。不一会儿，雨过天晴，黄土岭上开满了洁白晶莹的长春花，老善头呢，变成了一座山头，矗立在岭上。

人们为了纪念这位善良的老人和好心的长春花姑娘，就把这座山头叫做老山头，这道岭叫做长春岭。

顶风傲雪的雪莲

雪莲，顾名思义是开在雪山上的“莲花”。雪莲是怎样傲冰斗雪的呢？

雪莲生长在我国西藏南部和四川西北部以及新疆的一些地区，喜马拉雅山脉和青藏高原海拔4800~5500米的高寒地带。那儿的山巅终年覆盖着皑皑白雪，即使盛夏季节，也常常是狂风呼啸，大雪纷飞。可是，在这样严酷的环境中，却生长着不怕严寒的植物——西藏雪莲。雪莲是菊科多年生草本植物，与内地菊科植物大不一样。它们特别喜爱冰天雪地，让它们在温暖的条件下生长，反而会热死。雪莲植株低矮，株形美观。夏季开出紫红色的花，为雪山奇观。它们在如此恶劣的环境下能生存下来，靠的是一套奇特的形态结构：它们的身材都不高，在地面上匍匐密生着垫状的叶丛，哪怕是大风也很难吹走它们。外加雪莲的茎叶上长着长而厚的白色绵毛，紫红色的花序也被层层毛茸茸的银白色花苞包裹，这种结构既能防寒保温又能保湿，还能对高山上强烈的太阳辐射起反射作用。雪莲粗壮深长的根系灵活地穿插在乱石之间，既能吸收水分和无机盐，又能防止石块下滑遭到损伤。植物学家告诉我们，低温之所以会影响植物的生长，是因为低温会引起植物体内冰冻。当气温下降到冰点时，植物组织和细胞间隙首先出现了冰块，导致细胞内水分大量外渗。如此一来又反过来促进冰块的扩大，当细胞内部全部结冰，冻害也就发生了。科学家还告诉我们，避免冻害的关键是，当冰块融化时，迅速使来自细胞的水回到原处。雪莲全身的白色绵毛既能起一定的防冻作用，又能在组织和细胞内的冰块融化时，让来自细胞的水分尽快地回到原处而不蒸发，因而保证了雪莲在冰天雪地里的安全。

雪莲是一种名贵中草药，它有祛寒、壮阳、补血的功能，能治疗外伤、月经不调以及肾虚腰痛等疾病。但是，科学家认为雪莲对人类的贡献远不止这些。雪莲能有效地战胜冰雪，这种抵抗力是在漫长的进化过程中发展变化来的。掌握了雪莲抵抗冰雪的原理，对于我们发展高寒地区的植被和当地的畜牧业很有现实意义。

金达莱

都说春天最早开花的，就是金达莱。人们都喜爱金达莱，更喜爱讲金达莱的传说。

早年，有个山村，住着老两口子，养个独生女儿，名字叫达莱。她每天都到山里去打柴。

山南坡，住个年轻力壮的小伙子，名字叫金玉。金玉和达莱总在一个山上打草拾柴，慢慢就认识了。有时背柴回来，金玉看达莱的柴担总是很重很重的，就帮她挑。跑过几十里又陡又滑的山路，给她送到家门口，撂下柴担擦擦汗，啥也不说就走啦。

达莱家很穷，欠财主家很重很重的债。财主有个儿子，早就听说达莱长得又俊又美，还会织布绣花，生得一双巧手，心里总想着把她娶过家来做媳妇。

这天，财主的儿子穿上最华美的衣服，摇着扇子，上达莱家来讨债。明里是讨债，暗里却带了一些银钱，还背一个装满丝绸锦缎的包裹，进屋就说：

“把欠咱家的地租和贷金，交出来吧！”

穷夫妇饭都吃不上，哪有银钱去还债呢？他俩很为难地跟财主的儿子说：“实在是还不上啊！咱家只有院里的几担湿柴啦！”

财主的儿子在房里看了一遍，忽然装出一副通情达理的样子说：“实在没有，就暂时别还吧。”随后又装出同情的样子，掏出一把银子塞到老两口手里，说：“这些银子，拿去买些吃的吧！”

说着，又把带来的绸缎包袱打开了：

“这里还有最好的衣料，留给你家达莱做衣裙吧！”

财主家的人，从来也没有这样的善心啊，为啥不像往常那样死逼着讨债，反倒送来了银子绸缎？穷夫妇早就知道财主儿子没安好心眼儿。可是没等他们回绝那小子，达莱和金玉挑着沉重的柴担回家啦。一进屋，看见土炕上摆着那么多闪光的银子和花花绿绿的绸缎，达莱就问：

“这是哪儿来的？”

财主的儿子连忙过来献殷勤。还没等他开口，达莱就把银子和绸缎，胡乱一卷，扔到门口的粪堆上了。财主的儿子想发火，可是看着达莱那双发怒的眼睛，再看看旁边站着的金玉，早就吓得缩头藏颈，从粪堆上把银子绸缎收拾起来，一溜烟地逃回家去了。

隔一天，财主家派来了家奴，说非要达莱嫁给他们小东家不可，限三天日期，若不把达莱送过去，就派人来家把她背走。

这时，达莱向父母说："至死不嫁财主家！我自己早已有情人了，他就是山南坡的小伙子，名字叫金玉。"

父母愁得合不上眼睛。金玉知道了这个消息，就来找达莱。他俩在平日打柴山路上，走过来走过去。问天空的白鹤，白鹤告诉他们："天外还有九重天，能没有你们去的路？"他俩问小鹿，小鹿对他们说："林子里边还有更茂密的大森林，能没有你们居住的地方？"达莱和金玉就这样商量定了：在财主家来背她的那天早晨，他俩相约去到九重天外的大森林。

说话就到了第三天。达莱换上一件粉红色的短褂，和从山南跑来的金玉手牵手，像一对蝴蝶似的快步跑到林子里去了。来抢婚的财主和他的家奴随后就追，可是山石把他们绊倒了，青苔把他们滑倒了，青藤和芒刺扎得一群恶家伙连声叫喊，霎时再也看不见他俩的踪影了。

这时，财主便想出一条毒计，放起大火烧山，满以为他们为了活命，就会跑出来。可是大火把林子烧光了，还不见金玉和达莱出山；大火把野草全烧焦了，他们还是不出来。

等山火熄了以后，财主带着家奴把大山上下搜遍了，哪里有半点金玉和达莱的影子？最后只好垂头丧气地走了。

可是，从那以后，金玉和达莱也总没回来，穷夫妇到山上去寻找女儿和那个勤劳的小伙子，怎么也没找到。正赶上是春天，山路两旁都直挺挺地开满粉红色的鲜花；山顶石砬子上，有两朵脸朝脸开放的大花，老夫妇好像真的看见了自己心爱的女儿和女婿，轻轻地喊了声：

"这就是我们的金玉和达莱啊！"

这时，那两朵粉红花，开得更鲜艳了，连整个山谷里都满是扑鼻的香味。

传说，每年春天第一次开花的，就是金玉、达莱。叫来叫去，就把这两个词并成一个，叫成"金达莱"啦。

猎人血变金达莱

我国朝鲜族民间为什么非常喜爱金达莱花呢？说起来这里面还有一个动

人的故事呢。

从前，在深山里住着一对朝鲜族兄妹，哥哥是个勇敢的猎人，妹妹是个能干的漂亮姑娘，兄妹过着清贫而宁静的生活。

有一年，国王要选美女进宫，选中了猎人的妹妹，派官兵包围了他们的家，勇敢的猎人挥舞着长刀，和妹妹一起冲出了包围，向山上跑去，官兵在后边紧紧追赶。突然，迎面一道绝壁挡住了去路，兄妹俩走投无路，怎么办？忽然，绝壁裂开了一道大缝，他们不顾一切地冲了进去。大裂缝在他们身后又合上了，把官兵挡在外面。

一位慈祥的老人接待了兄妹俩，他问猎人有没有勇气去杀掉国王，为老百姓解除苦难，猎人坚定地点点头。老人很高兴，赠给猎人一把宝刀和许多金银，然后喝开了石缝，送他们回家。

猎人回家后，很快组织起许多穷百姓，一起向王宫杀去。他挥动起寒光四射的宝刀，杀得官兵四散奔逃，很快包围了王宫。

国王害怕极了，他口头上表示痛改前非，不再坑害老百姓，暗里却派人去偷猎人的宝刀。这一天，猎人太疲乏了，睡觉的时候，宝刀被国王的走狗偷走了。国王得到了宝刀，又重新带领官兵追杀老百姓，百姓们被打散了，年轻的猎人也被国王捉住了。

国王恨透了猎人，命令官兵用最残酷的手法折磨他，可是猎人非常坚强，不出卖别人，也绝不投降。国王气急败坏，命人又去抓猎人的妹妹，要把他们兄妹俩一起杀掉。

妹妹跑进了深山，来到了绝壁前，慈祥的老人收留了她，答应一定要救出她的哥哥，夺回宝刀。

国王决定杀掉猎人。他下令将猎人拉到山头上，用刀剁烂后扔下山谷。官兵们押着猎人向山上走去，猎人浑身是伤，伤口滴着鲜血，血滴到路边，变成了红艳艳的鲜花，这就是朝鲜族人喜爱的金达莱花。

官兵们押着猎人走到山顶，忽然，天空响起了雷声，大雨从天而降，国王和官兵们被冲进了大海。慈祥的老人把猎人和他的妹妹送回了家，满山遍野的金达莱花在雨水冲刷后更加鲜艳了。

新洲花朝节

博大精深的中国民间民俗文化，是具有世界性影响的中国传统文化。新洲区作为湖北省民间民俗文化重要地区，是目前武汉市唯一的“民间艺术之乡”，民间民俗艺术种类众多，资源相当丰富。而“花朝节”更是以其丰富的内涵和原生态文化特征，成为新时期新洲发展文化旅游、加强民间民俗保护和文化交流的宝贵资源。

相传农历二月十二是百花仙子的生日，民间传说的百花仙子——“花神”就是盘古的女儿，传说她降生于这一天。她喜欢木棉树，因为它长得挺拔粗壮，春来满树红花，鲜艳如火。所以她常栖木棉树上，护佑大地百花灿烂，人间安宁。故又名花朝、花朝节、花神节、百花生日、花节、挑菜节、扑蝶会等。据文献记载，“花朝”一词出现于南北朝。据《文群芳谱》所引《翰墨记》、《秦中岁时记》所记，过花朝节的习俗在唐代已经流行于长安、洛阳等地，但以“花朝”为节名，则是晚到明朝才有的事。据明《宣府志》载：“花朝节，城中妇女剪彩为花，插之鬓髻，以为应节。”

自有文字记载始，我国民间举办花朝节的节期即因地而异，主要有二月初二、二月十二、二月十五、二月二十二这几个日子。如《梦粱录》载：“仲春十五日为花朝节，浙闽风俗，以为春序正中，百花争放之时，最堪赏游。”中原和西南地区以夏历二月初二为花朝；江南和东北地区以二月十五为花朝，据说这是与八月十五中秋节相应，称“花朝”对“月夕”。上海人以二月十二为花朝，浙江湖州以二月初二为花朝，南京人以二月十二为百花生日，旧时湖北人则以二月十五为花朝节。

湖北人过花朝，又以新洲为甚。新洲的花朝节（原为花朝会）主要是在其旧街镇举行。早期为祭祀之举，后逐渐演变为民间的物资交易会，据考证已有八百多年的历史。旧街镇位于大别山南麓，自古以来就是鄂东地区的商贸重地，辖区内既有建于隋唐的紫霞寺和问津书院、孔庙，也有三庙河、狮子岩、摩崖石刻、晒书山、孔叹桥等众多自然与人文景观。

旧街的花朝节，源于该街“庆福寺”的庙会。该寺始建于南宋乾道淳熙年间（公元1165年—1189年），后毁于兵荒马乱之中，清朝光绪年间亦曾重修，但“文革”期间复毁，未再修建。古时“庆福寺”的庙会种类众多，有正月十五的“上元会”、二月十五的“花朝会”、二月十九的“娘娘会”、三月三的“孤灯会”、三月十八的“圣地会”、五月十五的“龙船会”、七月十五的“盂兰会”等。每到上述这些庙会，周边十里八村的百姓即集聚于此，设会筑台，祭神拜祖，祈福禳灾，驱邪纳吉，人们敲锣打鼓，神铳齐鸣，前呼后拥，场面十分壮观，乃鄂东一带规模最大的集会。

经明朝，到清代，由民国时期再到建国后，这种带有浓厚的佛教色彩的庙会发生了系列变化。一是庙会的时间由原来的一天延长到三天；二是由以祭祀为主的烧香许愿转变为听书看戏、农品交易兼之的杂合型集会，属于封建迷信的部分被禁止；三是庙会的活动场地由庙内扩展到庙外，吸引来自湖北省周边的豫、皖、湘、赣、浙等省的农民和商贩。

进入新世纪，随着百姓生活水平的改善，随着国家对民族民间文化的日益重视，随着旅游业等新兴产业的快速发展，具有悠久历史传统的新洲旧街庙会被赋予新的内容与形式，它作为发展经济、促进交流、繁荣文化的一种载体，以全新的面貌呈现在百姓面前，宣传、文化、旅游等部门联手举办，使庙会规模扩大、档次提高，演绎成花朝文化旅游节。

在活动中，穿旧街而过的三庙河河滩及沿岸，顶顶帐篷、摊铺绵延数公里，形成木器、竹器、铁器、生资、百货、耕牛畜禽等六大市场群落。而药材、土特产、花卉苗木以及火烧粑、风肉、炒米糖、板栗糕等风味小吃也齐齐现身。手工制作的油纸伞、油布鞋、竹烟斗、烤烟丝、木水车、木秧码等物与现代电动灌溉设备“同台竞技”。多个专业、业余文艺表演团携精彩剧（节）目登台演出，节日气氛甚浓，让人眼界大开。

花开有时

花对于太阳光是非常敏感的。例如蒲公英的小黄花，太阳一露脸，它就开放了；傍晚太阳落山了，它又闭合了。有种龙胆草花，它对太阳光的敏感竟达到这样的程度：在多云的日子，只要太阳一钻出云层，它就张开了花冠，等到云把太阳遮住，它马上又闭合了。

不过，很多的花并不像蒲公英一样日出就开，日落就闭。例如蛇麻花、牵牛花，它们黎明三至四点钟开，上午九至十点钟就闭；睡莲早上七点钟左右开，下午四点钟左右就闭了；烟草花、待宵草、晚香玉则是白天闭合，夜间开花；昙花总是在晚上九至十点钟左右开，而且只开两三个小时，有的地方有种莲花（王莲），在清晨的时候露一下脸，半个小时就枯萎了。

各种花开放的时间不相同，有人就利用它做成一个花的时钟。他把开放时间不同的各种花有次序地种在花园子里，只要一看现在开的是什么花，就知道大约是几点钟了。这真是一座非常有趣的时钟。

下列是几种植物开花的时间：

蛇麻花　黎明三时左右

牵牛花　黎明四时左右

野蔷薇　黎明五时左右

龙葵花　清晨六时左右

芍药花　清晨七时左右

半枝莲　上午十时左右

鹅鸟菜　正午左右开放

万寿菊　下午三时左右

紫茉莉　下午五时左右

烟草花　下午六时左右

丝瓜花　晚上七时左右

待宵花　晚上八时左右

昙　花　晚上九时左右

当然，同一种植物，在不同地区，开放的时间也不同。一般地说，在南方开得早一些，在北方开得迟一些。

植物的花在一定的时间开放，是适应外界生活条件而形成的一种习性。这样便可以防止被阳光灼伤，被霜露冻坏，或者遭到昆虫的伤害。经验、教训的长期积累，就转化为遗传信息，成为一种牢固的生活习性。

花的趣闻

有人说：一月腊梅花欺霜傲雪，压满枝头，二月梅花怒放成春，三月迎春花报告春天的信息，四月牡丹争放奇葩，五月芍药花千枝吐蕊，六月紫丁香万花争馨，七月野百合遍布原野，八月凤仙花争芳吐艳，九月桂花洒下千里芬芳，十月芙蓉千姿百态放异彩，十一月菊花竞放，秋风放过满地金，十二月象牙红花俏点枝头。

花，有花家行语呢！

天下第一香：兰花。人间第一香，茉莉花中两绝，牡丹，芍药。岁寒三友：松、竹、梅。园林三宝：树中银杏，花中牡丹，草中兰。花中四雅：兰、菊、水仙、菖蒲。花中四君子：梅、兰、竹、菊。盆树四大家：黄扬、金省、迎春，绒针柏。花间四友：蝶、莺、燕、蜂。赏花三品：茗赏上，谈赏次，酒赏下。品花三标准：色、香、韵。品石标准：瘦、丑、皱、漏。累石四标准：透、漏、险、瘦。盆树四条件：叶细、枝密、干粗、根露。

花卉语言更有情趣：

我国现盛行一种风俗习惯，常常把鲜花馈赠亲友和情侣，有些话不便用直言，通过某些花的特质来表示某种感情和愿望，或者把数种花色合为一束，就成为一个词组或句子，这称为花卉语言。

石竹花：粉红色的表示“女性的爱”，红色的表示“伤感的心”，黄色的表示“轻蔑”，如果把一束黄色石竹花捆扎起来，就表示“拒绝”。

番红花：春天开的花表示：“性急”，秋天开的花表示“请注意，不要太过分了”。

紫罗兰：象征“爱和忠诚”。

麝香豌豆花：花卉语言是“有点希望”。

缨水仙花：花卉语言是“利己主义”。

喇叭水仙花：花卉语言是“尊敬”、“单恋”。

大丽花：花卉语言是“优美”、“见异思迁”。

樱花：象征“心灵的美”。

郁金香：象征“爱情”。

雏菊：象征“正义、和平、希望”。

勿忘我草、花卉语言是“真实的爱、贞操”。

罂粟花：红色和粉色的花卉语言是“安慰”，白色的表示“麻醉，忘掉”。

山梨花：表示“我爱你”。

山楂花：象征“希望”。

野百合花：白色表示“纯洁和庄严”。

蔷薇花：象征“爱”和“纯洁”。

莲花：表示“疏远了的爱”。

月桂：象征“光荣”。

百合花：紫色的象征“悲哀”，白色的则象征“沉静的美”。

花历与人性

正月出生:腊梅花

个性特征:有独特荣傲的性格,在风雪严寒中有顽强的战斗精神,为人感情豪放。

品格修养:品格高尚很有修养,生性聪明伶俐,善于处世为人,逗人喜爱。

爱情未来:喜欢你的人很多,但都使你不能满意。

不足之处:过分清高孤傲,背后不免有人说闲话。

二月出生:杏花

个性特征:诚实坦率,对于虚伪很讨厌,往往受人打击,有卓越的才能和学识。

品格修养:襟怀坦白,心直口快获得大家的欢心,对荣誉像自己的生命一样爱护。

爱情未来:跟你交朋友的人很多,但都不够真心,爱情上有小挫折,最后将得到幸福。

不足之处:有嫉妒虚荣心,易得罪人。

三月出生:桃花

个性特征:有美的外表、温和的性格,给人以温柔而秀丽之感,善良忠厚受人尊敬。

品格修养:有修养,对生活认识冷淡,为人坦率直爽,重感情义气乐于助人。

爱情未来:有一个好的伴侣相处,并能忠于你的事业。

不足之处:有妖气,意志不够坚定。

四月出生:蔷薇花

个性特征:心性耿直,多嘴多刺,不受任何约束,重情义,善于团结人,胸怀大志。

品格修养:平生好学,才智过人,对于任何事情的处理能做到恰如其分。

爱情未来:追求你的人很多,但中意的很少,有时反而增加烦恼,但能战胜冲击。

不足之处:做事缺乏信心。

五月出生:石榴花

个性特征:你是一个多愁善感的人,有一双清澈透明的眼睛,能看透别人的心事。

品格修养:修养较差,常与人争高低,好表现自己,对文学有浓厚兴趣,勤奋有成就。

爱情未来:生活会使你处处不顺心,将会发生第二次爱情。

不足之处:性急,疑心重,不会安排生活。

六月出生:荷花

个性特征:有一颗火热的心和奔放的感情,常能保持青春的活力,朝气勃勃,勇往直前。

品格修养:勤奋好学,善于独立思考,办事干脆利落,从来不苟且。

爱情未来:由于你很珍惜友谊和爱情,将会有一个幸福的家庭。

不足之处:顺利劲头大,不如意者,消极怠慢,学习无耐心。

七月出生:水仙花

个性特征:善于交际,热情待人,爱谈吐,喜欢接济别人,不求报答。

品格修养:有一颗淳朴的心,谦虚谨慎,有自我检点精神易接受新鲜事物,不保守。

爱情未来:男女朋友都乐于接近你,将有一个称心的伴侣,永远幸福。

不足之处:性急易发脾气,但事后不计较。

八月出生:桂花

个性特征:头脑聪明,赋有天才智慧,待人热情大方,行动敏捷。

品格修养:心像月亮一样明洁,待人赤胆忠心,见义勇为,逍遥生活无忧虑。

爱情未来:因为你对爱情不太追求,到时有人与你喜结良缘。

不足之处:和你相处有时很固执而有偏见。

九月出生:菊花

个性特征:有激进的浪漫主义思想,喜欢过自由自在的生活,性情孤僻,讨厌庸俗。

品格修养:心地淳朴而大方,待人诚恳,满腔热情,为了正义,挺身而出。

爱情未来:将会有一个称心的伴侣。

不足之处:在任何时候都显示出沉默少言。

十月出生:牡丹花

个性特征:你是花中王,好胜心强,有自高自大,喜欢比美,不能体谅。

品格修养:作风正派,举止大方,很有不同风度,办事守信用,受人尊敬。

爱情未来:男女朋友都乐于接近你,平生有过幸福,但晚年不顺意。

不足之处:骄傲自满,失败后悔不及。

十一月出生:芙蓉花

个性特征:聪明能干,心灵手巧,能随机应变,待人热情大方周到,受人尊敬信任。

品格修养:不计较个人得失,遇事冷静,处理恰当,有天才,敢于发明创造。

爱情未来:很多人都乐于接近你,善于安排生活,使人满意,能做到互相尊重。

不足之处:有娇气。

十二月出生:冬梅花

个性特征:有坚强的毅力和丰富的想象,敢于战胜一切困难,善谈吐,爱交际朋友。

品格修养:待人热情大方,乐于助人,对待生活乐观豪放,爱学习有钻研精神。

爱情未来:将有一个幸福的家庭。

不足之处:气量小,性急,往往因小失大。

藤蔓

很奇妙的生物光

在公元十一世纪时，沈括在《梦溪笔谈》中，记叙了一件有趣的事：有天晚上，他正在煮咸鸡蛋，发现其中有一只奇怪的蛋，像玉石那样闪烁着光亮，把整个房间都照亮了。于是，从中取出，单独放置着，十几天后，发现它已腐烂发臭，光却变得更加明亮了。

在国外，人们很早就发现，死鱼身上常常发出一种蓝色或绿色的光。原来，死鱼身上生长了一种发光的细菌——真菌。这种细菌遇到空气就可以放光。大约五十亿个发光细菌所发出的光聚集起来，才相当于一只烛光的亮度。

奇怪的是，有些人的汗水和皮肤也会发光。在意大利，曾发现过两个身体能发光的妇女。

植物有血液和血型

人有血液，动物有血液，难道藤蔓植物也有血液吗？有的。在世界上许多地方，都发现了洒“鲜血”和流“血”的树。

我国南方山林的灌木丛中，生长着一种常绿的藤状植物——鸡血藤，总是攀援缠绕在其他树上。每到夏季，便开出玫瑰色的美丽花朵。当人们用刀子把藤条割断时，就会发现，流出的液汁先是红棕色，然后慢慢变成鲜红色，跟鸡血一样，所以叫“鸡血藤”。经过化学分析，发现这种“血液”里含有鞣质、还原性糖和树脂等物质，可供药用，有散气、去痛、活血等功用。它的茎皮纤维还可制造人造棉、纸张绳索等，茎叶还可做灭虫的农药。

南也门的索科特拉岛，是世界上最奇异的地方，尤其是岛上的植物，更是吸引了世界各地的植物学家。据统计，岛上约有200种植物是世界上任何地方都没有的，其中之一就是“龙血树”。它分泌出一种像血液一样的红色树脂，这种树脂被广泛用于医学和美容。这种树主要生长在这个岛的山区。关于这种树，在当地还流传着一种传说，说是在很久以前，一条大龙同这里的大象发生了战斗，结果龙受了伤，流出了鲜血，血洒在这种树上，树就有了红色的“血液”。

英国威尔士有一座公元六世纪建成的古建筑物，它的前院耸立着一株已有700年历史的杉树。这株树高7米多，它有一种奇怪的现象，长年累月流着一种像血液一样的液体，这种液体是从这株树的一条2米多长的天然裂缝中流出来的。这种奇异的现象，每年都吸引着数以万计的游客。这棵杉树为什么流“血”，引起了科学家们的注意。美国华盛顿国家植物园的高级研究员特利教授对这棵树进行了深入研究，也没找到流“血”的原因。

会流“血”的植物，流出的真是血吗？不是血液又是什么？这些都有待进一步研究。

说来有趣，关于植物的血型，竟是日本一位搞警察工作的人发现的。他的名字叫山本，是日本科学警察研究所法医，第二研究室主任。他是在1984年5月12日宣布这一发现的。

植物的血型，是在偶然一次机会中发现的。一次，有位日本妇女夜间在她的居室死去，警察赶到现场，一时还无法确定是自杀还是他杀，便进行血迹化验。经化验死者的血型为O型，可枕头上的血迹为AB型，于是便怀疑是他杀。可后来一直未找到凶手作案的其他佐证。这时候有人提出，枕头里的荞麦皮会不会是AB型呢？这句话提醒了山本，他便取来荞麦皮进行化验，果然发现荞麦皮是AB型。

这件事引起了轰动，促进了山本对植物血型的研究。他先后对五百多种植物的果实和种子进行研究，并研究了它们的血型，发现苹果、草莓、南瓜、山茶、辛夷等60种植物是O型，珊瑚树等24种植物是B型，葡萄、李子、荞麦、单叶枫等是AB型，但没找到A型的植物。

根据对动物界血型的分析，山本认为，当糖链合成达到一定的长度时，它的尖端就会形成血型物质，然后合成就停止了。也就是说血型物质起了一种信号作用。正是在这时候,才检验出了植物的血型。山本发现,植物的血型物质除了担任植物能量的贮藏物外,由于本身黏性大,似乎还担负着保护植物体的任务。

人类血型,是指血液中红血球细胞膜表面分子结构的型别。植物有体液循环,植物体液也担负着运输养料、排出废物的任务,体液细胞膜表面也有不同分子结构的型别,这就是植物也有血型的秘密所在。

但植物体内的血型物质是怎样形成的,至今还没有弄清其原因。植物血型对植物生理、生殖及遗传方面的影响,也还都没有弄明白。

"发热"藤蔓植物的奥秘

在"植物王国"里,有一种能"发热"的藤蔓植物,它所发出的热量足以使周围的冰雪融化。什么样的一种植物,能有这般奇异功能呢?它为什么要"发热"呢?这真是令人迷惑不解。

这是一种叫做"斑叶阿若母"的百合科草本植物。这种植物在环境气温为4℃时,花的体温可达40℃左右。这种"发热"植物的"花温"为什么如此之高?科学家发现,这种植物在开花之前,已在花的组织里贮存了大量的脂肪。开花时,脂肪进入组织细胞内,发生强烈的氧化作用从而释放出大量的热能,所以造成了"花温"较高的结果。

科学家在研究中还发现,有一种叫"臭菘"的植物,它的成熟期是在冬末春初,这时它的温度一般比环境温度高出20~25℃,从而能够融化覆盖在植物上面厚厚的雪层,于是,花便可以轻而易举地钻出雪层,避免了被冻伤的危险。这是植物"发热"的第一功能。

另一种"发热"植物叫"佛焰",它的雌蕊和雄蕊都隐藏在苞的深处。为了能在花开之后请到媒人,它把"花温"急剧升高,散发臭味,如同发热的腐烂的动物尸体或发酵的粪堆发出的气味,于是一种对热敏感、喜欢吃腐烂物的蝇就急急忙忙赶来,为它们做媒,完成了传授花粉的"伟业"。这是植物"发热"的第二功能。

此外,佛焰"发热",可以使四周的风转变成围绕着佛焰花序旋转的涡流,而且这种涡流不受外界风向的影响,并能把四周各个方向吹来的风转向佛焰苞的开口处。这样，不仅能使热量均匀地分布在整个佛焰苞内，使整个花朵能融化厚雪的覆盖，而且，更令人惊奇的是，佛焰花序周围的涡流能把花序顶端成熟的花粉吹到花序下部未经授粉的花朵内，从而达到没有蝇为媒，利用热气流为媒也能"成亲"的目的。植物的安排真可谓绝妙！

藤蔓植物"出汗"

夏天的早晨，你到野外去走走，可以看到很多植物叶子的尖端或边缘，有一滴滴的水珠淌下来，好像在流汗似的。有人说这是露水吧！

滴下来的真是露水吗？让我们来细心地观察一番，研究研究。你看，那亮晶晶的水珠慢慢地从植物叶片尖端冒出来，逐渐增大，最后掉落下来；接着，叶尖又重新冒出水珠，慢慢增大，最后掉落下来；接着，叶尖又重新冒出水珠，慢慢增大，以后又掉了下来……一滴一滴地连续不断。显然，这不是露水，因为露水应该满布叶面。那么，这些水珠无疑是从植物体内跑出来的了。

这是怎么回事呢？原来，在植物叶片的尖端或边缘有一种小孔，叫做水孔，和植物体内运输水分和无机盐的导管相通，植物体内的水分可以不断地通过水孔排出体外。平常，当外界的温度高，气候比较干燥的时候，从水孔排出的水分就很快蒸发散失了，所以我们看不到叶尖上有水珠积聚起来。如果外界的温度很高，湿度又大，高温使根的吸收作用旺盛，湿度过大抑制了水分从气孔中蒸散出去，这样，水分只好直接从水孔中流出来。在植物生理学上，这种现象叫做"吐水现象"。吐水现象在盛夏的清晨最容易看到，因为白天的高温使根部的吸水作用变得异常旺盛，而夜间蒸腾作用减弱，湿度又大。

植物的吐水现象，在稻、麦、玉米等禾谷类植物中经常发生。芋艿、金莲花等植物上也很显著。芋艿在吐水最旺盛的时候，每分钟可滴下 190 多滴水珠，一个夜晚可以流出 10~100 毫升的清水哩！

木本植物的吐水现象就更奇特了。在热带森林中，有一种树，在吐水时，滴滴答答，好像在哭泣似的，当地居民干脆把它叫做"哭泣树"。中美洲多米尼加的雨蕉也是会"哭泣"的。雨蕉在温度高、湿度大、水蒸气接近饱和及无风的情况下，体内的水分就从水孔溢泌出来，一滴滴地从叶片上降落下来，当地人把雨蕉的这种吐水现象当作下雨的预兆。"要知天下雨，先看雨蕉哭不哭？"因此，他们都喜欢在自己的住家附近种上一棵雨蕉，作为预报晴雨之用。自然界中的这些奇妙现象是多么有趣啊！

长白山上采参人

传说早在八百多年前金世宗时，长白山就盛产人参，地方官员从长白山提来五个参王子，献给金世宗，他在行营帐篷外，闻婴儿啼哭，就放了这五个参王子。从此在长白山留下了人参的后代，而长白山也成了钟灵毓秀的满族发祥圣地。到清代，有《伟库伦吞果》的神话和《老罕王放山》的传说，都是从长白山发迹起来的，并看作"祖宗肇迹兴王之所"，封为"龙脉"禁区，不许挖采。因为长白山出产人参、貂皮、乌拉草（一般鹿茸角），一直被人们认为是三宝聚集，求财有道的福地，所以数百年来，吸引着穷苦人民不远千里冒禁前去采参。

采参人最信奉山神老把头，放山人进山后，先用石板依山盖起老爷府，即所谓"三块瓦，盖小庙"，老把头，即第一个进山牺牲的放山人孙良，他曾用一首绝命诗，死后成神，不时来显灵、保护参农。旧历三十六是老把头生日，采人参、伐木者和猎手们都置办酒席，焚香祭奠，乞求平安。

当采参人进入深山老林后，看见人参要"喊山"。采参人一般是三五人、五七人组成一组，由把头率领，集体进山。入山时每人手持一根索罗棍——大约比锄头粗长些，以便精力集中。发现人参时就要立刻大声呼叫道："棒槌！"据说这样人参就会被吓住，不会再跑掉。这时把头就要问："什么货？"发现者则回答说，得了几品叶的大货。然后同伙贺曰："快当！"前面发现人参者的报告叫"喊山"，后边应者的问语贺语曰："接山"。这一喊一接，目的是要把人参吓住，以便挖掘。生活劳动中也有些禁忌，如抽烟叫"拿火"，做饭叫"端锅"，都象征获得大货。

系绳挖参也是采参人世代相传的习俗，即在挖参时，用两根树枝插在距参秧一尺远的地方，然后把人参秧果用红绳系在树枝上，红绳两头系上大铜钱。据说这样可以把人参捆绑住，不至于逃掉。

在传说故事发生地通化市，还大胆推出了"采掘人参之旅"这一古老而独特的旅游活动。

通化，是长白山的一座山城，西南七公里处有座参前辈孙良的古坟。人参之路的旅游，就以这座古坟为起点，旅游者按照当地古老的风俗，高唱采参歌之后，沿着当年孙良采参所走过的道路，到风光秀丽的棒槌山下去采参。

长白山的人参在七月末开花，花是黄绿色的，很好看，但花期很短，只有一周左右，花一谢马上就结籽，像红豆一样大小，目标显眼。

采参旅游一般都安排在七月末到十月中旬。按照传统规矩，进入大森林后，谁也不准说话，旅游者只能用此棍敲击树干互相联系。每个旅行团，一般20来人，都有“寻参员”负责指导采参，发现人参时，必须用系着道光年间的古铜钱的红丝线把人参拴住，然后再用骨针或竹针轻巧地把人参挖出来。

这项新颖有趣的特殊旅游，很受东南亚地区和外国游客的欢迎，同时也吸引了广大的国内旅游者。

延年益寿何首乌

相传，在我国古代，有一个叫何田儿的人，年过半百仍无生育。夫妻俩为此终日闷闷不乐。一日，何田儿喝醉酒，躺在野地里睡着了。睡梦中他见到一种从未见过的植物。它长着粗大的块根，叶子卵形，叶腋中还长出白色的花序。一位慈眉善目的老人前来对他说：“将根服下，管保你生一个大胖儿子。”何田儿醒来一看，身边正好长有一棵这样的植物，于是便掘出了根，捣碎了和着烧酒一起服了下去。

说来也怪，自从何田儿服下了这种药以后，多年未治好的痼疾霍然而愈，白头发转青了，脸色也红润了，一年以后，妻子果然替他生下了一个儿子。

何田儿给儿子取了个名字叫延寿，并让他从小服用这种块根。以后，父子俩都活到了160岁。

后来，延寿的儿子首乌也服用此药，活到100多岁。为了纪念父辈的发现，首乌便把这种植物称作何首乌。

传说毕竟是传说，但何首乌具有药用价值却

是毋庸置疑的。

何首乌又名夜交藤、紫乌藤和地精，属蓼科，是多年生缠绕藤本植物。它的块根膨大，表皮呈紫黑色，横切面为紫红色。叶子的基部长有蓼科植物常有的托叶鞘。

何首乌常野生于草坡、路边、灌木丛中，山西、陕西、甘肃、河南、湖北、湖南、四川、云南、贵州、江苏、安徽等地均有栽培。人工栽培的何首乌3~4年以后，即可挖掘块根。春季或秋季，将采挖来的块根洗净后切去两头。大的可对半剖开，或切成厚片晒干、烘干或煮后晒干，供药用。有时，还可将块根制粉或酿酒。

中医认为，何首乌味苦、甘、涩，性微温，可主治肝肾阴亏，发须早白，血虚头晕，腰膝软弱。其主要化学成分有卵磷脂及蒽醌衍生物，如大黄酚、大黄素、大黄酸、大黄素甲醚、洋地黄蒽醌和食用大黄甙等。

何首乌的藤名为首乌藤或夜交藤，其味甘、性平，归心、肝经，功能养心安神，通络祛风，能治失眠、多汗、血虚肢体酸痛。将首乌藤煎汤擦洗，还可治皮肤疮疹。

近来，人们发现，何首乌的嫩叶也能做菜吃。春天，将嫩叶采来，经开水烫过，炒食后味道十分别致。经化验，每100克何道乌嫩叶竟含有7.3毫克胡萝卜素和131毫克维生素C。

枸杞浑身是宝

相传，在我国明代，有位姓张的男子，他长相怪异，举止也怪异：虬须环眼，衣衫褴褛，整日赤着一双脚，乐呵呵地东奔西走。因为赤脚的缘故，人们都管他叫赤脚张。

奇怪的是，赤脚张活到90多岁，却仍然是耳聪目明，黑发皓齿，健步如飞。于是便有人向他打听健康长寿的秘诀，赤脚张却笑而不答。

一日，赤脚张酒喝得太多，无意中说出了秘密。原来，赤脚张经常服用一种叫做枸杞子的东西，加之他心境开朗，因此得以延年益寿。言者无心，听者有意，有人学赤脚张常食枸杞子，果然有益健康。

枸杞子其实就是茄科植物枸杞的果实，我国各地，如内蒙古、青海、陕西、河北、广东等地有野生枸杞分布。人工栽培的尤以甘肃、宁夏产的最为著名。

枸杞是一种落叶小灌木，茎丛生，侧生的短枝常变为短刺，生于叶腋，长约1~2 厘米。卵状的叶互生或簇生在短枝上。夏天，枸杞开出淡紫色的花朵，秋天便结出卵圆形的浆果来。

人们常说的枸杞子就是枸杞的浆果。浆果成熟后必须及时采摘，除去果柄，放于阴凉处至果皮起皱，再置于阳光下曝晒到外果皮干硬、果实柔软。

中医药学认为枸杞子味甘、性平，归肝、肾经，能起滋肾、润肺、补肝、明目的作用，故可治肝肾阴亏、腰膝酸软、头昏、目眩、目昏多泪、虚劳咳嗽、消渴、遗精等症。

经化验，枸杞子含有许多营养物质，除了含有大约 1%的甜菜碱外，还含玉蜀黍黄素、胡萝卜素、硫胺、核黄素、药酸、抗坏血酸、钙、磷、铁等，因此常服有益于健身。

时至今日，人们发现枸杞子之所以能起延缓衰老的作用，是因为枸杞能提高肝、脑等器官中超氧歧化酶的活性，因而延缓了机体的衰老速度。

科学家认为，枸杞子的药用价值还在于它含有丰富的锗，而锗则能增强淋巴细胞的活力，阻止由于致癌因子引起的细胞突变，增强机体杀死癌细胞的能力。此外，锗还具有很高的氧化能力，它能夺取癌细胞中的氢离子，置癌细胞于死地。

说到美味的枸杞头，其实就是枸杞的嫩叶，它又名狗牙菜、地仙菌、甜菜、枸杞尖。四川人和云南人则称它为地地菜。

我们的祖先早就发现，枸杞头可以当菜吃。例如宋代《本草图经》就记载枸杞："今处处有之，春生苗，叶如石榴叶薄而软，堪食，俗呼为甜菜。其茎高三五尺作丛，六七月生小红紫花，随便结红实，形微长如枣核。"《救荒本草》则认为，"采叶炸熟，水淘洗，油盐调食，作羹食皆可"。明朝《瓜蔬疏》中更将枸杞列为草中之美味。

枸杞头除清炒，或炒肉片、炒猪肝之外，最流行的是凉拌。将枸杞头的老茎择去，拣去杂质后洗净，放在开水中烫一下捞起入凉开水冲凉，挤干后剁碎，加豆腐干切成的碎末，加盐、糖、味精、姜末和麻油拌匀即成。凉拌枸杞头有健脾开胃、清热利尿的作用，适宜于消化不良、内热患者食用。

将枸杞头入药始于汉代。中医药学认为，枸杞头同枸杞子一样，味甘、性凉，功能补虚益精，祛风明目，清热止渴。也含有丰富的营养物质。枸杞叶含有甜菜碱、芸香甙、B-谷甾醇、次黄嘌呤、肌甙和多种有机酸和维生素。

枸杞头所含的维生素，具有营养皮肤的作用；所含的甜菜碱，能参与脂质代谢，抑制脂肪在肝细胞内的沉积，促进肝细胞的新生，因此备受人们的青睐。

令人感兴趣的是，枸杞的全身都是宝，除了枸杞头和枸杞子可供药用外，枸杞花、枸杞根均可入药。

枸杞花

楚州西南隅，月湖畔古开元寺后面有口古井。井旁有棵千年枸杞，巨根深扎在井内，故井内泉水清澈，醇香甘美。能补肾明目，止疼镇痛，延年益寿，返老还童。

相传，在枸杞井旁，住着一个叫农民的少年。他七岁时，病魔夺去了他父母的生命。从此，他痛恨病魔，立志学医，为穷人治病。于是，他一边乞讨一边采集草药。一天，他发现井旁那棵千年枸杞根部的泥土，已被老财主盖楼房挖空了，天长日久的风吹雨打，枸杞树倒在地上，半死半活。忠厚的农民讨饭回来，便扶起枸杞用破铲挖土培根，一天两天、一月两月、一年两年，时间过去了好多年。农民坚持不懈地为枸杞培土、浇水。由于农民汗水与心血的浇灌，枯萎的千年枸杞又复生了，青枝绿叶傲然地向上生长着。枸杞树由于千年修行的根本，竟然变成了一个灵巧的枸杞仙。

枸杞仙经常和众仙子在天池里洗澡，它为了报答忠厚老实的农民，化成一个金枝玉叶的仙女，回到了人间要和农民结为夫妇。

农民一天天地长大成人，他不再去讨饭，继续一边为枸杞树培土、浇水，一边在枸杞树旁刨种几分菜田，一天干到晚，不分春夏秋冬地拼命苦干，生活上却没有人来体贴照顾。

一个炎热的夏天，农民像往常一样，天没亮就去干活了，一干又是一整天，中午回来，见锅上热气舔堂，他吃惊地揭开锅盖，啊！满锅大米饭，五碟好菜好汤。农民把棚子里里外外都找遍了，也没见到一个人影儿。农民十分惊诧，但还是把饭菜全都吃掉了，等晚上干完活回来，屋子里又像中午一样，农民更觉奇怪。就这样一连过了两个月，农民虽然对这些来路不明的饭菜惊讶，可时间长了，也就习惯了。每天晚上，吃过晚饭后就坐到油灯下编筐……

这天晚上，农民像平常一样，坐在灯下做事，做累了就趴在桌子上睡一会，醒来再做……天快亮的时候，忽听九天里一个霹雳，只见枸杞树上，红光喷射，从红光中走出一个美貌仙女，她驾着彩云飘飘悠悠地向农民飞来，恭恭敬敬地站在农民身边，羞涩地一笑，说："农郎，你不要怕，我是千年枸杞仙。"

"啊！"老实忠厚的农民早已被吓得六神无主了，支支吾吾了半天，也没说出话来。

枸杞仙抱着农民的右膀，笑着说："为报你救命之恩，我愿与你结为夫妇，白头到老……"

"噢！你……白头到老！"

"农郎，我可帮你缝缝补补，浆浆洗洗，做饭弄菜，还可以帮你实现宏图大志——为穷人治病。"

"那！那太好了！"

于是，两人便选了一个黄道吉日结成了夫妻。婚后，夫妇恩爱，自由自在，日子过得真比蜜糖还甜！每天朝霞正大艳的时候，他们披着露水去采摘枸杞花叶，取其液汁与井里泉水调和，为穷苦百姓治病，特别是疑难病症，他每每都是手到病除，而且分文不收。这个喜讯像长了翅膀，一传十、十传百，一下子轰动了全城。当时瘟疫盛行，四乡八镇的穷苦百姓，纷纷前来求医。他俩总是笑脸相迎，温暖如春，从早到晚，昼夜不停地为病人解除痛苦。

城西门口那个心狠手毒盖楼的老财主，听说枸杞仙绝代美貌，医术高超，早垂涎八丈，一心想霸占她。他假借老母病重，抬来顶八人大轿，耀武扬威，吹吹打打地来到古开元寺，要枸杞仙上轿，到他府上，帮他老母治病。百姓一见老财主要抬走枸杞仙，都投去愤怒的目光，自觉地用身体围成人墙，不让老财主把枸杞仙抢走。老财主见此，忙下令打手打散群众，强抢枸杞仙。他们说打就动手，眼看好多群众被打倒了，凶恶的打手们仍在行凶；农民夫妇心想：这样下去要伤害多少百姓啊！说罢，夫妻跃身跳上高台道："住手，我俩来了。"

老财主听说枸杞仙来了，忙喝住打手，请她上轿。枸杞仙与农郎偎依着向花轿走去。狠心的老财主见讨饭花子农民要和枸杞仙一起上轿，无名怒火从心底升起，忙上前制止农民上轿，枸杞仙义正词严地说："我和农郎不能分离，不让他去我也不去了。"

"啊，他与你……"老财主一听，气哼哼地道："那就一起上轿吧。"

农民夫妇被抬到老财主家后，便被拉去看病。他俩见老财主母亲心口疼痛，就用药膏敷在痛处，一夜过来，老财主见老母亲抽筋剥皮七窍流血，气坏了，忙把枸杞仙夫妇叫来训斥："你俩是治病的，还是害人的？走，和我见官去。"

"老财主，请不要慌张，你们吃这么多年百姓的血肉，今天也该偿还血债了……"

这时，枸杞仙和农民把手向空中一挥，两人紧紧偎依在一起，驾着云头飘飘悠悠地直上九天。他俩在空中对准老财主庄园轻轻地吹了口气，顿时腾起冲天大火，把个老财主的庄园烧成灰烬。

从此，在枸杞仙和农民流过血汗的古井四周石缝里，在农民讨饭走过的地方到处都长起丛丛枸杞。枸杞的枝头上开满了淡紫色的新鲜花朵，花间挂满无数红钻石般的果实，人们把这种花叫做枸杞花。一直流传至今。

救荒的马齿苋

那还是在明代，有一年江南一带因天旱闹饥荒，许多饥民靠着一种被称作豆瓣菜的野草竟然渡过了难关。

豆瓣菜是什么？豆瓣菜就是马齿苋。从外观上看，它的叶长得肉乎乎的，呈倒卵形，极似马齿，因而被称作马齿苋。

马齿苋的叶总是那么绿，即使在毒日头底下也不改变。这又是什么原因呢？

传说，在古代，太阳的脾气很暴躁，一碰就发火，因此那时的气温远高于现在。太阳把大地烤得滚烫滚烫，把禾苗全都晒死了。老百姓活不下去了，只好请来二郎神主持公道。二郎神想，把太阳射死不就结了？于是追得太阳到处躲藏，惶惶不可终日。

一天，太阳逃到一片绿茵茵的原野上空。它俯身一看，视线内竟然是一片马齿苋在摇头晃脑，像是在跟它打招呼。再往后看去，远处尘土飞扬，二郎神已经追了上来，它便咬咬牙钻到马齿苋身子底下。二郎神原以为，任何植物都抵挡不住太阳的热度，因此看到马齿苋绿油油的，便认定太阳早就逃远了。可是，这一回二郎神却估计错了，因为太阳恰恰就躲在马齿苋叶子底下，战战兢兢地望着他。

二郎神走了，太阳得救了。它从此改变了自己的脾气，不轻易发火了。所以，老百姓也原谅了它，二郎神当然也乐得睁一眼，闭一眼了。

太阳为了报恩，即使是在大旱无雨的日子里，也始终不晒死马齿苋，所以马齿苋总显得那么绿，那么生气勃勃。

传说归传说。现今人们已经知道，马齿苋之所以能耐热、耐旱是因为马齿苋是多肉植物，它的叶片肥厚，叶柄短，紫色的茎肉质，因此能防止水分过分散发，总显得那么生机盎然。

马齿苋的别名很多，什么豆瓣菜、指甲菜、瓜子菜等等，都是因为它的叶片有些像豆瓣，或似指甲，或形如瓜子；但也有人称它为长命菜，这是因为它的生命力顽强，能在各种不利环境中生存。

马齿苋属马齿苋科，为一年生肉质草本植物，它通常匍匐生长，全身无毛，叶片对生，叶面深绿，叶背暗红。

马齿苋于夏季开花，花黄色，较小，结的果实呈圆锥形，称为蒴果，成熟后果盖开裂。

马齿苋遍布我国南北各地，甚至在祖国的西沙群岛也能找到它们的踪迹。因它生命力旺盛，所以在田野、荒地、路旁，均可见到，又因其“贱”，有时还被作为猪饲料。

其实，马齿苋是一种极好的菜肴。未开花时采来，用开水略烫，切细后用蒜泥和麻油凉拌，鲜美中略带酸味。如洗净后炒食，风味亦佳。开花以后，马齿苋可用开水烫过，晒干贮作冬菜。入冬，缺少蔬菜时，用它来烧肉，或泡发后作馄饨馅。

现代医药学研究发现，马齿苋含大量去甲基肾上腺素、钾盐、二羟基苯乙胺、二羟基苯丙胺酸、柠檬酸、苹果酸、多种氨基酸、尼克酸、胡萝卜素、核黄素、维生素 C 等，有很好的药用价值。

经临床证明，马齿苋的浸出液对多种细菌具有抑制作用，其中对痢疾杆菌的作用尤为明显。服用马齿苋，约有 60%以上的患者能够治愈细菌性痢疾。此外，马齿苋还能帮助血管收缩，防治淋巴细胞坏死，防止淋巴管发炎，等等。

祖国医学宝库中记载着马齿苋的神奇疗效。比如，早在南朝的梁代，有一本名叫《本草经集注》的药书即已注明马齿苋能“清热解毒、散血消肿、利水通淋、抗菌杀虫”，因此可治热毒下痢、痈肿恶疮和一些妇女病。民间还将马齿苋煮粥治疗痢疾，或将马齿苋和蒲公英一起服用治疗阑尾炎。有人将马齿苋煎汤服用，用以治疗牙龈炎。还有人将马齿苋与红糖煎汤喝，用以治疗尿液混浊。服用马齿苋果实捣成的药末，竟对眼疾有极为灵验的疗效。取鲜马齿苋加上食盐捣烂外敷，还可治疗疮毒、疖肿、丹毒等。盛夏季节，将马齿苋捣烂敷在蚊叮虫咬之处，痒痛立刻能得到减轻。要是生了痱子，将捣烂的马齿苋敷上，痱子便很快消去。

马齿苋分布在世界上很多地方。如地中海一带的山民经常食用马齿苋，他们那里心脏病和癌症的发病率都非常低，据说与常食马齿苋有关。

“当归”药由来

当归为民间常用中药，它的命名根由说法有二种。一种说法是，当归有“思夫”之意，即妻子思念离家乡的丈夫，盼望他能及时回来。唐朝有诗曰：“胡麻好种无人种，正当归时又不归。”明代李时珍的《本草纲目》中：“当归调血，为女人要药，有思夫之意，故有当归之名。”这是对当归有趣而确切的解释。因为我国古代的习俗，娶妻是为了生儿育女，传宗接代。但是有些妇女因月经不调，气血不和，不能生育，经医服用当归之后，气调血和，营养得当，就有了生育的功能。这个时候，丈夫恰巧归来团聚则续嗣有望。

另有一种说法是，因为当归是补血益气药，能治孕妇产后因气血皆亏而引起的恶血上冲，《药学辞典》中说：“当归因能调气养血，使气血各有所归，故名‘当归’。”

桔梗的由来

桔梗系名贵中药材，犹以河南商城的更闻名。有关桔梗的风俗来历，这里有一段传说。

相传很久以前，大别山北麓的商城县有个商家村，村上人因长年劳累，均患上肺热，胸满病。当地有位叫商凤的姑娘，跪地求老天降药，以保百姓平安。此时，突然乌云翻滚，天昏地暗，商凤姑娘随风上了天。不知不觉飘到了巍峨挺拔的峨眉山。突然听到有人喊凤姑娘。凤姑娘抬头一看，原来是一位老公公。没等凤姑娘开口，老公公就说了起来：“我知道你村上百姓正在遭难，你将这把草带回，撒在屋后山，过 7 天挖出来煎水给百姓每人喝上一口。”凤姑娘接过草籽，激动地流下了泪水。她拜谢老公公后，一阵清风把她送回商家村。凤姑娘依老公公神言，在后山上撒下草籽。果然，村上人药到病除，个个变得身强力壮。人们为了纪念凤姑娘，就把这种药叫“商接根”，意思是商凤姑娘保住了商家村的根。后来，药农们把“接”字换成“桔”字，“根”字换成“梗”字。神医华佗来大别山商城采药时，曾留下诗句：“千山万川都有觅，唯有商桔黄菊心。”

草药刘寄奴

刘寄奴为较常用中草药。关于刘寄奴名字的由来，在民间流传着这样一个有趣的故事。

刘寄奴原是宋武帝刘裕的小名。相传，刘寄奴幼年时家境很穷，全家只靠割芦苇卖柴度日。有一天，他在河边正割芦苇，突然，从芦苇中钻出一条大蛇，他急忙取弓搭箭，用力向大蛇射去。大蛇中箭，迅速逃跑了。寄奴看着蛇逃跑，也不去追赶。

第二天，刘寄奴又来到原来的河边割芦苇。等他割了一会，就听到附近有掏臼的“咚咚”声，他停下割芦苇仔细听了听，便循声找去。果然，他发现在不远的榛树林里，有几个身穿青布衣裤的童子正在捣着一种不知名的野草。刘寄奴走上前问他们道：“你们捣这些野草干什么呢？”其中有一个稍大一些的回答说：“我家主人昨天被一个名叫刘寄奴的用箭射伤了，这些野草是一种药材，捣碎了好给主人治伤。”刘寄奴听了不动声色，接着又问道：“你家主人为何不报一箭之仇，去杀掉刘寄奴呢？”童子们说：“我家主人已说，刘寄奴是真命天子，将来要做皇帝的，不许我们杀掉他！”刘寄奴听到这话，高兴非凡，胆子也大了许多，当即大喝一声：“我乃刘寄奴也！”这些童子一听，惊吓一跳，便丢下捣碎的草药逃跑了。刘寄奴把捣碎的草药收起拿回家，每逢遇到了金疮患者，他就给敷用。敷后，伤口很快就好了。因此，后来人们就称这种草药为“刘寄奴”。

三七草

说起三七药名的来历，还有一段有趣的民间传说故事。

从前，有两个结拜兄弟。一天，义弟忽然得了大病，嘴里吐血，鼻孔流血，大

便拉血，小便尿血。不几天，面如黄纸，危在旦夕。义兄知道后，急忙从自己家后院挖来了一棵草药。送给义弟煎汤服用。义弟连吃几剂，大病全除了。他对义兄非常感激，并问义兄用的是什么药，要求看看。义兄告诉义弟这是祖传草药，十分保密。义弟答应绝不外传，义兄才带他到他家的后院，只见那里长着一片枝叶茂盛的草，开着淡黄色的小花。义兄告诉义弟，这就是给他治病的宝药。义兄答应义弟挖一棵小苗回去种，又嘱咐他要保密，不要被别人知道。

义弟挖回一棵小苗，种在自己的后院。忽然一天，当地有个财主的独生儿子突然得了“大出血症”，吃遍名贵百药，全都无效，财主眼看自己的儿子要死了，就扬言说：“谁治好公子的病，全部家产分他一半。”义弟知道后，心想发财的机会到了，就主动跑到财主家立了字据，要为财主儿子治病。财主听后，转悲为喜。于是，义弟悄悄把自己后院那棵药苗挖出来，送给财主的儿子，不料，财主儿子吃了几剂，也没见效，一命呜呼了。

财主一看儿子死了，就将那义弟绑起来，送衙门问罪。县官审问那义弟为什么骗财害命。义弟害怕了，说出了义兄为他治病的全部经过。于是县官命人传来他的义兄，要他回禀清楚。那义兄说：“这药是我家祖传秘方，专门止血，绝不伤人。我送给义弟的那棵草药才长了一年，还没有药性，用来止血，当然无效。”

县官急忙问道：“几年才能止血呢？”

义兄辩：“3 到 7 年，药力最强，保证止血。”

从此以后，人们才知道这种草药要长到 3 至 7 年，才有止血作用，人们这才给它取了个名字，叫做“三七”。

跳舞草

提起跳舞草，人们一定觉得很奇怪，人会跳舞，动物会跳舞，难道植物也会跳舞吗？会的。

在我国南方，有一种草叫长叶舞草，是多年生草本植物，属豆科山蚂蟥类，有一尺多高，在奇数的复叶上有三枚叶片，前面的一片大，后面的两片小。这种植物对阳光特别敏感，当受到阳光照射时，后面的两枚叶片就会马上像羽毛似的飘荡起来。在强烈的阳光下尤其明显，大约30秒钟就要重复一次，因此，人们又把这种草叫“风流草”和“鸡毛草”。

长叶舞还有一位“姐妹”，叫圆叶舞草，它的舞姿更加敏捷动人。这种草分布在印度、东南亚和我国南方山区的坡地上。

除跳舞草之外，还有会跳舞的树。在西双版纳的原始森林里，有一种小树，能随着音乐节奏摇曳摆动，翩翩起舞。当有优美动听的乐曲传来时，小树的舞蹈动作就婀娜多姿；当音乐强烈嘈杂时，小树就停止了跳舞。更有趣的是，当人们在小树旁轻轻交谈时，它也会舞动，如果大声吵闹，它就不动了。

这种草跳舞的奥秘是什么？这一直是植物学家探讨的问题。对这种现象，科学家们有各种不同的解释。有人认为这是由于植物体内生长素的转移，从而引起植物细胞的生长速度的变化造成的。也有人认为是由于植物体内微弱的生物电流的强度与方向变化引起的。这都是从植物内部找原因，也有人从外部找原因。有人认为，因为这种草生长在热带，怕自己体内的水分蒸发掉，所以当它受到阳光照射时，两枚叶片就会不停地舞动起来，极力躲避酷热的阳光，以便继续生存下去。这是它们为了适应环境，谋求生存而锻炼出的一种特殊本领。也有人认为这是它们自卫的一种方式，以阻止一些愚笨的动物和昆虫的接近。

关于这种草跳舞的真正原因是什么，至今还没有一致的意见。

星星草

人们都知道，古代的王位不是世袭的，应该是一代一代选贤任能的禅让制。尧把王位让给了舜，舜把王位让给了治洪水有功的禹。

禹得了王位后，常领着人们狩猎种田，和他的臣民一起过着康乐的生活。后来，禹的年纪大了，身体也衰弱了，想挑选一个继承人。他的臣民们在他的领导下，过着安宁无灾、太平盛世的生活，没有显露贤能的机会。为了挑选一个贤能的人继承王位，大禹愁白了头发。后来，他终于想出了一个测试王位继承人的法子。

那天，禹把他的臣民召集在地坛（祭地的土台子）周围。他在地坛上照着北斗星辰的模样栽七墩草，上面放了一把勺子，又把自己的领子和袖子撕下放上。然后意味深长地向众人说："尧把王位传给了舜，舜把王位传给了我。如今，我老了，也到了让王位的时候。今天，我把大伙召集来，也就是要选贤任能把王位让出。大家由东向西，一个一个地走过地坛，说出地坛所放物件的意思，谁说的好，我就把王位让给谁。"

禹说罢，就让众人由东向西穿坛而过。众人望着地坛上的物件，谁也猜不出是啥意思，都摇着头走下坛去。最后一个上来的人是禹的儿子启。启望着地坛上的东西，略思片刻，指着唱道："星星草，经北斗，一把勺子有稀稠。领出头，袖出手，打虎走前头，翻土先伸手。"他唱罢走下地坛，众人领悟，拍手叫好。

禹脸上的愁云没有了，笑眯眯地说："启说对了，启说对了。我在这地坛上种的七墩草，正是比着北斗星座种的。斗转一周，谓之一年。北斗星辰好比一把勺子，一把勺子有稀稠啊！身在王位的人，也就是掌勺把的人。掌杓把的人应该夜夜晚晚仰望北斗扪心自问：'猎物上有没有我的箭？耕出的地上有没有我的汗？这一年中我领着大伙是不是吃饱了肚子？'"

儿子虽然猜透了父王的心思，但是禹对儿子还不放心，就给儿子一部分人，让他带着那部分人去开辟一片荒地。启去到那片荒地，先种了七墩星星草来铭记父训，然后领着人开荒翻土，种禾植桑，年年都是五谷丰登。禹去那地方视察过几次，对儿子的作为非常满意，就把王位让给了儿子。后人有说禹自私，把王位传给了他的儿子。其实不然，有星星草为证。至今人们还称北斗星为勺子星。要说自私嘛，那是启，启后来不加选择地把王位传给了他的子孙。

含羞草

从前有个长得很俊俏的小伙子，常到河边去钓鱼，每次他都看到一个老汉坐在那里，嘴里像念经似的念着："钓钓钓！钓钓钓！小鱼不到大鱼到！"小伙子偷眼看时，那些大一点的鱼都向他身边游去了。有一次，小伙子憋不住说道："老大爷！我还得跟你学一学这个法啦。"老汉抬起头来说道："小伙子，你不要跟我学钓鱼了。我看你还像一个诚实的人，你顺着这个河岸，尽走尽走，你会碰到一桩好事儿。"老汉说着，把钓丝慢慢地往外拉着，水面上涌起一圈一圈的波纹，话说完了，老汉也忽然不见了。

小伙子很奇怪，他心里想：这一定是一个神仙老汉了。会碰到什么好事呢？他真的就顺河岸走去了。

小伙子从晌午走到太阳落，从太阳落走到星星满天月亮出。在他的眼前，出现了一片长着荷花的大湾，月亮在这里更加明了，他说不出是月亮的光彩，还是荷花的光彩。他看了一会，忽然荷叶儿轻轻地动了，荷花也摇摆起来，小伙子不觉得前走了一步，也许是踩在了青苔上，脚底一滑，就跌倒了。等他爬起来，四下一看，已不是原来的样子：星星从天空飘下来了，照着葱绿的桑树。桑树林里，有一个小屋，小屋里点着灯，门开着，看得见一个闺女正坐在那里织绸。闺女穿着长裙，灯光底下看去，好像是一片嫩绿的荷叶，那闺女乌黑的头发上，插着一枝新鲜的荷花骨朵。小伙子走到离开小屋只有几步远的地方，问道："这是一个什么地方？"闺女停住手抬起头来。她俊秀得简直好像是月亮底下的荷花。闺女说道："实不瞒你，这是荷花庄，我是荷花女，要是你走累了的话，那就进来坐下歇歇吧。"

小伙子欢欢喜喜地走了进去，荷花女只跟他说了几句话，就又低下头织绸子去了。她织得那个快呀，看不清手在怎么样地投梭子，只见她指头上戴着的那个银色的顶针，划出一道道白光。荷花女再没有说话，小伙子要走，她也没有留他，就把他送出门来。

小伙子往前走了两步，再回头看时，又是一个明光光的大湾了。他站住一想，那荷花女，一定是那朵荷花变成的仙女。要是我能有这么个神仙媳妇那就好了。

小伙子回到家里，没心思干活，天还不黑，他就又来到了荷花湾那里。压山的日头，射出了一道道的金光，水面上金金粼粼的闪光，那荷花也更加红润光彩了。好容易等到天黑，小伙子真的又见到了那个荷花女，荷花女也比昨天晚上对他亲热了，她叫小伙子脱下破小褂，给他一针针地缝了起来。

小伙子接过了补好的小褂，望着荷花女说道："我是孤身一人呀。"

荷花女好像没有听到一样，她一声不响地把小伙子送出门来。

小伙子回到家里已经过半夜了，他坐不住，站不住，返身又向河边跑去了，河面上雾气腾腾的，露水湿透了他的鞋。他还是一个劲地顺河沿跑去。跑到荷花湾边上时，鸟在绿柳树上叫起来了，太阳出来了，雾气也飘散了，那湾水更清，荷叶更绿，鲜艳的荷花瓣上滚动着珍珠样的露珠。小伙子顺着河边走着，荷花的清香围绕着他，他看到湾中间，有一朵最大最俊的荷花，心里猜想道，也许荷花女就是那朵荷花变成的吧。小伙子刚刚这样一想，只见那朵大荷花摆了一摆，水面上真的站着荷花女了。荷花女踏着水波，飘着长裙走来了。

小伙子喜得发狂，他忘记了她是仙女，只担心她会掉进水里，正想伸手去拉，荷花女却一下子跳上岸来了。

荷花女脸上一阵喜，一阵愁，她说道："俺爹不愿意我和凡人来往，从今以后，咱就不能见面了。"

小伙子好似听到了半空里一声霹雳，愣了一会，掉下了泪来。

荷花女见他这样，猛地把头一抬说道："只要你没有三心二意，我就和你一块逃到天边海岛去。"

小伙子眼泪没干，又笑了，他说道："只要和你在一起，就是住在高山野林里我也欢喜。"荷花女说着，从头上拔下了一枝荷花骨朵，一口气吹在上面，荷花"扑啦"地开开了，每一片荷花瓣里，都滚动着一颗明亮的珠子，花心里金亮的星星，围绕着绿色的莲蓬。荷花女好像打着把伞样的，一手把荷花擎了起来，一手拉着小伙子飞到半空里去了。白云从他们身边擦过去，老鹰在他们脚底下飞，他们飞得多么高多么快啊，那是没法说了，要是我们望到的话，那也只能当作一颗奇怪的流星。不多一会，他们就落在一个山洼里了。

小伙子看看脚底下，是荒草乱石，看看周围，是一层一层的数不清的高山，他暗暗地发了愁。

荷花女却欢喜地说道："我织绸，你打猎，咱们不会缺吃的，也不会少穿的。"

小伙子说道："可是连个住的屋子也没有啊。"

荷花女说道："这个你不用愁。"刚一说完，她就把绿色的长裙脱了下来，向前扔去，长裙扑啦着，旋旋转转地落到前面了，荷花女拉着小伙子走到跟前时，只见那里一个绿莹莹的大湾，湾中间有一栋小屋，一座小桥直通小屋跟前。他俩过了桥，进了小屋，屋里很宽敞，锅碗瓢盆，铺的盖的，吃的用的，什么都有，一架织布机也在墙边上放着了。

第二天，小伙子要出去打猎，荷花女赶出门来，从头上拔下那枝荷花骨朵，递给小伙子说道："你拿上这个吧，碰上了狼虫虎豹，只要用它一指，它们就不敢靠近你的身子。可是，无论是谁，这荷花骨朵你也不要给他呀。"

小伙子答应着，拿上荷花骨朵走了。他爬了东面的山，那里真是野兔见了人不跑，野鸡见了人不飞，他抓了许许多多的野鸡、野兔。回来的时候，远远地看到山坡上长起了一片葱绿的桑林,走到了眼前,只见荷花女掐下松枝来,插在石缝上,转眼工夫,就变成大桑树了。荷花女手不停地掐呀、插呀、掐呀、插呀,她的手被松枝扎破了,她的脸被太阳晒红了。小伙子疼爱地说道:“荷花女呀,咱们回去歇一歇吧。”

荷花女笑笑说道:“咱俩要在这里成家立业,我要把这荒山洼变成大湖,我要把这荒山坡变成桑林。”

第三天,小伙子爬上了西面的山,又见成群的野马在那里吃草,成群的山羊向他跑来。他骑上野马,抱着山羊回来的时候,只见家里的炕上放着一匹一匹的绿绸,荷花女把绿绸拿去铺在荒草上,转眼的工夫,绿绸就变成一道绿水了。

天晚了,荷花女还是不停地织着绸,她的腿酸了,胳膊也疼了。小伙子疼爱地说道:“天这样晚了,你就歇一歇吧。”

荷花女笑笑说道:“咱俩要在这里成家立业呀,我要把这荒山洼变成大湖,我要把这荒山坡变成桑林。”

过了一天又一天,过了一月又一月,过了也不知多少日子,也许是因为日子长了吧,小伙子看着荷花女已不像先前那么俊秀了,她那乌黑的头发不像先前那样光亮了,红红的脸也不像先前那样有光彩了。小伙子问她说:“是不是干活把你累老了?”荷花女摇了摇头。

有一天,小伙子出去打猎,他爬上了一座山又一座山,走过了一条沟又一条沟,来到了一个山背洼里。抬头看看,山腰里没有一朵野花,也不长一棵青草,只有一个黑漆漆的洞口。小伙子看了一阵,爬上了山腰,他依仗着那枝荷花骨朵,放大胆子向洞里走去。越往里走越是黑漆漆的、阴森森的,还闻着一阵阵腥气。走了一会,迎面蹿来了一只老虎,老虎的眼睛像两盏灯笼一样,老虎张开大口就向他扑来了。小伙子吓了一跳,慌忙把那荷花骨朵向老虎一指,骨朵尖上飞快地射出了一道红光,红光又细又长,好像闪电一样,老虎转回头去就窜走了。小伙子又往里走去,走了一会,迎面又蹿来了一群狼,狼拖着尾巴,竖着耳朵,一齐向他围了上来,小伙子又吓了一跳,他又慌忙把那荷花骨朵向狼一指,又射出一道红光,狼也连忙掉转头,慌忙跑走了。小伙子又向前走去,走了一会,前面忽然有亮了,又走了不多远,果然看到了一个大门。小伙子推开大门一看,嘿,里面点的是明灯火烛,炕上坐着一个女人。那女人雪白的脸,通红的嘴唇,娇声娇气地说了句话,就连忙下炕来迎接他。小伙子心里想,现在荷花女没有这女人俊呀。他就走了进去,坐在她的炕上了。女人又会说又会笑,她用金盅给他盛上酒,她用银碟给他端上了菜。他吃了银碟里的菜,他也喝了金盅里的酒。那妖女人用甜言蜜语骗着他成了亲。一连过了三天,小伙子的心变了,他只看到了眼前的欢乐，忘记了荷花女对他的情义，他只顾自己高兴，却不想荷花女心里会怎样难过。第四天里，妖女人说要出去走亲戚，又说她害怕狼虫虎豹，小伙子不问那三七二十一，就把荷花骨朵给了她啦。嘿，她一出门，两扇大门随着就闭上了，“砰”的一声，满屋里什么也看不见了，只是乌黑的一片。小伙子东摸摸是石头，西摸摸也是石头，连脚底下都是石头呀。听着外面虎也在啸，狼也在叫，脚底下的石头似乎在动，头上面的石头也好像要塌下来。他喊也没有人应，叫也没有人听，他吓得在石头旁边蹲下了。

荷花女在屋里用心用意地织绸，一抬头看到天晌午了，心里一惊，怎么这时候了，小伙子还没回来呢。她忙掐指一算，一下子什么都明白了。她知道在地面上一个时辰，在那洞里就是一天一夜。算起来小伙子已和那妖女成亲三天三夜了。她又生气又难过，心里怨恨小伙子没有情义。她叹了一口气，掉了两滴泪；又一想：不管他怎么样，我还是去救他一命吧。

荷花女飞快地上了一座山又一座山，过了一条沟又一条沟，到了那山背洼里，又上到山半腰，一看那洞口用大石堵得严严实实。她停也没停地又上到了山顶上，摘下手上银白的顶针，向石头上一放，看不到一点火星，也听不到一点响声，山石忽然开开了，就好像石头上凿了一眼圆圆的井，井子深得不见底，直通进大山里。

小伙子被堵进了山洞里，洞里黑得真是伸手不见掌。他又害怕，又发愁。心想：怎样才能出去呢？忽的一下子，他眼睛一亮，只一眨眼，荷花女就站在他的跟前了，伸手拉住他，一会就上到山顶了。

荷花女一弯腰，就又拾起了那个银白的顶针，把它戴在了指头上。石头上那眼圆圆的井子便不见了。

小伙子又羞愧又不安。荷花女没有发火，只是泪汪汪地说道：“我做梦也没想到你是这么一个负心的人呀！我实话对你说了吧，我有两个宝物，一个就是这个顶针，这是一把开山的钥匙。再一件就是那枝荷花骨朵了，我拿上它能飞上青天，我戴上它会使我永远年轻……”荷花女话还没说完，只见山洼里起来一阵旋风，女妖赶来了，她话也顾不得说了，一把拉住小伙子，就往前走去。从前有那荷花骨朵，荷花女是十拿九稳地能战败她的，可是现在那枝荷花骨朵落到女妖手里了。怎么办呢？荷花女暗暗盘算，只要能使女妖走进自己那山洼里，她就有办法治她了。真是慢船赛快马，荷花女走得那个快呀，好像在激流里漂，小伙子也觉得两脚没有沾地。走了不多一会，那女妖就从后面追上来了。但她也有点害怕荷花女，不敢近前来，只是在后面喊叫：“小伙子，回来呀！”

荷花女连忙嘱咐小伙子说：“你可千万不要回头呀，只要一回头，你就没命了。”

女妖又在后面喊开了:“小伙子,你想一想,我和你在洞里过的那三天日子是多么好呀! 你想一想,到哪里找我这样的美人儿!”

小伙子听着听着,又动心了,刚回头一看,那女妖向他摆了一下手绢,他就双脚不停地向她身边跑去了。女妖招来了一条长虫,她抱起了小伙子骑在上面,一阵旋风,扑向山洞里去了。

荷花女长长地叹了一口气说:“不是我不救你呀,而是你自己不听话,现在要救你也救不了啊!”

果然,过了不多日子,在那山洞外面堆着小伙子的衣裳,摆着小伙子的骨头。好心的荷花女,把衣裳和骨头收拾回来,埋在了小屋旁边。

勤快的荷花女,白天养蚕栽桑,晚上掌灯织绸,过了几年,周围的山上都插满了松枝,布满了葱绿的桑林。满山洼里都铺上了绿绸,满山洼里都是晶亮的湖水了。白色的蝴蝶飞在青葱葱的桑林里,五彩的荷花长在绿晃晃的湖水里。有一天,荷花女走到了屋旁的小坟边,看见小坟上,长出了一棵绿叶的小草,她的手指一触它,那青草羞愧地煞了叶,羞愧地垂下了叶柄。

过了一些日子,那钓鱼的神仙老汉来到这湖边钓鱼了,荷花女把小伙子的事一五一十地对他说了。老汉走了不一会,就从女妖那里,把荷花骨朵夺了回来。荷花女连忙把它插在头上,她乌黑的头发又亮了,她的脸面又和原先一样光彩了。老汉摘下了那小青草的种子,走出了深山。

第二年春天,靠山的树林里,长出了那样的小青草,靠海的小岭上,也长出了那样的小青草,到了后来,连花园里也有了那种小青草,人们都叫它是“含羞草”。直到如今,只要手指轻轻地触着它,叶儿就并煞了,叶柄就垂下了。可是如今,也还有像小伙子那样喜新厌旧的人,他们却连羞愧也不知愧呀。

“害羞”之谜

含羞草是一种豆科草本植物。它白天张开那羽毛一样的叶子,等到晚上就会自动合上。有趣的是,你在白天轻轻碰它一下,它的叶子就像害了羞一样,悄悄合拢起来。你碰得轻,它动得慢,一部分叶子合起来;你碰得重,它动得快,在不到 10 秒钟的时间里,所有的叶子都会合拢起来,而且叶柄也跟着下垂,就像一个羞羞答答的少女，所以人们管它叫“含羞草”。

含羞草为什么会动呢？

大多数植物学家认为，这全靠它叶子的“膨压作用”。在含羞草叶柄的基部，有一个“水鼓鼓”的薄壁细胞组织，名叫叶枕，里面充满了水分。当你用手触动含羞草，它的叶子一振动，叶枕下部细胞里的水分，就立即向上或两侧流去。这样一来，叶枕下部就像泄了气的皮球一样瘪了下去，上部就像打足了气的皮球一样鼓了起来，叶柄也就下垂了、合拢了。在含羞草的叶子受到刺激合拢的同时，会产生一种生物电，把刺激信息很快扩散给其他叶子，其他叶子也就跟着合拢起来。过了一会，当这次刺激消失以后，叶枕下部又逐渐充满水分，叶子就会重新张开，恢复了原来的样子。

但也有的科学家认为，含羞草所以会运动，是跟光敏素的作用有关。

含羞草的老家在巴西，那里经常有暴风雨。含羞草的枝干长得非常柔弱，为了适应这种不良环境，它在自然环境中培养了保护自己的本领。每当在风雨到来之前，就把叶子收拢起来，叶柄低垂，这样一来，就不怕暴风雨摧残了。

有趣的是，含羞草还是相当灵敏的“晴雨计”。人们利用它的这种怪脾气和本能，预测未来的晴雨。

“含羞草害‘羞’，天将阴雨”，这句谚语告诉我们，如果含羞草的叶自然下垂、合拢，或半开半闭，舒展无力，出现“害羞”现象，就预兆着将有阴雨天气。

在正常天气里，含羞草一般不会自己“害羞”，即使有人碰它的叶片，叶片也会很快地合拢，恢复原状。这是晴天的征兆。

当天气发生变化，含羞草本身对湿度反应很灵敏，加上小昆虫因为空气湿度大，只能贴近地面低飞，容易碰到含羞草的叶子上，含羞草也会作出反应。这时候，用手指去碰它的叶片，叶片也会回拢，但恢复原状相当慢，反应迟钝，这预兆着在一两天以内，天气将转阴有雨。

含羞草是一种奇妙的植物，它的身上还有不少奥秘没有被揭开。

益母草

有一种奇怪的草：嫩芽可以当菜吃，叫做“龙须菜”；长大了、成熟了，茎子、叶子可以熬药，是治妇女病的一种有效药，叫做“益母草”，熬出来的药叫“益母膏”；

种子也是妇科药，叫做“荒蔚子”。据说以前北京天坛里还有许多益母草呢。

讲故事的人说，早年没有天坛以前，这里也没圈在城里，是一大片黄土地，住了好多庄稼户，他们耕种锄刨地打地里找粮食。有一家姓张的庄户，老头子死了二年多了，家里剩下一位老大娘。老大娘没儿子，只有一个十六七岁的大闺女。母女俩过着缺人少钱的苦日子。老大娘因为常常想念死去的丈夫，又发愁没人给她种地，日子一多，就生了病，病一天比一天沉重。老大娘着急了，张姑娘更着急。请了好多医生，吃了好多的药，怎么也不见效。就在秋天庄稼收净的时候，张姑娘打好了主意：到北山去找灵药。还是在她小的时候，爸爸、妈妈给她讲故事，说北山的深山老谷里，灵药可多了，只要不怕爬山，就能找到。这种灵药，什么重病都能治得好，这时候，她告诉妈妈，要到北山去找药了。可是妈妈不放心，说：“你一个小姑娘，怎么能走这么远的路呀！”张姑娘说：“妈放心，一路上我会小心留神的。”她托付隔壁的大娘替她照管妈妈，自己带上干粮，就出门到北山找灵药去了。

出了家门，张姑娘一直朝北走。走了一天，看见了山。可是又走了三天，还没走到北山。但是，张姑娘瞧见的山，到底是越来越近了。这一天，来到一座山口，张姑娘想：是不是进这座山口呢？正在这时，打山口里走下一个白胡子老头儿来。老头儿瞧见张姑娘，笑了笑说：“姑娘，你一个人，到深山老谷干什么去呀？”

张姑娘就把妈妈怎么病的，自己怎么要到北山找灵药的事，说了一遍，说完又问白胡子老头儿：

“老爷爷，这山里有灵药吗？”

老爷爷回答她说：“有，有。”

“老爷爷，上山怎么走呀？”

白胡子老头儿又笑了笑，回头向山里一指，说：“小姑娘，你打这儿上山，左拐七道弯，右拐八道弯，饿了吃松子，渴了喝清泉，瞧见地上天，灵药到手边。”

姑娘听老爷爷像唱曲似的话，心里明白了，就是不懂什么叫“地上天”，刚要问老爷爷，白胡子老头儿早就出了山口，走得很远了。张姑娘上山，真的往左拐了七道弯，往右拐了八道弯，饿了拣些地上的大松子吃，渴了就趴在山泉旁边喝点清水，困了就在山坳里睡一觉，醒了还是往山上走。记不清走了几天了，这一天，张姑娘走到一个小山顶上，只见山顶有一个小水池子，池子里的水清极了，天上的一缕缕白云，都照到池子里了。张姑娘正在这里发愣，忽然听见身后有姑娘们说话的声音。张姑娘一回头，瞧见两个美丽的姑娘朝她走过来。一个穿的是一身雪白的衣裳，一个穿的是一身淡黄的衣裳，上面绣着白梅花。走近了，那个穿白衣裳的姑娘笑笑说:“姐姐,发什么愣? 不认识我们这‘地上天’吗? ”

张姑娘一听“地上天”,高兴极了,说:

“姐姐们有灵药吗? 快救救我妈妈吧! ”

穿花衣裳的姑娘说:

“姐姐不用说了,白胡子公公都告诉我们了。我这里有一口袋灵药,回家熬成膏子,给大娘吃了就好。”说着,递过一个小口袋来。

穿白衣裳的姑娘说:

“这口袋里,还有灵药的种子,大娘病好了以后,姐姐可要把这些种子撒在地边上,让它自己生长,再有得了大娘这样病的人,就不怕了。”

穿花衣裳的姑娘说:

“姐姐赶快回家吧,我们不送姐姐了,白妹妹的话,姐姐要记住呀! ”张姑娘千恩万谢地向两位姐妹道了谢,回身向山下走去。走了不远,张姑娘真舍不得这两个好心的姐妹,她想再瞧瞧她俩,但回头一瞧,哪里还有穿白衣裳、花衣裳的姑娘,只见一只白鹦鹉、一只梅花鹿,打“地上天”那里正往西飞呢,跑呢。

说也奇怪,张姑娘来的时候,走了七天七夜,回去的时候,很快就到家了。张姑娘一到家,马上把灵药熬成膏子,给妈妈吃了,没过几天,妈妈病好了。张姑娘和邻居们都十分高兴。张姑娘把口袋里的灵药种子,撒遍了这块土地的地边上,春天长出了深绿色的嫩芽,夏天又长成了灵药,秋天灵药又结了种子,一年比一年多。妇女们有病的,便照着张姑娘传的法子,熬灵药治好了病。灵药叫什么名字呢? 大伙儿说:

“这是好心的张姑娘,千辛万苦为妈妈找来了灵药,给妈妈治好了病,咱们就管它叫益母草吧。”“益母草”的名字,就这样流传下来了。

后来,不知道又过了多少年,北京有了皇上了。也不知道传到哪一个皇上的时候,这个皇上要拜求老天爷保佑他,便在这块长着益母草的土地上,盖了一座天坛。天坛盖成了,天坛里的空地上还长着茂盛的益母草,皇帝老儿生气了,说:

“我这拜天的地方,哪许这么长野草,统统给我拔了去! ”这时候,有一个他妈妈吃过、他老婆正吃着益母草的大臣,就跟皇帝老儿说:“皇上,这不是野草,它叫龙须菜。皇上不是龙吗? 要是把它都拔净,皇上您就不长胡子了。”皇帝老儿怕不长胡子,就让天坛里留下了益母草。打这儿起,益母草的嫩芽,就叫龙须菜了。

狗尾草

大林、和五是兄弟俩。大林的年纪较大一点，却很狡猾；弟弟和五就不是这样，是一个很诚实而带点傻气的人。任何事情都是和五让着大林，所以他们从不曾有过一回争执，好像极亲爱的兄弟一般。邻人都非常尊敬他们，称道他们。

他们的父亲，是一个农夫。一天，突然生病死了。这时大林和他的妻子都很忙碌地走进走出，差不多将屋里的东西完全搬空了，然后对和五说：

"你现在差不多是个大人了，再不能让你的哥嫂养活你了，我们分给你一些东西，你自己生活去吧。"

和五还趴在父亲的身上。一边哭一边一声声地喊着父亲。他哥哥讲些什么，一点没听清楚，很不经意地用平时常说的话回答他的哥哥：

"哥哥，随你的意思吧。"

大林就分给和五一间破屋，一亩田，还有些破旧的用具和一条狗。别的一点都不分给他。从此，和五虽然寂寞得不得了，可是耳朵里再也听不到哥嫂的责骂了，而且还有一条狗陪着他呢。

一天夜里，狗忽然讲起话来了，说："主人，你不要忧愁啊，我会帮你耕田呀！"

第二天，和五就驾狗耕田，这狗果然耕得很好，比牛还快。到了秋天，田里的麦子，竟比他哥哥的田里产的麦子多了好几倍。大林很奇怪，第二年就将和五的狗借去了。可是这狗在田里一步也不肯走，大林气得活活把这条狗给打死了。他把狗埋起来，将狗尾巴留在外面。跑到他弟弟那里说：

"啊唷！你的狗钻到地里去了。"和五听了很悲伤，跟他哥哥去看，果然有一条狗尾巴在地面摇动，但是已经变成一棵很绿的植物了。因为它是狗尾巴变的，而且样子像狗尾，人们都叫它狗尾草。

节节草

很古的时候，天是和地面很接近的。大人们的手，可以摸到星星，所以有许多小孩，时常架着梯子，爬到天上去。因为上面很好玩啊：地面是用白云铺成的，宫殿是用金子造成的，花是用五色的玉和珍珠穿成的，但是发出的香味比花还香啊！蝴蝶和鸟儿，都有孩子这么大，活泼得也和孩子们一般，孩子们有时骑在它们的背上，有时听它们唱歌，或是看它们在花上跳舞。天上还有糖果、玩具，孩子们一到那里，总是玩不够，谁也不想回家，除非母亲来喊他们。

他们中间有几个最顽皮的孩子，时常跑到花里去，将花弄碎了，回来的时候，又偷偷地带走一只蝴蝶，或是一只最美丽的鸟儿。天神知道以后很生气。一天夜里，天神趁着他们都在家里睡着了，马上将天升高。到了第二天早晨，孩子们都不能上去了，他们一起哭着喊着。有几个聪明的孩子，立刻想出一个很巧妙的办法，教大家不要哭泣。他们很快地将许多梯子接起来，接得很长很长，然后将这接成的长梯直竖起来，果然触着天了。可是这座长梯，在早晨的阳光里，突然变成一株又长又坚固的植物，一节一节往上长，一片叶子都没有，但是孩子们仍旧可以攀登上天去的。他们快乐得什么似的，一齐拍着小手唱着一支歌儿。

节节草，节节高，送宝宝，上云霄。

他们正在快乐的时候，忽然刮风了，乌云从四面聚拢来，电光闪闪，雷声隆隆。孩子们都躲到母亲怀里去，小手掩住耳朵，一声也不敢响出来。不一会打了一个大雷，地也震动了，外面一阵火光，好像火山喷发了。原来他们的梯子，被雷打断，并且着了火呢。在火光中，梯子变成了节节草，这草永不会长高了，并且每节上都有灼焦的痕迹。孩子们再也不能爬到天上去玩了，对着这草，他们只好唱：

节节草，节节高，上云霄，怕火烧。

不信你去看看，节节草真是一节一节的，而且每节上都有像被火烧过似的痕迹呢。

红蓑草

在古沧州（在今河北省）城南白马寺院的西边，有一块炕面大的地方，长着一种奇特的蓑草，红梗红叶红穗头，取名红蓑草。因为它能治百病，人们又叫它红灵芝。说起它的来历，要扯到穆桂英大破天门阵了。

那时候，这里曾是宋辽交兵的战场，穆桂英的九营十八寨，白天祖的三十六营盘，都扎在这一带。据说，白天祖的天门阵就摆在城南。这天门阵共一百零八阵，分金木水火，阴阳凶吉……阵阵连环扣锁，首尾呼应。要破它，可不像吃糖葫芦那么容易。穆桂英是仙门之徒，早在穆柯寨时就熟读兵书战策，通晓这破阵之法。她那把雁翎刀，杨宗保那杆烂银枪，入敌阵，刀挥似切瓜，枪抖串蛤蟆，兵碰兵死，将遇将亡，那真叫是擀面杖弹棉花——没挡头啊！仗打了七七四十九天，一百零八阵已破了一百零七个，只剩下最后一个了，这时穆桂英已怀胎十月，眼看就要生产了！杨宗保十分心疼，劝她生了孩子再打，免得有个闪失。穆桂英说："不行，不能给白天祖喘气的空儿！狼缓过劲来咬人更狠。"说着，又舞着大刀，率领兵将杀入敌阵。

再说白天祖，别看只剩下最后一阵了。可他不服输，临死的蚂蚱还要再蹬蹬腿儿。这天，白天祖见穆桂英冲进阵来，赶忙上前迎战，使出吃奶的劲儿，拿出看家的本事，但三打两打，又不行了，只得拖刀退下阵来。就在这个时候，穆桂英腹痛难忍，在草地上生下了杨文广。白天祖见实在守不住阵，拨马要跑。穆桂英哪里肯放？"哧"一声撕了一角战袍，把孩子一裹，往怀里一揣，又提刀上马，朝白天祖追去。杨宗保也赶来助战，直杀得地暗天昏，白天祖到底做了穆桂英的刀下鬼。

从这以后，穆桂英生孩子血染的蓑草就成了红色。后来，人们还发现红蓑草能治百病，特别对痨病、伤寒更是药到病除。如今这里还流传着这样一首歌谣：

红蓑草，蓑草红，吃了神草治百病。
不是老天赐的宝，感谢当年穆桂英。

雁来红花草

古时候，有个姑娘，名叫红香。她不但样子长得漂亮，而且会做一手好活计，无论纺纱、织布，都是又快又好，谁也比不上她。因此，大家把她比作天上的织女星。

她的爹妈只有这么一个女儿，把她看成珍珠宝贝似的，爱透了心。当红香还只有十二三岁的时候，攀亲说媒的就常到她家。老两口子一心想要找个称心如意的女婿，不肯随便替她许下婆家。

红香到了十七岁，长得更漂亮了，村里年轻的小伙子没有一个不爱她的。上门说亲的人可就更多啦，一天到晚是：前面的媒婆刚动身，后面的媒婆又进了门。她爹妈觉得“男大当婚，女大当嫁”，于是就和女儿商量说：“我们老两口只有你这么一个女儿，你现在一年大似一年了，总得替你找个如意的婆家，才算了去一件心事。你到底愿意嫁给一个什么样的人家，自己不妨直说呀！”红香羞答答地告诉爹妈道：“我和后庄的雁子已结下了交情，希望老人家能遂我的心愿。”

提起雁子，这一方的人，谁都要翘起大拇指夸赞一声：好小伙子！他庄稼活计门门精，还会唱一口响亮的山歌，老两口见女儿爱上了这样的一个好小伙子，都暗暗地佩服女儿眼力，当然没有反对。

有一天，正是春暖花开的时候，红香在后河洗麻纱，恰巧雁子在河边做活计。两个人便亲亲热热地说起话来。红香告诉他：“我俩的婚事，爹妈已经答应了，你赶紧请媒人来说亲吧！”雁子听了，心里乐得开了花。

当他们俩正谈得高兴的时候，不料有个三角脸老鼠眼的家伙，摇着把白纸扇走了过来。对着红香说了许多调戏的下流话。红香和雁子认得这家伙就是恶霸王老虎的儿子，没有理他就走开了。

第二天，小王老虎派了媒人到红香家里说亲。红香爹妈知道这家伙是坏蛋，专门糟蹋人家的妇女，哪肯把自己心爱的女儿往火坑里送呢。就推说：“我家女儿已经许配给后庄的雁子了。”一口回绝了这门亲事。

小王老虎没遂心愿，就想出了个坏主意：他和县老爷串通一气，把雁子抓走，送到老远老远的北方做苦工去了。

红香听到雁子被抓走的消息，又愤恨，又伤心。她知道雁子这一去，走遍千山万水，再回来恐怕是不容易了。但是，她发下誓愿：一定等着雁子回来！如果说等不到，宁愿白了头也不嫁别人。

有一天晚上，红香因为想念雁子，在床上翻来覆去睡不着觉。忽然听见一伙人冲开大门，拥进她家来。她一看，知道是小王老虎派人来抢亲了，心慌气急中，她推开窗子就往外跳，谁知竟一头撞死在树根上。可怜一个美丽善良的姑娘，就这么活活地被恶霸逼死了！

红香一死，她爹妈不知流了多少眼泪。“百日”过后，把她埋葬在小桥河边。

那些爱慕过她的小伙子，心里也忘不了她，时常往她坟上送鲜花；还在她坟上种了好花种子，盼望能长出美丽的花儿来。可是一年年地过去了，坟地上却没有长出一朵花来，只生了些二尺来高的野草。这些野草不开花也不结籽，绿惨惨的，看上去就使人感到憔悴得可怜。

再说那雁子被抓到北方，也不知离家有多远的路。他天天做苦工，从早到晚没有一会休息的时间。他时时刻刻想念着红香，吃也没有味，睡也睡不稳，又是伤心又是恨。不到一年工夫，已经瘦得不像个人模样了。后来终于病倒了。病越来越重，临死的时候，他想：我名叫雁子，如果真是一只雁的话，每年还可以到南方去一次，也好看看红香妹妹呀！这时正好是秋天，他想着想着，忽然听到空中"嘎"的一声雁叫，他便闭上眼睛死了；——死后变成一只大雁，跟着空中的雁群，像一阵风一样地向南方飞去。

这只大雁飞到南方，就在红香家的上空飞来飞去。但是他看不见心上的人，只看到老两口愁眉苦脸地唉声叹气。从老两口的闲谈中，他知道红香已经死了，埋在小河桥边。他立刻飞到红香的坟地上，只见一堆黄土上长满野草，野草在秋风里摇来摇去，发出悲切的声音。他伤心透了！眼泪扑簌簌地直掉，凄楚地号叫着，从晚上一直叫到天明。说也奇怪，从那天起，那坟地上的野草，渐渐变成一片鲜红。

以后，每逢秋天，只要大雁一飞来，叫上一夜，原来那种野草，就会变成鲜红颜色，大家就把这种草叫"雁来红"。

龙虾花与珊瑚草

相传很久以前，西海龙宫中有个虾将，生了一个女儿。这虾将的女儿长得特别美丽，龙王很喜欢她，亲自给她取了个名字，叫龙虾女。时间过得飞快，转眼间龙虾女长到了十六岁，更是出落得沉鱼落雁、闭月羞花，整个龙宫中没有一个女子能比得上她。

有一天，龙王突然传下旨来，宣虾将火速进宫。虾将不知有何祸事临头，吓得战战兢兢。进得宫来，一头俯伏在地，不敢仰视，口内但称："陛下宣微臣进宫，不知有何见谕？"

龙王笑容满面，吩咐道："爱卿请起。赐座。"

虾将诚惶诚恐:“微臣不敢。”

龙王道:“此系内宫,但坐无妨。”

虾将受宠若惊。龙王待他坐定,这才屏退左右,开言道:“爱卿休得惊慌,今日宣你进宫,非为别事,只因孤已年迈,欲得一贤惠女子侍奉左右。目前嫔妃虽众,均乃残花败柳,不称孤意。孤意欲纳龙虾女为妃,不知爱卿意下如何?”

虾将长吁了一口气,顿时转忧为喜。他本是个官瘾极大的人,一心只望升官发财,苦无晋身之阶,现在有了这个机会,真是求之不得,连忙叩头启奏:“微臣谢陛下恩典!陛下肯抬举小女,这是我们一家的造化。请陛下速择吉日,微臣即送她进宫服侍陛下!”

龙王龙颜大悦,当即赏赐虾将许多金银彩缎,命他回去速做准备。虾将兴冲冲地回到家中,将这事告诉了龙虾女,满以为她听了会高兴,没想到虾女却一口回绝了:“启禀父亲,想那龙王年迈体衰,已是半死之人,你要女儿嫁给他,岂不是将女儿往火坑里送吗?女儿百事都可依从父亲,唯独这事万万不行。”

“傻丫头,你当了妃子,我家就是皇亲国戚,这是做梦也想不到的美事啊!”虾将耐着性子,甜言蜜语地吹了一通,无非是富贵荣华,光宗耀祖之类。龙虾女丝毫不改初衷,誓死不肯应承。虾将大怒,当即将龙虾女关在房中,命几个丫环仆妇轮流看守、劝导。他吩咐她们:“限她三天之内给我回话。若再不从,定当处死!”

龙虾女被关在房内,上天无路,入地无门,茶不思,饭不想,整日只是啼哭。众丫环有说她命贱,有福不会享的,有称赞她有志气的,也有同情她可怜的。眼看到了第三天,虾将一连派了几批人,催逼她立即回话。龙虾女听了,又气又急又恨。她思前想后,觉得唯有一死方可解脱。这天晚上,她假装要去厕所方便。出得房来,拖着无力的双腿,走到一棵歪脖子柳树下,解下腰带,系在树枝上,欲要自尽。正在这时,有人从树下经过,一看是龙虾女上吊,连忙将她抱住,救下了她。龙虾女睁眼一看,面前站着个身穿铠甲战袍、年轻英俊的后生。这后生不是别人,正是宫中的卫士珊瑚郎。龙虾女以前见过他一面,对他早有爱慕之心。今夜是珊瑚郎值班巡逻,恰好搭救了她。

龙虾女见了珊瑚郎,又惊又喜,但一想到自己的处境,顿时又心灰意冷,流着泪说:“你救我做什么,还是让我去死吧。”

珊瑚郎吃惊地问:“小姐,你为何要寻此绝路呢?”

龙虾女将龙王强逼她为妃之事说了一遍,叹口气说:“不寻绝路,进了龙宫,哪有活路呢?”

珊瑚郎早已不满龙王的昏庸残暴,听了这话,更是义愤填膺。他想了想说:“这里不能留了。三十六计,走为上计。我们一同逃出龙宫如何?”

“出了龙宫到哪里去呢?”

“我们到人间去!”

“人间?”

“对。我平时巡逻时就注意观察过,出了西海,便是一座山清水秀的大山。那里风景如画,土地肥沃,男耕女织,相亲相爱,比龙宫强过百倍呢。”

龙虾女一听,心想,这真是前世有缘,也只好这样了。于是,他们利用珊瑚郎巡逻的方便,连夜逃出了宫,双双欢天喜地地来到了人间,在索溪峪一条小溪边安了家,开始了自由自在的幸福生活。年复一年,他们生了一个女儿又一个女儿。这些女儿都像其母龙虾女一样,长得楚楚动人,十分美丽。女儿长大出嫁以后,也只生女儿。因为她们的祖先是水族,到人间后还是离不开水,所以大都分布在大小溪边。

现在,每当春夏之交,人们来到索溪浏览,常常可以看到一束束形状像龙虾的红色花朵。在微风的吹拂下,这些花颤巍巍、活蹦蹦的,犹如龙虾在水中嬉戏,好看极了。这就是索溪有名的龙虾花。而那种像海底珊瑚礁一样的珊瑚草呢,却为数极少,很难看到了。这大概与龙虾女只生女儿不生儿子有关。

灵芝花

民间对灵芝花神化,据说,很古时,西天王母娘娘带了灵芝仙子和梅花鹿童以及宫娥仙女,辞别了白雪皑皑的昆仑山,乘起龙车凤辇,撒开一路五彩云霞,前往黄山飞来,她要赴黄山天都峰举行三年一次的蟠桃盛会。各路神仙也纷纷架起彩云,赶往天都朝贺。

灵芝仙子是一个聪明美貌的仙女,凤冠上的灵芝仙花祥光闪烁。她头一次来到山清水秀的黄山,美丽的人间山水打动了灵芝仙子的心。

这日,黄山天都峰上举行蟠桃盛会,各路神仙依次朝贺,王母娘娘吩咐开宴。布云童子摆开五彩云霓作地毯，挂起玉色云雾作帐幔，顿时黄山隐进了云雾仙境里。宫娥轻调琴瑟，一派仙乐悠扬，仙女们翩翩起舞。灵芝仙子趁王母娘娘和各路神仙正陶醉在歌舞中，便悄悄离开天都峰，驾起彩云往山下飞去。后来王母娘娘知道后，心中一怒，伸手就是一个天雷，将灵芝仙子打成一棵草花翻坠下去，落在狮子峰的悬崖峭壁上，受尽了风霜雨雪的折磨。

黄山脚下的山村，有一个勤劳勇敢的后生名叫阿成。他经常进山挖药，夜里常听到灵芝仙子如泣如诉的歌声，他双眼泪花直闪，捏紧拳头，决心攀上险峻的狮子峰去解救灵芝仙子。

有一天，阿成连夜准备了干粮草鞋，第二天，就上路了。他爬过九座山，蹚过九条溪，磨破了九双鞋，吃完了三天的干粮，终于来到了狮子峰下。狮子峰高耸入云，悬崖峭壁，飞鸟难过。阿成紧了紧腰带，系紧了草鞋，捧了捧山泉解解渴，便沿着悬崖峭壁的缝隙向上爬。白云在脚下盘旋，山风在耳边呼叫。阿成艰难地向上爬着，爬着……手指抠翻了指甲，鲜血流红了石崖，石壁擦破了脚板，真是疼痛钻心。但阿成咬着牙，一步一步艰难地爬着，终于爬上了悬崖，来到灵芝草花旁边。他双手扳开王母娘娘封下的咒符，灵芝仙草花便从一团云雾中还原成了灵芝仙子。灵芝仙子走上前去，双手握住阿成的手，流下了感激的泪水。阿成憨厚地笑了，说也奇怪，那被灵芝握过的手立时止了血，一会就恢复了原样。

从那以后，灵芝仙子和阿成便在黄山幸福地生活着。狮子峰顶开着偌大的花朵，人们都说这花是灵芝魂灵化而成，所以称这种花叫“灵芝花”。

强盗枪

索溪峪有一种草药，名字古怪，叫“强盗枪”。这种药喜阴凉，长在背阴不被人注意的坡脚沟边，是专治跌打损伤的良药。为什么叫这样一个名字呢？说起来，它有一段奇特的来历。

很早以前，索溪峪金竹山有户富庶人家，主人叫施大义，为人厚道，乐意周济困难人家。因此，方圆几十里的百姓都称他为大义公。

大义公家九十九件事都如意，就是一件事不顺心，他先后生了九个女，硬是不生子。大义公已是五十六岁的人了。怎能叫他不着急呢？大义公两老又是烧香拜佛，又是问卜算卦，朝也盼，夜也想，六十岁终于生了个儿子，两老欢天喜地，给孩子取名施龙，平素叫龙子。

秋去冬来，眼见龙子一天天长大了。大义公晓得：养儿不读书，不如喂头猪。只有教儿习文，才能成大器。当龙子六岁时，他便请了个先生在家教授孔孟书文。可是，由于娇生惯养，龙子坐不住，先生一管严，他就哭闹。龙子妈一听见哭声，就跑来把他抱走了，用好吃好玩的哄着他，这样一来，龙子读书是三天打鱼两天晒网，一年到头，还认不得一斗二升字。先生教不了他，一拍屁股走了。后来又先后请了五六个先生，多则教了半年，少则一个月，都走了。开始，大义公还责怪老妻，可老妻不听，还大吵大闹，骂他不心疼龙子。

龙子越大，越娇越横，整天在外东荡西游，跟一些地痞鬼混，渐渐染上了偷鸡摸狗的恶习。金竹山下是唐家洲，洲上有四十八家铺子。龙子他们一到晚上就东家扒，西家抠。开始，人家见龙子是大义公的儿子，抓住他，只讲几句好话就放了，也不愿告诉大义公。后来，传出了一些风声，大义公两老不相信。尤其是老伴，认为是人家故意败坏她家门风。这样一来，龙子越发大胆起来。一次，龙子潜入一家布店，偷了人家的钱，又侮辱了人家的小女，被人家抓住了。店老板和家人不管三七二十一，一顿乱棒，打得龙子皮肉开花。然后将他手脚绑了，把偷东西的工具挂在脖子上，又将他一贯所作所为以"施家之龙"为题，写在纸上，和人一起摆在大路上示众。这天吃早饭时，大义公两老不见龙子，正要叫人去找，八女从外面跑来说："不好了！龙子他昨夜里被人打了！"

"打了？谁打的？"

"是东头布店的袁三叔。"

"是为什么事？"

"说是……"八女吞吞吐吐不愿说。

"你只管说！"

"龙子他，他偷了人家的钱，又……"八女将前因后果一五一十地全说了。

"啊！这个畜生！"大义公一听，脸就黑了，当即跌跌撞撞赶下山去，跑到龙子面前一看，是真的，他差点晕倒下去。他想打，打不下去；他想骂，骂不出口。他想：我施家祖辈虽不是高阔大家，却也是清白门户，想不到在我这辈竟养出这号逆种，我老脸何处放，老身何处立？倒不如死了好！于是，大义公在一气之下，取下儿子的作案工具，老泪纵横地说："龙子啊，我不该养你呀！"说完，他举起铁器朝自己的胸口猛力扎去……

老伴见大义公死了，又悲又恨，竟害了一场子大病，成了半身瘫痪。父亲一死，龙子悔恨莫及，从此洗心革面，重新做人。三年之后，父亲托梦给他，说他坟上有一种小树，七八寸高，叶尖像剑，上面结一串红籽，多者四五粒，少者二三粒，根、叶、籽都能治骨折刀伤。第二天，龙子跑到父亲坟上一看，是真的，扯了几颗一试，确实有特效。从此，周围乡亲谁若是破皮伤骨，龙子总是用这药，治一个好一个，人家感谢他，送礼他不收，给钱他不要。后来人家问他这药叫什么名字，他说："叫'强盗枪'！"

苦命的夜来香

从前，楚州北门外住着一户人家，妈妈、儿子和媳妇一家三口人，小两口情投意合，男耕女织，日子过得比蜜还甜。

儿媳夜来香，生得水花白净，比天仙还美，操持家务也十分能干。她心灵手巧，织对鸳鸯双戏水，绣双凤凰齐飞翔。她孝敬婆母，更是百依百顺，每天早茶敬到口，每顿饭菜端上手，真比亲生母亲还要亲。但是夜来香有千好万好，也得不到婆婆的欢心。没心肝的恶婆婆，无事生非，鸡蛋里寻骨头，百般地虐待她，给她残羹剩饭吃，给她破衣烂衫穿。太阳没出喊她起来织布干活，夜晚不到三更不准上床，同时不准男人陪，不许丈夫帮……这还不够，恶婆婆动不动就打骂夜来香，折磨得夜来香像棵干枯的瘦草。一天晚上，夜来香越织布心里越难过，最后，她边织边泣边唱：

吃剩穿破织锦霞，
织得双眼泪雨下，
腰酸背疼双脚麻，
这苦挨到几时罢？
夫妻恩爱并蒂花，
唯独少有此妈妈，
乐得好婆她不做，
单留后人说闲话。

真是"冤家路窄"。这歌可巧又被恶婆婆听到了，她把肺都气炸，飞身拿起竹板子，没头没脸地抽打夜来香。她丈夫站在一旁，看着夜来香惨遭毒打，疼得心碎泪飞，敢怒不敢言，更不敢上去拉开妈妈。可怜可爱的夜来香只有咬牙忍受着，连哭都不敢哭一声……夜来香含着泪还要把洗脚水送到恶婆婆面前，恶婆婆脚一探说太冷了像冰水，夜来香忙去加热水。她一伸手，“啊！”鬼叫一声，说：“太热了，你想烫死我呀！”说着，端起洗脚水就向夜来香头上浇去。烫得夜来香无法，泪花直往肚里吞。这还不算，她还令儿子帮她一起打骂夜来香。儿子舍不得打骂来香，她就打骂儿子，逼得儿媳俩走投无路，抱在一起，从晚哭到大天亮……

第二天夜晚，夜来香带着伤痛，仍拼命地织绣。她织着哭着，哭着织着，转眼见天井的井边上，长着几棵野草、野花，在微风下，咴咴呀呀自由自在地唱着，她不由想到自己，我怎么连一棵野草一朵野花都不如？她伤心地边哭边附和着野草、野花唱了起来：

恶毒婆婆大坏瓜，
欺儿侮媳狠到家，
不如早到阴间去，
但愿孤魂变草花。

谁知恶婆婆做贼心虚，她怕夜来香说她坏话，悄悄地来偷听夜来香是否咒骂她。世上无巧不成书，正巧听到夜来香咒骂她，气得她两眼滴血心肺炸，拿起铜勺柄就对夜来香没头没脸地毒打。夜来香枯瘦的身躯怎能经得起恶婆婆这顿打？没一刻工夫，夜来香就被她活活地打死了。儿子见夜来香被妈妈活活打死，也绝望地抱起夜来香纵身撞死在墙壁上。

一下出了两条人命案，恶婆婆怕了。她连夜偷偷地在井边刨了个深坑，将儿子和媳妇的尸首埋了下去。第二年春天，井的四周长出了一丛丛花来，花瓣十分美丽，奇香袭人。因为这花是夜来香夫妇精灵变化而成，加之白天花苞闭得紧紧的，是怕恶婆婆的缘故，到了夜晚才喷香怒放，所以，人们都把这种花叫做夜来香，因花朵是红的，也有的地方称这种花为夜来红。

九龙盘

多少年了，索溪人祖祖辈辈都在传说：神堂湾里有一种植物，上面经常有九条龙盘绕着，名叫九龙盘。那是一种世上稀有的珍贵名药，不论治什么病，都能药到病除。

可是，传说是传说，谁也没有见到过。

民国初年，索溪出了个有名的药农，大家都叫他邓九伯。邓九伯从十三岁起开始采药，一直采到七十八岁。六十多年里，他不知爬过多少山山岭岭，采过多少中草药物，唯独没有见到过九龙盘。邓九伯很不甘心，决心要进神堂湾去看个究竟。

一天，他手执绳索，腰挂柴刀，身带水壶干粮，独自一人下了神堂湾。湾内扑朔迷离，风光旖旎。邓九伯无心欣赏，一心只想看到九龙盘。他一口气走了十多里，人走累了，肚子也饿了，便想坐下来歇歇脚，吃点东西。四周都是刺蓬，无处可坐。他又向前走了一段，发现有根水桶粗的树筒子倒在地上，便一屁股坐下去，取下水壶，掏出荞麦粑粑，慢慢吃了起来。刚吃几口，觉得屁股下面的树筒子好像在动。开始他以为树筒子放得不稳，没有在意，谁知后来越动越厉害，定睛一看，不禁吓得跳了起来。原来那根本不是什么树筒子，而是一条大蟒！邓九伯叫声“哎呀”，连滚带爬地逃出了神堂湾。以后，他逢人便说：“九龙盘没有看到，倒看到了一条真龙。”

除邓九伯外，索溪还有很多人看到过蟒。

1971 年，索溪办“五·七干校”时，几个学员在甘溪沟过河，刚走过那座木桩桥，忽听“轰隆”一声响，回头一看，只见一条大蟒蹿出水面。那家伙尾巴一甩，桥的三个木桩被扫倒了两个，然后“哧”地一下溜进对面大森林里去了。

又有一年，一个放羊伢儿在枫家湾里放羊，回家时发现一只羊不见了。他四处寻找，找到一棵大树下，只见一条花花朗朗的大蟒正在狼吞虎咽，原来他的羊已成了大蟒的美味佳肴……

索溪的九龙盘，恐怕是子虚乌有；索溪有蟒，却是千真万确。不过现在它们都成了自然保护区的保护对象，谁也不能侵犯它们；当然，它们也不随便伤人，叫做“互不侵犯”吧。

黑熊精的克星金银花

很久以前，在巩县、密县、登封三县交界的五指岭山腰里，住着一个姓金的采药老汉。他和一位姓任的老中医在山下合开一所中药铺。

任老医生也是个善良淳厚的人，并且有一手高明的医术，经常给人看病，还舍药给远近村民，很受百姓尊敬。

金老汉跟前有一女儿，名叫银花，生得聪明秀丽，从小就跟着爹爹上山采药，每天把采到的中药，送到山下的药铺里卖。

任老医生跟前有个儿子，名叫任冬，勤劳勇敢，淳朴聪明，从小学过医道，十五岁时，去登封少林寺习武，是个文武双全的后生。由于金、任两家交往密切，任冬和银花从小就非常要好。长大后两人默默相爱。两个老人也看出了年轻人的心事，就做主给儿女订了终身。从此，两家老小相处得更加融洽了。

却说，五指岭上，有一种叫金藤花的名贵草药，能解邪热、除瘟病。一天，金老汉和女儿银花正在山上采药，突然，浓云翻滚，狂风大作，黑云中有个怪物，伸出簸箕一般大的魔爪，将银花一把抢走，不知去向。原来这是一个名叫瘟仙的妖怪，系北海边黑熊精所变。它听说从五指岭上的一百株金藤花上，采摘一百斤花苞，用一百斤天河水，煎一百个日出日落，熬成膏丹，久服可以长生不老。所以，就在五指岭上盘踞下来，想采花制药。这天，它正在洞中闲坐，忽听小喽啰禀报说山下有两个人来采摘金藤花。瘟仙便来到山上查看。发现银花已采满了一篓正要下山。瘟仙又见她生得十分美丽，即生歹意，想把银花姑娘抢走与其成婚。于是便祭起狂风，掀起飞沙，喷出云雾，乘金老汉和银花不备，一把将银花抢走。金老汉忽然不见了女儿，就在妖风后面拼命追赶。

追啊，追啊，追到了一条黑黝黝的深谷，仍然没有找到女儿。忽然，一阵瘴气迷雾迎面扑来，金老汉觉得心里一阵发呕，头昏目眩，晕倒在地。醒来后，已是薄暮时分，他感到浑身无力，两腿发麻，只好一个人勉强摸回家中。

瘟仙把银花抢到洞中，威逼她成亲。银花死不应允，哭闹不休，瘟仙用尽了各种手段，见实在无法制伏银花，就令小喽罗给银花戴上锁链，囚进一个偏洞内的石牢里，逼着她烧茶煮饭，熬制膏丹侍奉它。

瘟仙有个嗜好，就是经常吞云吐雾，散布瘴气，传播瘟疫。它来到五指岭后，依然如此，所以没有多久，五指岭一带的百姓，便都染上了疫病。

再说山下的任老医生每天看病，近几天病人多得挤破门，并且都是很厉害的瘟疫，就感到事情有些不妙。再加上一连数日不见金家父女下山送药，更是放心不下，便对儿子说："冬儿，咱这儿为啥患瘟疫病的这样多？要治这病，必得用金藤花。你快到山上找你的金伯父和银花，多采些金藤花回来！"

任冬遵了父命，挎上朴刀，直奔五指岭而来。任冬来到金老汉家里，没见一人，只见那匹白玉飞龙马在后院吃草。原来金老汉一早又上山找女儿去了。任冬就直奔大山里寻找。他寻过一座山又一座山，寻了一条深谷又一条深谷，忽然发现金老汉躺在草地上，昏迷不醒，任冬急忙上前呼唤，金老汉睁开眼睛，见是任冬来了，便拉着他的手说："冬儿，五指岭来了个瘟仙，抢走了你的银花妹。你一定要除掉瘟仙，救出银花啊！"

任冬急忙把金伯伯背回家中，让父亲照管，又返身来到山中，心里暗暗发誓：不除掉瘟仙，救出银花妹，我誓不罢休！

任冬又来到黑黝黝的深谷，走哇，走哇，山路越来越陡，山谷越来越深。突然，头顶峭壁上出现一个黑雾笼罩的洞口，从里面隐隐传来女子的哭泣之声，仔细听来，正是银花的声音。

任冬抓住崖壁上的藤条，攀上洞口，在洞内找到了囚禁银花的石牢。他砸开牢门，见银花面容憔悴，满脸泪痕，躺在苔藓斑斑的石板上，便跑过去抱住银花说："银花妹！我救你来了！"

任冬替银花砸开锁链，为她抹去泪痕，正要说什么，银花急忙摆摆手，不容分说拉上任冬就往洞外跑。二人出了洞口，顺着青藤溜下谷底，涉过山涧，登上石阶，走过了一座山头，终于回到银花家里。银花这才对任冬说："冬哥，我在洞中听瘟仙说，他能散布瘟疫，让千家万户染上瘟病，可是真的？"

任冬点点头说："我爹正为此事犯愁呢！"

银花说："任冬哥，我在洞中听瘟仙手下那些小喽啰们说，要治瘟病，除非金藤花；还说瘟仙神通广大，魔力无边，除了药王，谁也拿不了。"

任冬想起金伯伯和无数被瘟疫缠身的乡亲，更加仇恨瘟仙，便问银花说："银花妹，你知道药王住在哪里？"

银花说："听瘟仙说，药王住在蓬莱仙岛灵芝洞内。"

"好，咱俩这就去！"说罢，他从后院牵出白玉飞龙马，两人骑了上去，那马一声嘶鸣，直奔山东蓬莱仙岛！

马蹄哒哒，风声呼呼。任冬和银花刚刚来到山东境内，突然，黑云翻滚，狂风大作。银花急忙对任冬说道："任冬哥，你看这漫天风沙，来势凶猛，怕是瘟仙追赶来了！"

任冬说："银花，我留下挡住它，你一个人去请药王，快！"说着就跳下了马背。

银花哪里肯依，勒马说道："不，任冬哥，我们要留都留，要走都走……"

任冬说："银花，瘟仙马上就到了，再说咱俩骑一匹马也跑不快，如果不让我留下来，咱们都走不脱，那就请不来药王，怎能降服瘟仙，拯救父老乡亲?！"

银花垂泪说："要留就让我留下吧。"

任冬见银花也要下马，就猛地朝马背上抽了一鞭，只见那马闪电一般飞腾而去。

银花走后不久，瘟仙就驾着黑云赶来，冲着任冬，哈哈冷笑："呔！你这小畜生，狗胆包天，想请药王来治我，今日落在我手，看你还往哪儿跑！"说着降下云头，来抓任冬。任冬怒从心头起，举刀便砍，瘟仙急忙招架相迎，二人展开了一场恶杀。瘟仙能吞云吐雾，又善弄魔法，任冬虽然有些武艺，哪是它的对手？战了十几个回合，便被瘟仙拿住。瘟仙逼问银花下落，任冬死也不说。瘟仙无奈，只好带上任冬，返回五指岭。

再说银花骑着白玉飞龙马，跳沟壑，钻密林，爬羊肠，越山涧，涉过了九十九道川，翻过了九十九座山，终于来到了蓬莱仙岛灵芝洞前，见了药王，把事情前后经过讲述一遍。药王见这个年轻姑娘如此仗义勇为，就说："既然姑娘诚心相求，老汉怎敢推托？待我打点行装，即刻与你一同前往。"说着，从他身边的葫芦里，倒出两粒仙丹，让银花服下。仙丹落腹，顿觉精神焕发，饥渴全消。药王也已准备就绪，便牵出梅花鹿，带着沉香龙头拐杖、药葫芦与白玉杯，并让银花骑上白玉飞龙马，用拐杖在马肚子下画了个"八卦"，又往马背上猛击一掌，只见一道金光闪过，那马腾空驾起一朵祥云，跟随骑着梅花鹿的药王，一起向五指岭奔去。

药王和银花一到五指岭，瘟仙就感到大事不妙。它先把受尽折磨、宁死不屈的任冬推下背影崖，仍进背影潭内，然后张开血盆大口，把五指岭上的所有金藤花全部吞进肚里。正在此时，药王和银花赶到，只见药王手起杖落，打得那瘟仙连声惨叫，驾起一团黑云，向西南逃去。药王急忙追赶，追随了一千多里，瘟仙被打得遍体鳞伤，一跛一拐地继续奔逃。据说，它逃到了云南一带，在那里仍旧没有改邪归正，继续喷云吐雾，所以直到如今，云南山区里一年四季都有瘴气。

任冬被瘟仙推进背影潭淹死了，但他的尸体就是不往下沉，而且直立在水中。乡亲们发现之后，便把他的尸体打捞上岸，葬于巩密关燕儿坡前。

银花回到家里，父亲已经死去，任老中医也因思儿心切去世了。又听说任冬已被瘟仙害死，悲愤交加，痛不欲生。她来到燕儿坡前任冬的坟上痛哭起来，哭呀，哭呀，泪水如同串串珍珠洒在坟冢上，坟上顿时长出一丛丛茂密的金藤花蔓，可是银花一点也没觉察。她哭哇，哭哇，眼泪哭干了，然后哭出的是滴滴鲜血。殷红的鲜血洒在金藤花蔓上，藤蔓上便开出金灿灿的花朵。最后银花实在太悲痛了，便一头碰死在任冬坟前的岩石上。

乡亲们听到银花惨死的消息后，无不悲痛万分，大伙儿把她和任冬合葬在一起。合葬仪式刚刚完毕，一个奇迹陡然出现在人们面前：只见整个五指岭漫山遍野开满了金藤花。花儿金灿灿，银闪闪，一簇簇，一片片，光彩夺目，如云似锦。凡是患了瘟疫病的人，喝了金藤花茶，立刻痊愈。

再说药王追赶瘟仙返回五指岭山，听说银花已经死去，非常惋惜。他来到山上，看到满山盛开的金藤花，对乡亲们说："这些花是银花和任冬的化身哪！"说着，他拿出白玉杯，倒上一杯水，把两朵金藤花放进杯内，只见那两朵花在水中游弋不定。药王把杯子端到乡亲们面前，说："看，花朵抖动，是因为两个年轻人的灵魂尚未得到超度。"说罢就对着玉杯念了几句真言，杯中的花朵立刻安定了，并且直立于杯中。

后来，人民为了纪念银花和任冬这两个为人民献身的年轻人，就把金藤花叫做"金银花"和"任冬花"。为祝愿银花和任冬永远成双成对，也把这种花叫做"二花"或"双花"。

直到如今，所有地方的金银花泡在水中都是浮躺在水面上的，只有巩密关燕儿坡前所产的金银花，泡在杯中是花身直立而不下沉，传说这是药王亲口封过的。

治疮疖的仙人掌

要说是哪一朝的事可记不清了。相传很久以前，有那么一天，王宫门前贴出一张榜文，这个榜和过去贴的不一样，一不是招文臣武将，二不是征美女财宝，而是一张招医的榜文。那榜上说：国王病了，背上长了个大瘤子，谁若能给国王治好病，国王就赏他一万两金子，还要封他做大官。

这一下，老百姓可就议论开了。这个说："别说给一万两，就是给座金山我也不去。"

那个说："哼，他就是把王位让了，也没人给他治。"

老百姓怎么那么大的气呢？事还得从头说。

这个国王是个出名的昏君，他整天在王宫里过着荒淫无度的生活，根本不理国政。为了享乐，他命令天下百姓给他修豪华宫殿，贡奉山珍海味、美女宝物。老百姓的死活他根本不管，谁要是有半点不满，马上就被砍头。

有一天，国王的背上突然长出一个小疙瘩。那疙瘩越长越大，没几天竟长成拳头大小的瘤子，痛得他吃不下，睡不稳。宫里的太医给他吃尽了灵丹妙药，可就是不见效，残暴的国王气得把太医一个个都杀了。他便下令贴出榜文全国招医。

可是过了很久，却没有一个人来揭榜。国王的病越来越重了，瘤子长成碗口那么大，疼得他整天像条疯狗。他狂喊道："传令天下，如果一百天之内再没有人来为我治病，就把天下的医生全部杀掉！"

一天、二天、三天过去了，没有人来揭；一个月、二个月、三个月过去了，还是没有人来揭榜。国王已奄奄一息了。

这一天，国王的爱妃哭哭啼啼地对国王说："国王啊，您的圣旨下了一道又一道，可是天下的百姓谁也不肯揭榜，想必是……"

爱妃说到这儿，含着泪不敢说下去。

国王见爱妃有什么心里话不敢讲，便宽慰道："有什么话尽管说，我绝不怪罪你。"

爱妃鼓了鼓勇气说道："想必是国王平时对待百姓太严厉了。国王啊，若您能布告天下，保证今后爱护百姓，好好治理国家，也许会有人来给您治病的。"

国王听了，叹了口气，只得照爱妃的话，发出抚民告示。

说也巧，国王抚民告示贴出的当天，突然在国王面前出现了一位鹤发童颜、神态飘然的老人。国王大吃一惊，他战战兢兢地问道：

"你，你是什么人？竟敢随便闯进我的宫中。"

"哈哈哈……"老人顿时发出铜钟般的笑声，震得国王浑身颤抖。

老人说道："你已经发了抚民告示，又表示诚心改过，我可以救你不死。但是，今后你如果继续为非作歹，残害百姓，那你绝逃脱不了上天的惩罚。"

说完，老人从袖子里拿出一只绿莹莹的，样子像人的手掌，上面长满小刺的东西，对国王说：

"你用它每天擦三遍，就能把病治好。"说罢，老人便不见了。

国王按老人的吩咐，让爱妃每天用绿手掌给他擦。说也怪，那带刺的绿手掌一接触到毒瘤，疼痛顿止。三天以后，瘤子破了，出了一大摊又腥又臭的脓血，不久病就慢慢地好了。

国王病好以后，起初还想着老人的告诫，也为百姓做了点好事。可是日子一久，国王又逐渐旧性复发，继续胡作非为起来，而且比从前更厉害了。

一天，国王正和爱妃在一起喝美酒，看宫女跳舞。国王猛地觉得脖子被什么叮了一下似的，用手一摸，脖子上随手起了个大瘤子。

这次，国王可不害怕了，他不慌不忙地让爱妃取过绿色手掌给他擦。谁知这绿色手掌刚触到脖子上，就像被蜂子蜇了似的，瘤子马上鼓起葫芦那么大，国王疼得大叫一声昏厥过去。不一会，便一命呜呼了。

后来，老百姓为了纪念那位救了天下医生的老人，就给那绿手掌起了个尊贵的名字，叫“仙人掌”。直到今天，那绿莹莹，浑身长满小刺的仙人掌，还在给那些善良的人们治疮疖哩。

牵牛花

伏牛山中有座金牛山，金牛山下住着一对双生姐妹，家里很穷，无牛耕地，姐妹二人每天在山前山后刨地种庄稼。

这一天，姐妹二人正在刨地，天将黄昏的时候，忽然刨出来个白光闪闪的银喇叭。旁边走来个白须白发的老人，眯眯笑着说：“这座金牛山，里边有一百头金牛，这只银喇叭就是开这金牛山的钥匙。倘若夜间听到这金牛山里呼啦啦发响，必然射出一道金光，金光出处就是山眼。把这银喇叭插进山眼里，口念：‘金牛山，呼啦啦，开山要我这银喇叭’。念三遍，山眼就会变大，人可进去抱出一头金牛，一辈子吃喝不完。这钥匙是千年一现，一时灵验，天一明就不起作用了。记着，这银喇叭千万不能吹，要一吹响，金牛就会变成活牛，冲出山口，四下乱跑。”

那老人说罢转眼不见了。双生姐妹方知遇仙了，心里非常喜欢，商量着如何开山抱金牛。姐姐说：“银喇叭能开金牛山，咱俩腿脚放快些，把那一百个金牛全抱出来，分给咱的穷乡亲。”妹妹说：“金牛虽好不当饭。黄灿灿的金，白亮亮的银，在富人眼里看得贵重，在穷人眼里还不如一瓢面呢。若不然开开金牛山，吹响银喇叭，让那些金牛变成活牛，送给乡亲们好耕田。”姐姐也赞成妹妹的主意。于是，姐妹俩走村串庄给乡亲们交代，夜里啥时听见喇叭响，啥时去金牛山牵牛。

那天夜里，不见星，不见月，山前山后漆黑一团，姐姐拉妹妹的手绕着金牛山转了转，听了听，静悄悄的没有一点动静。转了一更到二更，转了二更到三更，姐妹二人绕山转，不灰心，不怕累。转了三更到四更，姐妹二人不泄气。转了四更到五更，五更鼓时，忽听山内呼啦啦响，山北坡放出一束金光。姐妹俩慌慌张张向金光处跑去，只见那放金光的山眼只有指头粗。顺着山眼向里看，看见内有一张金方桌，方桌上摆放着一排排、一行行馒头大的小金牛，闪闪放着金光。

妹妹忙把银喇叭插进山眼，姐姐忙念："金牛山，呼啦啦，开山要我这银喇叭。"姐姐念，妹妹插，山眼慢慢地变大了。姐姐闪身进去，双手抱着喇叭吹了起来，妹妹也跟着进去了。随着喇叭响，金桌上的金牛一头一头都活了，从桌上站了起来，伸伸腿，抖抖毛，蹦下桌子，忽地变成了大牛，顺着山眼向外冲。当最后一头牛的脖子刚伸出山眼时，东方微微亮了，山眼慢慢闭合了。这一下可慌坏了双生姐妹，只怕把那头牛卡在山眼里，姐妹二人用力推着牛屁股，就是推不动。

乡亲们听见喇叭响，向金牛山跑来。只见一群金黄金黄的大黄牛满山跑，人们欢笑着围捉金牛，感激好心的双生姐妹。可双生姐妹却不见了。人们急忙向山眼走来，只见山眼中卡着一头牛。大家有的搬牛角，有的抱牛头，拽呀拽呀往外拽，只是拽不出。后来，人们给那头牛扎上了鼻圈，鼻圈上拴上一条长绳，乡亲们牵着绳齐心往外拉。那头牛的鼻子牵疼了，发急了，四蹄用力蹬地，"哞"地叫一声，一使劲蹿了出来。山眼随着那头牛的蹿出合拢了，双生姐妹被关在了山里。

天亮了，日出了，山眼中的那只银喇叭，朝阳一照变成了一朵喇叭花。后来，乡亲们为了怀念双生姐妹，就把喇叭花叫做牵牛花。有人还说，如今闻名全国的南阳大黄牛，都是金牛山金牛的后代呢！

喇叭花

江北有家姓花的，四口人，一个父亲三个儿子。他们都会吹喇叭，是当地有名的吹鼓手。

有一天，老财主徐老太爷不知从哪儿抢来了一个年轻美貌的姑娘，硬要和她成亲。还派家奴把花家爷儿几个都找了来，吹喇叭助喜。

正当徐家亲朋满座，齐夸徐老太爷艳福不浅的时候，那个被抢的姑娘哭闹到厅堂。她还是个十六七岁的小女孩，秀脸上满是泪水，哭得花家爷四个大男子汉的心都软了、碎了。就在客厅里乱糟糟一片时，花老爷子想出了个搭救姑娘的办法。他把想法朝儿子们一说，他们都认为是个好办法。

于是花家的大儿子搁下唢呐，跪到徐老太爷面前说："老太爷请息怒。我是这女子的姨兄，让我去劝劝她吧。"徐太爷一听说他们是亲戚，又看他那诚实的样子，就同意了。

花家的大儿子把姑娘带到里屋，把搭救她的想法告诉了她。

天黑以后，花家四人想方设法把姑娘带出了徐家大门。可是刚走不远，后面就有人追了上来。花家爷儿四个赶紧叫姑娘自己先逃走，由他们把追兵引向另一方。

姑娘逃走了，而花家爷儿四个却被追上了。那徐老恶棍肺都要气炸了，当即命令把花家四人活活打死。死后，庄上好心的百姓把他们合葬在一起。

后来姑娘得知了此事，哭着去为他们上坟。坟上长起一种爬藤开花的草，花的形状像喇叭。姑娘根据花的形状，结合恩人的姓及职业，便特地把这种花起名叫喇叭花，并挖回去培植，以示对恩人的怀念。后来一传十，十传百，人们就都叫它喇叭花了。

物种

奇特的粮食作物

中国农业历史悠久，是世界最早的农作物起源中心之一。我国古代劳动人民很早就对野生植物进行驯化选育，如水稻、小麦、谷子、大豆、高粱等最早起源于我国。我国对世界农业的发展做出了巨大的贡献。

一、中国发现世界上最早的稻谷。1973年，我国考古工作者在浙江省余姚县河姆渡村新石器时代遗址第四文化层中，发现在400平方米范围里有大量稻谷、谷壳、茎秆和稻叶，厚度从10厘米至40厘米，最厚处达70厘米~80厘米。稻谷已经炭化，谷壳和稻叶仍保持原形。经鉴定，是距今6700年前的稻谷遗存，也是世界上出土最早的稻谷。国外现存出土最古的稻粒，是泰国从能诺塔古代遗址中发现的，距今5500多年。

二、中国是至今发现最早的小麦籽粒。我国在新疆维吾尔自治区若羌县古墓里，发现曾在地下沉睡了500年的两粒小麦籽粒，播种以后仍然发芽和结实。经过选育和繁殖，现在，已经在降雨量只有50毫米的若羌县推广，定名为“戈壁麦”。

三、中国是至今发现最早的炭化高粱籽粒。1922年，在河南郑州大河村原始社会遗址发现用陶罐装的大量炭化高粱籽粒。据测定，是距今5000年前后收藏的谷物。1957年，在江苏新沂县三里墩西汉遗址又发现了炭化的高粱秸秆和叶片。这表明，我国在距今5000年前后已经种植高粱，在距今2000年前高粱已经遍布于黄河和长江流域广大地区。此后，通过中外经济、贸易和友好往来，中国的高粱逐渐引种到亚洲各国，至今许多国家称呼高粱的名字，还保留着类似我国“高粱”的发音。

四、中国是世界上种植大豆的故乡。大豆是我国劳动人民培育出来的,这是世界一致公认的。我国种植大豆的时间很早,在许多新石器时代遗址中已发现过大豆的残留印痕。1953年在河南省洛阳烧沟汉墓中,发掘出距今2000年前的陶制壶上有“国豆一钟”四字,许多古书上都称大豆为“菽”。据推算,我国种植大豆的历史总有4000年至5000年了。我国大豆在上世纪初期进入国际市场,同茶叶、蚕丝一道被誉为我国出口的三大名产。大约在十九世纪后期,我国大豆相继传入欧美各国。俄国在1901年才开始在北方引种大豆。上世纪30年代,大豆栽培才遍及世界各国,中国是种植大豆的故乡。

五、中国是至今发现最早的棉织物和棉籽。1959年,我国考古学家在新疆民丰县大沙漠里的东汉古墓中,发掘出大批棉织物,在吐蕃晋墓里,发现有精致几何图样的棉丝织品布俑衣裤,还有炭化棉籽,经鉴定是非洲草棉。

五谷缘由

五谷,是我国历史上相传下来的名词,常见于我国古籍中。据研究,最早记载这一词的是《论语》,当时的五谷是指:稻、稷、菽、麦、黍,即稻子、豆子、麦子、黍子,泛指粮食作物。《管子》中曾将“稷”改为“秫”(指高粱);《秦向》中曾将“菽”改为“豆”,仍与之相同。

五谷,在古籍中还有不同的说法。例如《礼月令》中把五谷解释为:麻、黍、稷、麦、豆;《楚辞王逸注》中,则说是稻、稷、麦、豆、麻。而在比《论语》更古的《诗经》、《书经》等书里,是没有“五谷”的记载的,只提到“百谷”,意思也只是说明谷物品种数量很多,并非真指一百种谷物。目前,人们普遍将稻、黍、稷、麦、豆称为“五谷”。

我国古代四大米市

沙市,在湖北省中部,长江北岸,土地肥沃,物产丰富,水陆交通便利,向来是省内重要河港及江汉平原农产品集散地。九江，在江西省北部，长江南岸，它是江西濒江的重要河口，也是赣北物资集中地和长江中游水陆交通中心。第二次鸦片战争后，九江开埠。鄂东南、皖南、赣北商货云集这里，米店纷纭。芜湖，在安徽省东南部，为稻米的集散中心，享有安徽粮仓之誉。明代，这里米市十分兴盛。无锡，在江苏省南部，太湖北岸，境内河流纵横，土地肥沃，是长江三角洲有名的农业区，盛产稻米、小麦。附近米市多集中于此。

小麦只长一个穗

现在的小麦，都是只长一个穗，据说，从前可不是这样。从前的小麦呀，长着十好几个穗哩！

那是老早以前的事了。在通天河两岸，漫山遍野都长着小麦，每棵小麦都结十多个穗。这里的麦垛，就像小山一样，一个接一个。家家户户都是大囤满小囤流，吃也吃不完。

小麦太多了，人们不稀罕啦，就由着鸡刨、猪啃、狗糟蹋。

有一回，王母娘娘下凡私访，变成一个穷苦的老太婆，沿街要饭。她走进一家红大门，哟，老头儿正扳着白面馒头喂猪哩；她又走进一家黑大门，呀，老太太正端着白面条喂鸡哩；最后，王母娘娘来到一家蓝大门，一进门就少气无力地说："大爷大娘们，行行好，给点吃的吧！"可巧，这家媳妇正抱着哭叫的孩子哄，心里烦着哩，就没好气地说："你这个穷老婆子，要饭也不看个时候！哼，刚才倒有两张面饼来着，叫我给孩子擦屁股用啦，你走吧！"

王母娘娘气极了，立刻把所有的小麦都收回了天上！

麦子没了，人们发愁啦。可王母娘娘发了脾气，谁还敢去求情呢？没法子，只好让一条狗到天宫去了。狗在天宫里挨了三十六棍，跪了七天七夜，说了数不清的好话，最后才总算把王母娘娘的心说动了。她顺手从收回来的麦子上掐一穗，给了狗，狗欢天喜地地把小麦叼了回来。

从此，小麦就只有一个穗了。人们再也不敢糟蹋粮食啦！

稻花香

离现在好几百年前，在佟佳江边上住着一户姓刘的人家，夫妻俩领着一个十来岁的孩子。男人叫刘老厚，儿子叫刘小。这一家三口，日子虽然不宽裕，却过得和和睦睦。

有一年春，刘小娘突然得急病死了。邻居张大娘见刘小年纪小，就帮刘老厚又续了一房妻子刘氏。这个刘氏是外村人，模样长得又俊又俏，就是心眼儿不太好使。过门以后，总嫌刘老厚老实得扎一千锥子也不会出血；对刘小更是半拉眼儿也看不上。爷俩打这以后就没有欢乐了。

刘老厚每天到地里去耕种铲趟，家务活就都落在了未成年的刘小身上。这个十来岁的孩子，又得砍柴又得做饭，整天忙得脚后跟打后脑勺儿。刘氏稍一不顺心，不是打就是骂，吓得刘小连大气儿也不敢出。

这样的日子转眼过了好几年，刘小渐渐长大了。他受不了后娘的气，整天吃不好睡不好，瘦得皮包骨头。刘老厚看在眼里疼在心上，刘氏见了心里可挺乐。

有一天，她把刘老厚叫到跟前，硬说刘小得了他娘那种病，怕把她给拐带了，让刘老厚把他撵走。刘老厚一听，心如刀绞。他觉得自己已经对不起儿子和死去的妻子了，再把亲生的儿子撵走，就更不是人了。不管刘氏怎么嘀咕，他也不吭声。刘氏见这个老实人敢驳她的面，可急眼了，见着刘老厚的面就骂。刘老厚没法，只好天天躲着她。

这些情景，刘小都看在眼里，他不忍心让老爹爹为了自己受后娘的气。一想自己已经十六七了，也能独立生活了。就背着刘老厚偷偷地收拾了行李卷儿，流着泪走了。

刘小沿着佟佳江边往西走，整整走了三天三夜，来到了一个风景秀丽的地方。刘小喜欢这里也和自己家乡一样有山有水，就搭了一个马架子住下了。

从此，他天天上山砍柴，采野果子度日。有一天，刘小在山上砍柴，突然看见一只老鹰飞得挺低，正在捕一只小鸟。刘小立刻捡起一块石头向老鹰的头部打去。说也巧，正打在老鹰的眼睛上，老鹰疼得呱呱叫着飞走了。刘小跑过去，捧起那只吓麻了的小鸟。它浑身长着雪白羽毛，两只红红的眼睛，很是好看。刘小喜爱地抚摸着，还欢快地学着鸟叫。那只小鸟也像懂人语似的，过了一会儿，就在刘小的手上欢快地跳来跳去。接着竟口吐人言，对刘小说：“刘小哥，谢谢你救了我。我是对面那座小凤凰山上看洞的宝鸟，你要有啥事儿，赶快对我说，我一定帮助你。”刘小一听又惊又喜，就把自己的遭遇从头至尾说了一遍。小鸟听完说：“你不用愁，我看的那个宝洞里有的是宝贝，哪一件也够你享用一辈子的。洞口就在凤凰山顶，是一块青石板。只要找到它，拍三下，念三声：石门开，刘小取宝来，就行了。”说完拍拍翅膀飞走了。刘小顾不得打柴，攥起镰刀就上了小凤凰山。这座山又高又陡，他穿密林，攀野藤，足足绕扯了大半天，也没找到那块青石板，累得上气不接下气，肚子也饿得咕咕直叫。他低头一看，原来就很破的衣裳被树枝刮得像蓑衣一样，心里不禁难过起来。他想起母亲死得早，受后娘那么多的窝囊气。现在又不知爹爹怎么样了。越想越难过，就趴在一棵树干上哭起来。谁知，脚下一滑，竟摔了个大跟斗。滑出了一丈多远，掉在一个山凹兜里，脑袋正磕在石头上。他气得想打那岩石几下，回头一看，那岩石正是一块立陡的青石板，还闪着蓝莹莹的青光。刘小立刻高兴起来，心想：这是不是小鸟说的那个宝洞呢？不管是不是，刘小就拍了三下，念了三遍：“石门开，刘小取宝来。”话音刚落，那青石板果然“咔嚓”一声裂开了。刘小走进洞去，里面别有一番天地。宝物堆积如山，有数不清的金银，还有翡翠珍珠等。真是琳琅满目，十分耀眼。刘小看着这些宝物，并不动心，他想找一件自己中意的宝贝。突然，他发现石壁下有一种异样的光彩。刘小急忙奔过去，见是一把金镢头和一包金光闪闪的种子。他兴奋地抓在手里，乐颠颠地走出宝洞。

晚上，刘小做了一个梦，他梦见那只小鸟飞来告诉他说：金镢头和那包金种子是凤凰山镇洞之宝。种子是这方百姓还没有栽种的谷物，叫稻种。这种谷物磨出的米很白，做干饭是又香又松软。接着，小鸟又把如何栽种的方法告诉了刘小。

第二天一早，刘小早早就起来到江边去开地。说也奇怪，用这把金镢头，刘小越干越起劲儿，不到三天就开出了一大片地，足有十来亩。然后，又按小鸟告诉他的方法，先在开好的田里筑起土埂，把大块田变了好几块小田地；又引来清水把开好的田润上。最后才把那包金灿灿的种子畦在一块耙平、润好的小田块里。

刘小顶着星星起身，带着月亮回家。那畦田里的稻苗也像知人意似的见风长。十来天就长得又绿又齐，足有一巴掌高。刘小把稻苗拔出来，又按小鸟说的方法，把稻苗分成小撮，横竖有距地栽种在润好的田地里。远远看去，就像编织的绿地毯一样，谁见了都夸。

转眼稻子开花了，还散发着一股诱人的清香。刘小更是喜得不肯离开，不是在田里薅草，就是捉虫，把庄稼侍弄得见风长。

有这么一天，刘小突然发现稻穗上有一朵稻花开得分外大，像烟袋锅一样，黄嫩嫩的挺招人喜欢。他正看得出神，突然飞来一只蝗虫，上去就要咬那朵花。刘小急了，伸手就把蝗虫给捏死了。那朵花也就不见了。

晚上，刘小回到家里，一进门就闻到一股饭菜的香味。进屋一看，草铺上摆着热腾腾的饭菜。他惊得四处撒目，里外也没找到一个人影。这时肚子又饿得咕咕叫起来，刘小也不管三七二十一，端起来就狼吞虎咽地吃了个干净。

第二天一早，草铺前又放好了现成的饭菜，一连三天都是这样。刘小心里可搁不住了。他一边下地一边寻思这件怪事，终于想出一个办法。

这天晚上，刘小吃完现成的饭菜，早早就睡下了。还没到三更就醒了，他眼睁睁地望着门外，想看个究竟。一直到四更多天，突然飘进来一股清香，紧接着进来一个美丽的姑娘脚踩一朵稻花，手里端着热气腾腾的饭菜。刘小感动得差点儿掉下泪来，赶紧眯起眼睛。只见姑娘径直走到草铺前，轻轻放下饭菜，还深情地望了刘小一眼。刘小灵机一动，忽地坐起来，一把扯住了姑娘的裙角。姑娘一惊，转身要走，怎奈裙子被刘小死死拉住，只好羞涩地转回头。姑娘告诉刘小她是稻花仙子，那日出来玩耍，要不是刘小捉住蝗虫，早就没命了。说完给刘小深施一礼。刘小鼓了鼓勇气，红着脸说："你要是不嫌弃，就留下吧。"稻花仙子一听羞得面红耳赤，轻轻地点了点头。

从此，刘小就和稻花仙子结了婚。婚后，男耕女织，相亲相爱，日子越过越好。不但囤里有金黄的稻谷，而且鸡鸭成群，还盖起了两间新房子。

日子过好了，刘小又想起了自己的爹爹来。有一天，他和稻花仙子合计要回家去看看。稻花仙子想了想说："你此去凶多吉少，我陪你一块去吧。"刘小一听，正中下怀。他原想把妻子领回去给老爹爹看看，又怕路途远稻花仙子走不动。他见妻子愿意随他一起去，真是喜出望外，赶紧收拾东西，带了些磨好的大米，又带了些稻种就和稻花仙子一起上了路。

再说刘老厚，从儿子离家走了以后，就病倒了。刘氏盼不得他一下子死了好霸占家产，不但不给请医用药，就连饥饱也不管，刘老厚哪里经得住这样折腾，不到半年就死了。

刘老厚死了以后，刘氏又嫁了一个本村的地主，叫吴老坏。这两个人凑到一块，那真是骑叫驴穿青衣一个颜色。刘氏心肠狠毒，吴老坏为人奸诈，这两个人到了一块，盘剥穷人的花招是一套一套的，不是抢房占地，就是勾搭官府欺压乡亲。十里八村的人一提起吴老坏和刘氏，都恨得咬牙切齿。

这一天，刘氏出外溜达，远远看见刘老厚那破房宅前围着不少人。她觉得蹊跷，就三步并作两步，跑到跟前一看，见刘小和一个漂亮媳妇正在人群中伤心落泪呢！乡邻们正七嘴八舌地向刘小诉说着刘老厚死的前后经过。刘氏立刻分开人群，哭天抹泪地唠叨起来："刘小哇，你这个小丧良心的还知道回来看看呀！你爹生想你想死了。害得我出东家进西家，多不容易呀！"刘小一见刘氏，气就不打一处来，又听她说那话是句句咬理，就不冷不热地说："当初你对我们父子好点，今天我们父子也不至于生离死别呀！"刘氏一听不是味儿，立刻翻了脸。她拽住刘小的袖子，胡搅蛮缠地说："你少得了便宜还卖乖，你们爷们不合伙偷我陪嫁的金条，我敢慢待你们吗？你刘小又怎么能拐带来这个漂亮的娘们儿？"说着还用手指点着稻花仙子。

早就闻风赶来的吴老坏和一帮打手们听了都哄堂笑起来。刘小一看她血口喷人，气得浑身打哆嗦，有些好心的乡邻都劝刘小领稻花仙子快走。刘氏哪里肯放，她拉住刘小，硬和他要养老钱。刘小这个血气方刚的小伙子实在忍不住了，一把把刘氏推到了一边，冲着她没好气地说："你折磨死了俺爹，霸占了家产，现在又另嫁了人。我刘小为啥拿那份徒鳖钱？"几句话噎得刘氏脸红脖子粗，更撒起泼来。她一屁股坐在地上，搂着刘小的大腿号起来："不给养老钱，你就得还我金条，要不，我就到官府去告你！"一边哭着一边给吴老坏递眼色。吴老坏站在人群里看得真切，而且是心领神会。

稻花仙子和乡邻们都知道刘氏在放刁，但是清官难断家务事，都不好开口。刘小却认为自己没做亏心事，也不怕鬼叫门，对刘氏说："见官就见官，刘小没做那种事也不怕你诬赖。"吴老坏一听，立刻命令家奴，扭着刘小，扯着稻花仙子就来到了县衙门。

县官平时和吴老坏就有勾结。他又先派人上下好一顿打点，县官自然向着刘氏他们。

一上堂，县官不问青红皂白就丢出一个签来要打刘小四十大板。稻花仙子一看，实在忍不住了，急忙上前说道："老爷且慢！案子可审得一清二楚了吗？"县官一听这莺歌燕语似的声音，急忙低头一看，见稻花仙子长得如花似玉，喜得心里直痒痒，嬉皮笑脸地说："冲刘小，我不审就可以定他的罪；冲你这个小娘子，还可以宽容一些。不过，你得谢老爷我！"稻花仙子忍着羞辱说："我给老爷栽种金稻谷！"县官一听，奸笑着说："金稻谷？你拿老爷我当三岁孩子耍啊？"稻花仙子说："小妇人说话当真！"县官听了半信半疑。吴老坏转着一双老鼠眼，和刘氏嘀咕了一会，又附在县官耳边不知说了些什么，只见县官乐得直翘胡子。县官转过身，一拍惊堂木，对稻花仙子说："公堂之上无戏言！限你七天，要是种不出金稻谷，就拿你顶替！"刘小气得说不出话来，直替妻子捏着一把汗。

稻花仙子却不慌不忙地说："何须七天，立种可取。"说着从袖中掏出一包金闪闪的稻种，轻轻播在公堂的地上，又洒了些净水。然后，朝那些稻种吹了三口气，公堂上立刻长出了青青的稻苗。那苗儿越长越高，不一会就抽穗扬花结实了。只一个时辰，公堂上就变得一片金黄。县官和在场的人都惊得目瞪口呆。稻花仙子望着这些狼狈为奸的坏蛋，气得柳眉倒竖，杏眼圆睁。她朝那成熟的稻谷狠狠拂了拂袖子，只见金稻粒，就像石子一样蹦了出来。金光闪闪，十分耀眼。县官喜得手舞足蹈，急忙叫人找东西给他盛装。三班衙役和吴老坏等人，哪里还肯听他的，都像疯了一样地抢起来。金稻粒也像长了眼睛似的跟着他们。起初，这帮坏蛋还四处奔抢，后来被打得屁滚尿流，抱头鼠窜。可是，往哪里跑也躲不开，不一会，这帮坏蛋就被埋进了稻谷堆里。

稻花仙子见大仇已报，就和刘小回家了。

从那以后，这里的老百姓都学会了种稻谷，都把稻谷开的花叫"稻花"。

红高粱

相传高粱原名叫"秫秫"，秆子没有现在这么高，秫穗没有现在这么大，秫粒没有现在这么红。它是怎么变的呢？这里面有一段高家兄弟的故事。

高家祖祖辈辈以种秫秫为业，传到高家兄弟的父亲高老汉手里时，已经历了五世十代了。

高老汉种了一辈子地，终因操劳过度，力尽气竭，一病不起。临终前，他把两个儿子高大高小叫到床前，说："我的阳寿就要完了。你们的娘死得早，你兄弟俩吃尽了苦，小二还没有成家。我去世后，望你兄弟俩和睦相处，当哥哥的照顾弟弟，当弟弟的尊敬哥哥，种好祖上留下的几亩地，日后为小二娶房媳妇，我和你们娘在九泉之下也瞑目了。"说罢就咽气了。

高老汉死后，兄弟俩遵照父亲的临终嘱咐，兄爱弟，弟敬兄，没红过一次脸，没拌过一次嘴，和和睦睦地种地。高大省吃俭用，准备给弟弟娶媳妇。可是高大的老婆是个贪心吝啬的女人，她想高小年幼，娶媳妇又得花钱，所以三天两头闹着分家。高大说："弟弟没娶媳妇，爹爹临终时有嘱咐，怎能把弟弟分出去呢？外人见了，也会说我这当哥哥的不好。等弟弟娶媳妇后再说吧。"高大老婆见丈夫不同意分家，就想把高小害死，独得家产。

有一天，高大老婆对高小说：“兄弟，你也不小了，该娶媳妇了。可是咱们家太穷，你哥哥整天累死累活，也积攒不了几个钱。我这当嫂子的能不急吗？再说，你娶不上媳妇，外人也会说你哥和你嫂子没能耐。”

高小说：“请嫂嫂别操心，我一定帮助哥哥把地种好。”

高大老婆说：“咱家那点地，种得再好，又能收多少粮呢？人们常说，家无外财不发。前山荒地多，兄弟要是能到那里去开荒种地，两下都有收成，也好早一天为你娶个媳妇。”

高大一听，摇头说：“不行，那深山里没有人家，怎么能叫弟弟一个人到那里去种地！”

“这不行，那不行，你说咋办？”高大老婆一跺脚，气冲冲地说：“兄弟是个男子汉，怕个啥？他要是有志气，收不到粮他还不回来呢！”

高大说：“弟弟年幼，再说……”

“再说啥？”高大老婆打断丈夫的话。“总不能叫兄弟打一辈子光棍儿！”

高小听嫂嫂要他离开唯一的亲人哥哥，心里很不好受，眼泪往肚里流。他想：山上没有人烟，到处是杂草乱树，能长庄稼吗？这是嫂嫂要赶自己走！但他不愿因他闹得哥嫂不睦，让哥哥为难，便说：“哥哥，就照着嫂子的话办吧。我要是能在山上种出庄稼，一家人会过得更好些。”

高大老婆一听兄弟同意，喜得眉开眼笑，忙接着说：“还是兄弟有志气。今天我就给你准备好行李、种子，明天你就动身吧！”

高大没法说服妻子，叹口气说：“弟弟，你愿意去，那就去试试看，如种不出庄稼，你就早回来。”

高小含着眼泪，点了点头。

高大走到房里，找出一袋最好的秫秫种，向弟弟说：“这袋种子你带着。”

高大老婆见丈夫把家里最好的种子给了高小，心里很不高兴。不同意吧，丈夫不会愿意，传到左邻右舍耳朵里，会说我这嫂子的不好；同意吧，便宜了高小。她想来想去，想出一个坏主意，趁做饭的时候，悄悄把种子放在锅里炒熟后，再交给高小。

第二天一早，高大找着种子，高小挑着行李和锅碗瓢勺，进山去了。他们过了一条河又一条河，翻过一座冈又一座冈，来到一片杂草丛生的向阳山坡。高大帮助弟弟搭好窝棚，犁好荒地，播下种子，才回家去。

别人家种的秫秫都出苗了，高小的地里还是一片黄土。别人家的秫苗几寸高了，高小的地里只生出一棵小苗苗。原来这棵小苗，是他嫂嫂炒秫种时蹦在锅台上没有炒熟的。高小见出了一棵苗就细心地管理：别人给苗锄草他锄草，别人给苗浇水他浇水，别人给苗施肥他施肥。别人家的苗子都长有尺把高了，他这棵苗子还是黄巴巴的，没有三寸高。

一天，高大来看弟弟，见地里没有出苗，说："弟弟，你不会种地，还是回去一起过吧？"

高小说："哥哥，这不是出了一棵苗吗？"

高大说："一棵苗将来能收多少粮呢？又长得这么黄巴巴的。"

高小说："今年收一个穗子，明年再种不就多了嘛！"

高大说："你在这里吃啥呢？"

高小说："这山里有野果野菜，我有一双手呀！"

高大劝不回弟弟，只好自己回去了。

秫秫晒红米时，高小地里的这棵秫秫才刚刚抽穗。一天，高小向秫根上培土浇水后，把水桶放在旁边，躺在地里，看着风吹秫秫，发出沙沙的响声，不一会睡着了。只听耳边有说话声："快长快长，快快长……"他睁眼一看，已日落西山，那棵秫秫，嗬！长成一丈来高了。秫秆有手腕子那么粗，秫穗有一尺多长，秫粒像一颗颗红玛瑙。秫秫熟了，高小高兴得一个鹞子翻身跳了起来，围着秫棵左转三圈，右转三圈，越看越喜爱。就在这时，突然飞来一只雄鹰，一伸嘴把秫穗叼走了。

雄鹰在前飞，高小在后追。高小追得快，雄鹰飞得快；高小追得慢，雄鹰飞得慢。飞呀飞呀，追呀追呀，飞了三天三夜，追了三天三夜。翻过九十九条岭，越过九十九道冈，来到一座高山脚下。清清泉水沿着山涧哗哗地往下流，山涧两旁长满苍翠茂密的松柏，松柏林里有一座古庙。雄鹰飞进庙里去了。

高小走进庙里，空空荡荡，没有找着雄鹰。天渐渐黑了，他又困又累，在庙门前一块老大的岩石上躺下。他刚刚睡着，忽听有人喊道：

"高小哥！高小哥！"

他睁开眼，抬起头来看，四处无人。心想，这个深山老林里，周围几十里没有见着一户人家，谁来这里呢？大概是耳朵听邪了。他又闭上眼皮睡了，还没睡着，又听有人喊道："高小哥，高小哥！"

他睁开眼，抬起头来看，四处无人。心想：这就怪了，明明是有人在喊呀。他站起来四处寻找，刚摸过屋角，看见一个人，穿着红衣、红裤、红鞋，头上扎着红头巾，站在一棵老松树下，两眼望着他笑。高小愣住了，嘴里没说，心里在想这是谁家的闺女？在这深山野岭里干啥？他长到十八岁还从来没有和大姑娘说过话呢！脸红起来了，心跳起来了，站着不敢动了。

姑娘笑着说："高小哥，打搅你睡觉了。"

高小结结巴巴地说："我，我不认识你，你是谁家姐姐？"

"我叫红粱，住在山下。"

"你找我有事吗？"

"我来接你到我家里去。"

月亮升在山顶上，高小迎着月光，仔细一瞧，才看清楚这姑娘长得非常漂亮，比桃花娇艳，比荷花水灵，好似月里嫦娥下凡。他越看越想看，越看越喜欢她。

姑娘走到高小面前，红着脸说："好心的高小哥，我是你种的那棵秫秫，感谢你为我锄草，浇水。请到我家里去吧！"

高小心窝里觉得甜滋滋的，跟着姑娘向山下走去。他们一边走，一边说着话儿。姑娘说："今晚的月亮多明呀。"高小说："就是还不圆。"姑娘说："有缺就有圆。"他们走到一个池塘边，姑娘停步，指着池塘边的三间草房说："高小哥，这就是我的家。"

三间草房前后长满鲜花香草，门前山上的虫儿在欢叫，像是迎接新来的客人。姑娘领高小走进屋里。高小到处看了看，桌椅板凳全是新的；桌上的茶壶茶杯，白地红花，非常好看。墙上挂着一个尺多长的秫穗，正是高小种的那棵秫穗。他正看着，姑娘端来了香喷喷的茶、热腾腾的馒头。

高小吃罢饭，见家里没有别人，屋里一张床，床上一条红花被，一个双人绣花枕头，站起来说："红粱姐，天不早了，我该走了。"

红粱说："高小哥，你留下，一块过日子吧！"

高小说："我爹娘死了，嫂嫂当家，她叫我在山上种地。我很穷，连间房子也没有，咋好叫你跟我一同受苦呢？"

红粱说："苦怕啥，自从你把我种到地里，我就看你忠厚老实，勤劳勇敢，是个有志气的人。我俩一起种地，还愁没有饭吃？"

于是他们拜了天地，成了夫妻，恩恩爱爱地过日子。

春天来了，他们将挂在墙上的秫穗取下来，播种到地里。秋后，秫秫长得又高又壮，秫穗儿个个都有一尺多长，秫粒像一颗颗红玛瑙。一传十，十传百，都知道他们种的秫秫特别好，都好向他们换种子。从此以后，小秫秫都变成了现在的大秫秫，因它是高小和红粱种的，所以又叫红高粱。把开的颗粒状的红白花叫做"高粱花"。

荞麦花

商朝末代纣王，历史上说他是个暴君，其实，那纣王原先也是个有道之君，治理天下平安，人民乐业，春种秋收，一派升平景象。据说纣王乃是天上玉皇大帝下凡，日管人间，夜理天宫，天上人间由他一人统治，风雨任其调遣，万物由其管辖。

可是，这玉皇大帝白天在人间当纣王，晚上又要上天宫去会诸仙，而天亮前又必须赶回人间，自然很是辛苦，为了躲开皇后嫔妃和众大臣的耳目，便往往夜静时分乘上神龙骏马往返于天地之间，因此，每天晚上他都吩咐御马监把马备好。这御马监是个马夫，每天早上喂马时总见那龙马通身汗湿，觉得奇怪，决心要弄个明白。这天夜里，他躲在马厩旁的石槽下，想看个究竟。二更时分，纣王向马厩走来，拉出龙马，飞身上鞍，那马四蹄腾空而起，直上云霄。这一下，可把马夫吓坏了，便赶快去偷偷地告诉他的表兄费忠。费忠原是纣王的近侍臣，奸诈多智，一闻此讯，便给马夫出主意，让他备马时加双肚带，躲在马肚下，双手拉住马肚带，飞上天去。就这样，马夫在第二天的深夜里，被龙马带上了天宫。

再说纣王——玉皇大帝飞上天宫在凌霄殿前下马时，才发现马夫也跟着上来了。无奈何，只好嘱咐他好好待着，不要到处乱走，等自己处理完公务后，再带他回人间。纣王说完，径自进天宫理事去了，留下马夫一人。马夫心想：人们常说天堂天堂，景色必定奇妙无比，我何不乘机逛上一逛，也不枉上天堂一趟。想到这里，他迈步就走，走不多远，闻得一阵异香，抬头一看，只见前边丛林中白花如雪，娇柔可爱，仙禽异兽翔鸣起舞，他不由得伸手去摘那白花，说也奇怪，明明一枝繁花，手触处花瓣顿落，只剩下一节空枝。他顺手一枝枝折摇，霎时半树花儿尽被摇落。低头一看，地下并无此花朵。正在此时，一个仙童急急地跑来大喊住手，马夫回过头来，只见那仙童吓得张口结舌，说：“你，你闯下滔天大祸了，快随我走！”两人来到凌霄殿玉帝面前，仙童跪下奏知此事。玉帝闻听也大惊失色，道：“你为何私进琼林震落雪树？偷上天宫已罪不容赦，现在又造此灭民大罪……”马夫跪奏不知罪因，玉帝叹道：“真乃凡夫俗子，你可知这琼林玉树乃是天上降雪之物吗？寒冬之时，只要遣琼林使者去震落几枝，人间就降下一场大雪，你今天震下数十枝，可想地上雪厚数尺，万民如何生存呢？来人，将这罪人押往天牢，严加看管！”押走马夫后，玉帝又急派千里眼和顺风耳去南天门上查看下界，速速报来，不一时，二仙回报。千里眼道：“出门纵目一望，‘万里寒光生积雪，千条银龙冻江河’，万岁，下界已是禾苗冻死，尸骨盈郊了！”顺风耳也讲：“云头侧耳一听，人间悲哭之声，直冲霄汉。”玉帝听报，心如刀绞，可怜苍生无辜，遭此大难。正在这时，外报三清老子从三十三天兜率宫来见陛下。玉帝派人请进老子坐下后，把愁苦之事说了一番。老子道：“圣上不必忧虑，贫道正是为此事而来。想那下界久承太平，人不知饥寒，畜不晓冷暖，全不懂节衣缩食，勤俭度日，似也该儆戒一下！为今之计，可速遣太阳星君加力照射，增天温化尽冰雪，以救万民。禾苗枯死不能复生，而且夏尽秋来别物都已不能开花结籽了，只好用荞麦播撒下去，来度饥荒。”玉帝一听大喜，忙问荞麦是何物类，有此功效。老子道：“荞麦是轩辕播种时留下的仙种，种的迟，收的快，恰好可接度荒年，拯救下界。而且，贫道历年来炼丹之余常种常收，现在已积下几十斗种子，可命百花仙子趁现在冰化土湿之时撒向人间，就可救万民于饥寒之中了。至于那罪犯马夫，闯下这样大祸，可把他改容换体，叫他不准说露天机，然后派他到下界去当纣王，受万民埋怨。”玉帝道：“这贼子可能担此重任？”老子笑道：“现在商朝气数已尽，周王将兴，让他经历数十年征战，将来死于周人之手，也是罪有应得！”玉帝闻听大喜，立即派人从天牢中提出马夫，训示一番后，改容整形，罚往人间去当纣王。

这马夫一听不但不杀他还能当国君，欢喜得如半路拾了个狗头金元宝一般，颠颠地给玉帝磕了三个头，到下界去了。然而，终究是恶性难改，害忠良，近小人，宠妲己，最后落了个众叛亲离，死于非命，这且不提。

再说那太阳星君遵旨化冰，直把人间照射得山川蒸气如云，水流成河，土地湿润；百花仙子便轻舒玉臂，把荞麦漫空挥撒，不几天，下界大地便长出了一棵棵枝色微红、双瓣扁圆的嫩苗，红茎绿叶，鲜嫩可爱。刚开始，人们还都不敢食用，怕中剧毒，反倒是那些牲畜不管不顾，拼命地吃个肚儿滚圆，却也没事。最后，那嫩苗一天天地长高起来，开出满株小花，洁白如雪，清香四溢，花儿一落，下边的枝丫上便结出了三棱形的小颗粒，由白变黄，由黄到黑，成熟后砸开一看，里边竟是白色的面粉。人们就把这种洁白如雪、清香四溢的花取名叫荞麦花，一直流传至今。

蚕豆花

在所有的花朵中,蚕豆花独出一格。它那雪青色的蝶状花冠虽是常见的,但它那乌黑的花心却是独一无二的。蚕豆为什么要开黑蕊的花,这里有一个传说。

从前有个叫蚕丫头的童养媳,她那恶心恶肠的婆婆拿她不当人。有一回蚕丫头饿了,偷吃了些冷锅巴。婆婆见了,从热灶洞里抽出把火钳来,逼她跪上去,烫得她叫爹叫娘喊救命。这一来动了众怒,恶婆婆被送进了监牢。

日月如梭,光阴似箭。"多年媳妇熬成婆",蚕丫头也有了童养媳啦。将身自比,待童养媳理应和和气气、亲亲热热。谁知她好了伤疤忘了痛,前半世——铁匠店里吃了亏,后半世——豆腐店里来翻梢。她待童养媳和她婆婆待她一样凶。她也叫童养媳跪烫火钳。

村里人劝她说:"蚕丫头,婆婆作孽坐监狱,你如再不回头,也没好报应!"

蚕丫头不但不听,反而记恨在心,暗地里买来药鱼用的巴豆,捣碎了,调成浓汁,用提桶盛着,趁黑夜偷偷地倒进了村里的三口吃水井里。

第二天一清早,村里人没有防备,喝了井里的水,人遭灾,畜遭殃,病的病,死的死,一片凄惶!

村里人查实了这巴豆毒药是蚕丫头投放的。众怒一起,就七手八脚地把蚕丫头反绑双手,罚她跪在井边上。

这天正巧乌云密布,纷纷扬扬下起雪来。那雪越下越大,密密麻麻的棉花朵似的雪片,使天也暗了下来,连几十步开外的地方,也变得模模糊糊了。

夜幕降临,刮起了一夜吼天吼地的北风后,雪也停了。人们走到井边一看,蚕丫头已无影无踪了,雪地上只留下了她跪过的膝盖印。膝盖印中,各长出一棵枝条方棱、叶片青绿的野草,开着雪青色的花朵。花冠像只蝴蝶,可是花蕊呢,却是乌黑乌黑的。

人们知道,这棵从未见过的小花草,是蚕丫头变的,就给它取名蚕豆草;它的"黑良心"的花,就叫蚕豆花。那么它的花冠为什么不黑呢?据说是蚕丫头跪雪那天,穿着雪青色的棉袄的缘故。不过,漂亮的花冠遮不住它的丑相。直到现在,它不但花心是黑的,而且它的枝条老枯了是黑的,叶子老枯了是黑的;连豆荚老枯了也是黑的呢。

富贵的棉花

相传在古代，棉花是种供观赏的花儿。它的花儿能先后变换五种颜色，而且是两度开花，为此人们叫它富贵花。富贵花是咋出了花园，变成了现在的棉花呢？这里面还有个非常动人的故事哩！

春秋时候，有个叫弦高的富翁。他家富极了，连吃饭的筷子上都镶着闪光的珠宝。弦高的妻子常说，弦高的福气都是她带来的，因为她脚心里长了个贵人痣。这一天，弦高从街上带回来一个十七八岁的姑娘，这姑娘长得很好看，弦高就让她做自己的贴身丫环。

弦高的妻子看出弦高很喜欢这姑娘，就忌恨姑娘美丽，更怕弦高娶了这姑娘。因此，趁弦高不在家时，她就想法折磨这姑娘。

有天晚上，外面西北风呜呜地刮，鹅毛大雪一阵紧似一阵地下，姑娘刚睡下，弦高妻子叫姑娘起来给她烧水洗脚。姑娘烧好洗脚水，跪下来给她洗脚时，见女主人的脚心上有个痣，就说："呀，太太，这儿也长了个瘊子！"弦高妻子没好气地说："咋？想抠了么？"姑娘笑着说："哪能！俺是说俺也有，一个脚心一个瘊子呢！"

弦高妻子一听，赶紧问是真是假。姑娘脱了鞋让她看，果然是一个脚心长了一个鲜红的朱砂痣。弦高妻子更恼恨了，心想：我长了一颗就恁主贵，她长了两个，又天生一副漂亮模样，要是让丈夫知道了，一定会娶她做二房夫人。她眼珠一转，打定主意要害死姑娘，就猛地跳起身，把一盆洗脚水劈头盖脸地扣在姑娘头上，又抓起剪指甲的剪刀，对准姑娘的脚心，吭哧！吭哧！两下就剜掉了姑娘脚心的痣。

姑娘疼得满地乱滚。弦高妻子又命家人把姑娘的衣服扒光，把姑娘扔到了后花园中。

在寒风呼叫的花园中，姑娘脚痛心伤身子冷。她在雪窝里挣扎着爬啊，爬啊，好不容易找到了一间久无人住的房子，便爬进去避风雪。天太冷了，赤身裸体的姑娘冻得浑身打战，从这个墙角摸索到那一个墙角，想找一点可取暖的东西，她爬着摸着，后来终于找到一堆软绵绵的东西，也顾不得多想，就把整个身子偎在里面，又把那软绵绵的东西扒来盖在身上。她抚摸着脚上的伤，想起自己受那么大的冤枉，便痛心地大哭起来，哭着哭着，就昏了过去。

天不亮，弦高的妻子就叫一个年轻的花匠去收尸。花匠到后花园一看，见姑娘睡在一堆花絮里，脸色红润润的。花匠想了想，就小声唤醒她问："这么冷的天，你咋熬过来呢？"姑娘睁眼看了看，心中明白是这堆富贵花絮救了她，但她不敢实说，就撒谎说遇见了神仙。花匠很聪明，就对姑娘说："你甭说瞎话了，是这堆花絮救了你，你信得过我，就随我逃命，要是信不过我，就自己去逃命吧，反正天一明事就不好办了。"

姑娘听花匠说得很实意，就穿上花匠脱给她的一件衣裳，下决心随他逃走。临走，他们把这富贵花絮兜了一包，打开花园小门逃跑了。

他们跑到离弦高家很远的村上住了下来。这一带人都很穷，夏天穿不起丝绸，常打赤身干活；冬天套不起丝绵，整天坐在火堆边熬冬。两人自从发现了富贵花的妙用之后，就在这儿开荒种地，种了好多富贵花，花絮收下来，把籽儿剥出来，冬天用来套衣服挡寒。后来，姑娘又发明了纺锤捻线，织布做衣裳。从此，没钱买丝绸的穷人，也有衣裳穿了。因这富贵花也能像丝绵一样纺织做衣裳，加上长得又像小树一样，人们就把它改名叫棉花。

花生花

说起花生，人人知道，个个爱吃。可是，古时候的花生是什么样子，却很少有人知道。那时的花生大小和现在的差不多。所不同的是：它既没有包着花生仁儿的薄红皮儿，又不在土里生长，而像四季豆角那样吊在花生秧子上。它是怎么才变成现在这个样子呢？说起来，这里边还有一段动人的故事哩。

很多年以前，有个村子叫李家庄。庄上居住着三十多户人家，只有一户姓骆的，其余的都姓李。姓骆的夫妻两个都五六十岁啦，可儿子才十来岁。父亲体弱多病，母亲勤劳贤惠，一家三口人，只有半亩薄地，一年到头起早贪黑，才勉强能维持生活。骆家的孩子虽然聪明伶俐，但是因为家里穷，请不起先生，往往在拾柴、剜菜之后，到学堂门外旁听。先生发现骆家的孩子虚心好学，而且过目不忘，心里非常高兴，为让他坐在学堂里读书，不仅不收分文学费，还常用自己的钱给他买书。

一天，孩子跑来对先生说："我不能来上学啦，得到地里去看花生哩。"先生就送给他几本书，嘱咐他见缝插针，抓紧时间念书，千万别荒废了学业。

骆家的花生地在离村一里多的山脚下，地形狭长。这地方虽然没有野兽，但是乌鸦特别多。每当花生开花结果的时候，它们就成群结队地飞来啄食。一家全靠种花生换粮糊口。他父亲不能干活，母亲既要伺候父亲，又要操劳家务，只有让孩子来看花生了。孩子每天天一亮就去撵乌鸦，中午吃点干粮，喝点凉开水，一直到太阳落山才能回家。三天过去了，孩子发愁起来。愁啥呢？他撵走了地北头的乌鸦，地南头又飞来一群。这样跑来跑去，就没一点看书时间了，夜里腰疼腿酸，看不上几眼就困乏得顶不住了。这孩子心想：照这样下去，岂不荒废了学业？

有一天中午，天热得很厉害，乌鸦都飞到树林深处去乘凉。孩子见是机会，就不顾满头大汗，坐在荫凉处看起书来。当他看了一阵，拿起手巾擦汗的时候，忽听得不远的地方有人呼救。他放下书跑过去一看，原来是个瘦骨嶙峋的老头跌倒在地上，他的头发、眉毛、胡子都是白的，脸上沾满了汗水和尘土，样子很难看。他趴在地上一边痛苦地呻吟，一边挣扎着，可就是站不起来。孩子看他那么大年纪怪可怜的，就慢慢地把老头扶起来，然后轻轻地问："老大爷，你怎么啦？"老头有气无力地说："我去……闺女家……走到这……又热……又渴，又饿，就……摔倒了。"孩子赶紧拿出手巾让他擦汗，又把水递给他喝，把篮子里的干粮送给他吃。

吃饱喝足了，老头说："我要走了，你到前边树林里给我砍一根不粗不细、不长不短的木棍，我好当拐杖。"骆家的孩子就拿起一把柴刀跑进树林。他挑了又挑，拣了又拣，砍了一根不长不短、不粗不细的木棍，又把它刮得光溜溜的，双手递给老头。老头接过木棍，说了一声："好孩子！"忽然，平地起了一阵清风，那老头不见了。孩子大吃一惊，只见地上放着一张纸，上面压了一块会发光的石头。纸上写着："好孩子，我是本地的山神。你在太阳落山以前，把这块宝石埋在花生地中间，就会得到好处的。要记着：一、必须埋三尺深。二、要用手来挖。"孩子很高兴，他拿起宝石走进花生地。奇怪！满地的花生都朝宝石点头，像磁石吸引铁末一样。他挖呀挖，不一会就挖到一尺深，因为上面是沙土，容易挖，再往下就难挖了，那是黏土和碎石块。他挖呀挖呀，十个指头都磨破了，往外渗着血，每挖一下，指头像针扎一样从手上一直疼到心里。当他挖好坑，埋上宝石，填上最后一捧土时，太阳正好落山。

晚上，孩子坐在灯下看书，由于手指疼痛难忍，怎么也翻不开书，他就把右手的食指放在嘴里吮一会，等疼得轻一点，再用它打开书页……就这样，一直看到很晚很晚。

第二天，孩子又来到花生地一看，奇怪的事情发生了：花生都钻进土里藏起来了。就连那些刚开花的花朵、花冠，一掉下来也马上钻进沙土里了。乌鸦看不见花生，就一群一群地飞走了。从那以后，孩子不用看花生了，可以专心读书了。

花生成熟的季节到了。各家各户的花生都因为乌鸦偷吃而减产，只有骆家的花生获得了好收成，而且籽粒饱满，花生仁上还包了一层红色的薄皮，传说那是孩子埋宝石时手指出血染成的。从那以后，全村人都买骆家的花生做种子。原来的花生品种慢慢地绝迹了，骆家的花生种一直流传到现在。所以人们称它为“(骆)落花生”。把开的紫红色的花叫“花生花”。

大蒜大豆花

古时候，大蒜和大豆是亲姐妹。可是，亲姐妹也不一定同条心呀。大蒜是个闲不住的人，她起早摸黑，一天到晚忙忙碌碌，搭起了一个高高的青枝绿叶棚，还在棚上筑了个盒形的绿色小床，到了秋天，大蒜就爬到青枝绿叶棚上，躺在绿色的小床里，准备过冬。大豆呢，一天到晚吃吃玩玩，连头发也懒得梳一下，到后来，干脆把头发全剃光了。所以直到现在，大豆还是光头皮呢。

一天，大豆来到青枝绿叶棚下，昂头对着绿色小床喊：“啊呀！大蒜姐姐呀！你多没良心呀，你只知道自己躲在床里避风，就不顾亲妹妹在外面受冻吗？”大蒜听到亲妹妹的喊声，忙从小床里探出头来，说：“啊呀，亲妹妹，你怎么能这么说呢，我刚才还到处找你，找不着呀，我怎么会忍心让妹妹在外挨冻呢！好妹妹，快上来吧。”“可我怎么爬上去呢？”“那，你就抓着我的头发上来吧。”大蒜说着，就把自己长长的头发放了下去，把妹妹拉上来，一起睡在小绿床里。

开始，大蒜姐睡在里壁，大豆妹睡在外壁。大豆从来没有睡过这样好的小床，今天一睡，觉得非常舒服。你看，床上还有一层绒毯垫着呢，天气冷时，把上下一合，一丝风也吹不进来。要是自己能长年住着有多好哇！

想着想着，大豆竟想出一条毒计来。“啊呀！”大蒜刚睡着，忽然被大豆的叫声惊醒了。“什么事呀？妹妹。”大蒜急忙把身子挨近大豆的身边，关切地问。“我从来没在这么高的地方睡觉，要是从这上面跌下去，多危险呀！”“啊呀，我还以为你叫什么呢，原来为的是这个呀。这样吧，妹妹，你睡到里壁来，我睡到外壁去，把你挡着，你就不会跌下去了。来吧，好妹妹，我们换个位置，你好好地睡吧。”大蒜亲亲热热地把大豆让到了里壁。

谁知大蒜刚入睡，大豆突然用力一推，把她从小绿床上推了下去。大蒜还没搞清楚是怎么回事，头已深深地扎进泥里去了。

从此以后，大蒜只得这样头插土里、四肢朝天地生活了。人们都骂大豆心狠手辣，所以从此就把它磨得粉身碎骨，做成豆腐吃了，而大蒜呢，大家说她勤劳，心地善良，所以都很喜欢她，把大蒜的白紫花叫“大蒜花”，把大豆开的紫白色叫做“大豆花”。

萱草花

萱草花在我国已经有非常悠久的历史了。它身高一米多，夏日里抽出花茎，顶端生花，六七朵至十几朵，花冠呈漏斗状，花色橘红色或橘黄色。人们喜爱它不仅在于食用与观赏，而且能够使人忘记烦恼与忧愁。但在很久很久以前，萱草花不是生长在地上，而是作为盆植花养在窗台几案上的，萱草花开初也不叫萱草花而叫黄花菜花。

相传，南朝梁文帝时，京城里有位姓宜的与姓萱两家要好的邻居。宜家有个名叫宜男的儿子，聪慧俊秀；萱家有个如花似玉的女儿叫萱草。他俩从小青梅竹马，情同手足，两家的父母也都把他们当成亲兄妹看待。随着月华流逝，宜男与萱草一天天长大了，两个人之间也由原来的手足情发展成了纯洁的爱情，两家的老人也愿意他们结为百年之好。

哪知天有不测风云。正当他们准备完婚的那年春天，南朝梁文帝下旨在全国招妃，萱草被召进宫成了皇妃。

萱草进宫以后，日夜思念心中郎君，面容日渐消瘦、憔悴。一天夜里，萱草昏昏沉沉地梦见郎君宜男变成一朵橘红色的花儿飞落在她卧室窗台黄花菜花上，第二天醒来，平日立在窗台上的黄花菜花果然开出一朵鲜艳的花来。萱草高高兴兴地将花摘下来，别在胸前，以作思念。打那以后，萱草精神大振，气色转好，心绪也慢慢地活跃起来。

一天清晨，萱草又摘了一朵新花别在胸前同侍女到后花园里游玩，却巧碰上了梁文帝也在花园散步。萱草自进宫以来，由于怀念宜男一直躲避着皇上，未露丽质，竟侥幸保住了自己的童贞。今突然见到皇上，吓得她魂不附体，慌忙向宫内跑去。梁文帝见自己的妃子躲着他，颇觉奇怪，即令随从把萱草追了回来，皇帝见萱草在自己面前很紧张，连头也不抬一下，大有污辱圣驾的意思，很想大发一顿雷霆，但见萱草胸前别着黄花菜花，心中的气顿时消散了大半。他以为萱草像民间迷信的妇女一样，在胸前插黄花菜花是要保佑她生个儿子的。于是便上前对萱草说："爱妃，你身怀有孕乃是朕的一大喜事，却为何要躲闪于朕呢？莫非朕曾错待过于你么？"

萱草仍没有抬头，只是轻轻地摇了几下。

梁文帝一阵豪笑，即兴咏了一首诗：

可爱宜男草，
垂采映倡家；
何时如此叶，
结根复含花。

然后又吩咐随从到下院多多照顾萱草姑娘。萱草本是童贞玉女，哪来的身孕哟，但她又不愿向皇上吐露真情，只好任他去了。

梁文帝本以为萱草会给他生个皇太子，却不料几个月后，萱草的肚子还是挺不起来，便派人来查问。出于无奈，萱草只得把自己的童贞一事说了出来。梁文帝听后，龙心大怒，将萱草姑娘斩首了。并下令将皇宫里所有的黄花菜花都抛出宫外。

哪知黄花菜花到了野外，生得极为繁盛，人们都说黄花菜花是萱草姑娘灵魂变化的，因而也就把黄花菜花叫做萱草花了。

不得偷闲总锄草

相传在远古时代，大地刚刚形成时，地上没有一根草。人们为了维持生计，男子出外捕鱼、打猎，女子在家耕种田地、操持家务。由于农活和家务活很简单，女子们干完了就没事，所以每天大多时间清闲自在，日子过得挺舒服。

每当茶余饭后，有些女子感到寂寞，就跟着女娲的小女儿，顺着女娲补天时搭起的天梯往上攀登。踏上天庭后，她们首先摸到天帝娘娘的花园里，摘几朵好看的花儿戴到头上，然后携手游玩，逛了南天门，再逛北天门。渴了，偷饮酒仙酿制的琼浆玉液；饿了，偷摘仙桃园的仙桃吃。除此以外，她们还把人间的男女情爱及其他种种风俗传上天庭，使许多仙女不安心枯燥、乏味的天仙生活，纷纷下凡到了人间。

天帝知道后，非常恼火，就派天兵把上天游玩的女子带到宫殿，问她们为何不在地上好好耕种，却到天上来惹是生非？女娲的小女儿说："地上已经耕种完毕，再也无事可做了。"天帝叫巡天夜叉下去看看，果然如此，这下天帝可作难了，为了阻止她们上天，把梯子拆掉？不行！那是人类始祖女娲为了修补蓝天，好不容易搭起来的啊！不拆梯子吧，又用什么办法限制她们上天呢？……这时，一条小白龙上前献计，怂恿天帝派人撒些草籽下去，让凡间女子耕种以后就锄草，整天忙忙碌碌，没有闲空上天游戏。

天帝一听大悦，当即吩咐小白龙负责办理此事。这小白龙因父亲大黑龙撞破天地，被女娲杀死，一直怀恨在心，这时便存心报复女娲的后代。它把草籽放到起死回生药水里浸泡了半天，然后偷偷撒遍了大地。于是，凡间的女子们耕种以后，地里的草也长起来了。你锄了，它长，你再锄，它再长，总是不能灭绝。女子们整日脸朝黄土背朝天地忙着锄草，便再也没空上天游玩了。

后来，天梯经过千百年的风吹雨淋，被腐蚀得没影了，小白龙播下的草却在地上扎下了根，不锄就会越长越茂盛，妨害庄稼生长。

这，据说就是草的来历。

荠菜花

相传春秋时，吴王阖闾梦想吞并齐国，调集精兵数万，由伍子胥和太子波亲自率领，把齐国国都围了好几层，限令齐王三天内解甲投降。年老的齐景公眼看兵临城下，危在旦夕，只好下令打开城门，下了请降诏书。

这天，齐王在宫内大设酒筵，款待吴军将士。伍子胥和太子波戎装赴宴。酒过三巡，忽然远处传来叮叮咚咚的琴瑟声。这琴声悠悠扬扬，凄凄切切，好像受屈弱女，含冤饮泣。太子波站起身来，循声而去，只见楼阁里坐着个操琴姑娘，正在低声叹息。这姑娘浑身素装，面色白里泛红，出落得像朵盛开的白牡丹。原来，这姑娘就是齐景公的小女儿，小名就叫白牡丹。太子波从来没见过这样的美女，心里十分爱慕，就通过伍子胥，向齐王提出要娶牡丹公主为妻。这个料想不到的事端，使齐王为难起来。原来，齐王早已将公主许配给了一位大夫的公子为妻。眼下，如果得罪了吴公子，战事就要重起。齐王急得花白的头发一下变成了满头银霜。牡丹公主更是心事重重，躲在闺楼中日夜啼哭。可是为了解救年老的父王，使齐国百姓免遭灾难，她决心牺牲自己，央求父王答应吴太子。

不久，牡丹公主就嫁到了吴国。太子波整天在这位美女身边转。可牡丹公主恨死了这头恶虎，心里惦记着老父和公子，所以一天到晚皱眉叹气。一天，她忽然接到公子从齐国捎来的密信，信里还附来了一包荠菜籽，说是吃了能使人目视千里。牡丹公主心领神会，就对太子波说："妾远离国土，想念父王。恳求太子，替我造一座高高的城楼，让我上去望望家乡父老，就感激不尽了。"

太子波为了讨得公主的欢心，立即命令手下在齐门城头上建造了一座金碧辉煌的九层飞阁，让牡丹公主登楼望乡。这天，牡丹公主偷偷地吞服了荠菜籽，来到阁上。她凝神远望，齐国的山川城郭，历历在目。再细细一瞧，只见父王、公子站在山巅朝着吴国这边，正在挥泪痛哭。牡丹公主见此情景，不觉悲从中来，想到自己身处樊笼，永远不能与父王和公子团聚，心一横，就朝城下纵身一跳，殉情而死。

说也奇怪，牡丹公主死后，齐门城脚下不久就长出了一种开着白花的野草。这野草繁殖得飞快，以后每到清明时节，吴国的田野里到处是白白的一片。因为这种野草是从齐国传来的，所以人们称它为"齐菜"。渐渐地，人们把它采来食用，就把它叫做"荠菜"了。又因为传说荠菜花是牡丹公主变的，所以民间就有"三月三，荠菜花儿赛牡丹"的说法。

大葱仙子救万民

大葱不仅是调味佳品，还有防病治病的功能，因此，人们生活中离不开大葱。说起它，还有一段动人的故事呢！

在很久以前，天上王母娘娘的花园里有五位仙子，她们是：牡丹、芍药、菊花、玫瑰和大葱。这天，五姐妹趁王母娘娘外出时，来到花园外，拨开云层偷看凡间，只见那里的百姓正遭瘟疫的折磨，由于没有药物，尸横遍地，满目凄凉。五姐妹看了很伤心。她们想去请求王母娘娘让“瘟神”不要传播瘟疫了，可又知道娘娘不仅不会答应，说不定还会大发一顿脾气，责骂她们多管闲事。这时，葱仙子提议说：“我们何不趁娘娘不在，用我们的精灵去挽救、帮助受苦受难的人们呢？”众仙子都拍手赞成。

牡丹仙子舒展广袖，把牡丹花瓣上的甘露洒向人间，但瘟疫仍在流行。

芍药仙子紧接着抖起长袖，把芍药精灵抛向人间，可还是不起作用，瘟疫还在蔓延。

接着，菊花仙子和玫瑰仙子都施展起自己的本领，可毫无作用，瘟疫在继续泛滥。

众仙子见自己的仙法失败了，都用期待的目光看着葱仙子。葱仙子看了看众姐妹，又看了看云层下的人间。她咬紧牙，用尽全身力气，展开双袖使劲地抖动起来，只见片片绿色的精灵在白云间飞舞，飞向人间。

正在施展魔法的瘟神被天上突然飘下的一股股辛辣呛得睁不开眼，透不过气，只好收起魔法溜走了。瘟疫得到了控制，大地重新得到了欢乐。

王母娘娘得知此事后，非常生气：“大胆的葱仙子，这次瘟疫是玉皇大帝对人间百姓的惩罚。你竟敢擅自解除，王法何在？”她立即下令把葱仙子打入下界看管石山羊。

葱仙子来到人间，变成了一座绿色的石像。

第二年，玉皇大帝又让瘟神做法，人间又开始流行瘟疫。葱仙子看见百姓们受苦，伤心地流下眼泪。说也奇怪，她的眼泪流经的地方很快长出许多鲜绿的大葱来，染上瘟疫的人们只要闻一闻大葱溢放出来的香味，身体就会很快好转。

牡丹仙子和其他几位仙子看见人间大地上，生长出一片片绿茵茵的大葱，都很佩服葱仙子的勇敢和自我牺牲精神。众姐妹们气愤地说：“与其在天上受王母娘娘的虐待，还不如到人间去和葱妹妹做伴，为老百姓们做点好事。”于是，众仙子们一起离开天庭来到了人间，从此，人间便有了百花和草药，再也不怕瘟疫的侵袭了。

菠菜花

想传，古时候并没有菠菜，说不清是在哪个朝代，有家夫妇俩，只有一个女儿，名叫菠姑。菠姑长得如花似玉，人又心灵手巧，六岁能织锦，八岁会作画，爹妈待她犹如掌上明珠。

菠姑十岁那年，爹爹不幸病死。没隔多久，妈妈也染上重病，跟着死去。菠姑失去双亲，成了孤儿，整天哭喊着爹，呼唤着娘，她喉咙哭哑了，眼睛哭得像红桃子。幸好，菠姑有个嫡亲的姨父和姨母，把菠姑带在身边抚养。老两口因菠姑是个苦孩子，加之无儿无女，所以视为心肝宝贝，胜过了父母对她的疼爱。

菠姑自小生得美，到了十五六岁，长得更加漂亮，攀亲说媒的人，来去进出不断。姨父母见菠姑对谁都不答应，就将她叫到身边说："姑娘，打你爹妈死后，我们就把你当成自己的亲女儿。如今你已快成人了，总不能守在家里过一辈子。若是有了心上人，不必相瞒，说出来姨爹姨妈也好给你掌掌眼呀！"菠姑羞红了脸，说道："恕女儿不孝，我已和村里的花小二私订了终身，万望二老成全！"

姨父母一听，不禁满心欢喜，因为花小二既勤劳勇敢，又心地善良，村里无人不夸好。菠姑跟这样一个小伙子相爱，老人怎能不赞成，不高兴哩！

哪知，有一天，菠姑提着篮儿到集市去买菜，碰上了东庄恶霸财主胡阎的儿子胡猴头。这家伙见菠姑长得九天仙女一般，回去第二天就派人上门来说亲。菠姑的姨父母早就知道这家伙的人品和为人，不仅长得尖嘴猴腮，而且横行乡里无恶不作，是个头顶生疮，脚底流脓的坏东西。当时便对媒人说："好马不佩双鞍，好女儿不嫁二人。回去告诉少爷，我家菠姑已许给村里的花小二了。"

胡猴头讨了个没趣，他岂肯死心！一天夜间，他带着一伙人来菠姑家，冲开大门，蜂拥而入，强行把菠姑抢走。菠姑姨母跟在后面哭喊，被胡猴头一脚踢中心窝，当即口吐鲜血，倒在地上死去。

菠姑的姨父见菠姑被抢，老伴被踢死，怀着满腔悲愤去县衙告状。可是，胡阎王有财有势通官府，老人告状不成，气得一场大病，最后也含恨而死。

再说，胡猴头把菠姑抢到家，又哄又骗，成天纠缠不休。菠姑不屈从，他就想出主意来虐待菠姑，逼着她做脏活累活，吃剩饭剩粥，夜里只许她睡灶膛门前的草窝，稍有不随就用大针刺她，拿开水烫她。菠姑要是哭出一声，胡猴头和那狠毒的财主婆就一齐动手，揪住她的头发拳打脚踢，致使她浑身青紫，遍体鳞伤。

一天，菠姑背着背筐去河边洗菜，花小二正在河对岸割草。菠姑一见，泪水顿时像断了线的珍珠，向他哭诉了自己的遭遇和苦情，盼着花小二救她出虎口。花小二禁不住泪如泉涌，表示一定要为菠姑报仇雪恨，将她救出狼窝。谁料，这对情人的隔河泣诉，被胡猴头　　听在耳里。菠姑进门，就被打得死去活来。接着，胡猴头又花重银买通了一个杀猪匠，暗中将花小二杀死在路边。

女儿家哪里受得住这般折磨和打击？从此菠姑饭不思，茶不饮，眼睛更加凹陷了，身子更加消瘦了，一个好端端的漂亮姑娘，变得如痴如呆了，憔悴不堪。

八月中秋这天，胡阎王一家都忙着赴中秋家族会去了，家里只留下几个把门的家丁。菠姑觉得这正是她倒出苦水的好机会，于是便换了身干净衣裳，带着一把梳子，黄昏时分来到花小二坟地。

菠姑先去河边洗了洗脸，而后就坐在坟地旁细细地梳起了头。待到圆月东升时，菠姑便扑到花小二坟上放声大哭起来，菠姑不停地哭着，喉咙渐渐嘶哑，声音渐渐微弱，后来人们就再也听不到她的哭声了。

第二天晌午，胡猴头大摇大摆地来到这里，看到菠姑已死，骂了一声“贱货”，便捂着鼻子走开了。花小二父母见菠姑死在花小二的坟上，含着老泪，将她埋葬在花小二坟地一边。

没过多少时候，在菠姑与花小二的坟地之间，长出了一种从未有过的红根绿叶菜，根甜味美。人们说这是菠姑变的，她虽然结束了悲惨的一生，可她祝愿善良的人们苦去甜来，幸福美好，所以就叫它“菠菜”。也有人认为，这菜是花小二与菠姑生死不渝的忠贞爱情的象征，因此，有时人们又称它“花菠菜”，把它开的花叫“菠菜花”。

金针花

“三庄金针丁嘴菜，山南海北没有盖”。为什么泗阳县的三庄、宿迁县的丁嘴，这一带生产的金针菜，天下没有盖过它的呢？那就要刨树追根，找到三国时代的神医华佗身上了。

华佗虽然祖居谯郡，可是他朝吴暮蜀，四处奔波。不管你三国争雄，他只关心百姓疾苦。谁家患病谁家去，哪村瘟疫哪村行。他擅长外科，能针善灸，兼用草药，最拿手的还是他那六根大小不同的金针。一般小病，只扎一针；重病人，扎上三针；最危险的病人，只要六针齐下，就可起死回生。

这一年夏天，华佗听说徐州一带瘟疫流行，他心如火燎，连夜赶奔徐州。城里行、山里走，为人治病。那天中午，徐州州官带着魏王曹操请帖，备上一份厚礼，来找华佗去为曹操治病。华佗紧皱眉头，指着痛楚呻吟的病人，对州官说道："魏王患的是慢性头风，延迟几天没有关系；可是这一带百姓，患的是急性瘟疫，如果不及时治疗，就要葬送无数生命。还请州官大人婉言回禀魏王，等瘟疫扑灭后，我随即前往许都，为大王治疗贵体。"这时，又有许多扶老携幼的病人蜂拥而来。一边将华佗团团围住，一边又向州官苦苦哀求。州官见此惨景，也深受感动，叹了口气，火速派人回禀曹操。

随着瘟疫流行，华佗也逐步地跟着东移。这天到了丁嘴和三庄之间，这一带正流行着可怕的咳吐痨伤，很多病人大都是：早晨咳吐带血，下午浑身发烧，夜间睡不着觉，一合眼皮就一身盗汗……人被折磨得骨瘦如柴，哼声不止。唉！痛苦在病人身上，难过却在华佗心上。他舒舒筋骨，捶捶腰背，提提精神。赶到这家扎几针，跑到那家配剂药。病人通宵失眠，华佗有好几夜也没沾床铺。这一天三更半夜，华佗又为一个垂危病人扎上六针，病人才悠悠地回过一口气来。突然，闯进几个如狼似虎的公差，把华佗拖到门外，恶狠狠道："哼！你就是华佗吧？好一个不识抬举的老东西，快跟我们见魏王去！"这时，前后三庄的老百姓都呼天喊地围上来了。只听华佗大声说道："众位乡亲不要难过！我华佗人是走了，可这六根金针要交给你们！"只见华佗两只手向上一扬，同时飞出六道金光。东边三道飞向三庄，西边三道飞向丁嘴，好似流星赶月，又像气贯长虹。

华佗走后的次日清晨，三庄、丁嘴两处地方黎民百姓，发现金光所落之处，都长出了三棵碧绿碧绿的长叶草；每棵草心，又都竖着三根油光水滑的圆杆子，每根圆杆上，又都长着三朵含苞欲放的花朵。这些花朵，约有一虎拃长，手指粗细，金灿灿亮晶晶，异香扑鼻，光彩夺目，很像一簇一簇随风摆动的金针。

有几个老者，眼含热泪，议论纷纷：

"哎！这几棵草来得奇怪。我看很可能是神医华佗的金针变的？"

"对！老哥猜得在理。昨夜，华佗不是说要把金针交给我们的吗？"

"好好好，事不宜迟。我们不妨用这金针草熬水给病人喝喝看！"

说来真是奇怪，病人喝了金针草汤，立刻见效。早晨咳吐带血的人，止住不吐了；下午浑身发烧的人，当晚退烧了；夜间睡不着觉的人，也呼呼大睡了；一合眼皮就盗汗的人，也没有盗汗了。第三天早晨，一桩新鲜事又出现了。三庄、丁嘴两地，每棵金针花一夜之间又都生长出三棵。像这样夜夜生长，神奇的金针花很快就传播开了。

金针赶走病魔，人人怀念华佗。华佗在许昌狱中遇害的消息传来，云龙山仰天长叹；马陵山低首哀嘶，愁云遮天，哭声震地。当地百姓就在徐州建立了雄伟的华祖庙，以纪念这位功在人间，名垂百世的神医。

病人喝了金针花汤，都觉得甜津津、香喷喷，没有一点怪味。后来，人就把金灿灿的金针花蒸晒干当菜吃，既宁心安神，又美味可口。因而，大家不再叫它“金针草”，就称它为“安神菜”、“金针花”了。从那时起，金针花就在三庄、丁嘴一带，生根开花，安家落户；产量日增，品质优异，现在已驰名全国。

茶祖宗

早先，龙井是个荒凉的小村庄。山坳坳里，稀稀拉拉地散落着十来户人家。人们在远山上栽竹木，在近山上种五谷，一年到头过着苦日子。

村边边有间透风漏雨的破茅屋，里面住着个老大妈。老大妈没儿也没女，只孤苦伶仃一个人。她年纪老了，上不了山，下不了地，只能照管照管屋子后边的十八株老茶树。这些茶树还是她老伴在世的时候栽的，算起来也有几十年啦。老茶树缺工少肥，新叶出得很少，每年只能采到几斤老茶。

老大妈是个好心的人，她宁愿自己日子过得苦点，每年总要留下一些茶叶，天天烧镬茶，在门口凉棚下摆两条板凳，给上山下岭的过往行人歇力时解渴。

有一年除夕，天落大雪，左邻右舍多少都办了点年货，准备过年。老大妈家里实在穷，米缸也快空啦，除了瓮里剩的几把老茶婆，别的什么也没有了。但她仍旧照着老规矩，清早起来，抓把茶叶在镬（方言指锅）里，发旺火，坐在灶前烧茶。这时，忽听“咿呀”一声，茅屋的门推开了。进来一个老头儿，身上落满雪花。老大妈忙站起身来招呼：“老大伯呀，这山上风雪大，快进屋里坐。”

老头儿掸掸身上的雪花，走进屋里，一面向灶洞烤火，一面跟老大妈搭话：“老大妈，你镬里烧的啥东西呀？”

“镬里烧茶哩！”

“今天除夕，明天就过年啦。人家都忙着氽三牲福礼，你家怎么烧茶呢？”

老大妈叹口气，说：“哎，我孤老太婆穷呀，办不起三牲福礼供神，只好每天烧镬茶给过路人行个方便。”

老头儿听了哈哈笑道：“不穷，不穷，你门口还放着宝贝哩。”

老大妈听了很奇怪，伸出头去向门外看看，仍旧是松毛搭的凉棚下两条旧板凳，还有墙角落头一只破石臼，破石臼里堆满陈年垃圾——一切还是老样子。

老头儿走过来指指那只破石臼，说：“喏，这就是宝贝！”

老大妈只当老头儿跟她寻开心，就笑着说：“一只破石臼也算宝贝！你喜欢，就把它搬走好啦。”

“哟，我怎么好白拿你的宝贝！把它卖给我吧，我这就去叫人来抬。”老头儿说完，就冒着大雪走了。

老大妈望望破石臼，心想，石臼这么脏，叫人家怎么搬呀！便把里面盛的陈年垃圾扒在畚箕里，埋到屋后那十八株老茶树的根头。又到龙井拎来一桶清水，把破石臼洗刷得干干净净，洗下来的污水也泼在老茶树的根头。

她刚把破石臼弄清爽，那老头儿带着人来了。他到门口一看，竟大声叫起来：“哎呀，宝贝呢？哎呀，宝贝呢？”

老大妈弄得越发糊涂了，指着破石臼说：“这——这不是好好摆着吗？”

“哎，你把里面的东西弄到哪里去啦？”

“我把它倒在屋后的老茶树根头了。”

老头儿绕到屋后，一看果然如此，不禁连连顿脚道：“可惜，可惜，这破石臼的宝气就在那陈年垃圾上，既然把它埋在茶树根下了，就成全这十八株老茶树吧。”他说完话，便领着人走了。

过了除夕过新年，很快，春天到了。这年，老大妈屋子后边那十八株老茶树，竟密密麻麻地生出一片葱绿的嫩芽来。采下的茶叶，又细又嫩又香。

邻居见老大妈的茶树长得这样好，大家就砍掉竹木，收了五谷，用这十八株茶树的籽，在远远近近的山头上种起茶树来。一年一年，越种越多，越种越旺。到后来，龙井这一带地方漫山遍野都栽遍了茶树。

因为这一带地方出产的茶叶又细又嫩又香，吃起来味道特别美，所以“龙井茶”便在各地出了名。

直到现在，茶农们都说，那老大妈屋后的十八株茶树，是“龙井茶”的祖宗哩。

乌龙

从前，杨梅岭上有一户人家，两夫妻年纪都已六十出头了，只有一个儿子，十二岁。儿子长得漂漂亮亮，壮壮实实，从小很乖巧，七八岁上就能帮爹娘做生活。爹欢喜他，娘欢喜他，给他起个名字叫喜儿。全村人都夸他是个能干的好伢儿。

老夫妻疼爱儿子，不愿让他做个睁眼瞎子，就把他送到村中小庙里的私塾去读书。

有一天，学堂里放了早学，十来个毛伢儿，便一窝蜂似的奔到村外去耍了。

喜儿跟大家耍了一会，看看村子前头的烟囱已在冒烟，想起妈妈要烧午饭了，便急匆匆地奔回家去。他一脚跨进门，听见妈妈叫："喜儿呀，水缸空啦，给我去拎桶水来。"

喜儿应一声，放下书包，拿起水桶走了。走到溪边，看见有两条泥鳅在水里穿来穿去，抢一颗珠子。他觉得很有趣，便把泥鳅赶开，将那颗珠子捞了起来。

喜儿拎着一桶水，捏着一颗珠子，高高兴兴地往家里走。别的伢儿见他拾到个好玩的东西，就蹦呀跳呀奔过来要看一看。他只怕被人拿了珠子不还他，就把珠子紧紧捏在手心里，举得老高老高的。伢儿们哪里肯放，一声喊就拥上来抢，喜儿招架不了这许多人，忙把珠子含在嘴里。伢儿们便拧他的脸蛋，掰他的嘴巴，还在胳肢窝里挠痒。喜儿想喊妈妈来解救，他把嘴巴一张，不料声音没喊出，那珠子却"咕嘟"吞进肚皮里去了。

喜儿吞下珠子，觉着可惜。他回到家里，妈妈还没有烧好午饭。喜儿闲着没事，就解开书包，拿出笔墨砚瓦，放匙水，磨洼墨，正正经经地伏在桌子上描红字。过一会，妈妈从灶下端出饭菜，不觉吓了一跳。她看见儿子面孔涨得发紫，眼睛像铜铃般地突了出来，头上生出丫丫叉叉的两只角，嘴巴咧到耳朵边上，喉咙里"呼隆，呼隆"地响得像打雷一般，身子也越变越长了。原来喜儿吞进肚皮里去的是一颗龙珠——他变龙啦。

龙要有水才能飞腾呀！喜儿把头伏到砚瓦里，舔去刚才磨的一洼墨水，马上变成一条浑身墨黑的乌龙，"哗啦啦"冲出房屋，腾空飞了起来。乌龙越飞越高，越飞越远，身子也越变越粗，越变越长，龙头钻进乌云里，龙尾巴挂下来拖在杨梅岭上。霎时，乌云遮住了太阳，狂风呼呼地刮，雷声隆隆地响，暴雨哗哗地下，乌龙吞云吐雾地朝东方飞去。

儿是爹娘的心头肉，怎舍得他远走高飞！老夫妻冒着狂风大雨，跌跌撞撞地奔出屋来，一面追赶，一面喊叫：

"喜儿呀，回来哟！"

"喜儿呀，回来哟！"

爹喊一声，娘叫一声，一声接着一声；乌龙听见爹娘喊他，就一叫一停一回头。爹喊了九声，娘叫了九声，乌龙总共停了十八停，回了十八次头。这时他已经到了钱塘江上空，把身子向下降落，顺江游到东洋大海去了。

乌龙尾巴九个瓣，在杨梅岭上拖过，刮出九道沟沟，沟沟里灌满了雨水，潺潺地流成九条溪；乌龙一路回了十八次头，他回头的地方积起十八个沙滩，那就是人们常说的"九溪十八滩"。

碧螺春

太湖洞庭东山的"碧螺春"，嫩绿叶卷曲得像小小的螺蛳一样，绿油油，毛茸茸，闻闻清香，喝喝清凉，是一种名贵的茶叶。它最早出在莫厘峰上。

传说，有一年东山莫厘峰上妖精作怪，接连有几个樵夫上了莫厘峰砍柴，都不见回来。老百姓弄不清这妖精到底怎么来的，但谁也不敢上去，于是把莫厘峰当作了禁地。当时有个没爹没娘的渔家姑娘，名叫碧螺。这姑娘性格倔强，胆子又大，很想看一看这妖精究竟生得啥模样，有什么妖术。所以人家不敢去，她倒偏要行。

这一天，她就上莫厘峰砍柴去了，走到半山腰，闻到一股香味。这香味香得出奇，熏得她晕乎乎的。她就坐下来歇一歇，对着山顶细看。看来看去，也没看到有啥妖精，却见山峰悬崖的石缝里，长着一棵油绿闪亮、生气勃勃的野树苗。风从那边吹来，一股股奇异的香味也就扑鼻而至。她奇怪起来，这悬崖在山峰顶上，爬到那里，只见蓝天变低，脚下白云飞绕。越接近这棵树，香味也越浓，碧螺姑娘被熏得昏迷了，浑身像中了邪一样，急忙用手捂住鼻头。嗨，碧螺是打渔人，捉鱼杀鱼，整天同鱼打交道，手上的鱼腥气洗也洗不掉。她把有鱼腥气的手捂鼻头，反倒觉得蛮舒服，脑子顿时也清醒了不少。她这才想到，原来毛病就出在闻那个香味上。鱼腥腻味能克那个醉人的香味，后悔没有带个鱼篓来。

碧螺姑娘这时候觉得肚里有点饿了，身边又没有干粮，正好发现一丛野大蒜，拔起来就往嘴里塞。不料一把大蒜下肚，饥也解了，头脑也清了，就一口气爬到了小树旁。不过到了它旁边，人却再也受不了了，一阵阵异香又使她昏迷了，好不容易转到了上风头，才避开了那股浓重的香味。头脑稍稍清醒一点。她想：不是什么妖精作怪，原来是这棵树发出的香味！便采了些嫩叶塞在怀里。哪知这嫩叶得了人身上的热气，香得格外厉害了。碧螺姑娘连声嚷着："吓煞人哉，吓煞人哉！"就用劲拿起柴刀，想把它砍断，省得它再害人；再一想又有些舍不得，就把这棵树连根拔起，带下山来了。

碧螺姑娘把它带回船上，种在一只破缸里，每天给它浇点水，看它究竟怎么样。这棵树的叶子固然香得醉人，但是渔船上腥气重，再加碧螺姑娘天天挖野大蒜吃，所以倒也没啥。有一天，猛一阵风把叶子吹落到她那没盖的水壶里。碧螺姑娘正好累得浑身是汗，嘴里干得像火烧，拿起水壶，"咕噜噜"喝了个底朝天，顿觉喉头清凉，满口芳香，消除了疲劳。奇事！今朝的水为啥特别好喝？她仔细一看，壶里有着许多香树叶。原来这小树移植以后，水土变了，毒性也解了，不但清香可口，还能提精神。这树叶原来是个宝贝！碧螺从心里感到欢喜，于是动起脑筋，决心栽培起来。种到哪里去呢？望望小船，破破烂烂，把泥搬到船上来栽树，一棵还可以，多了怎么办？后来，她想起太湖当中，洞庭西山的徐石山脚下，有一个没人住的破庵。就带着那小树来到庵堂，把它种在天井里。她捉鱼度日，每天留一点小鱼垩树，防备树香伤人。这样经过几年的栽培，天井里长满了小香树，香味吸引了乡邻。碧螺姑娘就把叶子采下来送给大家泡开水喝。乡邻们喝了这叶子泡的水，个个称赞，问碧螺姑娘，这小树叫啥名字？碧螺姑娘随口说："吓煞人香！"从此，小树就有了名字，成为茶叶中一个名贵的品种。

后来采叶泡茶，也就风行起来。碧螺姑娘采茶，也十分讲究，不仅只采最嫩的，而且采茶前，先要到河里洗了澡，穿一身干净的衣服；采茶不用篮装，而是塞在怀里。 她眼明手巧，两手跳动采摘嫩叶，好像凤凰点头一样。她每一次采茶回来，就分送给大家。有一次，采茶回来，正好阴雨连绵，眼看一大堆叶子要霉烂了，她便把叶子放在锅子里炒干了再送人。出乎意外，炒干的叶子竟比不炒的还要清香，还要好喝，又可以长期保存，啥时候想喝就啥时候泡，非常方便。从此以后，炒茶也就风行起来，一直传到现在。

"吓煞人香"茶，不久就被大家栽种起来了，没有几年工夫，就种满了整个洞庭的西山和东山。不过，经过几次移植，它的香味再也不会熏煞人了。

后人为了纪念碧螺姑娘，就把这种茶叶叫做"碧螺春"；还把她生前住过的无名破庵，整修一新，叫做"碧螺庵"。她最初采到"吓煞人香"的那座山峰，叫做"碧螺峰"。

君山银针

君山的银针是有一千多年历史的传统名茶。它的茶芽娇嫩，又像莲子的嫩心，它的色、香、味被誉为“三绝”，是中国十大名茶之一。

关于君山银针，有很多美妙的传说。据说它的第一颗种子，还是四千多年前娥皇、女英播下的。从五代的时候起，银针就作为“贡茶”，年年向皇帝进贡。后唐的第二个皇帝明宗，第一次上朝的时候，侍臣为他捧杯进茶，开水向杯子里一倒，马上看到一团白雾腾空而起，慢慢地现了一只白鹤。这只白鹤对明宗点了三下头，便朝蓝天翩翩飞去了。再往杯子里看，杯中的茶叶都齐崭崭地悬空竖了起来，就像一群破土而出的竹笋。过了一会，又都慢慢下坠，就像是落雪花一样。明宗感到很奇怪，就问侍臣是什么原因？侍臣回答说：“这是君山的白鹤泉水，泡黄翎毛的缘故。白鹤点头飞入青天，是表示万岁洪福齐天；翎毛竖起，是表示对万岁的敬仰；黄翎缓坠，是表示对万岁的诚服。”明宗听了，心里很高兴，马上下旨把君山黄翎毛定为贡茶。

侍臣的话原是讨好帝王的，但是银针茶能“悬空而立”，并且像落雪一样下沉又上升，这倒是真的。不信，可以当面试验。

油茶汤

来凤县的土家族男女老少，餐餐都要喝碗油茶汤。这个独特、古老的风俗，一直保留到今天。

土家人不仅自己爱喝，还用油茶汤待客。

每当客人来了寨子，主人就客客气气地迎出来，让客人进到吊脚楼堂屋里坐下，陪来客谈笑。主妇就走进火炕屋，在青条石嵌边的四方形火炕上，烧制油茶汤待客。主妇在火炕中的铁三脚上架起锅，燃起大火把锅烧热，然后倒下茶油或猪油，炸出一碗碗核桃仁、炒米、芝麻、花生米、黄豆、包谷子、截截粉条等。

一般只炸其中一二种，有时也炸三种以上。这喷香的油炸物，是泡油茶汤必不可少的。

炸好后，端出来摆在堂屋中的长方形矮木桌上。

接着主妇就架势（开始）打油茶汤。有些家里，打油茶汤的锅是专用的，极少用它来炒菜。这口锅一般不洗，让锅内长期保持有一层油。

主妇把锅烧热后，倒进茶油或猪油。油冒青烟时，丢下一小把茶叶及花椒、胡椒、生姜丝、食盐等佐料，爆炒几下，马上倒下一小瓢冷水，并用锅铲使劲挤压、搅动。再掺水，稍煮几分钟，撒把葱花、大蒜，烧开后，舀进碗中，端出来泡炸好的食物，双手递给客人。一般不递筷子，一边喝，一边不停地“浪”动，将汤中的食物“浪”出来，不用筷子把汤中泡的东西吃完，汤大部分留在碗里。

这时，主人就要给客人碗里重泡炒米、核桃这一类油炸食物，继续喝。那汤的味道非常鲜美哟，吊脚楼里到处都是喷香喷香的！

客人喝完汤，主人才把饭菜摆出来吃。

一般来了贵客，放的油也多些，打的油茶汤也就浓，味道也更佳，当地人称“酽油茶汤”。

现在有些上了年纪的土家老人，喝油茶汤有瘾。一日三餐离不得，一天不喝，就觉得浑身不自在。

一些瘾格外大的老年人，嘴边挂着一句顺口溜：“只要有碗油茶汤，满桌酒肉也不香。”

茶花夫妇变

很久很久以前，楚城东南不远的地方，有座古老的庙宇子宵宫。传说宫内有口古井，直通南天门七仙女瑶池，是人间七十二宝地之一。宫内有个卖身葬父、俊美的丫头叫茶花，在宫内擦地板、送茶水、推夜磨、织锦缎……伴着星星起，抱着月亮眠，吃的却是些残羹剩菜，生活十分凄苦。宫内还有个童子，叫鹤童，也是穷苦人家的孩子，穷人的心总是相连的。他同情茶花的处境，暗中帮助茶花，两人在患难之中相依为命，结成兄妹情谊。

为了消愁解闷，每天朝霞正艳的时候，鹤童总是引着茶花悄悄地从子宵宫直上南天门，让茶花在仙宫瑶池里洗澡玩耍。时间长了，如花似玉的茶花越发娇美动人。宫中老道看茶花出落得像朵水中芙蓉，动了邪心。每天清晨他不准鹤童和茶花一起端茶送水，借机戏弄茶花，妄想霸占。鹤童、茶花看出老道的坏心眼，约定誓死不一人送茶和侍候老道。老道一计不成又生一计，便刁难鹤童。一天，老道对鹤童、茶花说："你俩要想一起端茶送水，必须允许两个条件：一、替我把墙头上两转田耕耕。"老道话音未落，鹤童不慌不忙地顶上去，说："那请你先开个墒。"一句话堵得老道哑口无言。停了半天，老道眼珠转了转，又说："那二，替我把宫内的地板弄给太阳晒晒。"鹤童一听，拿把四齿耙，跃身上房，拖拆起来。老道一见慌了手脚，连声说："小太爷呀，你快下来。""不是你叫我晒地板吗？我把宫顶掀了，地板不是就晒干了吗？""得了，得了！小太爷，地板不晒了。"

这时，茶花理直气壮地道："要想我一个给你端茶送水，你也必须允我两个条件。""什么条件？你说。""好，一、你叫池塘里鱼儿不产仔；二、我问你头有几斤几两几钱几毫重？""这……"老道脸红脖子粗地抖动着嘴唇。茶花见他回答不上，继续说："你不允我这两个条件，我俩一起端茶送水永远不分离。"说完，拉着鹤童就往外走。"慢！"老道见她要走，慌了手脚，又理屈词穷，凶相毕露地说："你俩要想永不分离，明天五更送茶，茶杯里必须有一对顶红羽白的仙鹤在飞翔。如果没有，提头相见。"

这下可难坏了茶花、鹤童。一更过去了，二更、三更敲过了。眼看五更送茶的时候到了，就在这个节骨眼上，突然，空中金光一闪，织女在仙宫上扔下一把金梭，梭子上闪耀着八个大字：投井化鹤，腾空仙间。

鸡叫了。狠心的老道不见人来送茶，就杀气腾腾地来取他俩的人头，就在这刹那，茶花把金梭向井中一投，两人紧紧地抱在一起跳下千年古井……

顿时"轰"地一声霹雳，井里迸出冲天大火，越烧越旺，烧毁了子宵宫，烧死了狠心的老道……但奇怪的是千烧万烧，却烧不死古井旁那片浓绿而有光泽的小灌木。这小灌木在熊熊烈火中越发鲜嫩葱绿，枝枝丫丫开出一朵白色的、粉红的、大红的、紫色的，花形优美、色彩绚丽、鲜嫩硕大的花朵。

这一丛丛的花，就是茶花夫妇变的。后人为了不忘茶花夫妇抗暴斗道的业绩，便把这种花叫茶花，开在山上的就叫山茶花。

小兰花

小兰花，是大别山区人民喜爱喝的一种茶。相传在很久以前，齐云山脚下有一座大庄院，庄院主叫李占山。他家财万贯，奴婢成群。侍女中有一小丫头，叫兰花，十四五岁的年纪，长得像一朵出水的芙蓉。李占山见她长得出色，便起了歹心。但小兰花性格倔强，不畏强暴，宁死不从。李占山非常恼恨，经常借故骂她、打她、罚她。小兰花实在忍受不了非人折磨，在姐妹们的帮助下，逃出了虎口。

兰花逃进了深山老林。她走呀走，爬了一座山又一座山，翻了一个岭又一个岭，突然前面一座山峰挡住了去路。她小时听老人说过，这齐云山顶上有个蝙蝠洞，洞里住着一个蝙蝠仙姑，播云降雨，保佑人间五谷丰登。兰花想，仙姑一定肯帮穷人讲话，不如上山去求她保佑。于是，她心头一阵高兴，飞也似的向山顶攀去。

齐云山高万仞，岩悬壁峭，气势磅礴。到了半山腰，就如坠入五里雾中，越往上走，丛林越密，云雾越浓，嶙峋怪石，犬牙交错，凉风飕飕，令人不寒而栗。小兰花一点也不怕，攀藤附崖，一直爬上了山顶。山顶上是一块平地，她往下一看，绝壁之上伸出一块巨石，巨石的缝隙之中，长着一株茶树，茂密的枝叶向四面张开，郁郁葱葱，酷似一把撑开的大绿伞，覆盖着巨石下的一个岩洞。兰花攀着藤蔓爬到洞前，洞很大很深。她探身进去，洞门石壁上，叮咚叮咚地滴着泉水，她喝了几滴，甘美可口。再往里进，一群一群的小蝙蝠，倒挂在石壁之上。兰花便赶忙退了出来，没有惊动它们。

兰花是太累了，她靠在山洞口边上便睡着了。朦胧中，她看见一朵祥云飘飘而来，云头之上立着蝙蝠仙姑，是个和自己一样美丽的姑娘。她高兴极了，一下子扑倒在仙姑的怀里，叫着姐姐。忽然，一阵凉风将她惊醒，她睁眼一看，已是月上西天，伸头向洞外一瞧，呀！成千上万的蝙蝠飞舞在巨石上的茶树四周。

就这样，她以树叶野果充饥，与野兽百鸟为伴。春天，她撷百花遮体；夏日，掬山泉解渴；中秋，采百果收藏；隆冬，借岩洞栖身。她很快就习惯了这野人般的山林生活。

秋去冬来，转眼春风又至。清明过后，万物复生，百草吐翠。蝙蝠洞上的那棵茶树，依于绝壁之上，坐北朝南，烟笼雾绕，早早地抽出了又绿又翠的肥嫩新芽。

这天，小兰花又来到蝙蝠洞顶的绝壁上，对着茶树怔怔地看了一会。突然，她像想起了什么，迅速脱下了自己穿的破罩衫，抓住了一根葛藤攀上了茶树。她非常熟练地采摘着嫩芽，不一会，就摘满了一衣兜。她将一兜嫩芽背到山下的一个孤老太太家里，借锅炒了炒，烤干后，便拎到街上去卖。开始，无人问津。在这产茶的山区，人们怎会看中这像死树叶子似的粗茶呢？这时，过来了一个衣衫褴褛的穷汉，他抓把茶叶看了看，闻了闻，就买下了。兰花非常感激，高高兴兴又回到了蝙蝠洞里。

再说这个穷汉，买了兰花的茶，进了茶馆，买了杯滚开的水泡了一杯。谁知，这茶非同一般，当一壶沸水倒进了茶杯后，杯口陡然冲出一股雾气，飘飘然成螺旋状上升，聚而不散；飘出一阵阵扑鼻的清香，喝了一口，味醇甘美，沁入肺腑。顿时，茶客们争先恐后起来品尝。

这消息不胫而走，迅速传遍了山前山后，甚至人们还添枝加叶地说："那卖茶的姑娘就是齐云山的蝙蝠仙姑，好心人喝了她采的仙茶，就能长命百岁。"

这个消息也传到了李占山的耳朵里。他想：我家茶园千亩，远近名茶无一不晓，还未听说过这种好茶呢。于是，就吩咐家丁，四出探查，寻找卖茶的姑娘。

过了几天，兰花又炒了一兜大茶来到街上叫卖，冷不防被李占山的管家抓住，拖回庄院。李占山得知卖仙茶的仙姑就是他家使唤的丫头兰花，顿时喜上心头。他亲自询问兰花道："听说你在山上采到了好茶，是真的吗？"

"是真的。"

"好茶长在高山上，不容易采到呀！"

"说难也不难，东山摘一片，西山采一片，高山千万座，野茶到处生。"李占山熟知兰花的脾气，知道强迫她说出来是不可能的。就心生一计，将兰花关到牲口房，嘱咐家丁们，故意疏忽，留一小门不锁，让她逃走，然后暗暗跟踪。小兰花到底还是个孩子，没有心计，那棵茶树的秘密很快就被跟踪的家丁们发现了。当即，兰花就被家丁推下了悬崖，一张早已写好的布告贴到了茶树上。李占山宣布：这棵茶树是他家的丫头首先发现的，理应归李家所有，不准任何人采摘一片叶尖。

李占山占了这棵茶树后，派人采摘了很多芽尖，经过精制，亲自送给县官。

县官品了一杯，果是好茶，就责令李占山速速精制二斤，派驿官火速送到知府家里。知府也是个茶鬼，品尝了这茶后，啧啧称赞不已。于是，连夜修书一封，派心腹家丁星夜兼程，送往京城。皇帝在金銮宝殿与文武大臣们一起品尝，皇上使的是金杯玉盏，再用甘泉玉露一泡，那茶叶在杯中嗞嗞作响，一股云雾直冲銮霄，香气袅袅，飘溢金殿。皇上见状，龙颜大悦，要来文房四宝，御笔亲书"齐山云雾"四个大字。李占山献茶有功，封为齐云山七品制茶监官。可是，第二年，那棵茶树枯死了，李占山因为无齐山云雾茶进贡，以假冒真，犯了欺君之罪，杀了头。而在兰花坠岩的石缝中，却长出了一片小茶树，当地百姓为了纪念兰花，将茶叶采摘下来进行精制，取名曰"小兰花"。

杨太白君

武夷山茶农，每家每年都供奉杨太白君的牌位。每年清明节过后，开始采茶，制茶，事先都要祭祀他，求他"保佑"茶叶丰收，制茶顺利。有的人说：如果不祭祀他，茶叶会减产，制出的茶叶质量不好。现在虽然没有这一套，但还流传着杨太白君的传说：

不知是什么时候，杨太白君的家乡，遭了一场大水，他孤身一人逃难到了福建崇安武夷山。那时，他找到一个小村庄，帮人做点零活。他二十多岁，正当壮年，有的是力气，做事从不偷懒，周围的群众都很喜欢他。

武夷山中终日云雾缭绕，雨水多，日照短，气候温和、湿润，漫山遍野都是野生的茶树，谁也不知道它有什么大用处，自生自灭，谁也不去管它。听老人说，碰到荒年，没有吃的，茶叶比树皮、草根还要好吃一些呢。不过武夷山的群众有个习惯，认为茶树的叶子可以治病，对提神、消化、止痢、解暑还有一定的疗效，所以到谷雨前后，每家每户，都要让妇女小孩去摘一点回来准备着，万一有个小毛病，就拿来煮水喝。

有一年，杨太白跟着一群妇女小孩上山去采摘茶叶，他挑了一担竹筐，跑到山上，见山峰青青，流水淙淙，他越看越想看，走了一峰又一峰，边走边采，也不觉得劳累，一直往前走去，剩下他独自一人。到了下午，当他坐下来休息的时候，才感到肚子很饿，疲倦不堪，精神恍惚，不觉睡去了。

杨太白所采的茶叶，经过太阳曝晒，全部晒软了，像空心菜被开水烫过一样。当他一觉醒来，太阳已经落山了。山区天黑得早，他赶快起来准备回家，后悔不该贪睡。他见竹筐里的茶叶都蔫巴巴的，用手去抖、去炒，因叶子黏连在一起，怎么也抖不开、抄不散了，却闻到一阵阵清香，跟过去看到的茶叶不一样。他随便抓了几片叶子塞进嘴里嚼起来，越嚼越香，口中生津，精神倍增，也不觉得劳累和眼花了，好不喜欢。他赶忙挑着竹筐下山回家去。

武夷山群峰蒙上层层白雾，鸟儿叫着归巢，村里人家也都点上了松光，太白才挑着茶回到家。武夷山的夜晚，虽是春夏之交，还是寒气袭人，他生火煮饭，灶火很旺，屋里暖烘烘的，等吃过饭，放在一边的茶叶又干了许多，一阵阵的清香溢出门外，全村的人都闻到了，感到奇怪，不知香从何来？第二天早上，才知道是太白家里的茶叶香，都跑来看，一进屋子更感到香气扑鼻。有的人一看，那茶叶，片片卷缩，说杨太白发疯了，说茶叶被火烤成这个枯焦的样子，药性都掉了，不能治病。按照老规矩，山里人采回的青茶，就要捣烂，揉成一团，晾干，装好即成茶药了。像杨太白这模样的茶叶，他们还是头回看见，难怪有人要反对他。

可是，把采来的茶叶制成药，按老规矩，不晒、不烤，放久了，有的就会发霉，变质，不能用，有的虽不发霉，但有一股冲鼻的青草味道，吃起来还会苦涩。而杨太白的茶，一年下来用水冲服，不仅很香，吃来还有甘味，口里生津，也能治病。这一传开，来向杨太白讨茶的人多了，有的要来治病，有的人吃上了瘾，每天吃一点，人就感到舒服，不吃像少掉了什么似的。

杨太白不知经过多少年的实践、摸索，发明了晾干、揉青、烘、焙、分级的一整套制茶工艺。杨太白制的茶为人们所称道，一传十，十传百，整个武夷山的人，都跟着杨太白学制茶，制出了许多的名茶，武夷山也出名了。这种制茶工艺，一直流传到现在，所以武夷山的茶农，把杨太白看成是制茶师祖，传说他是天上的“茶星”下凡，家家供奉祭祀，表示不忘他的功绩。

大红袍

蜚声中外的“大红袍”，是武夷名丛中的珍品。有关它的来历，民间有着几种不同的传说。

1979 年秋，有人在搜集武夷山民间故事的过程中，走访了当地的茶农、排工和原先山里寺庙的和尚，比较广泛地了解到有关“大红袍”来历的故事素材。这里整理二则，就是传说中流传较广的两种异文。

（一）

说不清什么朝代哪个年间，武夷山闹了一场大旱灾，连着三百六十天没落过一点雨星星，天干干，地旱旱——

山上的草木枯黄了，
田里的庄稼旱死了，
岩上的流泉干涸了。

那村里的百鸟渴得直喘气，山里的百姓也饿得直发愁：旱死了庄稼，收不到稻谷，靠什么来度日呢？

百姓们只好越岭爬坡地去剥树皮、掘草根来充饥。可是，没多久，树皮、草根也吃完了，饿得人难受呀，只好挖观音土来填塞肚子。这观音土，那难吃的滋味就别说了，咽进肚里又填实实、鼓胀胀的，不消化哩！于是，人们的肚子便一天天地胀起来了……

再说，山北慧婉村里有一个年过半百的老婆婆——这是个百里难挑一的好人哪！她没儿没女没老伴，一个人孤苦伶仃地过活，还常帮乡邻乡亲缝缝补补，洗洗浆浆，大家见她人勤心好，都亲热地叫她“勤婆婆”。

这天，勤婆婆打老远老远的山上，好不容易采来了一把绿绿黄黄的树叶。她又饥又渴，便熬了碗树叶汤，刚想喝下，忽然门外传来了一阵“哎哟，哎哟”的呻吟声。勤婆婆连忙放下汤碗，出门一看，见门口墩上坐着一个拄着龙头拐杖的白发老头，正有气无力地喘着粗气——他干渴得嘴角唇边都裂开了一道道口子。勤婆婆急忙把老头扶进了屋里，端起那碗热腾腾的树叶汤，送到老头面前说：“大旱年头，没什么好吃的，这碗树叶汤，你趁热喝下吧！”

老头感激地接过汤碗，咕噜咕噜的几口就喝下了树叶汤，顿时红光满面，精神抖擞。他笑呵呵地举起手中的龙头拐杖，对勤婆婆说：“好心的妇人呀，感谢你救了我，老汉没什么报答，就把这龙头拐杖送给你吧！”老头说着，就把拐杖递给了勤婆婆。

勤婆婆看那拐杖，黄溜溜亮闪闪的，龙嘴里还含着一颗明晃晃的夜明珠呢！真是个无价宝呀！勤婆婆是个实心人，她想：喝碗树叶汤，怎么能让人家还礼呢？

勤婆婆刚想把拐杖还给老头，老头像看穿她心思似的，又说："好心的妇人呀，你在那地上挖个坑，把拐杖插上，再浇碗清水就行啦！它会给你带来幸福的。"

老头手一指，勤婆婆顿时觉得有一股清风扑面吹来，她回过头一看，啊！白发老头不在了，只见一个身穿红锦袍的道人驾着一股清风远去了！直到这时，她才知道自己遇上神仙啦！

勤婆婆依照老道人的叮嘱，在院子当中挖了个坑，插上龙头拐杖，又浇上碗清水。第二天清晨，她起来一看，立刻被一种奇异的景象惊呆了：只见黄溜溜的拐杖已长成一棵绿葱葱的大茶树，满树勃发出一簇簇嫩芽芽。晨风一吹，缕缕清香飘荡，引来了村里的百鸟，引来了溪边的彩蝶和山上的蜜蜂，也引来了村里村外的男女老少。院子里熙熙攘攘，可热闹呢！

勤婆婆热心招呼大家，把那团团簇簇、亮亮绿绿的茶叶采下来。说奇也真奇，大家一边采，茶叶一边长，怎么也采不完嘞！

勤婆婆高兴极了，连忙烧滚水，熬了一大锅浓浓的茶叶汤，分给乡亲们喝。大家喝下茶叶汤，只觉得清香沁脾，荡气回肠；肚疼的不疼了，鼓胀的胀消了，人们笑呵呵的，乐得勤婆婆也跟着后生们围着茶树跳起舞来……

俗话说："天下没有不透风的墙。"不久，这株神奇茶树的传说，就飞到了京城，传到皇上的耳里。这皇上可是个狠毒贪心的人哪！在他眼里，什么人间的瑶草琼花，奇珍异宝，都只能姓"皇"，更何况这株盖世无双的神茶树呢！

皇上很快就派来了大臣兵丁，连挖带抢地把勤婆婆的茶树移进了皇宫，恭恭敬敬地种在后花园里。

皇上得到了神茶，不禁喜笑颜开，请来了朝廷的文武百官，举行了隆重的赏茶盛会。一曲笙歌荡起，宫女翩翩起舞。皇上在乐曲中绕着香气诱人的茶树，左看右瞧，右瞧左看，笑得合不拢嘴。忽然，鼓乐大作，呼声四起，皇上要亲自采茶啦！他刚伸出那双苍白枯瘦、指甲尖尖的手来，那茶树却像有意捉弄他似的，"呼啦啦"地向上长高了一大节……

皇上踮起脚跟，伸出手臂还是采不到，只好叫人搬来龙虎凳。皇上刚登上凳子，茶树又"呼啦啦"地向上长高几丈，气得皇上吹着胡子，瞪着大眼睛，忙叫文武百官抬一架长梯。

皇上颤抖抖地爬上竹梯，茶树向上长高一节，皇上又爬上一层，茶树又长高一节……就这样，皇上爬呀爬呀，茶树长呀长呀，一直长入高空、插入了云天。

皇上摘不到神茶，怒发冲冠，只好下令砍掉茶树。谁知巨斧落下，寒光一闪，顶天茶树哗啦倾倒，压塌了皇宫，砸死了皇上，惊得文武官员纷纷抱头逃窜……

这时，天空忽地飘下一朵红灿灿的云彩，悠悠荡荡地降落在茶树兜上，茶树顿时长出粗壮的茶秆，绽出了油绿的嫩叶。红云飘呀飘呀，又围着茶树飘了三圈，茶树竟连根带须地卷着红云飞出了京城，越过高山，跨过溪流，向勤婆婆居住的武夷山飞去……

再说，自那日皇上派兵抢走茶树以后，勤婆婆伤心极了。她日里哭，夜里想，想来哭去地直发愁，渐渐地想白了头发，哭红了眼睛，愁病了身子。这天，勤婆婆躺在床上，忽然听见喜鹊在窗口"喳喳喳"地叫唤，她拄着拐杖起来一看：哟！在一朵红云下，成群成群的鸟雀和蜂蝶拥着一株青翠的茶树，在瓦蓝瓦蓝的天空里翩翩飞舞……

茶树！茶树！这不是自己日思夜想的神茶吗？勤婆婆一高兴，病也好了，愁也没了，眼也明了，扔掉拐杖就跑了过去。

哪晓得茶树在勤婆婆院子里转了个圈，又恋恋不舍地飞走了，它掠过慧婉岩，飘过流香涧，飞进了九龙窠……

等勤婆婆和乡亲们赶来一看，九龙窠半天腰上那朵飘浮着的红云彩已落到了大茶树上。勤婆婆忙叫后生哥搀扶着她爬上岩壁仔细一瞧：哟，这哪是红云呀！那是仙人穿的大红锦袍呢！她掀开锦袍，只见原来青翠的茶树已变得闪闪烁烁，满树红艳艳的了。

从此，人们也就把这株茶树叫做"大红袍"了。后来，这茶树又发兜，长成了三棵。那白发仙人为什么要让茶树扎根在九龙窠的半天腰呢？原来，传说半天腰是个"宝地"。那岩壁上有终年不断的清泉涓涓滴下，那就是龙头拐杖嘴里的夜明珠渗出来的"仙水"呢！人们又说，那无路可攀的绝壁，只有勇敢勤劳的人才能上去，才能摘下神茶，获得幸福和欢乐！

（二）

传说古时，有个穷秀才上京赶考，路过武夷山时，病倒在路上，被下山化缘的天心庙老方丈看见，忙叫两个和尚把他抬回庙中。

老方丈见秀才脸色苍白，体瘦腹胀，便从一个精致的小锡罐里抓出一撮茶叶，放在碗里用滚水泡开，送到秀才跟前说："你喝下去吧，病就会好的。"

秀才见那茶叶在碗中慢慢舒张，露出绿叶红镶边，染得水色黄中带红，如琥珀一样光亮，清澈见底，芬芳飘溢，一股带有桂花的清香味钻心透肺，人就感到舒服。他啜了几口，觉得那茶味涩中带甘，立时口中生津，香气回肠，"咕咕"

发响，腹胀渐渐消退，人也不感到烦躁了，精神更是爽利起来。秀才连忙起身，向老方丈拜了三拜说："多承老方丈见义相救，倘若小生今科得中，定返此地修整庙宇，重塑金身！"

秀才在庙里歇息了几天，便告辞了老方丈及众和尚，又上路赴京赶考去了。

果然不久，秀才金榜题名，得中头名状元。皇上见他人品出众，才华过人，当即招为东床驸马。按理说，秀才身居高官，又招为皇婿，应该春风满面，喜气洋洋才是。可是，状元虽日夜有美丽的公主相伴，还是闷闷不乐，似有心事重重。

一天上朝，皇上见他紧锁双眉，便问他为何这样？状元就把赶考落难，老方丈如何搭救的事一一作了禀告。皇上见他欲往武夷山谢恩，便命他为钦差大臣前去视察。

一个和暖的春日，状元一行人离开了京城。只见状元骑着高头大马，随从前呼后拥，一路鸣锣开道，忙煞了沿途驿站官员。那武夷山的老方丈接到快马通报，忙召集庙里大小和尚焚香点烛，夹道欢迎，恭候钦差大臣亲临视察。

行行走走，走走行行，状元威风凛凛来到武夷山天心庙前，一见老方丈，立即下马，上前拱手揖道："久违！久违！本官特前来报答老方丈大恩大德。"

老方丈又惊又喜，双手合掌地打量着状元说："状元公休要过谢，救人乃贫僧本德，区区小事，不必介怀。"

在寒暄中，状元问起当年治病的事，说要亲自去看看那株救命的神茶。

老方丈点头从命，领着新科状元从天心岩南下，过象鼻岩到山脚，再向西行，走进一条幽深的峡谷，只见九座岩峰像九条龙盘绕在沟壑峭壁之间，谷里云雾漫漫，涧水淙淙，凉风簌簌，坡上岩下那一片片、一层层的茶树在风里吐芳流香。

状元陶醉在天然的景色里，深深地吸了口气，又见陡峭的绝壁上还有一道小石座，座里长着三株丈四尺高的大茶树。树干曲曲弯弯，长满苔藓，树下泉水滴滴，土黑而肥润，又浓又绿的叶片，吐出一簇簇的嫩芽芽来，在阳光下闪着紫红的光泽，煞是逗人喜爱！绝壁上还有一道岩缝，轻风薄雾就从缝里徐徐吹拂茶树，真是天生地造的巧呀！

老方丈看状元惊叹不已，就说："这里名叫九龙窠。当年状元因食生冷之物，犯了鼓胀病，贫僧就是取这半天腰的茶叶，泡汤给状元饮服的。"

状元兴味更浓，在九龙窠浏览到日头偏西，回到寺里，听老方丈讲起这三棵大茶树的古老传说：

很早很早以前，这茶种是晶亮晶亮的，是武夷山神鸟从蓬莱仙岛衔来的，丢在九龙窠的岩壁土上，就长出了这三棵绿油油、粗壮壮的茶树。因为它高呀，高高地长在云雾缭绕的半天腰上，每年阳春，庙里就打响钟鼓，召集猴来开山果会。给每个猴子穿上红衣红裤，让它们爬上绝壁，摘下茶叶来制好。有人病了，就施赠三五片泡汤，喝下去病就好了。因为叫不出树的名字，山里的人就称它为“茶王”。

状元听了哈哈大笑，对老方丈说：“如此神茶，能治百病，请老方丈精制一盒由本官带京进贡皇上，如何？”

老方丈连连应承。此时正值春茶开采季节，第二天老方丈高兴而隆重地披上四十二条红袈裟，点起香烛，击鼓鸣钟，招来庙里大小和尚，按级别穿上条数不同的红、黄、褚各色袈裟。侍者端着茶盘，盘里装着香菇、木耳、金针等六碗斋菜和酒饭，由老方丈领首，后跟首座和尚、都监、纠察、监院、府寺、知客、维那、悦众和清众等大小和尚。有托香炉檀香的，有端具的，有拿拂尘的，有提灯笼的，排成一队，鱼贯而行，浩浩荡荡地列队来到九龙窠。焚香点烛，钟钹齐鸣，和尚们合掌念经，唱起香赞、由老方丈带头，左三步，右三步，对茶树参香礼拜，在烟火缭绕中大家齐声高喊：“茶发芽！茶发芽！”就开始采起茶来啦！

采过茶叶，老方丈回庙请来最好的茶师，用最好的茶具，将茶叶精工制作以后，装入特制的小锡盒里，由状元用一方丝帕小心包好，藏在怀里。此后，状元差人把天心庙整修一番，又塑上一个金身菩萨，便打马回京城去了。

状元到了皇宫，见宫廷一片忙乱。一打听，才知皇后患病，终日肚疼鼓胀，卧床不起，请遍了京城名医，用尽了灵丹妙药，都不见效，急得皇上和大小宦臣坐立不安。状元见这情景，就把那包茶叶呈得皇上面前，奏道：“小臣从武夷山带回九龙窠神茶一盒，能治百病。敬献皇后服下，准保玉体康复。”

皇上接过茶叶，郑重地说：“倘若此茶真能显灵，使皇后康复，寡人一定前往九龙窠赐封、赏茶！”

说也怪，这皇后喝了皇上亲自冲泡好的茶叶后，果然不久，回肠荡气，痛止胀消，玉体也渐渐地复原了。状元看皇上喜笑颜开，乘兴邀他前往武夷山赏茶。

古话说：“国不可一日无君。”因为朝廷政事很多，皇上只好将一件大红袍交给状元，由他亲自带往武夷山九龙窠，以示皇上光临。

崇安衙门官员、武夷山和尚道士，听说状元代表皇上亲临九龙窠，纷纷出来迎候，老百姓也赶来看热闹。十里山上路上人声鼎沸，九龙窠里熙熙攘攘，礼炮轰响，火烛通明。半天腰上那三株大茶树罩在一片烟火里，卷起了叶子，惊得状元急忙从龙车里取出大红袍，命一名樵夫爬上半天腰，把大红袍盖在三株茶树上。说奇也真奇，等烟消火灭时，掀开大红袍一看，三株茶树已变得满树通红了。有人说这是烟熏火烤的，也有人讲这是大红袍染的呢！

后来，人们就把这三株茶树叫做大红袍了，有人还在石壁上镌刻了“大红袍”三个红艳艳的大字。渐渐地，不少游人茶商慕名而来观赏，贪心的皇上怕有人夺走茶王，就派了专人看守，还下了道圣旨，要大红袍年年岁岁进贡朝廷。

从此，大红袍就成了珍品，成了“茶中之王”，与武夷山的碧水丹山一起驰名于天下了。

御茶园

在武夷山的九曲溪四曲南岸，有一块依山傍水、杂草丛生的地方，那就是过去专门为封建皇朝种茶的御茶园遗址。

谈起御茶园，还有一个血泪斑斑的传说呢。

元朝初年，江西茶贩赖文治起义，抗击元军失败后，不幸身亡。和他一起起义的赖思安东藏西躲，带着妻子和独生女儿赖小兰跑到福建崇安武夷山。那时武夷山人烟稀少，山深林茂，容易躲避官军搜捕。他隐姓埋名，在附近打点短工，做点零活，临时混碗饭吃。

赖思安正当壮年，生得膀粗腰圆，做活肯出力气；加上为人正直，喜欢帮助人，当地人都喜欢和他亲近。他原来是一个茶贩，早已知道武夷岩茶远近知名，销路很广，逐渐爱上了这个地方。他开始零星地开了一点茶园，也搭起了一间茅屋，看着小女儿一天天长大起来，逗人喜爱，生活虽然苦一点，缺吃少穿，总算有个安身之地。

赖思安想靠自己一双手，图过一个平平安安的日子，可是在那个“苛政猛如虎”的年代里，哪里能做得到啊！

元朝至元十六年，大概是公元 1279 年，浙江行省平章有个名叫高兴的，趁奉调上京之际，绕道武夷游玩，看到武夷山千岩竞秀，万壑争流，赞不绝口。他饮武夷岩茶，清香扑鼻，舌有余甘，好不欢喜。这个高兴最会图皇帝之所好，在朝廷陷害忠良，贪赃枉法，同朝做官的也怕他三分；在地方鱼肉百姓，搜刮民财，民众对他敢怒而不敢言。这次，他认为又是一个好机会，找到崇安知县要了几斤茶叶，这种茶叶冲出来略带乳白色，开水泡开，清香扑鼻，就给它取了个很动听的名字——“石乳”，并做了一个精制的盒子装好。回到朝廷，他毕恭毕敬地奉献给世宗皇帝忽必烈。忽必烈习惯吃肉食，饮过“石乳”茶，不仅异香扑鼻，而且能帮助消化，感到神智清爽，食欲大增，龙心大悦，传令嘉奖。高兴笑在眉梢，甜在心里，从此官越做越大，连他的儿子高久住，也到福建邵武府做了官，而且是带兵的武官。

第二年，皇帝诏书下来，命令崇安知县每年奉献武夷山“白乳”茶二十斤，作为贡品。知县借此机会，一共勒索了八十斤，除二十斤进贡皇上外，其余六十斤都奉送给各级官吏，好作为他升官发财的进见礼物。知县带衙役到武夷山索到贡茶，横行霸道，引起民众纷纷不平，赖思安主张说：“这些狗官，贪得无厌，皇帝老要二十斤，他们就要八十斤，明年不知要增加多少？给他粗茶，好的茶一点不给，让他知道老百姓不是好惹的！”

这一来，崇安县知县奉献给忽必烈的茶，茶名还是“石乳”，可是色、香、味都不如高兴奉献的，皇帝大为不悦。好在有的大臣收到了崇安县知县的茶叶，替他在皇帝面前说了不少好话，没有治以欺君之罪，不然，这个知县的狗头，也怕保不住了。

高兴不愧是讨好巴结皇上的老手，连忙启奏皇上，防止以假乱真，由他儿子高久住就近在武夷山监督制茶。不久，高久住捧着皇帝的诏书，威风凛凛地由邵武到了崇安武夷山，弄得茶农从此就更苦了。高久住在四曲划出了一块平地为御茶园，把房屋也拆了，把零星茶园也毁了，修起了“焙局”；建起了仁风门、拜发亭、清神堂、思考亭、培芳亭、燕嘉亭、宜寂亭、浮光亭、碧云桥；又有通仙井，上面建龙亭覆盖着，所有亭台楼阁，雕龙画凤，盛极一时，并委派了两名官员管理御茶园。为了要茶农听他的摆布，在通仙井旁边还筑了一座高五尺、方一丈六尺的高台，名曰喊山台。他规定每年惊蛰这一天，崇安县所有官吏及附近茶农都要齐集台前，杀猪宰牛，鸣锣击鼓，祷告上天；还要齐声高喊：“茶发芽！茶发芽！”以为这样，茶叶就会发芽，制的茶就会好，以愚弄老百姓。

御茶园一带地方，原来产茶就不多，值钱的好茶，每年就是那么一千多斤。建园的第二年，高久住勒索贡茶三百六十斤，制“龙团”五千饼，第三年就猛增到九百九十斤！茶农一听，群情沸腾，有的说：“我一天到晚，起早摸黑，所产的茶叶，还不够缴纳贡茶呢！”有的说：“这是什么世道啊！只有死路一条啦！”赖思安和大家说：“看来我们这个地方，不是长久安身之地，大家要早拿定主意！”

那一年春季雨水太多，阴雨绵绵，加之茶农没有心思去管理，茶叶长势不盛，过了谷雨，还没有开始采摘，茶园冷冷清清的。高久住听到这个消息，从邵武带着兵丁来到武夷山监督制茶。

官兵与土匪，在民众眼里，并没有什么区别。官兵所到之处奸淫烧杀，无恶不作，稍有不满，除拳打脚踢外，还要送崇安县衙内关押拷打，比土匪更厉害。民众叫天不应，喊地不灵，提心吊胆地过着惶惶不可终日的生活。

高久住带着官兵进了武夷山，赖思安就带着一批青壮年躲进了深山。官兵一到，有的妇女被践踏了，有的茶农无辜被抓去关押拷打；大家听了，个个咬牙切齿，恨不得与官兵拼了。最后又传来说是赖思安参加抗元起义，把粗茶进贡皇上的事被人告发了，崇安知县已派人到武夷山悬赏捉拿；他的女儿小兰又被官兵奸污，悬梁自尽身亡。赖思安听到以后两眼鼓得圆圆的，把桌子一拍，吼道："这个世道反正活不下去，跟他们拼了！"

那时候，民众百姓，哪个没仇，谁个无恨?！大家见赖思安拿起扁担、柴刀往外奔，有人带了头，个个争先恐后，也不管天黑，就紧跟着他摸下了山。

这天晚上，正巧崇安知县在迎嘉亭设宴款待高久住，一个个在寻欢作乐，正喝得酩酊大醉。赖思安一伙人趁其不备就闯进了迎嘉亭，大喝一声，众人拥上宰了几个狗官，几个兵丁不是被当场宰了，就是夹着尾巴逃跑了。最后赖思安放了一把火把御茶园烧得片瓦无存，茶农扶老携少，连夜都逃到山上。

从此四曲溪南边的这片茶园就成了一片废墟，直到现在，人们还习惯地叫它"御茶园"。

大冶茶俗

地处吴头楚尾的大冶，具有自己独特的敬茶、喝茶礼俗。"茶水不碍路"无论走到大冶哪一家，讨一口茶喝是极平常的事。"无茶不成礼"，接待客人，茶当先。倒茶只倒七分满，谓之七分茶，怕把客人烫伤了。不喝茶叶喜甜食的，主人泡杯糖开水，也叫茶，其实杯里一片茶叶也没有。夏天，居家设一大瓦壶，烧壶茶，自家喝，别人喝，这家常茶有讲究的，除放茶叶外，还放川芎，称川芎茶；放生姜、盐的，称姜盐茶；放菊花的，称菊花茶；放桂花的，称桂花茶；放芝麻、姜、盐的，称芝麻姜盐茶。放柿子蒂的，清火。放橘皮的，化痰顺气。数种都放的，互起作用，相得益彰，味道别具一格，十分可口，喝后令人神清气爽，补气明目。路边赐茶，或凉亭或家门，方便行人。

正月初一，诸亲好友拜年，客人上门，要用糖茶招待，端碗肉待客，叫喝盅茶；年三十夜，晚辈要手提茶壶，带上糖茶、点心，向长辈敬茶辞年。糖茶待客范围较广，婚嫁喜庆用的较多。新娘新郎洞房喝多杯茶，放红枣寓意早生贵子，花生男女花着生，芝麻是多生，阴阳齐全，儿女满堂，糖表示恩爱甜蜜。闹新房的人要饮糖茶，而且喝了一杯又一杯；新娘新郎抬茶敬客，也是闹新房传统“节目”，并由此生发五花八门的玩笑。婚后第一个早晨，新娘早起梳洗完，由姑、嫂引导，先敬夫家长老、住家亲戚，然后到亲房叔伯哥嫂家敬茶，所敬之茶也是糖茶。不过红枣只一粒，花生三两粒，糖茶一小盅。喝过后，都要说上一句吉利话，在盅上放“茶钱”算是还了个礼。此为倒茶，有的新娘一个早上可倒得数千元茶钱。这一礼俗，在大冶城乡至今随处可见。

女婿上门回家时，女方送礼物，名为“打发”，多是喜饼、喜茶、鞋袜衣料之类。做生做满月的送礼人事先炒一箩筐米泡（或泡花），一头衣料鞋裤，一头米泡，名曰“做担子。”主家敬客，倒上一碗茶，加一把米泡，透发出一股特有的爆米香，别有风味。要是没有米泡，客人会说句玩笑话：“一塘好清水，可惜无鱼秧”。做生做满月、进新屋等喜庆，家婆、姑娘要送茶礼，这茶就是蒸熟了的干饭，一般是糯米。饭里混有绿豆、黄豆、豌豆之类，用大锅煮成粥，由姑、嫂、婶、娘沿家叫唤：“上××家喝茶哇！”人们闻声而至，男女老幼齐聚喝茶，一人喝上几大碗，喝饱为止，皆大欢喜，有喝的，有嚼的，可当一餐饭。要是茶不足，人们就会扫兴，说怪话。接亲、回门，做生做满月，还煮茶蛋（或红蛋），用茶叶、一品红颜料煮蛋，好吃好看又吉利。喜庆请客吃饭，饭前先“摆茶”，桌上几个大茶盘，盛满糖果、瓜子、花生、水果，每人一只碗，盛满红糖茶，边吃边喝，和谐亲密。招待尊贵客人，端出鸡汤面或肉面肉粉请客人吃，也叫“喝盅茶”。

请匠人师傅做事业，进门一杯茶，一包烟，这是别具一格的风情。事业完毕，送走匠人师傅时要“封礼”作为茶钱。

建房、农忙请人帮忙，在中饭前，要“过中”，主家把自做印子粑或面皮或买来油条、包子、麻花和茶水，给帮工人“接力”，这茶大都是白开水，也有糖茶，但都叫茶。旧社会男家去女家要送“三茶六礼”，茶作为聘礼与“三媒六证”同等重要。因为种茶下籽，不可移植，移植者不可生也，故女子受聘，谓之聘茶，又聘以茶礼，取“从一”之义。人们讲究从一而终，至死不渝。

邻里、兄弟纠纷，当事人不能自行解决就请喝茶论理，所请是长老、地方名流或证人、知情者。打发客人送茶钱，红白喜事帮了工的，主家要送茶钱，所谓茶钱是钱不多的意思，是种小费，一种礼节。“八抬”葬坟时，要死者后辈女婿、外甥给茶钱，买来食物烟酒也算茶钱。正月半前后玩花灯、舞龙耍狮子，所经之处，村头或门口摆茶，邀请来此玩灯，这茶也有大量食物果品烟酒。走时，捎带一份丰厚的茶钱。中秋赏月必设茶。中秋是团圆节，晚上一家人赏月吃月饼，备上清茶、月饼、糖果慢饮慢吃，慢谈慢品。热天，一杯菊花茶解暑；冷天，一杯姜盐茶驱寒；感冒了，用生姜、葱白、红糖、茶叶泡茶治疗。用甘草、淡竹叶、金银花、土茯苓、薄荷、橘皮等泡茶长年喝可治痔疮、胃热、火眼等。

七月半鬼节，腊月二十四祭灶神，都要烧纸祭茶，成为一种仪式。祭天地，祭先祖，要供茶，大冶盛行的"太公祭"中，"三献"均有"茗献"虔诚地献茶于神座前。

过去，大冶城镇有茶馆，供苦力车夫暂坐歇脚，供商贾谈生意，供老者打发光阴。大冶人嗜好听说书，端条板凳，手捧一杯茶，边啜边听津津有味。大冶也有采茶戏，采茶姑娘在茶园唱的采茶歌也十分悦耳动听。人们不但喜欢喝饮品啜茶，而且衣物也喜欢用茶色的，什么茶色车，茶色家具、茶色衣裤比比皆是。茶俗是民间风俗的一种，它是民族传统文化的沉淀，也是人们心态的折射。在新的历史时期，博大精深的茶文化必向更高层次弘扬光大，形成新的茶俗。

桃花源的擂茶

桃花源擂茶历史悠久，闻名遐迩，因用擂钵擂制而成，故名。常德桃源人不论是在炎热的盛夏，还是在寒冷的隆冬，都喜欢喝擂茶，有的乃至一日三餐，而且要喝得大汗淋漓方觉畅快。儿时常围坐在擂茶桌旁，倾听父辈讲述桃源人爱喝擂茶的历史典故，至今记忆犹新。

相传建武二十四年（公元 48 年），东汉伏波将军马援率 4 万将士出征西南，途经临沅（今湖南省桃源县）桃花源时，军中发生"瘟疫"，一夜之间病倒千余人。马援只好传令停止前进，安营扎寨给将士们治病。经三日治疗，毫无起色。不仅随军医生束手无策，从当地请来的许多资深有名望的"郎中"也都摸不清病症，急得马援几天几夜没有合眼。至第四日，他又亲带随从再上桃花山遍访名医，行至半山，忽从山间小道上走来一老妪。马援细观老妪，鹤发童颜，步履轻盈稳健，转眼间飘然而至。马援急忙上前问安。白发老妪见马援愁眉紧锁，便问将军有何为难之事。马援也顾不得军机保密，便把军中发生"瘟疫"之事如实相告。白发老妪见马援实话实说，坦诚相见，便道："这有何难，老妪有一验方献上，请将军如法炮制，定消将士之疾病，解将军之忧愁。"说完送上验方，化道清风而去。马援忙向白发老妪消失方向作了三个长揖，感谢仙人指点迷津。

马援展开验方，只见上面写着“芝麻、生姜、绿豆、茱萸、茶叶加食盐，放入擂钵，加水用梓木棒捣烂成糊状，开水冲服”。马援急回军营，传令照此办理，果有奇效。三日后，将士们个个红光满面，精神焕发，全都恢复了健康，军营上下一片欢歌笑语。

从医学角度讲，擂茶具有祛寒解暑、发汗暖胃、清热解毒、消炎去痰之功效。常喝擂茶，可以延年益寿。传入民间后，深受群众喜爱，因而成了桃源人自饮和待客的上乘饮料，经代代相传，不断地丰富了擂茶的文化底蕴。如今桃源人喝擂茶，桌上摆满了碟装油炸锅巴、红薯片、炒花生、米泡、馓子、黄豆、玉米、瓜子以及各种农家风味的坛子菜、腌菜等数十乃至上百种食杂果品。这些食杂果品，人们称之为“搭茶”，亦称“压桌”。这些“搭茶”，其味酸甜辛辣，各具特色。人们边喝擂茶，边吃“搭茶”，说古论今，谈笑风生，饶有兴趣。有首民谣，把桃源人喝擂茶的情形描绘得淋漓尽致：走东家，跑西家，喝擂茶，猜谜语，说段子，扯白话，谈天说地打哈哈，来来往往结亲家。

如今，人们边喝擂茶，边吃“搭茶”，边欣赏“桃花仙女”们歌舞。虽然常去光顾，但仍乐不思蜀，流连忘返。

茉莉花

很早以前，在湘江边的绿茶岭上，住着一个名叫喜峰的年轻人。他学了一身好武艺。这一年，茶采下来以后遇上了连天阴雨，茶叶晒不干就发霉变黑了。皇宫还来人三天两头催要上等茶叶，乡亲们为这件事愁得吃不下饭，睡不着觉。很多老年人纷纷做“扫天婆”挂在院子里，嘴里还念叨着：“扫天婆，快扫天，云彩扫到西北山，今天下大雨，明天响晴天。”

一天，喜峰上山去察看茶树，见一只恶老雕从山那边叼过来一只小白鸽，凄惨的叫声好像在向人间呼救，喜峰马上搭箭拉弓朝恶老雕射去，那恶老雕中箭，一头栽了下来。小白鸽也摔到地上，扑棱了几下就不见了。不一会，从小白鸽不见的地方，出现了一个身穿红衣红裙的姑娘，她走到喜峰身边，深深施了一礼说：“多谢恩公救命之恩，我是花神的女儿，你需要什么只管说吧。”喜峰一听她是花神的女儿，忙说：“我不要金，不要银，只要好天茶喜人。”花神的女儿问他什么叫茶喜人。他就把茶叶发霉,家家发愁的事说了一遍。花神的女儿沉思了一阵说:“要想茶叶奇,天竺取茉莉,那茉莉花是人间第一香,天竺国的国宝。就是不好办。”说话间,花神带着人赶来了。他一见女儿喜出望外,忙请喜峰到他家去。酒席间,花神让人捧来彩缎,喜峰不要,拿来银锭,喜峰不接,取来金条,喜峰还是不收。只要天竺国的茉莉。花神摇摇头说:“不是我不帮忙,那茉莉长在玉仙峰,上边有两条大蛇在看守,现在连我也去不得。”喜峰一听,眼泪扑扑簌簌掉下来。花神的女儿急了,摇着花神的肩膀说:“你就不能想点办法吗?”花神叹了口气说:“能是能,就是太危险哪。”喜峰一听有办法,急忙站起来说:“只要有办法,再险我也不怕。”花神把喜峰上下打量了一下说:“这样吧,明天你正当午时赶到那里,因为那条大蛇每天中午要睡半个时辰,趁它两个睡眠的时间,弄个一两棵就走。”花神的女儿一听花神让喜峰自个去,气得把嘴一撅说:“明天我也去。”花神看看自己的女儿,沉思一下,认为女儿通情达理,就点头同意了。

第二天,喜峰和花神的女儿各自带了一瓶雄黄酒,一起向天竺国玉仙峰走去。不知过了多少河,也不知翻了多少山。这天,他们来到一座高耸入云的大山下,一阵阵清香扑鼻而来,花神的女儿说:“这就是玉仙峰,咱们上山吧。”他们越往上爬,那香气越浓,爬上峰顶,只见一棵棵嫩绿的茉莉花棵上开满了雪白雪白的茉莉花,那花香气四溢,沁人心脾。两条碗口粗细的大蛇守在两边,喜峰往前刚走了两步,那两条大蛇听见脚步声就睁开了眼,抬起了头。喜峰喝了一口雄黄酒,把剩下的倒在身上,抽出宝剑。就在这时,两条大蛇张开血盆大口就吸,想把喜峰吸到肚里去,谁知一股浓烈的雄黄酒味使它俩颤抖了一下,就一左一右朝喜峰蹿来。喜峰奋力用剑一斩,一道寒光,一个蛇头被削掉一半。剩下的那条蛇呼啦一下把喜峰紧紧缠绕着,花神的女儿见蛇缠着喜峰,急忙扑过来,那蛇用尾巴梢一扫,就把花神的女儿打倒在地上。喜峰怕姑娘有失,忙把嘴里的雄黄酒喷到蛇嘴里,然后死命掐着蛇头七寸向山下滚去。山陡石尖,滚到山下,那蛇被摔得皮开肉绽,奄奄一息,喜峰虽有蛇身护着,也被摔得头晕眼花。花神的女儿急忙赶来,把一瓶雄黄酒倒进蛇嘴里,那蛇松开喜峰,颤抖了一阵,翻了几下就死了。喜峰这时也松了劲,眼一黑,朝前踉跄了一下,花神的女儿急忙扶住他。这时,花神不放

心也赶来了,他见喜峰治死了两条大蛇,然后叫女儿送喜峰回家。

喜峰到家,把茉莉花放到屋里,霎时,满屋生香。第二天起来一看,原先那些发了霉的茶叶不但变绿了,而且也变香了。泡杯茶一尝,清香满口,舒心润肺,顿觉神清气爽,清凉宜人。因为以前的茶叶都不香,他们就给这茶叶起名叫"香片"。从此,绿茶岭上就有了茉莉花。

后来,有个大诗人在品香茶时,听到这个动人的故事,顿时,诗兴大发,就信笔写下了脍炙人口的两句诗:"一卉能熏一室香,炎夏犹觉肌生凉。"

杜甫巧赋灯草花

传说唐玄宗天宝年间,大奸臣安禄山当道,忠臣受害,国家动乱,民不聊生。爱国诗人杜甫虽然满腹才华,也得不到朝廷赏识重用。他在实践中看透了封建王朝腐朽没落的反动本质,特别是浩浩九州怨声载道。他认为做官不为民做主,不如回家卖红薯。于是,他毅然决然地辞官不做。他为了明察民情,进一步揭露封建王朝的罪恶,便周游祖国各地,南到吴越,北游齐赵……把满腔忧国忧民之情,化作惊天动地的诗篇。

他翻山越岭,跨涧过溪,也不知行了多少天、多少年。一天,来到一座风景秀丽的大山前,那里白云缭绕,云海飞渡,松柏参天,松涛阵阵,似山鸣,胜海啸,鸟语花香,犹如一幅巧夺天工的山水画。杜甫一下子爱上了此山,他立即放下行李,在山脚下搭了个简易的卧棚,暂居下来,好把这秀丽的山川欣赏一番。

一日两,两日三,他总是白天在大山里漫游欣赏,晚上燃着松子诵诗作画。这天清晨,朝霞正艳,他又来到山里,云游赏识这风景如画的云海。望着,走着,走着,望着。他突然发现前边一群野兽,贪婪地吃着什么,他忙拾起石子向野兽砸过去。野兽被他赶跑了。他上去一看,原来是在吃着一丛细长的草蔓。他见这草头、叶都被野兽吃得净光,只剩下些藤藤,在风中怪可怜的。于是,他把这丛草蔓移回家来,栽在棚前窗下。天天观看浇水,看着它,一天天变绿长壮,他心里无比安慰。

他白天照例在山中云游,寻求诗兴,晚上回棚燃着松明子吟诗作画。转眼已经半年了,杜甫躺在床上深思,他为我们祖国有这样壮丽的山河而自豪,但他又想起安禄山阴谋叛乱破坏这大好河山而满腔愤慨。不由得诗兴大发,豪情奔放，随口高诵：

献凯日继踵，
两蕃静无虞。
鱼阳豪侠地，
击鼓吹笙竽……

尽管这样，还按捺不住杜甫胸中的激情，他忽的一声，从床坐起，提笔就挥。这才想起，今天只顾在山中饱览无限风光，却忘了找松明子。四周漆黑一团，无法挥笔作诗画画，他不由失望地仰天长叹。说来真蹊跷，他叹声未落，忽然书案上现出一点明亮的火花，杜甫还以为是自己气冲心肺、头晕眼花的缘故。谁知他写诗心切，不顾那火花越来越亮，不管照亮了书案上的纸张是哪里来的光亮。此时，他只顾心情振奋，挥笔大写起脍炙人口的爱国诗篇。天亮了，杜甫才仔细一看，原来那光亮不是松明子，而是他从山中移回的那丛草，每棵草的茎端都开着一朵灯芯似的红花。杜甫内心很受感动，把这能开灯花的草花，取名叫“灯草花”。

蜡烛泪

现在的蜡烛，一点着了，就要一点一滴地往下掉泪，止也止不住。但是，据说从前可不是这样，那时候蜡烛不会流泪，那么，它是怎么才学会掉泪的呢？听了这个故事，你就全明白啦。

传说古时候，有个种菜能手，叫孟老汉。孟老汉撒下的菜籽就没有不发芽的，栽上的瓜秧就没有不结瓜的。可是，孟老汉胡子都花白啦，也没个孩子，只是守着菜园过日子。

有一年，孟老汉在墙根种了一粒葫芦籽。日子一天天过去，葫芦发芽了，蹿蔓了，藤蔓顺着墙爬呀，爬呀，爬过墙去，一直爬到邻居姜老汉的院子那边去啦。又过了些日子，藤上结了个葫芦，可大啦！孟老汉望着葫芦说：“唉，要是能给我结上个小闺女，该多好哇！”谁想到这话竟然应验了——秋天，葫芦果然长出一个水灵灵的小姑娘！因为是在孟、姜两家合用的墙上长的，孟老汉就管她叫孟姜女。

孟姜女可聪明了。三岁会唱歌，五岁会写字，七岁上就会刺绣啦。十里八里村的，谁见了谁夸。

孟姜女长大了，该嫁人啦。可是挑来挑去，她对谁都不中意。一天早晨，孟姜女去菜园浇水，突然看见一个年轻书生正靠着篱笆睡觉哩，她不由得"啊呀"叫了一声，把书生惊醒了。一问，原来这个书生叫范杞良，是怕被秦始皇抓去筑长城，连夜逃出来的。

孟姜女见范郎老老实实，又挺懂礼貌，心里先就喜欢了几分。听了他的遭遇，就更同情啦。俩人正说着话儿呢，孟老汉来了。他见俩人谈得挺热乎，就做主把范郎招了女婿。

结婚这天，热闹极了。客人们走后，孟姜女和范郎坐在大红蜡烛下，说开了悄悄话儿。就在这时，突然听见门外一阵狗叫声，随后就闯进来一伙如狼似虎的衙差。这伙人二话没说，掏出铁链子，往范郎脖子上一套，拉了就走。

孟姜女顾不得害羞了，扑过去一把抱住范郎，死命地往回拖。衙差一抬脚，把孟姜女踢得昏了过去，架起范郎就走。

孟姜女醒过来，想去追范郎。可到哪儿去追呀？她跑出门去，望着黑洞洞的田野，放声痛哭起来，哭得花儿谢了，树叶儿也落了。

范郎被抓走了。孟姜女头也不梳，脸也不洗——梳洗了给谁看呢？她天天晚上都对着大红蜡烛，叫着范郎的名字哭。一天、两天过去了，孟姜女这样哭着；三天、四天过去了，孟姜女还是这么哭着……哭啊，哭啊，大红蜡烛被她哭得也伤心起来，一点一滴地往下流泪，一直陪着孟姜女哭到天明。

据说，就是从那个时候起，蜡烛才开始流泪的。

白居易与莲子藕

唐朝宝历年间，白居易从洛阳到苏州做刺史。他十分喜欢荷花，认为荷花种在污泥里，开在水面上，阵阵清香，一尘不染，就好比一个正直的人，出污泥而不染。在他家庭院里，有一缸白莲，是他的一个老朋友送的。他常常以这白莲来激励自己。

这年农历六月廿四，俗称荷花生日。夜里，一阵阵清风吹来，荷香飘进窗帘，朦胧中，白居易似乎看见那朵朵荷花的花里慢慢地探出一个个胖乎乎的小囡面孔来。他们梳着刘海头，一张张红白粉嫩的笑脸，实在讨人喜欢。荷花囡囡一个个站起来，胸口系着一色白的肚兜，露出了嫩藕似的手臂和大腿，手里握着一个个圆圆的莲蓬，滴溜溜地摇晃着。一颗颗碧绿的莲子，就像雨点一样地喷洒出来。白居易猛听见淅淅沥沥地下起阵雨，不禁吓了一跳，定神一看，哎呀呀，哪有什么大雨；再看，那荷花缸里的花囡囡一个都不见了。他清醒过来后，才知道是一个梦！

可是，奇怪的事发生了。第二天一清早，有农民奔来告诉他说："白大人，昨天晚上虎丘附近下了一阵莲子雨，今天荷塘里撒满了翡翠般的莲子。这莲子啊，清香扑鼻，剥一颗尝尝，甜津津，凉丝丝，既解渴，又充饥，可是个宝贝呢！"

白居易摸摸胡子说："真有这回事吗？怪不得昨天晚上，我亲眼看见荷花缸里跑出来不少荷花囡囡，他们把莲子撒个满天。这一定是老天赐给我们的宝贝，大家要好好把它种起来才好！"

白居易叮嘱大家回去赶快把莲子收集起来，告诉他们："荷花、荷叶、莲蓬、藕，既好看，又好吃。莲节、莲子、莲蕊、莲须、莲房……样样都可入药，确实是宝中之宝。苏州地方湖多，都种上莲子把苏州这个人间天堂打扮得更加好看。"

从此，苏州四乡的荷花塘藕越种越多。由于苏州水质清冽，种出来的白藕又胖又嫩，吃起来又脆又甜，满口清香。白居易离开苏州时，把白藕带到洛阳去种植，并写诗来激励自己：

吴中白藕洛中栽，莫恋江南花懒开。
万里携归你知否？红蕉朱槿不将来。

莲花仙子会藕郎

很久以前，洞庭湖岸边是一片草木不生的荒地。有个美丽善良的莲花仙子觉得这和烟波浩渺的湖水很不相称，便从天宫偷了百草的种子来到湖边。她正巧碰到一个叫藕郎的小伙子，藕郎听她说明来意，带她跑遍了洞庭湖。他们在湖水里种下菱角、芡实，在岸边栽上蓼米、蒿笋，在湖洲上种下蒲柳、芦苇……以前，连鸟儿也不栖身的洞庭湖被打扮得花红柳绿。莲花仙子被迷住了，她忘了天上的琼楼玉宇，与藕郎结成夫妻，在洞庭湖边过起了美满的凡间生活。

不久，这事被天帝知道了，他降下玉旨，命莲花仙子速返天庭。莲花不愿与藕郎分离，也舍不得洞庭湖。天帝大发雷霆，要派天兵天将捉拿她。莲花仙子见大难临头，准备到湖里躲一躲。临别这天，她从头上取下一颗眼球般大小的宝珠递给藕郎，对他说："这颗珠是我的精气所结，你把它含进嘴里，躲在屋中，万一被捉住，危急时可将它咬破吞进肚里，我们就会有再见面的日子。"说罢，她跳进湖中不见了。

藕郎按照她的叮嘱，口含宝珠躲在屋中，果然平安无事。原来，莲花仙子有了障眼法，天兵天将看不到这里有屋子。藕郎躲了几天，听着外面天天摇旗呐喊，不知莲花仙子的下落，十分担心，实在忍不住了，想出去探探风声。可他刚迈出门外，就被天兵天将看见捉住了。他们把他绑在柳桩上，要开刀问斩。就在天兵挥刀向他脖子上砍来的刹那，藕郎咬破那粒珠子吞进肚里。一刀下来，将他身首砍为两截，但刀口处有细细白丝相连。刀一抽出，白丝就把头颈又连接起来。天兵砍了九九八十一刀，总也砍不死他，只得奏明天帝。天帝听后赐下一道法箍，天将把它套在藕郎的脖子上，投入湖中，想将他淹死。谁知藕郎在湖底竟落地生根，变成白藕，又白又嫩，而且不断往上拔节，法箍箍住一节又长一节，怎么也箍不死。

躲在湖中的莲花仙子见藕郎变作白藕，以后无法再在人间团聚，便化作一粒莲子，直奔藕郎化身的地方，只听"哗啦"一声水响，湖面上突然拱出一片伞的绿叶，接着又伸出一枝花枝，上面顶着一朵拳头大的白花，不一会又长出一个莲蓬，上面布满藕郎吞下的那种珠子。天兵去挖珠子，可是越挖越多，不一会儿莲叶、莲花便长满了洞庭湖。

并蒂莲

传说很久以前有这么一个村庄，村中有一口大水塘，塘里年年长满荷花，人们都叫它荷花塘。这塘东住着一个姓洪的员外，家里很有钱，可四十多岁了，还没有儿女。洪员外夫妻俩日夜盼望生个男孩子。这一年,员外妻子怀了孕,洪员外日夜烧香敬神,求菩萨保佑他生个儿子。可是生下来的却是一个女孩。洪员外闷闷不乐。他妻子为了安慰员外,便和员外商量,把这个女孩当儿子来养,对外人就说生了个男孩子,并给孩子取名叫"赛郎"。后来赛郎慢慢长大了,装束打扮就一直像男孩子一样。十二岁时,洪员外在荷花塘前面立了个书馆,请老师教赛郎读书。外面人都以为赛郎是男孩子。

再说这塘西住着一户姓白的人家,老夫妻俩生活还过得去,就是没有儿子。他老婆曾生过三个儿子,都没活过周岁便死了。为这事老白曾经几次找人算过命,都说他俩是"命里无儿"。这一年,他妻子又有了身孕。老白心想:生女儿还能活,若生下男儿来怕又保不住。他妻子便想了个办法:"若生下儿子,只把他当女儿养,就不会再死了。"后来,真的又生了个儿子。夫妻俩给这孩子穿上耳环,取名叫"贞娘"。贞娘长到十三岁,穿戴打扮起来比女孩子还标致。老夫妻疼儿子,想尽办法要供贞娘读书,听说东村洪员外家立了书馆,便求人说情,每月供先生二斗米,把贞娘送去读书。外面人都以为贞娘是女孩子。

贞娘到了学堂,和十几个孩子在一起都合得来,特别和赛郎更要好,每天上学在一个书桌上读书,放学时两人要在荷花塘边玩一阵子才分手回家。同学们看他俩那样亲近,有一天,趁老师不在,就闹着玩,要赛郎、贞娘拜花堂,直到老师回来了,才跑回桌去读书。谁也不知道赛郎是女,贞娘是男;赛郎也以为贞娘真的是女孩,贞娘也以为赛郎真的是男孩。

一晃三年,赛郎和贞娘的年龄都大了,在一起读书、玩耍也越来越亲近。老师看不过去了,劝他俩以后不要再手拉手地跑出去玩,免得人家说闲话。他两个表面上都答应了,心里却不愿听。贞娘想:先生不知我和赛郎都是男子,两个男子在一起有什么关系?赛郎想:先生不知我和贞娘都是女子,别人笑怕什么!洪员外虽说常见他俩在一起玩,心里反觉得女儿和贞娘在一起倒好,免得她和男同学在一起惹是生非。老白夫妻当然也是同样的心思。

这时候赛郎已十五岁了,贞娘是十六岁,两个人时常想起刚入学时玩拜花堂的事来。赛郎心想:贞娘这个人又聪明又和气,才学又好,将来谁要娶她做老婆,真是幸福。贞娘也这样想:自己若真的是女子,一定要嫁给赛郎。

眼看又过了三年,学生们都要分手了。赛郎对贞娘说:"学业期满,从今以后你、我恐怕不能常见面了。"说着流下泪来。贞娘说:"赛郎弟弟,不要难过,我俩相住不远,还可以经常来往。"可是赛郎心里晓得:自己年纪大了,从今后就要被父母关到绣房里不能出门了;再说自己和贞娘都要嫁人,晓得谁嫁到哪里去呢?她对贞娘说:"我俩结拜做姊妹吧!"贞娘想:两个男子拜姊妹,岂不是笑话？连连摇手："不、不、不，还是结拜兄弟吧！"争了半天，最后都说："算了！就是结拜好了！"就这样，两个人糊糊涂涂地在荷花塘边结拜了。

赛郎回家后便换了女装，整天待在绣房里，时常想念贞娘。贞娘在家，也总想着赛郎。贞娘的爹老白得病死了，母亲就让贞娘摘掉耳环，换上男装，要他给老白穿孝打灵幡，送老白入土。直到这时，全村人才晓得贞娘原来是男的。消息传到洪员外家里，赛郎听了又惊又喜。惊的是，同窗多年竟不晓得他是男子；喜的是，遇见了贞娘这样可亲的人。可是洪员外听了这个消息竟大发脾气，叫人把贞娘的母亲喊来，当面骂了她一顿："你家养的儿子，谁还抢了你的？为什么男扮女装送到我家书馆来读书？整天与赛郎在一起，败坏了我家门风！"贞娘的母亲听得糊涂了："我家贞娘与赛郎在一起，有什么败坏门风的呢？"员外老婆在旁把原委一说，她才晓得原来赛郎是个女的，也不免吃了一惊。又一想：洪家真是不讲道理，便也气愤地说："你家女孩子可以扮男装去读书，为什么我家男孩子就不能扮女装去读书呢？"洪员外无言可答，命人把贞娘的母亲赶出了大门。

贞娘听母亲说赛郎是女子，高兴极了，立志要娶她。母亲晓得洪家不会答应，不肯找媒人。于是，贞娘整天闷闷不乐。

过了几天，忽然洪家丫环送来一封信，打开一看，是赛郎写来的，信上说她被父母关在绣房里，如何想念贞娘；又说她知道了贞娘是男的，心里如何高兴。贞娘看了信，知道赛郎待他有心有意，高兴得不得了，忙写了封回信，叫丫环带回去。从此后，两个人便你来我往地通起信来。

一天晚上，贞娘又要乡亲托媒去提亲，母亲心疼儿子，就答应试试看。没想到媒人未进大门就被赶了出来。媒人对贞娘说："死了心吧！员外说了，一则嫌你穷，养不起他女儿；二则你俩原是同学，如今嫁给你就是'无私有弊'，玷辱了人家的好门风。"贞娘见事情不能成功，忧愁成病，他母亲急得在旁日夜啼哭。

再说赛郎听到白家托媒提亲被父母回绝一事，也急得闹起病来。洪员外为了让女儿死了这条心，偷着叫人把白家母子赶出村去。赛郎听到此消息，气得索性连饭也不吃了，从此病情一天重似一天。

再说贞娘母子被洪家赶出村后，搬到四十里外的城里住下了。不久，贞娘的病虽稍好些，谁知母亲又病了，身体一天不如一天，贞娘只好靠每日做些小生意维持生活。过了几个月，母亲死了，贞娘安葬了母亲，决心回村去找赛郎。他把家里破烂东西卖掉，办了些花线等货物，打成包袱，扮成"卖货郎"，回到村中，住在破庙里。

一天，他摇着手中的拨浪鼓，偷偷地绕到洪家后园门前。赛郎的丫环听到鼓声出来买花线，一见是贞娘，惊喜万分，急忙跑进去告诉赛郎。赛郎随即写了封信，让丫环交给贞娘，叫他快些离开这里。贞娘跑回庙里，打开信一看，原来赛郎约他今夜三更在荷花塘相会。贞娘高兴啊，他睁眼盼着天黑。

三更时分，荷花塘边，赛郎和贞娘一见面就抱头大哭起来。哭着、哭着，赛郎对贞娘说："爹爹心狠，我俩今生难成夫妻。望你保重身体，不要再挂记我了。"说完，赛郎就往水里跳。贞娘一步上前拖住她，哭着说："我俩生不能在一起，情愿死在一起。"说完，抱起赛郎一同跳入水中。

丫环等到鸡叫还不见赛郎回来，知道坏了事，也不敢声张。第二天，洪家上下各处寻找，找到荷花塘边，见有赛郎的一只绣鞋，知是跳了水。洪员外急忙命人打捞上来，只见贞娘、赛郎两个人紧抱在一起，几个人用力拉也拉不开，洪员外便命人将他俩埋在荷花塘边。

当晚雷电大作，下了一夜大雨。等到天明，只见荷花塘水一直涨到赛郎、贞娘坟前，将坟围了起来；坟上长着的荷花，花茎比人的大拇指还粗，顶上开了两朵花，一红一白紧紧地靠在一起，人们便叫它"并贴莲"，以后便叫成了"并蒂莲"。

荷花

在那遥远的年代里，楚城的北门外，住着一对名叫蒲菜和荷花的青年夫妇。

夫妻俩在楚城脚下开荒种地，不管狂风暴雨，不畏严寒酷暑，花了九十九天时间，开出了九亩九分九厘地。两人望着自己亲手开垦的土地，那股高兴劲儿就甭提了。

秋播季节，他俩种下麦子。雨水和血汗落在碧绿茵茵的麦苗上，麦苗像吹气一样往上长，一天一个样，眼看就扬花、灌浆了……谁知就在将要收获的节骨眼儿上，一场倾盆大雨，整整下了三天三夜，洪水像凶恶的野兽，一下子把他俩一年的血汗和指望，吞个精光。

小夫妻俩未皱一下眉，没流一滴泪，战洪斗浪，筑堤打坝，修整土地。冬去春来，他俩又及时落谷插秧。土地不负勤劳人。新栽的秧苗像油一样迎风上长。不料洪水又无情地冲走了他们辛勤的劳动果实。小夫妻俩是吃了秤砣——铁了心，一定要叫荒滩长出稻米来。每天排涝抗灾，重整土地，精耕细作。如此反复九次……他俩的精神感动了路过的霹雳大仙。他按下云头，在云端里抛给他俩一把金光闪闪的金勺子。金光照到哪里，哪里就树木葱茏、鲜花怒放；金光照到哪里，哪里就山明水秀、百鸟争鸣；金光照到哪里，哪里就田禾茂盛、五谷丰登……妻子把喷着金光的勺子，小心翼翼地收藏在一只破缸里。缸里顿时透射出一道道金光。第二天起来一看，破缸里满满一缸白米。夫妇俩先是大为惊喜，后来商量了一下，就把这些白花花的白米分给揭不开锅的穷人。破缸里的白米，这里分那里长，分得快长得快，整整分了三天三夜……第四天，荷花煮了一锅香喷喷的白米饭，把乡亲们都请来吃饭，可是这对夫妻，穷得连把勺子也没有，只好拿出金勺子盛饭。她第一勺盛出八碗香喷喷的米饭，第二勺盛出八盘馋人的红烧肉，第三勺盛出八碗琼浆美酒。他俩和大伙喝酒吃菜，好不快活。

从此楚城上下年年五谷丰登，人人安居乐业，荷花夫妇和大家一样，日子过得比蜜还要甜。

一天，王母娘娘带着仙女们出游，按下云头偷看人间。她一眼看到楚城上空金光闪闪，立即派两个仙女下到楚城，寻访何物放出金光。二仙女飘飘悠悠来到楚城，查明是宝勺在放光，立即回报王母娘娘。

贪心的王母一听，心里痒痒的。半夜辰光，派二郎神，打着宝莲灯，趁着蒲菜和荷花睡熟的时机，偷走了金勺。王母娘娘得到了金勺子，心里乐得开了花，立即收进九龙宫，关上九重门，锁上九把锁……

蒲菜和荷花一觉醒来，发现金勺子没有了，到处寻找也找不着。

正在为难之时，霹雳大仙知道金勺子被王母锁在九龙宫里，就想了一个主意，托仙鹤前来送信。只见一只仙鹤从九天祥云里飞将下来，嘴里衔着两把金光闪闪的金扇子，向蒲菜和荷花夫妻俩面前飞来。夫妻伸手接住金扇子，见上面写着四行字：

王母偷金勺，凭扇到天上。
蟠桃寿宴取，切莫误时光。

王母娘娘寿宴之日，设下盛大的蟠桃会，宴请众神仙。神仙们喝着美酒，吃着蟠桃，观看仙景，齐祝王母娘娘：

福如东海，寿比南山。
天宫长乐，为仙永年。

王母娘娘一时高兴，忘乎所以，失口对众神仙说："诸位仙家不准动手，给你们看一个天上难找，地下难寻的绝世宝勺！"

说着，她亲手从衣袋里解下九把钥匙，打开九把锁，捧出白玉圆盘，盘里放着一把金光闪闪的金勺子，众神仙看了无不称奇叫绝。

这时，蒲菜和荷花借着宝扇的神通，驾起五彩祥云，飘飘悠悠地来到仙宫，看到眼前喷射着万道亮光，蒲菜说："那里放光的不就是我们那把金勺吗？"

荷花说："对，是我们那把金勺子，我们要把金勺子讨回来。"

这时众神仙正围着金勺子叫好。突然，蒲菜、荷花冲上去，气咻咻地问道："你个堂堂的王母娘娘，为什么偷我们的金勺子？"

王母娘娘一听恼羞成怒，指着蒲菜、荷花骂道："小畜生，休得胡言乱语，世上连日月星辰都是我的，何况一个小小的金勺子！"

蒲菜和荷花一听，怒从肝边生，连忙扑过去抓住金勺。王母娘娘也死死地抓住勺柄不放。只见金勺在左右摇晃，上下翻舞，咔嚓一声，勺柄断了，金勺从天宫掉了下来……蒲菜和荷花忙把金扇一扇，驾上云头，忽儿前，忽儿后，忽儿左，忽儿右，紧紧地护卫着那把金勺子，慢慢地降落在地上。金勺落地，顷刻化作清澈见底的勺湖。

王母娘娘见金勺被蒲菜、荷花夫妇俩夺回人间，顿起害人之心，挥起断在手中的勺柄向蒲菜、荷花砸去。夫妇俩一下子被砸死，一起坠落到勺湖里，化成洁白如玉的蒲儿菜和枝叶如伞、开着硕大红、白的花朵的荷花，长满勺湖。

那勺柄落地后化作一座雄伟的宝塔，矗立在勺湖边上。人们为了纪念蒲菜、荷花夫妇俩斗争的胜利，便把这满湖盛开的红、白、黄花取名叫"荷花"，一直流传到今。

千年古莲子开花

植物种子里的老寿星，最著名的就是"古莲子"了。

1952年，我国科学家在辽宁省新金县泡子屯村地下的泥炭里，发掘到一些古代的莲子。这些莲子的外皮已经变得十分坚硬，好像一个个小铁蛋。科学家们如获至宝，小心翼翼地把这些"宝贝蛋儿"包好，带回北京仔细研究。他们用锉刀轻轻地把古莲子外面的硬壳锉破，然后泡在水里。没过多久，这些古莲子居然长出了嫩芽,发芽率达到90%以上。在香山脚下的北京植物园里,1953年种的古莲子,经过精心照料,在1955年夏天开出了淡红色的荷花。

1975年,科学家们采用放射性岩测定,这些古莲子的寿命长达835~1095年。

1973年,我国考古学家又在河南省郑州大河村的仰韶文化遗址,发现了两枚古莲子,寿命更长,有5000年的历史了,它可以说是世界上最长寿的古莲子了。

关于种子的寿命问题,在国际科学界还引起过一场辩论呢。争论的焦点是在埃及金字塔中发现的小麦种子。过去曾经传说,金字塔里发现了休眠2000年的小麦种子,播种之后依然发芽生长。一些科学家认为这是世界上最长寿的种子,而另一些科学家却不同意这种看法。经过后来的仔细调查研究,才弄清这是一个奸商搞的骗局。现在,国际科学界一致公认,在中国发现的古莲子才是最长寿的种子。

植物种子的寿命是长短不一的,一般来说,能够保持15年以上生命力的,已经算是长寿的种子了。除了古莲子以外,世界上寿命最长的种子也没有超过200年的。

古莲子的寿命为什么会这样长呢?

你别以为种子待在那儿一动不动,都是"死"的。其实呀,种子在离开它的"妈妈"以后,就有独立的生活能力了。在种子里,有堆满营养物质的仓库。种子,能够忍受严寒与酷热,它里面的细胞,一直在顽强地活着,不停地进行呼吸。影响种子寿命长短的另一个原因,是它成熟前后和贮藏期间的环境条件。例如在干燥、低温和密闭的贮藏条件下,种子里胚的活动力特别低,新陈代谢差不多处于停顿状态,过着休眠的生活。这样一来,许多植物的种子在理想的贮藏条件下,就能在较长的岁月里保持着潜在的生命。

莲子的条件就更好了。它是一种小小的坚实果实,种子外面的果皮是一层坚韧的硬壳,它的果皮组织中有一种特殊的栅状细胞,胞壁由纤维组成,果皮完全不透水,所以挖掘出来的时候,含水量只有12%。这就是它长寿的秘密。

在自然界里,古莲子还不算是最长寿的种子。我国科学家又在辽宁岫岩县大房身乡的黄土层里,发现了将近400粒狗尾草的种子,经同位素测定,这些种子的埋藏年代已经有一万年以上了。狗尾草出现于地球的白垩纪时代,是恐龙的"邻居",至今还在大自然中茂盛地生长着。更惊奇地是,那些古代的狗尾草种子已经发芽、开花而且还结了籽。这一发现,为古代植物、古代地理和古代气候环境的研究,提供了新的资料。

跟这些长寿的种子相比，有些植物种子的寿命又短得可怜。

大多数热带和亚热带的植物，像可可的种子，从母体中取出35小时以后，就失去了发芽能力。甘蔗、金鸡纳树和一些野生谷物的种子，最多只能活上几天或几个星期；橡树、胡桃、栗子、白杨和其他一些温带植物种子的生命力，都不能保持很久。

这些植物种子的寿命为什么这样短呢？

早在很久以前，科学家们就对这个问题发生了兴趣。但这是一个极其复杂的问题，直到现在，学者们还没有取得一致的意见。

有的科学家认为，有些植物种子容易死亡，是由于脱水干燥的原因。经过实验，某些柳树种子如果暴露在空中，在一个星期内就完全丧失了生命力。但放在冰箱里，在相对湿度只有13%的干燥大气中，它们至少能活360年。所以，有些科学家不同意这样的说法。

还有的学者认为，生长在热带或亚热带的植物种子，它们的寿命所以这样短，是因为热带的雨水充足，再加上天气热，种子的新陈代谢旺盛，种子里贮存的一点儿养分，很快就被消耗完了，由于没有充足的养分，也就维持不了种子的生命活动，从而失去了生命力。

另外一些科学家认为，在寿命短的种子中，有的含有大量脂肪，像可可、核桃、油茶什么的，由于新陈代谢的关系，脂肪转化的过程中可能会产生一种有毒物质，会把种子里的胚杀死，或者使种子变质。像花生、核桃放久了，有一股哈喇味儿，就是这个原因。

也有一些人认为，有的植物种子寿命短，是因为种子胚部细胞里的蛋白质分子失去活动能力，以致完全凝固而不能转化。另一部分人认为，由于种子内部的酶失去作用，不能分解复杂物质，胚得不到养分，种子也就失去生命力了。

近年来，越来越多的科学家认为，这些种子所以寿命短，主要是由于种子胚部细胞的生理机能逐渐衰退造成的。但具体原因还不清楚。

植物学家们正在想方设法延长种子的寿命，为农业和林业生产服务。

随着生物科学的不断进步，种子的寿命之谜一定会水落石出。

植物神秘的心灵感应

我国植物学家研究的档案中，其中有这样的资料：英国工程师乔治·德拉瓦尔和他的妻子马乔里发现，通过一套棱镜系统把辐射能聚集到患病者或发育不良的植物上，可以影响这些植物的生长。直接对植物进行放射，或通过叶子，甚至仅仅是照片，把能量集中成束状射向植物，都可得到同样的结果。这件事，德拉瓦尔本人也弄不明白究竟是设备、照片的辐射，还是某个特殊的操作者，或者是所有这些因素的总和在发挥作用。

接着他们又用这一办法进行了改善土壤的试验。他们选了两块相隔 30 英尺的土地，照了相，分别种上 4 棵相似的圆白菜。在暗室里，他们对一块土壤的照片每天进行辐射，另一块土壤则未进行处理。一个月后，发现处理过的土壤中的洋白菜一直长得快于未处理的。成熟后比较表明，前者比后者大 3 倍。后来，他又对甘蓝、莴苣、蚕豆和萝卜进行了同样的实验，也都取得了满意的结果。

后来他们发现，只要把经过辐射处理的物质混入土壤中，也会收到同样好的效果。他们把黑麦、鸭茅等植物的种子和处理过的蛭石按 2：1 的重量比例混合起来，种到两个盒子中。在另外两个盒子中，也种上植物种子和蛭石，不过蛭石是未经处理的。虽然土壤条件一样，但放入处理过的蛭石的盒子所长出来的庄稼，产量高出 186%，蛋白质含量高出 270%。他们又按每英亩 252 磅的比例，在 1 平方码的米尔福燕麦田里混入处理的蛭石，5 个月后收获时每英亩产量为 2 吨，比未处理过的高 270%。

可是，有人按照他们的方法处理种子，却没有取得什么成果，而只要他们一插手，就获得了成功。这是什么原因呢？他们怀疑起作用的是人的因素。为了鉴定人的作用，他们又把蛭石混入用盆子种着燕麦的土壤中，让助手每天浇一定量的水，并告诉他们哪盆里的蛭石经过放射处理，哪盆未经过处理。事实上，所有的蛭石都未经放射处理。结果证明，由于助手相信某些盆里含有处理过的蛭石，而长得比其他的快。显然，仅仅是人们认为其会长得快的意识，对植物也是一种营养，也可助其迅速生长。

1967 年开展了一系列测量植物生长速度的实验。在一块黑麦田里，观察到新叶子的生长速度固定在每小时 0.06625 英寸。结果一到此时指示生长速度的曲线立即向上偏离，到第二天上午间时，麦苗的生长速度增加了 84%，它不是按原来的速度长高。

不但人与人之间，人与植物之间存在这种“心灵感应”，就是植物与植物之间，也存在这种“心灵感应”。科学家还发现，从某株植物上切下的树枝在地下生根后，新生的植物可以从“母体”的射线获得营养。如果把母体植物连根焚烧掉后，他们发现没有母亲的树，就不如那些“母体”还健在的树长得那么旺盛。这一发现也得到了支持。母体植物即使离其子树很远，也能为它提供“保护”，母树可以在另一个城市、另一个国家或在地球上的任何天涯海角。

英国一位名叫伯纳德·格拉德的科学家曾做过这样一个实验：他从医院里挑选了一位患神经反应迟钝的26岁妇女，一位患精神忧郁症的37岁男子，还有一位52岁的健康的男子。让他们每人握一杯水，握30分钟，然后用三杯水浇灌植物，看哪个长得更快一些。他发现，用正常的人握过的水浇灌的大麦的生长速度，明显快于神经病患者握过的水或普通水浇灌的大麦，浇灌了精神病人握过的水的大麦长得最慢。奇怪的是，浇了神经病患者握过的水的植物，比浇了未经任何处理的正常水的植物长得要快一些。格拉德注意到，当精神病患者手握密封的水瓶时，他没有任何反应或表情。可神经病患者握瓶时，她立即询问这样做要干什么。当被告知后，她的反应是对此感兴趣。所以，她像妈妈对待孩子似的把瓶子放在膝盖上，慢慢地摇晃着。他得出结论说：“获得这一实验结果的重要因素，并非她的基本身体状况，而是她握住瓶子时的情绪。”他指出，处理这种溶液时的压抑、急躁或敌对的情绪，都会使该溶液阻碍植物细胞的增长。

如果一个人的情绪可以影响到手中的水，那么很自然就会想到，厨师或家庭主妇的情绪将影响其烹饪的食物的质量。还可联想到，在许多国家，月经期的牧牛女不允许进入做奶酪的地方。因为她们被认为可能对微生物产生不良影响。同样，月经期的妇女还被认为，对罐装的易腐烂食物和采摘下来的花朵，都有不良影响。如果格拉德的实验是正确的话，那么即使不是月经本身，而是因为某些妇女因月经产生的低沉情绪，都会产生这种不良影响。

美国佛罗里达州圣火会的一位牧师，从一位去世的苏格兰牧师家里接收下一个手工雕刻的乌木十字架。每当做圣事时，他便取下平常带的金属十字架，换上这个乌木十字架。不久，他告诉医生威格尔斯沃思，每做完圣事后，他都感到精疲力竭。威格尔斯沃思问他的朋友，在每次做圣事前，是否做了使自己劳累的事情。这位牧师只是换过十字架。威格尔斯沃思分别通过辐射检查，测量了这位朋友佩带和不佩带乌木十字架时的生命活力。结果发现，一带上这个黑色的十字架，检测仪上的牧师生命活力马上就下降到几乎为零。威格尔斯沃思建议他扔掉这个十字架，他把十字架扔掉后，就再也不感到虚弱无力了。他们两人都认为，原来那位牧师有害的意识还遗留在乌木十字架上，因此其能量对新主人产生了作用。

美国斯坦福大学材料科学系主任威廉·蒂勒教授认为，每个人的胸腺控制所有光谱范围内的爱的特征。某实体从胸腺辐射产生的一个场，通过空间传播后被另一实体的对应腺体所接受，这样就激发了该腺体，从而进行一些生物活动。如果第二个实体发射一个相同振动返回给前者，就会在两者之间形成一条爱的意识链。可因大多数人总是受到压抑，所表达的爱之感非常有限，因此辐射的能量相当小，传播的范围也受到限制，所以只有少数人能够接收到这种射线，感觉到这种情感。他说："如果实体使自己以极宽的频幅大规模地发射，那么许许多多的实体将接收到其辐射，感受其爱心，从而迸发出勃勃生机。"

关于心灵感应，人们已经观察到、测量到和意识到了，但如何解释这种现象，至今还是个谜。

植物的"喜怒哀乐"

人有感情，许多动物有感情，植物是否也有感情呢？我国科学家们经过研究发现，植物也有着丰富的感情，并且同人类一样，在成长过程中会受到感情的影响。可是，植物既不会发声，也不会活动，科学家是怎样知道植物的喜怒哀乐的呢？

1.植物也有情绪

那是在 1966 年 2 月的一天上午，有位名叫巴克斯特的情报专家，正在给庭院的花草浇水，这时他脑子里突然出现了一个古怪的念头，也许是经常与间谍、情报打交道的缘故，他竟异想天开地把测谎仪器的电极绑到一株天南星植物的叶片上，想测试一下水从根部到叶子上升的速度究竟有多快。结果，他惊奇地发现，当水从根部徐徐上升时，测谎仪上显示出的曲线图形，居然与人在激动时测到的曲线图形很相似。

难道植物也有情绪？如果真的有，那么它又是怎样表达自己的情绪呢？尽管这好像是个异想天开的问题，但巴克斯特却暗暗下决心，通过认真的研究来寻求答案。

巴克斯特做的第一步，就是改装了一台记录测量仪，并把它与植物相互连接起来。接着，他想用火去烧叶子。就在他刚刚划着火柴的一瞬间，记录仪上出现了明显的变化。燃烧的火柴还没有接触到植物，记录仪的指针已剧烈地摆动，甚至超出了记录纸的边缘。显然，这说明植物已产生了强烈的恐惧心理。后来，他又重复多次类似的实验，仅仅用火柴去恐吓植物，但并不真正烧到叶子。结果很有趣，植物好像已渐渐感到，这仅仅是威胁，并不会受到伤害。于是，再用同样的方法就不能使植物感到恐惧了，记录仪上反映出的曲线变得越来越平稳。

后来，巴克斯特又设计了另一个实验。他把几只活海虾丢入沸腾的开水中，这时，植物马上陷入到极度的刺激之中。试验多次，每次都有同样的反应。

实验结果变得越来越不可思议，巴克斯特也越来越感到兴奋。他甚至怀疑实验是否正确严谨。为了排除任何可能的人为干扰，保证实验绝对真实，他用一种新设计的仪器，不按事先规定的时间，自动把海虾投入沸水中，并用精确到十分之一秒的记录仪记下结果。巴克斯特在三间房子里各放一株植物，让它们与仪器的电极相连，然后锁上门，不允许任何人进入。第二天，他去看试验结果，发现每当海虾被投入沸水的6~7秒钟后，植物的活动曲线便急剧上升。根据这些，巴克斯特指出，海虾死亡引起了植物的剧烈曲线反应，这并不是一种偶然现象。几乎可以肯定，植物之间能够有交往，而且，植物和其他生物之间也能发生交往。

巴克斯特的发现引起了植物学界的巨大反响。但有很多人认为这难以令人理解，甚至认为这种研究简直有点荒诞可笑。其中有个坚定的反对者麦克博士，他为了寻找反驳和批评的可靠证据，也做了很多实验。有趣的是，他在得到实验结果后，态度一下子来了个大转变，由怀疑变成了支持。这是因为他在实验中发现，当植物被撕下一片叶子或受伤时，会产生明显的反应。于是，麦克大胆地提出，植物具备心理活动，也就是说，植物会思考，也会体察人的各种感情。他甚至认为，可以按照不同植物的性格和敏感性对植物进行分类，就像心理学家对人进行的分类一样。

人们对植物情感的研究兴趣日趋浓厚了。科学家们开始探索"喜怒哀乐"对植物究竟有多少影响。

2.植物爱听音乐

植物也爱听音乐？事实确是如此。许多科学家通过实验证明了这个问题。

有一位科学家每天早晨都为一种叫加纳菇茅的植物演奏25分钟音乐，然后在显微镜下观察其叶部的原生质流动的情况。结果发现，在奏乐的时候原生质运动得快，音乐一停止即恢复原状。他对含羞草也进行了同样的实验。听到音乐的含羞草，在同样条件下比没有听到音乐的含羞草高1.5倍，而且叶和刺长得满满的。

其他科学家们在实验过程中还发现一个有趣的现象：植物喜欢听古典音乐，而对爵士音乐却不太喜欢。美国科学家史密斯对着大豆播放"蓝色狂想曲"音乐，20天后，每天听音乐的大豆苗重量比未听音乐的大豆高出四分之一。

看来，植物的确有活跃的"精神生活"，轻松的音乐能使植物感到快乐，促使它们茁壮成长。相反，喧闹的噪音会引起植物的烦恼，生长速度减慢，有些"精神脆弱"的植物，在严重的噪音袭击下，甚至枯萎死去。

3.植物也会紧张

在现代社会中，许多因素会使人神经紧张，比如忙碌、噪声、考试等等。科学家们发现，植物同样也会因生命受到威胁而紧张。植物在紧张时，会释放一种名为"乙烯"的气体。植物越紧张，释放出的乙烯就越多。人对这种气体是感觉不到的。美国科学家设计出一种"气相层析仪"，可以测出植物紧张时释放出的极少量的乙烯。

研究人员利用"气相层析仪"进行测量发现，当空气严重污染、空气湿度太大或太小、火山喷发、动物啃吃植物的枝叶或大量昆虫蚕食植物时，植物都会紧张，释放出乙烯气体。

科学家们还发现，经常受到威胁而紧张的植物，它们的生长速度会因受影响而减慢，甚至会枯萎。

使用"气相层析仪"监视植物发生紧张的频繁程度和紧张的强烈程度，可以使种植者及时找出令植物紧张的原因，设法消除使植物紧张的因素。这样，就可以大大增加收获量。

4.植物体察人的情感

在中国的神话中，经常表现植物体察人的情感。前苏联科学家维克多做过一个有趣的实验，就是个证明。

他先用催眠术控制一个人的感情，并在附近放上一盆植物，然后用一个脑电仪，把人的手与植物叶子连接起来。当所有准备工作就绪后，维克多开始说话，说一些愉快或不愉快的事，让接受试验的人感到高兴或悲伤。这时，有趣的现象出现了。植物和人不仅在脑电仪上产生了类似的图像反应,更使人惊奇的是,当试验者高兴时,植物便竖起叶子,舞动花瓣;当维克多在描述冬天寒冷,使试验者浑身发抖时,植物的叶片也会瑟瑟发抖;如果试验者感情变化为悲伤,植物也出现相应的变化,浑身的叶片会沮丧地垂下"头"。

5.植物心理学

我国科学家在植物研究中,博采广集,趣闻也很多。

为了能更彻底地了解植物如何表达"感情"的奥秘,不久前,英国科学家罗德和日本中部电力技术研究所的岩尾宪三,特意制造出一种别具一格的仪器——植物活性翻译机。这种仪器非常奇妙,只要连接上放大器和合成器,就能够直接听到植物的声音。

研究人员根据对大量录音记录的分析发现,植物似乎有丰富的感觉,而且在不同的环境条件下会发出不同的声音。例如,有些植物的声音会随着房间中光线明暗的变化而变化,当它们在黑暗中突然受到强光照射时,能发出类似惊讶的声音。有些植物遇到变天、刮风或缺水时,会发出低沉、可怕和混乱的声音,仿佛表明它们正在忍受某种痛苦。在平时,有的植物发出的声音好像口笛在悲鸣,有些却似病人临终前发出的喘息声。还有一些原来叫声很难听的植物,当受到温暖适宜的阳光照射或被浇过水以后,声音会变得较为动听。

尽管有以上众多的实验依据,但关于植物有没有情感的探讨和研究,迄今还没有得到所有科学家们的肯定。不过在今天,不管是有人支持还是有人反对、怀疑,这项研究已成为一门新兴的学科——植物心理学。在这门崭新的学科中,有无数值得深入了解的未知之谜,等待着人们去探索、揭晓。

植物睡眠

睡眠是我们人类生活中不可缺少的一部分。经过一天的工作或学习,人们只要美美地睡上一觉,疲劳的感觉就都消除了。动物也需要睡眠,甚至会睡上一个漫长的冬季。可现在说的是植物的睡眠,也许你就会感到新鲜和奇怪了。

其实,逢晴朗的夜晚,我们只要细心观察周围的植物,就会发现一些植物已发生了奇妙的变化。比如公园中常见的合欢树,它的叶子由许多小羽片组合而成，在白天舒展而又平坦，可一到夜幕降临时，那无数小羽片就成对成对地折合关闭，好像被手碰撞过的含羞草叶子，全部合拢起来，这就是植物睡眠的典型现象。

有时候，我们在野外还可以看见一种开着紫色小花、长着三片小叶的红三叶草。它们在白天有阳光时，每个叶柄上的三片小叶都舒展在空中，但到了傍晚，三片小叶就闭合在一起，垂下头来准备睡觉。花生也是一种爱睡觉的植物，它的叶子从傍晚开始，便慢慢地向上关闭，表示白天已经过去，它要睡觉了。以上只是一些常见的例子，会睡觉的植物还有很多很多，如酢浆草、白屈菜、含羞草、羊角豆……

不仅植物的叶子有睡眠要求，就连娇柔艳美的花朵也要睡眠。例如，在水面上绽放的睡莲花，每当旭日东升之际，它那美丽的花瓣就慢慢舒展开来，似乎刚从酣睡中苏醒，而当夕阳西下，它又闭拢花瓣，重新进入睡眠状态。由于它这种“昼醒晚睡”的规律性特别明显，才因此得此芳名“睡莲”。

各种各样的花儿，睡眠的姿态各不相同。蒲公英在入睡时，所有的花瓣都向上竖起来闭合，看上去好像一个黄色的鸡毛帚。胡萝卜的花，则垂下头来，像正在打瞌睡的小老头。更有趣的是，有些植物的花白天睡觉，夜晚开放，如晚香玉的花，不但在晚上盛开，而且格外芳香，以此来引诱夜间活动的蛾子来替它传授花粉。还有我们平时当蔬菜吃的瓠子，也是夜间开花，白天睡觉，所以人们称它为“夜开花”。

植物睡眠在植物生理学中被称为睡眠运动，它不仅是一种有趣的现象，而且还是一个科学之谜。植物的睡眠运动会对植物本身带来什么好处呢？这是科学家们最关心的问题。尤其最近几十年，他们围绕着睡眠运动的问题，展开广泛的讨论。

最早发现植物睡眠运动的人，是英国著名的生物学家达尔文。100多年前，他在研究植物生长行为的过程中，曾对69种植物的夜间活动进行了长期观察，发现一些积满露水的叶片，因为承受到水珠的重量而运动不便，往往比其他能自由自在运动的叶片容易受伤。后来他又用人为的方法把叶片固定住，也得到相类似的结果。在当时，达尔文虽然无法直接测量叶片的温度，但他断定，叶片的睡眠运动对植物生长极有好处，也许主要是为了保护叶片抵御夜晚的寒冷。

达尔文的说法似乎有一定道理，可是它缺乏足够的实验证据，所以一直没有引起人们的重视。直到20世纪60年代，随着植物生理学的高速发展，科学家们才开始深入研究植物睡眠运动，并提出了不少解释它的理论。

起初，解释睡眠运动最流行的理论是“月光理论”。提出这个论点的科学家认为，叶子的睡眠运动能使植物尽量少遭受月光的侵害。因为过多的月光照射，可能干扰植物正常的光周期感官机制，损害植物对昼夜长短的适应。然而，使人们感到迷惑不解的是，为什么许多没有光周期现象的热带植物，同样也会出现睡眠运动，这一点用“月光理论”是无法解释的。

后来科学家们又发现，有些植物的睡眠运动并不受温度和光强度的控制，而是由于叶柄基部中一些细胞的膨压变化引起的。例如，合欢树、酢浆草、红三叶草等，通过叶子在夜间的闭合，可以减少热量的散失和水分的蒸腾，起到保温保湿的作用。尤其是合欢树，叶子不仅仅在夜晚会关闭睡眠，在遭遇大风大雨袭击时，也会渐渐合拢，以防柔嫩的叶片受到暴风雨的摧残。这种保护性的反应是对环境的一种适应，与含羞草很相似，只不过反应没有含羞草那样灵敏。

随着研究的日益深入，各种理论观点一一被提了出来，但都不能圆满地解释植物睡眠之谜。正当科学家们感到困惑的时候，美国科学家恩瑞特在进行了一系列有趣的实验后提出了一个新的解释。他用一根灵敏的温度探测针，在夜间测量多花菜豆叶片的温度，结果发现，呈水平方向（不进行睡眠运动）的叶子温度总比垂直方向（进行睡眠运动）的叶子温度要低1℃左右。恩瑞特认为，正是这仅仅1℃的微小温度差异，已成为阻止或减缓叶子生长的重要因素。因此，在相同的环境中，能进行睡眠运动的植物生长速度较快，与其他不能进行睡眠运动的植物相比，它们具有更强的生存竞争能力。

植物睡眠运动的本质正不断地被揭示。更有意思的是，科学家们发现，植物不仅在夜晚睡眠，而且竟与人一样也有午睡的习惯。小麦、甘薯、大豆、毛竹甚至树木，众多的植物都会午睡。

原来，植物学的午睡是指中午大约11时至下午2时，叶子的气孔关闭，光合作用明显降低这一现象。这是科学家们在用精密仪器测定叶子的光合作用时观察出来的。科学家们认为，植物午睡主要是由于大气环境的干燥和火热。午睡是植物在长期进化过程中形成的一种抗衡干旱的本能，为的是减少水分散失，以利在不良环境下生存。

由于光合作用降低，午睡会使农作物减产，严重的可达三分之一，甚至更多。为了提高农作物产量，科学家们把减轻甚至避免植物午睡，作为一个重大课题来研究。

我国科研人员发现，用喷雾方法增加田间空气温度，可以减轻小麦午睡现象。实验结果是，小麦的穗重和粒重都明显增加，产量明显提高。可惜喷雾减轻植物午睡的方法，目前在大面积耕地上应用还有不少困难。随着科学技术的迅速发展，将来人们一定会创造出良好的环境，让植物中午也高效率地工作，不再午睡。

食虫植物

在自然界里，我们经常看到动物吃植物的现象。例如羊啃青草，鸟儿寻找植物种子充饥，蚕吃桑叶，菜青虫把菜叶咬得百孔千疮，公园里的大熊猫最爱吃竹子，非洲大草原上的长颈鹿伸着脖子摘树叶吃，等等。

可以说世界上还有“吃”动物的植物，也就是食虫植物，就不免让人感到奇怪啦。其实，食虫植物在地球上分布挺广，主要在热带和亚热带地区，别的地方就少多了。据统计，全世界共有食虫植物500种左右，我国约有30多种。它们有的生长在酸性沼泽地或泥炭地上，有的长在水里，有的分布在平原，有的生活在丘陵和高山上。

这些食虫植物居住的地方，大多数都很贫瘠，不是缺少养分，就是缺少阳光，满足不了它们生存的需要。但那里却有很多昆虫，它们不得不学会了捕食昆虫的特殊本领，成了“足不出户”的植物猎手。

在这些植物“猎手”身上，有三件特殊的武器，一是有诱捕昆虫的香饵或伪装，像气味、颜色、花蜜什么的；二是有用来捕捉昆虫的各种陷阱；三是能分泌溶化昆虫的消化液。

下面，就给大家介绍几位神秘的植物“猎手”。

1.身挂“瓶子”的猪笼草

猪笼草是最有代表性的食虫植物，看上去像百合花或喇叭花，有的还能散发出像紫罗兰或蜜糖的香味。它是一种绿色小灌木，生活在我国海南岛、西双版纳等地潮湿的山谷里。

猪笼草每片叶子的尖上，都挂着一个长长的小瓶子，上面还有个盖子。这些瓶子的样子很像南方运猪用的笼子，所以人们管它叫猪笼草。它身上的瓶子有各种美丽的颜色，有红的、绿的、玫瑰色的，有的还镶着紫色的斑点，色彩特别鲜艳。有趣的是，这些瓶子的瓶口和内壁，能分泌出又香又甜的蜜汁。贪吃的小虫子闻到香味就会爬过去吃蜜。也许就在它得意时候，脚下突然一滑，一头栽进了瓶子里。小瓶里盛的可不是蜜，而是酸溜溜的黏液。小虫子被粘住了，就再也爬不出来了，于是成了猪笼草的一顿美餐。

用瓶子捕食昆虫的植物“猎手”很多，全世界约有 70 种，它们家族的大多数成员都生活在亚洲的热带地区。它们身上挂的瓶子也是奇形怪状，有的像个小酒杯，有的像个罐子，还有的像个大竹筒。有的猪笼草是木本，有 30 多米高，叶子上的瓶子有 30 厘米长，它不仅能捕虫，就是小鸟、小鼠钻进去，也别想出来。

2.生有“魔掌”的毛毡苔

毛毡苔这个植物“猎手”生活在沼泽地带或潮湿的草原上，那里的小虫和蚊子特别多，它们就是毛毡苔捕猎的对象。

毛毡苔是一种淡红色的小草，它的叶子是圆形的，只有一个硬币那么大，上面长着许多绒毛，一片叶子上就有 200 多根，就像一根根纤细的手指，既能伸开，又能握起来。在绒毛的尖上有一颗闪亮的小露珠，这是绒毛分泌出来的黏液，散发出蜜一样的香味。馋嘴的昆虫闻到香味就会迅速飞过来，当昆虫碰到绒毛的时候，绒毛上的黏液就会把昆虫粘住。这时候绒毛就会很快握起来，紧紧地抓住昆虫，不让它跑掉。接着，绒毛又分泌出一种蛋白酶，可以消化分解昆虫，毛毡苔的叶细胞就把消化后的养料吸收到植物体内。随后，它的绒毛又伸开了，等待着新的“猎物”陷入它的“魔掌”之中。

更有趣的是，毛毡苔还能辨别出落在它叶子上的是不是“猎物”。有人曾经试验过，把一粒沙子放在它的叶子上，起初它的绒毛有些卷曲，但它很快就发现落在叶子上的不是美味的猎物，于是又把绒毛舒展开了。

3.漂亮的“猎手”捕蝇草

这是一种跟毛毡苔同属的珍奇植物。它是 18 世纪中叶在美洲的森林沼泽地里发现的。由于它长得美丽，人们就给它起了一个漂亮的名字：孔雀捕蝇草。它的叶子是长形的，很厚实，叶面上几根尖尖的绒毛，边缘上还长着十几个轮牙。每片叶子中间有一条线，把叶子分成两半儿，就像两片蚌壳，可随着开合。

捕蝇草的陷阱，被叫做弹簧陷阱。平时，它像敞开的蚌壳一样，还发出一种香甜的气味，引诱那些愚蠢的昆虫上钩。只要昆虫一触动叶子上的绒毛，叶子就会闪电般地折叠起来，边儿上的轮牙也交错地咬合在一起，把虫子关在陷阱里，再也跑不出去了。它的叶子既是捕捉猎物的武器，又是消化器官，只要昆虫被夹住，陷阱里就会分泌出消化液，成了一个“临时胃”。如果虫子垂死挣扎，叶子就夹得更紧，分泌的消化液就越多，直到剩下虫子的残骸为止。猎物吃“完”了，它又设下了新的陷阱，等待另一只虫子上钩。遗憾的是，这个漂亮的植物“猎手”一生中只打3次猎，然后就慢慢枯萎了，结束了它的狩猎生涯。

4.在水中设“陷阱”的狸藻

“吃”虫的植物“猎手”，不仅陆地上有，水里也有，狸藻就是它们中的一员。

狸藻生长在池塘的静水里，因为它没有根，所以随水漂流。这种水草有1米长，叶子分裂得像丝一样。在它的茎上有很多扁圆形的小口袋，口袋的口上有个向里开的小盖子，盖子长着绒毛，口袋里能分泌消化液。

一棵狸藻上有上千个小口袋，每个小口袋就是水中的一个小“陷阱”，在有狸藻分布的水里，到处都是小“陷阱”，形成了一个“陷阱网”。如果水里的小虫进入这个“陷阱网”，想跑也跑不了。游进陷阱网的小虫子，东碰西撞，只要碰上小口袋盖上的绒毛，小口袋盖就会往里张开，水便立刻流进口袋里，小虫也就随着水进了陷阱，小口袋跟着就盖上了。这时候，口袋的内壁分泌出消化液，把小虫消灭掉了。小口袋又恢复原来的样子，等待下一个“猎物”。

狸藻属于狸藻科，世界上约有250种。我国约有17种，全国各省都能见到。在北京颐和园的池塘里就可以找到它的踪迹。

讲到这里，读者朋友们也许要问了，这些植物“猎手”的感觉为什么特别灵敏？外界的刺激信息又是怎样在它们体内传递的呢？难道植物也有自己的神经系统吗？它的大脑在哪儿呢？但现在还没有一个圆满的解释，等待着你们去作深入的研究和探索。

植物的防御武器

全世界已经知道的植物有40万种。尽管它们随时面临着微生物、动物和人类的欺凌，却仍然郁郁葱葱、生机勃勃，生活在地球的每一个角落。植物虽然是一些花草树木，但也有一套保护自己的方法和防御武器。

我们到野外旅游的时候，总有一种感受，就是进灌木丛或草地时，要注意别让植物的刺扎了。北方山区酸枣树长的刺，就挺厉害。酸枣树长刺是为了保护自己，免遭动物的侵害。别的植物长刺也是这个目的。就拿仙人掌或仙人球来说吧，它们的老家本来在沙漠里，由于那里干旱少雨，它的叶子退化了，身体里贮存了很多水分，外面长了许多硬刺。如果没有这些刺，沙漠里的动物为了解渴，就会毫无顾忌地把仙人掌或仙人球吃了。有了这些硬刺，动物们就不敢碰它们啦。田野里的庄稼也是这样，稻谷成熟的时候，它的芒刺就会变得更加坚硬、锋利，使麻雀闻到稻香也不敢轻易地吸它一口，连满身披甲的甲虫也望而生畏。植物的刺长得最繁密的地方，往往是身体最幼嫩的部分，它长在昆虫大量繁殖之前，抵御它们的伤害。抗虫小麦和红叶棉身上的刚毛，让害虫寸步难行，无法进入花蕾掠夺。在非洲的卡拉哈利沙漠地带，生长着一种带刺的南瓜，当它受到动物侵犯的时候，它的刺就会插进来犯者的身上，因此许多飞禽走兽见到它，就自动躲开了。植物身上长的刺，就像古代军队使用的刀剑一样，是一种原始的防御武器。

比起它们来，蝎子草的武器就先进多了。这是一种荨麻科植物，常生在比较潮湿和阴凉的地方。蝎子草也长刺，但它的刺非常特殊，刺是空心的，里面有一种毒液。如果人或动物碰上，刺就会自动断裂，把毒液注入人或动物的皮肤里，引起皮肤发炎或瘙痒。这样一来，野生动物就不敢侵犯它们了。

植物体内的有毒物质，是植物世界最厉害的防御武器。龙舌兰属植物含有一种类固醇，动物吃了以后，会使它的红血球破裂，死于非命。夹竹桃含有一种肌肉松弛剂，别说昆虫和鸟吃了它，就是人畜吃了也性命难保。毒芹是一种伞形科植物，它的种子里含有生物碱，动物吃了，在几小时以内会暴死。另外，乌头的嫩叶、藜芦的嫩叶，也有很大的毒性，如果牛羊吃了，也会中毒而死，有趣的是，牛羊见了它们就躲得远远的。巴豆的全身都有毒，种子含有的巴豆素毒性更大，吃了以后会引起呕吐、拉肚子，甚至休克。有一种叫“红杉”的土豆，含有毒素，叶蝉咬上一口，就会丧命。有的植物虽然也含有生物碱，但只是味道不好吃，尝过苦头的食草动物就不敢再吃它了。它们使用的是一种威力轻微的化学武器，是纯防御性质的。

为了抵御病菌、昆虫和鸟类的袭击，一些植物长出了各种奇妙的器官，就像我们人类的装甲一样。比如番茄和苹果，它们就用增厚角质层的办法，来抵抗细菌的侵害；小麦的叶片表面长出一层蜡质，锈菌就危害不了它了。抗虫玉米的装甲更先进，它的苞叶能紧紧裹住果穗，把害虫关在里面，叫它们互相残杀，弱肉强食，或者把害虫赶到花丝，让它们服毒自尽。

有的植物还拥有更先进的生物化学武器。它们体内含有各种特殊的生化物质，像蜕皮激素、抗蜕皮激素、抗保幼激素、性外激素什么的。昆虫吃了以后，会引起发育异常，不该蜕皮的，蜕了皮；该蜕皮的，却蜕不了皮；有的失去了繁殖能力。20多年来，科学家曾对1300多种植物进行了研究，发现其中有200多种植物含有蜕皮激素。由此可见，植物世界早就知道使用生物武器了。

古代人打仗的时候，为了防止敌人进攻，就在城外挖一条护城河。有一种叫"续断"的植物，也知道使用这种防御办法。它的叶子是对生的，但叶基部分扩大相连，从外表上看，它的茎好像是从两片相接的叶子中穿出来一样，在它两片叶子相接的地方形成一条沟，等下雨的时候，里面可以存一些水。这样一来，就成了一条护城河，如果害虫沿着茎爬上来偷袭，就会被淹死，从而保护了续断上部的花和果。

在军事强国正在研制的非致命武器中，有一种特殊的粘胶剂，把它撒在机场上，可以使敌人的飞机起飞不了；把它撒在铁路上，可以使敌人的火车寸步难行；把它撒在公路上，可以使敌人的坦克和各种军车开不起来，可以达到兵不血刃的效果。让人惊奇的是，有一种叫瞿麦的植物，也会使用这种先进武器。这种植物特别像石竹花；当你用手拔它的时候，会感到黏糊糊的。原来在它的节间表面，能分泌出一种黏液，像上了胶水一样。它可以防止昆虫沿着茎爬上去危害瞿麦上部的叶和花。当虫子爬到有黏液的地方，就被粘得动弹不了了，不少害虫还丧了命。

有趣的是，在这场植物与动物的战争中，在植物拥有各种防御武器的同时，动物也相应的发展了自己的解毒能力，用来对付植物。像有些昆虫，就能毫无顾忌地大吃一些有毒植物。当昆虫的抗毒能力增强了的时候，又会促使植物发展更新威力更强烈的化学武器。

这些植物是怎样知道制造、使用和发展自己的防御武器的？它们又是怎样合成的呢？目前还没有一个定论。

探索和揭开这里面的奥秘，是非常有意义的。

果木

银杏的传说

从前，索溪有个年轻的秀才，名叫鲁银。这鲁银自幼聪明好学，天资过人，长到一十八岁，便已是通今博古、满腹经纶。他正准备赴郡会试，谁知家遭不幸，一次山洪暴发，父亲被浪涛卷走，生死不明。没过多久，母亲因忧伤过度，也一病身亡。鲁银成了孤儿，只得四处流浪，一面找些零活糊口，一面寻访父亲。

山里的映山红开了又谢，谢了又开；成队的燕子来了又去，去了又来。鲁银不知翻过多少座山岭，涉过了多少条溪河，这一天来到了贵州边境。这里人烟稀少，很远很远见不到一户人家。鲁银大半天没有吃到东西了，肚子饿得咕咕叫。他强打起精神，拖着疲惫不堪的身子，继续往前赶路，希望能找到一处投宿求食的地方。苍天不负苦心人，走不多远，前面果然出现了一幢瓦屋。鲁银大喜，当即加快脚步奔了过去。近前一看，里面静悄悄的，不像是住户人家；从门窗里仔细一瞧，屋里摆着一排排桌椅，原来是一所学堂。门是虚掩着的，鲁银问了声："里面有人么？"见无人应声，便大着胆子推门走了进去。屋子里空无一人。鲁银四处转了一遭，想寻点东西充饥，可是什么吃的也没有。他叹了口气，正要退出，门外忽然走进一个头戴方巾、身穿长袍的中年人。鲁银心想，这大概就是老师了。正要上前施礼，中年人一把抓住了他，大声喝道："你是何人？擅自闯进学堂，敢是要行窃不成？"

鲁银连连打躬："不敢，不敢。学生虽穷，绝不能做此等偷鸡摸狗之事。"

"那你到此何干？"

"学生从远方流落到此，欲到贵处求宿一宵，顺便讨点食物，明日即刻启程。”

中年人打量了鲁银一眼，道：“听你谈吐不俗，想必也是个读书人，为何落得这等模样？”

“唉，一言难尽。”鲁银长叹一声，将自己的遭遇诉说一番。

中年人想了想，说：“那好。先生既是黉门秀才，我这里有一幅画，正要题诗一首，就请先生代劳如何？”

鲁银知道对方是想考他，这正搔着他的痒处，欣然回答说：“老师吩咐，学生敢不遵命？”

主人将客人带进内室，献茶已毕，取出一轴画说：“就是这幅，有劳先生大笔。”

鲁银接过画，展开一看，原来画面上是一个小孩在放风筝；由于风力不足，风筝未能高高升起，只是在头顶上飘荡。鲁银触景生情，顿时感慨万千。他略加思忖，提笔在画面左上方空白处书写起来——

小小一纸筝，
志本在长空，
愿借东风劲，
展翅上青云。

中年人见鲁银龙飞凤舞，挥笔题诗。刚完篇，便禁不住拍案叫道：“好诗，好书法！”

鲁银谦逊地笑笑：“过奖了。班门弄斧，还望先生多多赐教。”

中年人改容相谢道：“适才言语间多有冒犯，还望先生海涵。”说着，便叫妹妹杏花拿来酒菜，热情款待鲁银。

原来，这中年人姓李名翰云，也是个秀才。这李秀才素怀鸿鹄之志，一心要飞黄腾达，出人头地，无奈志大才疏，文字不到功夫，因而每次考试都名落孙山，不得已在此权当蒙馆先生，心里实在觉得委屈。“风筝图”正是他的述怀之作。鲁银的题诗，恰好合了他的心意，因此他感到格外高兴，席间一再挽留鲁银。鲁银见主人意气殷勤，再说自己并无固定的去向，也就爽快地同意了。

时间一晃过去了半年。李秀才得鲁银做伴，一起攻读诗书，钻研学问，文章大有长进。第二年乡试，居然中了个第一百零一名举人。新举人是个得志便猖狂的“中山狼”，从此便趾高气扬，不把鲁银放在眼里了。为了巴结主考官，以图日后有个晋身之阶，他自作主张，将妹妹杏花许给了比他还大十多岁的“恩师”

作填房。谁知杏花早已暗中和鲁银相爱，坚决不从。李举人大怒，当即对鲁银下了逐客令。鲁银是个有志气的血性后生，二话没说，当天晚上就离开了李家。

鲁银是憋着一口气出门的，离开李家以后，他就后悔没有和杏花告别。在这茫茫黑夜，到处都是大山，自己到哪里去安身呢？他约莫走了一二里地，背后突然传来了一个女人的喊声："鲁相公，等一等！"

鲁银停住脚，回头一望，原来是杏花跌跌撞撞地赶上来了。他又喜又惊，急忙回道："你怎么来了？"

"和、和你一起走呀！"杏花气喘吁吁地说："鲁、鲁相公，你真狠心，怎么声都不做就丢下我走了？"

"不是我狠心，是你哥哥要赶我走。"

"这我知道。要走我们一起走。"

"这……我一无家，二无钱，你跟着我是自讨苦吃。"

"我不怕！再苦再累我也情愿。"

"这……杏花，你还是回去吧。我不能连累你。"

"你不喜欢我？"

"喜欢，打心底里喜欢！"

"那还啰嗦什么？要活活在一块，要死也死在一堆。"

"杏花，你还是好生想想……"

"你再不答应，我就死在你面前！"杏花生气了，要往悬崖下跳。

鲁银急忙抱住了她："杏花，我，我都依你。你千万不能这样！"

杏花笑了："鲁相公，我是瞒着哥哥逃出来的，我们赶快走吧，我认得路。"

于是，鲁银和杏花便连夜抄小路逃出了贵州。亏得杏花带了一包零碎银两，在路上作盘缠。两个人风餐露宿，足足走了两个月，吃尽了苦头，终于回到了索溪，在神堂湾附近住了下来。夫妻俩相亲相爱，勤工苦做，白天打猎、挖药，晚上渍麻、织布，小日子倒也过得甜美。

谁知好景不长。几个月之后，李举人带着一帮人追寻到索溪来了，定要杏花跟他回去。杏花这时已身怀有孕，苦苦哀求让她留下。李举人执意不允，喝令打手们动手抢人。杏花火了，冲到一个崖壁前喝道："哥哥，你再拢来一步，我就从这里跳下去！"李举人只得停下来，和狗腿子们圈着杏花，不让她跑掉。双方就这样僵持着，约莫过了两个时辰，李举人焦躁不过，又渐渐向前逼去。杏花知道哥哥已经失去了人性，心一横，一咬牙纵身跳下悬崖。"杏花——"鲁银惨叫了一声，也跟着往崖下跳去……

后来，悬崖下长出一棵树干笔直、树形优美、叶片呈折扇形的大树。这便是我们今天看到的“活化石”银杏树。它结的果实浑圆洁白,人称白果。据说那便是鲁银和杏花他们俩生的孩子。

安陆银杏李白栽

安陆的银杏最著名,因为银杏与李白有一个美丽的传说。银杏是中国经济价值较高的一种果树,而树身最粗、树龄最长的要数安陆白兆山上的一棵。这棵树傲然独立峰岭,需八人合抱,苍枝像珊瑚俊俏,每逢春夏,遍生嫩叶,树冠云盖巍峨,古朴幽香,相传为李白亲手所栽。

李白,是我国唐代著名诗人,27 岁时在安陆和在唐高宗时当过宰相的许圉师的孙女结了婚,留居安陆;28 岁其长女阳平(小名“明月奴”)出世;30 岁赴长安为翰林学士;32 岁旋返安陆。据安陆县志记载,李白“酒隐安陆,蹉跎十年”,在白兆山下,读书赋诗,留下了不少名篇和遗迹。李白与银杏,尤其让后代睹物思人,不胜感慨。根据植物学家的考察论证,银杏树远在古代遍布全世界,后因冰川期巨变,各地相继绝迹,唯有中国尚存,所以世界考古学家称银杏为“活化石”。当年李白认识到银杏非常宝贵,是种稀有的果树,于是他亲手在白兆山上种植了银杏树,流传后世。

而今,银杏对安陆人来说,尤为重要,他们像李白那样对银杏爱得真挚,爱得深沉,爱得热烈。故此,银杏系安陆传统土特名产,其果实饱满,白净细腻,质量甚好。河水一带是集中产区,年产银杏 2.5 万公斤以上,行销国内外。

关于银杏的由来

银杏是种子植物中的先遗。环寄诸邦荡无存,唯我神州实独特。银杏,示名“白果树”,“鸭脚子”。落叶乔木,叶扁形,四月间花叶同放,雌雄异株,雄花有短柄,集成葇荑花序,每花具有多数雄蕊,各蕊有二药,花粉呈球形;雌花长于花梗的顶端,仅具颗出的胚珠。其花夜开即落。定植时应注意培植雄株,使开花时易于授粉结果。实熟时，以竹篾箍树木，但击篾，则果自落。堆积实处，待其皮自腐烂，方取其核，洗净晒干。核形两头尖扁而中圆，或炒或煮而食都行，系子遗植物，它生长缓慢寿命极长，可达千余年。祖父种树，孙子受益，因此又名公孙树。种仁供食用，多食中毒，一时腹内痛胀，但只要连饮白酒数杯一吐即愈。外种皮可提棱胶。叶能杀虫，花亦良好蜜源。木材浅黄色，细致软软，供建筑家具雕刻及其他工艺品用。又为庭园树，行道树。中医学上以种子入药，性平，味苦涩，有小毒。功能敛肺定喘，清心利肺，主治痰哮咳、肺结核、遗精、带下、小便频数等疾病。科学家对银杏的种子进行了化验，鉴定银杏种子含在氢氰酸、氨酸、蛋白质等多种化学元素。

明代杰出的医药学家李时珍记述此树："宋初始入贡，改呼银杏，因其形似小杏，而核色白，名白果"。银杏蒸鸭治痰喘最生效，其配方是：银杏 4 两壳放入开水煮熟，撕去皮膜，除去两头和心，再用开水漫出苦水，沥干，在猪油锅里炸一下捞出待用；白鸭，只洗净，宰去头脚，用盐、胡椒面、老酒涂淋于鸭内外后放入盆中，加入姜、葱、花椒等。用刀从背脊外剖开，除去全身骨头，将肉铺在碗内，多余的鸭肉切成小丁，同银杏混合，放在碗内鸭肉上，将原汁浇入并加汤适量，再蒸约 30 分钟，将余下的老酒、盐、味精、胡椒面、生粉等调成芡，放入猪肉，再调成汁，蘸在鸭肉上即成。这个方子具有滋阴养胃、利水消肿、敛肺水肿、定喘嗽的作用。适用于骨蒸劳热、咳嗽水肿、白带、哮喘咳嗽等症。

银杏治喘病

银杏是现在世上还存在的最古老的一种树，说到它的来历，还有一段故事呢。

传说很久很久以前有个叫白果的姑娘，从小在财主家干活。她聪明伶俐，手脚勤快。有一天，一只乌鸦飞到财主家上空，把嘴里衔的一枚果核落入院中。白果把它捡起来，见那果核像杏仁那么大，白细光滑，非常好看。财主在楼上看到她好似拾起了什么东西，大声喊她上楼去。白果忙把果核塞进发辫里藏好，摘下心爱的戒指拿在手里上楼去了。财主问："你手里拿的是什么？"白果说："戒指。"财主又问："刚才在院中你拾到什么？"白果说："什么也没拾。"财主照她脸上打了两耳光，让仆女将白果浑身上下搜查个够，也没发现什么，财主恼羞成怒，夺过白果手中的戒指扔进火炉里，罚她天天到山上放羊。

白果赶着羊群来到山上，从辫子中取出那粒果核，越看越喜欢。春天到了，她把果核种在山谷里，很快就发了芽。白果常来给它培土、施肥，嫩苗苗越长越旺。秋天嫩苗苗长成了一棵大树，结满了黄澄澄的果子。

这时，山下流行起一种疾病，得病人咳嗽气喘，厉害的用不了几天就会被憋死。白果也染上了病，咳嗽起来汤水都难咽下，体弱得拄着棍子才能站稳，可财主还要强逼她天天上山放羊。

她赶着羊走到自己种的那棵树下，再也坚持不住而倒了下去。迷迷糊糊中，她看到一个美丽的姑娘从大树上飘下来，伸手摘下一枚果子，剥去果皮，露出一枚白核，将它嚼碎后送进白果的嘴里。白果堵在嗓子里的痰吐了出来。一时觉得神清气爽。她忙拉住救命恩人，问："好妹妹，你叫什么名字？"姑娘说："我叫银杏。"说罢，一眨眼就不见了。白果从树上摘了许多果子，带下山给害病的人吃，吃一个，好一个，这样，银杏治好了成千上万人的咳嗽气喘病。

为了纪念这位善良的姑娘，人们就用她的名字为这种树命名，称它为"银杏树"。

张骞与石榴花

汉武帝时候，张骞出使西域，住在安石国的宾馆里。宾馆门口有一株花红似火的小树，张骞非常喜爱，但从没见过，不知道是什么。园丁告诉他是石榴树，张骞一有空闲就要站在石榴树旁欣赏石榴花。后来，天旱了，石榴花叶日渐枯萎，于是，张骞就担水浇那棵石榴树。石榴树在张骞的浇灌下，叶也返绿了，花也伸展了。

张骞在安石国办完公事，就要回国的那天夜里，正在屋里画通往西域的地图。忽见一个红衣绿裙的女子推门而入，飘飘然来到跟前，施了一礼说："听说您明天就要回国了，奴愿跟您同去中原。"张骞大吃一惊，心想准是安石国哪位使女要跟他逃走，身在异国，又身为汉使，他怕惹是生非，于是正颜厉色说："夜半私入，口出不逊，出去出去，快些出去！"那女子见张骞撵她，怯怯生生地走了出去。

第二天，张骞回国时，安石国赠金他不要，赠银他不要，单要宾馆门口那棵石榴树。他说："我们中原什么都有，就是没有石榴树，我想把宾馆门口那棵石榴树起回去，移植中原，也好做个纪念。"安石国国王答应了张骞的请求，就派人起出了那棵石榴树，同满朝文武百官给张骞送行。

张骞一行人在回来的路上，不幸被匈奴人拦截，当杀出重围时，却把那棵石榴树失落了。人马回到长安，汉武帝率领百官出城迎接，正在这时，忽听后边有一女子在喊：“天朝使臣，叫俺赶得好苦啊！”张骞回头看时，正是在安石国宾馆里见到的那个女子，只见她披头散发，气喘吁吁，白玉般的脸蛋上挂着两行泪。张骞一阵惊异，忙说道：“你为何不在安石国，千里迢迢追我为何？”那女子垂泪说道：“路途被劫，奴不愿离弃天使，就一路追来，以报昔日浇灌活命之恩。”她说罢扑地不见了，立时出现了一棵石榴树，叶绿欲滴，花红似火。汉武帝、众百官一见无不惊奇，张骞也明白了是怎么回事，就给武帝诉说了在安石国浇灌石榴树的事。汉武帝一听，非常喜悦，忙命武士刨土起出，移植御花园中。从此，中原就有了石榴树。

雪梨花

元朝时候，关汉卿是个有名的写戏人，他常在民间走南闯北，把听到的故事编成戏。有一年，他南游到楚州，到一个大梨园。那梨园傍山依水，得天独厚，时值梨花盛开，雪白一片，甚是好看。

关汉卿走进梨园，只见梨园中有一间不大的茅屋，茅屋门前有一棵弯腰梨树，弯腰梨树下有个小石桌。梨园主人是个好客的老头，见有人来到，忙提茶出屋打招呼。于是，一主一客寒暄几句便坐在石桌旁喝茶闲叙。谈话中，关汉卿知道这梨园主人年轻时在戏班中唱花旦，艺名叫“梨花白”，于是，他对这梨园更加偏爱了，打算在这梨园住一阵子，跟着“梨花白”学些杂曲。后来，“梨花白”知道关汉卿是一个写戏的，对关汉卿越发敬慕。两个人在那幽静的梨园中成了莫逆之交，如同亲兄弟，谈古说今，非常惬意。

有一天，“梨花白”给关汉卿讲了他表妹窦娥冤死在六月天的故事，想叫关汉卿编成戏。关汉卿听了那个故事非常感动，于是，就在梨园石桌上动手编写。当他把戏编好的时候，却为戏的名字犯起愁来，叫“窦娥冤死六月天”吧，觉得太俗、太露，似乎还有言不尽意之感。他想着、想着，竟趴在石桌上混混沌沌地睡着了。也不知什么时候微风吹进了梨园，一觉醒来只见纷落的梨花覆盖着了石桌上的书稿。他抬头望去，梨花簌簌纷落，整个梨园好像下雪似的。好一个雪字跳上了他的心头，一阵心喜，就给那窦娥冤死六月天的戏起名叫“六月雪”。他忙吹开书稿上的梨花，在戏的末尾又添写了洁雪覆盖冤体的情节。当他把戏文念给“梨花白”听时，“梨花白”拍手称好。当下“梨花白”和关汉卿商量，想招一班孩子来梨园学戏。于是，两个人一合计便招了一班孩子，由“梨花白”当老师教了起来。关汉卿给这个戏班起名叫“梨园班”。梨园班专唱关汉卿的戏，唱得出了名。后来，梨园弟子遍天下，师教徒，徒教孙，代代相传。因此后人都称戏班为梨园，称唱戏的演员为梨园弟子，把这雪白的梨花叫着“雪梨花”。

桃花

传说唐代有位诗人名叫石贾，一生最爱桃花。

有一年清明，他披着彩霞踏着露水，来到长安郊外春游。从阴风拂拂的墓地游耍到庄严寂寞的祠堂；从情丝缕缕的垂柳游玩到鱼儿戏水的溪边；从碧水环抱的北村来到桃海柳洋的南庄……直玩得口渴腿酸，浑身没有四两劲，便想去路旁农家讨水喝。刚走没两步，只见眼前桃红柳绿、鲜花盛开，他身不由己地向盛开的桃花走去。然而令石贾奇怪的是，柳绿仍在，桃红顿消，却见一位花容月貌的农家姑娘，含情脉脉地倚着门前的一棵桃树，向他甜笑。他抬头见那姑娘，貌胜嫦娥，美压西施。一下子魂飞天外，他痴呆呆地看了好半天，便随口吟道：

亭亭玉立眼传神，
疑是嫦娥下凡尘。
樱桃小口乳峰美，
貌压西施美佳人。

吟罢，他上前给那美姑娘施礼，并说明来意。那美姑娘见眼前这风流少年，人品俊美、满腹文才，便一看倾倒，也随口吟道：

风流潇洒不俗套，
太白诗文潘安貌。

天下难寻美男子，
天姻良缘知音到。

她吟罢，十分热情地给少年诗人端来一碗甜到心的糖水茶。真是你有情她有意，两人就互赠玉坠信物私订了终身。

少年诗人石贾走后不久，那农家姑娘就被本村屠地主家的少爷看中了，并请媒婆上门求亲。姑娘与少年诗人已有婚约，死也不答应。

媒婆急坏啦，就又骗又哄，忙说道："你要是嫁给屠少爷，要什么都行。"

姑娘随口吟道：

要我嫁他想得美，
八块金砖垫床腿。

媒婆笑着直点头："行，行，完全照办，你再要。"

月亮牙子要二条，
公鸡蛋儿鲤鱼尿……

媒婆直伸舌头，说这月亮牙子到哪去找呀，这公鸡蛋鲤鱼尿又从哪里弄呀?！她越想越生气，于是灰溜溜地走了。

屠大少爷见美姑娘刁难，不肯嫁他，恼羞成怒，便带了狗腿子，连夜去抢美姑娘。美姑娘这时心里如油煎火燎，多么想念少年诗人啊！能和她一起逃走呀！她左想少年诗人也不来，右盼少年诗人也不到，心想碎了，泪盼干了，也未想来少年诗人，却想了来"咚咚"的打门声，盼来了屠家抢亲人。姑娘一见转身从后门逃跑。屠少爷带着狗腿子在后边追呀追。姑娘没命地跑呀跑，眼前现出个美人塘，眼看快要追上了，这怎么办呢？姑娘绝望地放声高呼："石贾，我俩今生不能成婚配，死后也要配成双！"呼完，她纵身跳进了美人塘。塘水顿时像沸锅一样，塘水直往上涨，一会儿漫过塘帮，没多时，遍地汪洋，淹没了屠家庄园。

第二年，春暖花开清明节，少年诗人在京城里中了头名状元郎，一路耀武扬威来到南庄，接心爱的美姑娘。谁知农家双门紧闭着，未见到他心爱的美姑娘，只见棵棵桃树枯枝在寒风中摇曳，诗人抑制不住内心的激情，就在她家门上题诗一首：

去年今日此门中，
人面桃花相映红。
人面不知何处去，
桃花依旧笑春风。

他诗刚题完，迎面走来一位老人，问清缘由，告诉他，去年你走后，美姑娘日夜思念你，饭不吃茶不进，不久就被屠大少爷抢婚逼死在美人塘……状元诗人，因思念美姑娘心切，顿时天旋地转，打轿来到美人塘。只见塘边上长满了桃树，无叶枯枝，一花不放。他在塘边徘徊，悲恸欲绝，面对桃树枯枝，泪如雨下地痛哭，哭得天昏地暗，哭得日月无光，最后，他也纵身跳进滚浪滔天的美人塘。顿时，桃海枝叶茂盛，鲜花怒放。后来人们纷纷传说，桃花就是情深谊长的美姑娘和石贾魂灵变的。

李白与李花

人们的名字往往是不满周岁就定下来了，可李白名字却是在他七岁的时候才起的。说起这件事还很有诗味呢。

李白一生下来白胖白胖的，水灵灵的大眼睛实在逗人喜爱。父母把他看成掌上明珠，商量来商量去，起了很多名字都不满意。后来，李白的父亲说："干脆等儿子周岁时，看看儿子的志向，再考虑起一个得体的名字。"

李白周岁那天，一家人忙得不亦乐乎，在庭院中李树下放一张八仙桌，八仙桌上放着鸡蛋、糖糕、尺子、算盘、论语、诗经等。他妈妈抱着他，让他伸出小手抓八仙桌上的东西。李白好奇地望着八仙桌上的摆设，瞅瞅这，瞧瞧那，咧着小嘴只是笑，迟迟不抓。李白的父亲望着儿子，心里又喜又怕。他怕儿子抓着鸡蛋糖糕，长大好吃嘴；他怕儿子抓着尺子算盘，长大经商做生意，有失他书香门第的门风。他心里暗暗盼望他的周岁娃娃伸手抓着论语，长大好魁名高中，治国安邦，荣宗耀祖。正当他想入非非的时候，李白伸出小手抓着了那本诗经，嘻嘻哈哈地双手抱着。

这么说李白爱诗了。他的父亲也很高兴，儿子长大后假若不能魁名高中，只要诗词歌赋样样皆精，自成名流，也能荣耀李家。这一下就更难坏了李白的父亲，倘若儿子长大真的成为一个有名的诗人，没有一个富于诗意的名字，岂不惹人笑他父亲没有学问吗？李白的父亲越往诗上想，对儿子起名越慎重，越慎重越想不出来。拖了一年又一年，直到儿子七岁时快入学了还没想好一个合适的名字。

儿子快入学了。总得有个学名吧。李白的父亲决心要给儿子正名，不能再等啊。他想先试一试儿子，看儿子有作诗的天赋没有。倘若没有作诗的天赋，就在自己想好的几个名字中给儿子挑一个算了。

那年春天，李白的父亲给妻子使了个眼色说："我想写一首春日绝句，只写了两句，下两句想不起来了，只好向您母子求援了。您母子一人给我添一句凑合凑合。我先把我想好的这两句说说，一句是'春风送暖百花开'，一句是'迎春绽金它先来'。下边那两句就靠您母子俩了。"

李白的母亲想了好大一阵说："火烧杏林红霞落。"

李白等母亲说罢，不假思索地手向院中盛开的李树一指，脱口说道："李花怒放一树白。"

李白的父亲一听，拍手叫好，果然儿子有诗才。他笑眯眯地摊开一纸，随手拿起笔来把刚才一家人凑合出来的一首绝句写了出来，一句一句地推敲品评着，只觉得前三句不如后一句。这后一句清雅锦绣，真是一句好诗，他念了一遍又一遍，越念心里越喜欢。他念着念着，忽然心里一动，这句诗的开头一字不正是自家的姓吗？这最后一个白字白得真好，不正说准了一树李花圣洁如雪吗？妙，妙！给儿子想名字想了多年还不曾想到这个白字。他望着李花圣洁怒放，就给儿子起名叫李白。

罗汉果

有关罗汉果俗称的由来，民间传说很多，有的说，因为果形像罗汉佛的肚皮，所以叫罗汉果；也有的说，罗汉果的块根像罗汉佛模样，故而得名。还有第三种说法，是这样的：据说很久以前，有一个瑶族山民到山上去砍柴，他来到一处古树参天的森林里。豁然，他闻到一股特别清香的味道，便四处寻找，结果发现一棵缠绕在大树上的青藤上面挂着许许多多的像小圆球一样的果子，他从来没有看见过，也叫不上什么名字。于是顺手摘下几个带回家挂在屋檐下，也就不去管他了。

有一天，这个山民砍柴回来，突然受到了风寒，咳嗽不止，又喘得很厉害。乡亲们为他请来了一名叫罗汉的瑶族医生，罗汉医生来到他家看到屋檐下的几个圆果子，感到奇怪，后来，他就把这个果子带回家，亲口尝了尝，感到异常甘甜，喉头清爽，于是，他便用这种果子给这位山民入药。山民喝了三次这种果子熬成的药汤，就恢复了体力。从此，罗汉医生就用它治好了很多病人。瑶族人们为了感激这位医生，就把这种果子取名“罗汉果”。

我国罕见的古荔

我国是荔枝的原产地，现在在海南岛西部的霸王岭林区发现有大面积原始野生荔枝林。其栽培历史，至少已有2000多年了。

几百年的古柏，超千年的银杏，在国内比较常见，但果树中，有这样高龄的那就十分罕见了。说其罕见不等于没有，因为我国的东海之滨，福建省莆田县城内，原宋氏宗祠的庭院中，就有一棵植于唐玄宗年间的古荔枝树，它叫“宋家香”，是荔枝“家族”中的老祖母，也是举世闻名的长寿果树。

“宋家香”古荔究竟高龄几何？让我们查查历史吧。宋至和三年(公元1056年)，北宋著名书法家蔡襄为“宋家香”写的传记中说：“世传此树已三百年，……今虽老矣，实益繁滋，味益香滑，真佳树也。”以后在他的著作《荔枝谱》又这样赞颂：“宋公(即宋氏宗祠后裔宗诚)荔枝树极高大，……甘美无异。”从上述历史推算，这棵古荔的年龄到现在至少已1200年了。特别叫人惊奇的，此树虽寿超千岁，仍充满生机，枝繁叶茂，年年开花，岁岁结果。

“宋家香”素以果实品质优良闻名中外，它的果实卵圆形，果皮鲜红，肉厚清甜而脆，吃后齿间指缝尚留清香。自古以来，许多文人誉为“品中第一”。

传说古时有个福建人和浙江人，一个女扮男装，外出参加科举考试，一个英俊相公到他县走马上任，旅途中，两人邂逅，各自夸耀家乡的特产。福建人说

“宋家香”的荔枝最好吃，浙江人说绍兴的水晶杨梅是果中之王。公说公有理，婆道理也长，争得面红耳赤，各不相让。幸喜旁人为此凿壁题诗解围：“闵乡玉女含冰雪，吴郡星郎驾火云。”把荔枝和杨梅比作男才女貌，天生一对，各不逊色。双方的自豪感得到了满足，感情更为亲切，并以此建立了友谊，还实现了“有情人终成眷属”的美梦。

“核上俨若斧斤痕，兹事奇怪难评说”。“宋家香”不仅果品流传有动人的故事，它的某些特征，标新立异，也有传奇掌故。传说黄巢起义时，大兵路过，欲砍此树作柴烧，刚一下斧，几个妇女拥上前去抚树痛哭，愿与“宋家香”同生死。士兵感动而罢，此树遂被保留下来了。说也奇怪，现在树基上的斧痕，尚能清晰可见。特别有趣的是，宋香荔枝叶缘尖端右缘三分之一处有三个微凹的缺刻，果核腰部也有凹陷的横切痕，因似刀斧伤痕，人们称为“斧痕”或“玉带痕”。这种牵强附会的解释，虽不合理，但风流韵事仍然千古流传。

隋梅千古富生机

浙江天台县国清寺有株一千三百多年历史的隋梅，树干高大，树皮开裂，久经沧桑，几濒枯死，而又复生，从 1982 年起，居然连年枝繁叶茂，满树银花，香溢古刹，并结起果子。人们都说这是吉祥的预兆，誉称之为“灵梅”。

说起隋梅，当地还流传着十分动人的传说，相传隋梅朝开皇年间，临海县白水洋村有个怀才不遇的秀才杨宗良，几番应试都名落孙山，在门馆执教度日，夫妻多年无子，深感寂寞，遂把情趣移到培育梅花上。一年春天，梅花盛开，清香四溢，秀才娘子竟生下一位千金，起名为“梅女”。

光阴荏苒，转眼间梅女已十五岁，不但出落得亭亭玉立，而且擅长诗画，聪慧非凡，远近闻名。话说临海刁县令的儿子刁虎，是个专爱寻花问柳的“花花太岁”，背地里人呼之为“临海虎”。有一天，他带着家丁来杨家赏梅，不意碰见梅女，遂生邪恶之念。他调戏梅女，被梅女怒斥。梅女拂袖而去，头上的银钗掉落。刁虎拾得暗藏于袖中，灰溜溜回家，时隔数天，刁家竟来求亲，胡说梅女与刁虎一见钟情，以银钗为凭。杨宗良听后，深感意外，急唤女儿询问，才知实情，为避这飞来之祸，杨宗良让梅女扮男装逃往天台国清寺，临别之际，宗良特地给梅女一枚梅核，并嘱咐女儿，要记住梅子高洁玉质，在逆境中敢于向恶势力抗争。

当夜杨宗良夫妇也外逃他乡。

梅女到国清寺后，天台宗五祖章安大法师破例收她为女弟子，赐名悟静，让她协助整理智者大师的经典著作。

话说两头，三年后，恶贯满盈的刁虎也暴病而死，刁县令亦因贪赃枉法被朝廷革职。杨秀才夫妇闻讯返回家乡，重修庭院，并赶到国清寺接梅女还俗，临别时，梅女热泪盈眶地向章安大法师拜谢救命之恩，并捧出她利用整理佛经之余，在白缎上用姜黄色丝线绣成的一部长达69777个字的《法华经》和那枚梅核相赠。

后来，章安大法师把梅核埋在寺后的梅园里。若干年后这株梅树长得枝壮叶茂，香溢古刹，至今仍富于生机。

十里梅海染超山

传说超山的梅花，古老的时候就名闻天下，连天上的神仙也都想到这里来看一看盛开的梅花，闻一闻它那扑鼻的清香。有一年春天，有个石笋仙子也来到超山赏花，可是她从山顶走到山脚，从田野走到村庄，走遍了十里方圆，却没见到一株梅树。

这时，迎面走来一位白发苍苍的老人，石笋仙子问："老伯伯，超山的梅花名传天下，可为啥看不到一株梅花？"老人抬头一看，见是一个俊俏的姑娘，想必是外地来的游客，便唉声叹气地回答说："唉，梅花全给黑龙糟蹋光啦！"接着把事情经过一五一十说了出来。

那年冬天，天气冷得出奇，东海海面上也结起厚厚的冰。住在海里的黑龙十兄弟，冻得瑟瑟发抖，嗷嗷乱叫，就离开龙宫，闯到人间来避寒。路过超山时，发现山南面有个又大又深的洞，洞里温暖如春，就住了下来。这一来，附近老百姓可遭了灾。黑龙们常常飞出来抢猪、抢牛、抢羊，伤害人命。到了春天，天气回暖，他们也不想回去了；又见到梅花盛开，香气阵阵，更是欢喜得不肯离开了。但他们全不知怎样爱惜梅花，却是折呀，攀呀，翻身打滚，一翻身倒下一片梅，一打滚垮了一片梅，把梅树搞得个净光，最后，还把剩下的十株古梅树，连根拔起，搬进洞里。四周老百姓世世代代靠出产梅子过活，如今家家户户要断粮断菜，揭不开锅了。

石笋仙子听后，心里很气愤，说："黑龙十兄弟太可恶了，我去把十株梅树迁出来！"老人摇摇头："去不得，去不得，黑龙把梅树管得牢牢的哩！""我去斩了他们！"一个斯斯文文的姑娘，口气竟这样大，老人吓了一跳，忙劝道："你这姑娘怎么打得过他们，去不得，去不得。"可是，左劝右劝都没有用，石笋仙子急匆匆地走了。

石笋仙子背着宝剑，跑到洞口，大声责问黑龙十兄弟："你们为啥残害百姓，霸占梅树？"这时，黑龙们正假装斯文，围着十株古梅赏花吟诗，饮酒作乐呢。听到声音，他们抬头一望，见是个俊俏的姑娘，便嬉皮笑脸地说："嘻嘻嘻，别说霸占梅树，我们还要霸占你哩！"石笋仙子见他们这样放肆，大声叫道："孽龙！马上把梅树迁出来，给我滚回东海去！"黑龙们自以为神通广大，谁也不敢得罪他们，见石笋仙子是个姑娘，根本不放在心上，反而哈哈大笑。有的说："你呀，就别管这闲事吧。"有的说："你快进来，给我们做老婆吧。"

"看剑！"石笋仙子见黑龙们还是这样无理取闹，就挥起宝剑刺过去。黑龙们看看苗头不对，个个张牙舞爪，朝石笋仙子扑了过去。

石笋仙子和黑龙们这一仗打得十分激烈，从洞里打到洞外，从超山顶打到塘堰，从塘堰又打到临平，又从临平一直打到杭州，再从杭州打回到超山，一打就打了四个多月，打得大地一片灰尘，日月失色，还是难分胜负。

转眼已是六月初。这一天，黑龙们又围住石笋仙子，在超山的山腰厮杀起来。十条龙分成五路，一路飞在天上，其他四路分东南西北夹攻。打呀打，眼看石笋仙子有点抵挡不住了，这时，她故意装败，跳出了黑龙们的包围，飞到山顶，扭身一变，变成一株直插云霄、无比锋利的大石笋。黑龙们哪里肯放，都紧跟着追来，等飞到山顶上空，却不见了石笋仙子。他们东寻寻，西找找，到处乱飞乱窜。不提防，飞过山顶时，都被石笋尖刺破了肚皮，五脏六腑流了出来，一个个都跌落在杭州六和塔附近，断了气。只有一条黑龙，十分机警，他看到兄弟们飞腾的模样不对，再细看都纷纷跌落下去，还未近石笋，立刻回头，悄悄地溜回东海去了。

那石笋仙子呢，在刺死第九条龙之后，却因为用力过猛，折断了腰。她忍着疼痛，跟着赶到六和塔边，把九条龙的头斩了下来。那斩下的九个龙头，变成了九个小山包。后来，人们就把这地方叫做"九龙头"了。

斩完了龙头，石笋仙子又赶到山洞，想把那十株古梅迁移出来。可是，她受了伤，折了腰，已经筋疲力尽，哪里搬得动呢？这时，石笋仙子望望树，只见上面已结出圆滚滚的青梅，就一颗颗用手摘下来。摘啊摘，手指磨破了，鲜血直流。摘呀摘，摘了满满的两口袋。她使尽力气，飞到山顶，把一颗颗的青梅向四周撒去。撒完了最后一颗青梅，她也闭上了眼睛，倒在地上。相传，现在超山山顶上的一大段石笋，就是她的遗体。

石笋仙子撒下的梅子，很快就生了根，发了芽，又开花结果了。从此，超山一带又有了梅树，后来就成为“十里梅海”。其中，有一种梅树开的花，红艳艳的，特别好看，特别清香，据说就是当年石笋仙子的鲜血染红的，人们称它为红梅。

审枣树

枣树不砍不结果，人们并且编出一个审枣树的故事。

相传，清朝年间，乐陵东乡有一个叫贾兴贤的人做了江南某地的道台。上任后，当地的豪绅们听说他是乐陵人，便故意给他出难题道：“禀老爷，此地移来的枣树，都碗口粗了还不结枣，如何处置？”

贾道台听罢，故作发怒：“是吗？明日我去审问，你们也去陪审。”

众豪绅一听道台老爷要去审枣树，一个个惊得目瞪口呆。老百姓也都议论纷纷。

第二天，鸣锣开道，三班衙役手持刀板，快到枣树，贾道台下轿安坐，往左右看了看，见众百姓围观如堵，乡绅们也俱在一旁低头侍立，便对着枣树高声道：“你们都长这么大了，为什么还不结枣？”

枣树默默无言。

道台吼道：“啊，大胆！竟敢不回老爷的话！来人，给我各打二十大板。”

众衙役闻听一拥而上，把一片枣树个个打了个“皮开肉绽”。过了一会儿，道台对着枣树又怒道：“怎么？还不回答！来呀，再动刀刑！”于是，众衙役又用刀砍断了枣树的“筋”。

等“动完刀刑”，贾道台又对着枣树训斥道：“听着，命你们今年都结果，不然，连根拔掉！来呀，打道回府。”

当时，正值“芒种”前后，天气微暖，众乡绅一个个都像掉进了葫芦，相觑莫名，满头是汗；百姓们也纷纷议论说：“这新任老爷八成是个疯子吧？”

说也奇怪，夏去秋来，每棵枣树上都结满了红彤彤的枣子，累累果实，把树枝都压弯了。众绅和百姓见此情景，一个个都惊得目瞪口呆，纷纷议论说：“贾老爷乃神人也！这枣树一审竟真的结了枣；如果审案子，还有审不清么？”

其实，贾道台“审”枣树时对枣树所施行的板打、刀砍两种“刑罚”，只限于是枣乡人民为积蓄养分，保花坐果，而在“芒种”前后采取的一种防止枣树上部营养倒流的“枷树法”罢了。

椰子姑娘解人渴

台湾的椰子树，长得非常粗壮。站在树底下，朝天仰望，一片片绿叶像孔雀尾巴一样，好看极了；树上结的椰子又圆又大，里边的椰子浆，清凉解渴。关于椰子树的来历，有这样一个动人的传说。

很久很久以前，台湾岛上没有河流，泉水埋在很深很深的地下。人们口渴，只能去喝又苦又涩的海水。

在台湾南部，住着一个名叫椰子的姑娘，她为了解除人们喝不到淡水的痛苦，拿着火铲到海边挖水。她挖呀挖，一直挖了七七四十九天，手掌磨烂了，手指也磨得露出了骨头，挖了一个很大很大的沙坑，但连一滴泉水也没挖出来。这时，天上的妈祖婆来到她的面前，对她说：“姑娘，像你这样挖法，就是挖到死，也挖不出泉水来哟！”

椰子一听，流泪了，难道就这样眼睁睁看着人们受苦吗？

妈祖婆说：“要解救人们的苦难，办法倒是有，可就是不知道姑娘能不能牺牲自己？”

椰子说：“只要能解救人们的苦难，就是豁出性命，我也舍得！”

妈祖婆见椰子决心很大，就从怀里掏出一个红色的果子，对椰子说：“你把这个果子吃了，就有办法解救人们的苦难了。”

椰子姑娘吃掉果子后，立刻变成一只美丽的大孔雀。她觉得心里渴得像着了火，难受极了，就一头扎进眼前那个大沙坑里。她使劲摇转着头，扭动着尖嘴，往泥沙里钻呀钻呀，终于把嘴和头钻进很深很深的地层下，喝到了清凉的泉水。她想把泉水含在嘴里，带上地面，送给人们解渴。可是，她的头被泥沙埋住了，任她怎么用力也拔不出来。她心头一急，不知不觉中变成了一株大树，上身变成高大的树干，尾巴变成宽大的树叶，头和嘴变成树根，猛吸着地下的泉水。这株大树的树干上结满了一个个装满清凉浆液的大圆果实。

在海边找水的人来到这株大树下，摘下果子，破开后喝着里边的琼浆，又解渴又清凉。因为这种果子是椰子姑娘变的，所以人们都管它叫"椰子"。

颇具浪漫嚼槟榔

到高山族同胞家做客，主人总要拿出槟榔来招待，表达了宾主双方亲密无间。这种风俗由来已久，其中还有一段颇为浪漫的传说。

从前，在台湾南部山沟里，住着两兄弟，哥哥叫宾郎，弟弟叫严实，兄弟俩以打猎为生。一天他们正在山上追捕猎物，忽听附近紫竹林传来一阵女人呼救声，宾郎和严实急忙赶去。只见一个挖野菜的姑娘的心脏和双眼，被雕抓出，正在啄食，宾郎一箭射中了雕眼，老雕一声尖叫，丢下姑娘的尸体向空中逃去。能不能救活姑娘呢，两人想了想仍然一筹莫展。这时，一只小鸟飞来，对他们说："两位好心的阿哥，这姑娘叫藤嫚，她孤苦伶仃，又遭恶雕残害，你们一定要设法救活她。那老雕住在北边玉山上，你们必须在三天内捉住它，否则姑娘的眼睛和心脏就会在它的肚子里化掉了。"这么远的路程，即使长上飞毛腿三天内也赶不及呀！正当宾郎和严实发愁时，小鸟吐出两颗宝珠，告诉他们："这是避水珠，你们含在嘴里，到海里去制服火龙，要火龙驮你们到玉山去。"

兄弟俩辞别小鸟，急忙奔向海边，含着避水珠跳进海里，同火龙搏斗了两天两夜，终于打败了火龙，骑在它背上飞往玉山。玉山顶峰大雪纷飞，寒风凛冽。火龙喷出的火焰，驱赶了寒风，融化了积雪。兄弟俩在玉山悬崖顶上的石洞里，找到了因眼睛负伤正在昏睡的老雕，合力把它捉住，又跨上火龙就急速飞返紫竹林。他们逼老雕把姑娘的眼睛和心脏吐出来，立即安进姑娘的眼窝和胸腔，不久藤嫚姑娘渐渐醒过来了。

宾郎和严实把藤嫚护送到家，像亲兄妹一样待她。天长日久，兄弟俩都深深地爱上了这个俊俏的姑娘，藤嫚也同样深深地爱上了这两个好心肠的小伙子。她想："要是我能变成两个人，让兄弟俩都得到幸福，该多好啊！"这当然不可能。她越想越愁，不久就病倒了。兄弟俩轮流在家照顾她。

一天，弟弟严实打猎回来，走到窗前，听见哥哥正在同藤嫚说话："阿妹，你的心思我全知道。说心里话，我非常爱你，可是我弟弟也非常爱你。我是哥哥，应该把幸福让给弟弟，我看你就嫁给严实吧！"严实在窗外听了这番话，再也站不住了，他决心成全哥哥的爱情而牺牲自己，便一头撞死在门旁的山脚下。宾郎听见动静，急忙走出家门，见状伤心至极，也自尽在弟弟的尸体旁。天色晚了，藤嫚不见兄弟俩进屋，拖着病体出门寻找，见两兄弟为了爱她先后自尽，内心十分感动，也一头撞在山脚下，倒在两兄弟间。

后来，弟严实变成一块大岩石，哥哥宾郎变成一株结满圆果的大树，人人叫它槟榔树，藤嫚变成枝叶繁茂的莒藤，紧紧地缠于槟榔树和岩石上。从此以后，高山族男女青年结婚时，也必须由男方送上槟榔作为礼物，以表达双方对爱情的忠贞。

竹子结米报恩情

很久以前有个叫刘二的青年到山上砍柴，他走到一个山坳时，看到一只野猪正在拱山上的竹笋吃。他冲上前用砍柴刀赶跑野猪，救下了那支又大又嫩的竹笋。然后把笋子扶正，用松土培好，又砍了几根树枝钉在四周，才去砍柴。

不久，那支竹笋长成了一根楠竹，青枝绿叶，非常好看。刘二看这楠竹叶子长得厚密、青翠，便把它移栽到自己的茅屋前面。这竹子第三年发了许多竹笋，刘二很高兴，一有空就给竹子培土上肥，竹子越长越多，很快成了竹林。

转眼二十多年过去了，刘二一直精心照看这些竹子，从没伤害过一根。有一年，这一带大旱，庄稼都枯死了，刘二家一连几天揭不开锅。刘二嫂说："我家的竹子长得这么好，砍几根到地主家去换点米吧！"刘二红着眼圈说："这竹子我养了这么多年，它们就像我心头的肉一样，我舍不得！"

那根被刘二救下的楠竹这时已幻化成仙，见刘二饿成这样还不肯砍伐竹子，心里很感动，便对满山的竹子说："刘二对咱们这么好，现在我们要想法救救他们。"一根竹子叹口气说："哎，要是我们也能像稻子一样结出米来就好了，可惜玉皇大帝没安排我们结米。"竹仙一听连忙说："不管他安排没有，老百姓的生命要紧，我们就开花结米吧！"大家齐声附和。这时忽听林外有人喊："要不得！要不得！"大家抬头望去，原来是土地公公来了，他拄着一根拐杖走进竹林，大声说："竹子结米，还要水稻做什么？这不是没有规矩了吗？"竹仙回答说："如今稻米不够吃，老百姓快饿死了。我们帮着结点米有什么不好，你老人家不要管闲事吧！"土地公公苦笑着说："不是我管闲事，玉皇大帝有旨，说竹子结米，不死也要脱层皮，你们还是三思而行。”竹仙听了，低头想了一会儿，便说：“好汉做事好汉当，你老人家请回吧。”土地公公见劝不动竹仙，只得摇着头走了。

这天晚上，刘二躺在床上正发愁，一阵微风吹来，便听有人轻喊：“恩公！恩公！”他抬起头，见一个身穿绿衣绿裙的姑娘恭恭敬敬站在面前，说：“我是您亲手栽的那根大楠竹，您老人家救了我的命，二十多年来又精心栽培，使得这里到处长满竹子，如今日子这么难熬，您还舍不得砍一根竹子。为了报答您的恩情，我们在竹子上结了竹米。”

刘二将信将疑。第二天一早走进竹林，果然看到一棵棵竹子上结了厚厚一层竹粒，他摘了两升，拿回家煮成稀饭一尝，香喷喷的跟稻米一样。他把这消息告诉了乡亲，大家都来摘竹米，终于人人都不用饿肚子了，一场饥荒就这样解除了。

我国最奇特的树

我国的树木多而古怪，最奇特的有：

夜光树。产于江西井冈山地区，俗名叫“灯笼树”。由于树的根叶吸存含有大量的磷质，能在晴天的夜间，放射出明亮的光辉。

光棍树。生长在广州地区。树身光溜溜的，从不长叶子，所以取名为“光棍树”。它的树条呈绿色，可保存树身水分，代替叶子进行光合作用和吸收作用。

鸽子树（珙桐）。是世界著名的观赏树。大约在一百万年以前，在世界上许多地区均有分布。但到第四纪冰川时期，这些地区的珙桐均已绝种，只有少数在我国贵州的梵净山，湖北的神农架和四川的峨眉、峨边等地幸存下来，并传宗接代。这种树奇特美丽，花开时如群鸟栖上，故有“中国鸽子树”之称。

出碱的树。在新疆塔克拉玛干盐碱沙漠上有一种胡杨树，能从土壤里吸收大量的盐分，而后从树皮裂缝中排出碳酸钠。当地居民收集这些白色物质，代替苏打或碱面，供蒸馒头和加工肥皂之用。

产醋的树。在我国华北、西北地区生长一种沙棘，又名醋柳或酸刺，是一种灌木状小乔木。秋天，橙黄色或橘红色的球形浆果压满枝头，当地老百姓采收果实轧汁浓缩做醋食用。它也是制作果汁、维生素食品的重要原料。

五谷树。在江苏省建湖县将营乡赵村的大路旁，屹立着一棵神奇的树：春天满树白花，夏天结果，但所结之果，往往年年不同，形状有时似稻，有时似麦，有时似黍，有时似稷，有时似豆，故人称五谷树。更奇特的是，从五谷树所结果实，可以预卜年景：如形似稻，则这一年稻必丰收，余米堆。同时，对水旱灾也有预卜作用，如果这年雨水太大，果实必呈鱼形，而且特别与夏天爱在河面上迅速游来游去的穿条鱼（又名白条、白跳）酷肖。即使是村民中最年长的人，也说不清这棵树的来历，只知道它世世代代与勤劳的乡农一起迎朝晖，送落日，栉风沐雨，大概有几百年了。但是，稽诸史籍，五谷树却是大有来历的，在明清史料中，屡有记载。

明代隆庆年间赵善政著《宾退录》卷一载："胡惟庸农中有一树，名五谷树，夏日其实若稻麦者，则其年大有，若为鱼形，则其年大水。"胡惟庸是明初丞相，大明王朝的开国元勋之一。万历中期的南京学者周晖，在新著《金陵琐事》中，专门写了"五谷树"这一条，指出南京城中有两棵，一棵在报恩寺，亦有似鱼蟹之形者，乃三宝太监西洋取来此物。不过，五谷树在南京的命运并不美妙，胡惟庸被朱元璋"炮打功臣楼"，处死并灭族后，昔日繁华壮丽的丞相府很快沦为榛莽，五谷树是被毁？还是被人移走？不得而知，而报恩寺的那棵五谷树，到了万历末年，也不知下落了。对此，与周晖同乡而稍晚的学者顾起元，在名著《客座赘语》卷一，记载得很清楚。尔后，有明末清初的大史学家谈迁的《枣林杂俎》中，对五谷树的神奇，也曾有记载。"造化钟神秀"，凡是有益于人类生产活动的至宝，自有苍生护持，不知何年何月，五谷树传到了苏北里下河水乡，现在，五谷树在乡亲们照料下，生长得根深叶茂。

森林里树木为什么很直

如果请你画一棵树，你一定会画得枝干纵横，叶子稠密，树冠团团地像个宝塔，也许还长条拂地，迎风摇曳哩。

的确画得不坏，随便到哪里去看看，树木不是都长得这样吗？

倘使有人也画树，但他画的树又高又直，没有纵横的枝条，只在顶上有那么一小段长着树枝和树叶，看去仿佛在一根电线杆顶上扎了一把伞。你可能会看得哈哈大笑，这还像树吗？

可是别笑，有这样的树哩。要是只有云杉、红松、杉树、松树等组成的原始的纯针叶林，那么，在你眼前的，就只有一根根粗大的木柱子，非要你仰起头来，才能看到枝叶，而这些树木的枝叶，就只有小小的一簇，盘踞在高高的树顶上，跟你看见要笑的那张画上的怪树一样。

这是怎么一回事呢？是谁把它们的枝条砍得那么光光的呢？

其实谁也没有来砍过这些树的枝条，这些枝条是树木本身落掉的。

原来，树木的生长，首先必须依靠阳光。哪一棵树能够在没有阳光的照射下，长久地生存下去呢？许多树木挤在一起生长时，得到阳光的机会，自然比单独生长的树木少，但是生存是一切生物的第一要求，于是树木都争先恐后地向上长，都想多得一些阳光。然而在一定面积上，阳光给予的能量是有限制的，就使得树木不得不改变它的生长状况，以适应自然环境。

在众树密处的森林里，大量的枝叶既影响通风，又得不到充足的阳光，因而不能给树身制造养料，在消耗了枝叶本身的养料以后，就自然而然地枯死了，掉落了。这种现象叫做森林的自然整枝。

可是树顶部分的枝叶，在同其他树木作了竞争以后，大家均匀地长到相差不多的高度，在那样的高处，有着充足的阳光照射，根部又源源不断地送来水分与无机盐，使它紧张地制造着整棵树所需要的养料，因此这一部分生命力强，长得很好。

一定的自然环境，往往会赋予各种植物以一定的外形(生活型)。森林里的树木，大都长得很直，而且只有树梢一段有树枝和树叶，也是森林的自然环境造成的，如果让它享有充分的阳光，有足够发展的空间，它就绝不会是那样子。

树干为什么是圆柱形

只要你平常对周围的树木稍加注意，就会知道不同种类的树木，它们的树冠、叶子、果实的形状变化多端，几乎不可能找出它们的共同形状来。有时就是在同一种类中也有很大的变异。可是，当你把视线转移到树干和枝条上去时，马上就会发现：几乎所有树木树干都是圆的。奇怪！树干为什么大都是圆柱形的，而不是别的形状呢？为什么形形色色的树木在这一点上能够“统一”起来呢？

让我们来看一看圆柱形的树干到底有哪些好处吧！

几何学告诉我们，圆的面积比其他任何形状的面积要大，因此，如果有同样数量的材料，希望做成容积最大的东西，显然，圆形是最合适的形状了。怪不得人们把用以输送煤气的煤气管，用以输送自来水的水管，都做成圆管状的，实际上这是对自然现象的一种仿造。

其次，圆柱形有最大的支持力。树木高大的树冠，它的重量全靠一根主干支持，有些丰产的果树结果时，树上还要挂上成百上千斤的果实，如果不是强有力的树干支持，哪能吃得消呢？

树木结果的年龄往往比较迟，有些果树，如核桃、银杏等常需要生长十多年，甚至几十年才开始结第一次果实。在这一段漫长的时间里，它们主要的任务，首先是建造自己的躯体，这需要耗费大量的养分，如果不是采用消耗材料最省而功能最大的结构，就会造成浪费，使结果年龄推迟，树木本身繁衍后代的时间也拉长了，这对树木来说是不利的。

再说，圆柱形结构的树干对防止外来伤害也有许多好处。树干如果是正方形、或是长方形、或是圆以外的其他形状，那么，它们必定存在着棱角和平面。有棱角的存在是最容易被动物啃掉的，也极容易摩擦碰伤。果园中的果树，假如树干是四方的，可以想象它就容易被耕畜或其他机械损伤。我们知道，树木就要死亡。而四方茎干遭害的机会又这么多，岂不危险吗？好在树干是圆柱形的，就是机械碰伤或摩擦损伤了树皮，也可能是局部地方而已。

另外，树木是多年生植物，在它的一生中不免要遭到风暴的袭击，由于树干是圆柱形的，所以，不管任何方向吹来的大风，很容易沿着圆面的切线方向掠过，受影响的就仅一小部分了。你可以设想，如果树干是具有平面的任何其他形状，不待说，平面比之圆面上的一点受风力不是就大大增加了吗？这样，树就会被风刮歪，严重时还会使树倒毙呢！

一切生物都在进化的道路上前进着，它们躯体的特点总是朝着对环境最有适应性的方向发展。圆柱形树干可能也是对环境适应的结果。

“中国鸽子花”——珙桐

珙桐是我国古代遗留下来的孑遗树种之一，被称为生物中的“活化石”，既具有很高的科研价值和经济价值，又是一种非常美丽的观赏植物。

珙桐树最奇特、最吸引人的是它的花。它的花呈白色，形状很像飞鸽：前面的花序，柱头上的略带紫红，很像飞鸽的头和嘴；中间两片又长又宽的大苞片，酷似飞鸽的翅膀。每年春末夏初，当珙桐花开满枝头的时候，远远望去，恰似只只白鸽立在树梢，扑扑欲飞，真是好看极了！

珙桐原是我国的特产，一百多年前才由外国传教士逐渐移植、推广到欧美一些国家。1954年，周恩来总理出席在瑞士召开的日内瓦会议，在日内瓦公园里见到了这种花。当时，国际友人都称它为“中国鸽子花”。由此可见，珙桐花已成了和平的信使、友谊的桥梁、文明的象征。

索溪一带珙桐树很多，尤以神堂湾最为集中。据说，很早以前，有个猎人不慎从悬崖上跌下神堂湾，就是因为落在珙桐树上，才得以死里逃生的，可见神堂湾的珙桐树是很茂密的。最大的一棵，巍然耸立在神堂湾口，有20多米高，要四个人手牵手才能合围。过去，当地的村民不懂得这种林木的珍贵价值，很多珙桐被当作烧柴随意砍伐掉了。今天，索溪的珙桐已为数不多，被列为国家一级保护树种重点保护起来了。

月中桂

有一年的中秋节夜里，圆圆的月亮挂在天上，照得满世界都是晶亮晶亮的。

半夜时分，杭州灵隐寺里的烧火和尚德明，起身到厨房去烧粥，听见了一阵滴滴答答的声音，觉到很奇怪，望望窗户，月亮明光光的，哪来的雨声呢？于是他就开门出去，抬起头来望望，只见有无数珍珠般的小颗粒儿，从月亮里纷纷洒落下来，掉在寺边的山峰上。他看着看着，等那小颗粒儿落完了，就爬上山峰去寻找。寻一粒，拾一粒，寻一粒，拾一粒……那小颗粒儿都饱饱绽绽如黄豆那么大，五颜六色的，真好看哩。他拾呀拾呀，从半夜拾到大天亮，拾了满满的一大兜。

第二天清早，德明和尚把夜里拾来的那些小颗粒儿拿去给智一老和尚看，问他这是什么东西。智一老和尚细细看了一会，说道："月宫里有一株大桂树，还有个莽汉子叫吴刚。他一年到头砍这株桂树，但总是砍不断。有时使的劲过大了，就会把桂子纷纷震落下来。说不定这就是月宫中落下的桂子呢！"

德明和尚听了很高兴，说道："师父，我们把它种起来，让大家见识见识月宫里的桂树，闻闻月宫里的桂花香吧。"

于是，他们师徒俩就把那些五颜六色的小颗粒儿种在寺前寺后的山坡上。过了十天，居然发出了嫩芽；到一个月，嫩芽又长成一尺多高的小树苗，抽出了翠绿翠绿的叶子。

这月宫里的桂树，长得可真快哩！一月长一尺，一年高一丈，到第二年的中秋节，就长得又高又大，每株树上都密密麻麻地开满了小花朵儿，有橙黄的，有净白的，有绯红的，五颜六色都有。德明和尚就按照桂花的不同颜色，把它叫做金桂、银桂、丹桂……从这时候起，西湖四周就有各种各样的桂花了。

现在，灵隐寺旁边有一个山峰，叫做月桂峰，传说就是当年月宫落下桂子的地方。

桂花仙子配松泉

传说很久以前，南岳山脚下有一所书院，书院里有个穷书生，名叫赵松泉。

他每天勤学苦练，读了几年，不但装进了满肚子文章，还练就了一手好画。有一天他读了一阵书，打开窗子透透气，一看惊呆了。

原来窗外不远处，有一株大桂花树。这时正是八月，桂花树上开满了金黄的小花，清风一吹，又送来了一阵阵清香。他不禁叹道："好花！好花！"几年来，松泉好像还是第一次发现窗外居然有这么一棵桂花树。他马上提起笔来，把这棵香气扑鼻的桂花树描写了一番。

从这一天后，他每天早晨就围着桂花树转上几圈，晚上也总要搬张椅子靠着桂花树吟诗作赋。有一天，他还抚摸着桂花树感慨地说："桂花呀，桂花！你从不打扮得花枝招展，又不与群花争妖斗艳，在这萧瑟的秋天，却偏偏散发出沁人心脾的异香。你真是朴实而高雅，纯真而坚毅啊！"

再说这株桂花树是有来历的。不知多少年前，八仙中的何仙姑来到南岳山采药，那时也正值秋季，走遍八百里名山大川，除了星星点点的野菊花，什么花都没有了。何仙姑就取下头上的金簪，埋在南岳山麓，后来就长出这株桂花树来了。

这株桂花树本来就是仙家种下的，又经过漫长的岁月，吸取了日月精华，已经变成桂花仙子了。每年八月，是南岳游人最多的时候，她挺立在南岳山麓，把自己的清香散给千千万万的人，可是谁也没有夸赞过她那纯真、高贵的品质。现在赵松泉不但尽情地赞颂着她，而且早晚形影不离地伴着她。桂花仙子深深地感到，只有赵松泉才是她唯一的知音。

一天夜里，赵松泉又移着椅子坐在桂花树下，身子依着树干吟起诗来。刚刚吟罢，只听得桂花树上忽然发出哧哧的笑声。松泉吓得魂不附体，晕倒在地上。桂花仙子更是一惊，香汗直流，连忙跳下树来把松泉扶进书房，安顿在床上。然后，向窗外口飞身一纵，飞到祝融峰的望月台下采来了人参精，熬成汤药，灌进松泉口里。等松泉回上一口气后，她才离开书房。 不一会，松泉醒来了，睁开眼睛一看，被子搭在自己的身上，书桌上的烛光还亮着，刚才发生的事情还隐隐记得，但抬头一望，窗外的月光已经移到床前，屋里的一切和往常一样，他疑心是自己做了一个梦。

这事发生以后，桂花仙子就不像以前那么拘束了，经常将身子隐在松泉的书房里，伴着他吟诗作画。有时还偷偷地送上一盘桂花糕，或者泡上一杯桂花茶。松泉先是感到惊恐，时间久了又觉得高兴，他日夜想着桂花仙子，弄得饭也懒得吃，觉也睡不好，身体渐渐消瘦了。

这天夜里，赵松泉又来到庭院里，望着桂花树深情地说："桂花呀桂花，你若真的是神仙，为什么一个形影都没有，把一个有情人折磨得只剩下一把筋骨了，难道也忍心吗？”话刚落音，只见桂花树上走下来一位头插金花的仙女，低下头，红着脸说：“相公呀，你对我的知遇之恩深情厚谊，我早想献身图报了，如不嫌弃，我愿……”松泉一听，连忙向桂花仙子拱手作揖，说：“我是个凡夫俗子，能够与仙子匹配，真是三生有幸！既然仙子不嫌，就请明月为媒，岳山作证，今天晚上是我们的吉日良辰。”说完又是深深一揖。于是赵松泉和桂花仙子当晚就结成夫妻。

松泉和桂花仙子相亲相爱，白头到老。松泉百岁寿终后，桂花仙子也不知去向了。可是南岳山麓到处都长出了青翠的桂花树。每年八月，桂花枝上开出黄灿灿的花，幽香飘散在南岳山上山下，扑在游客的身上。

古槐传风情

中国槐，俗称槐树，是我国有名的乡土树种。

早在周代，它就是官府里的吉祥、富贵、尊优的象征。据《周礼·秋官·朝士》记载：“面三槐，三公位焉。”所谓“三槐”，就是朝廷门外栽植三株槐树，象征司徒、司马、司空三位的品位。这是什么官职？如果与现在相比，那就是相当于“总理”、“国防部长”、“司法部长” 等内阁大臣了。周朝还在朝廷左右各种九株槐树，称为“九棘”，以分别朝臣的官位。左九棘象征孤、卿、大夫的品位，群士在其后，右九棘象征公、侯、伯、子、男的品位，群吏在其后。不难想见，当时的槐树，多么受到官府的尊重！难怪华北地区，以往都喜欢栽种这样的“光荣树”啊！

古槐作为庭院树和行道树，是有道理的，它树冠大，遮阴好，枝条古朴典雅，串串花朵清香。远在秦汉时期就有“自长安至诸州，皆夹道树槐”的记载。《三辅黄图》还这样描述：当时长安城中的太学附近的街道旁边，种植很多槐树，人称之为“槐市”。到了唐代，长安城的绿化更是引人注目了。从“绿槐十三街，涣散驰轮蹄”、“青槐夹驰道，官馆何玲珑”等唐代诗句，可以看出古长安城内宫廷街市，槐树已成为主要绿化树种，车马在树荫大道上奔驰，禁城春色多么秀丽！时至今日，西安还保持了古槐林立、浓荫覆路的这种特色。

长安县内范乡鸭池口村还有一棵古槐，蓊然矗直，高 21 米，胸围 5.4 米，树荫遮地 630 平方米。据当地群众说，这棵树原在“山关庙”门前。清朝咸丰年间，附近山洪暴发，村、庙被冲毁，仅留大树，树龄推算，距今已 1100 多年了。你看这株千年古槐，虽然更朝换代，历尽沧桑，迄今仍枝繁叶茂，欣欣向荣。

北京古槐受青睐

北京北海公园有棵唐槐，树龄虽超千岁，仍翠蓊青郁，如一颗瑰丽珍珠，点缀在画舫斋中，特别受人青睐。

陕西潼关城内有一株古槐，相传三国时，就已“长大成人”。有一次，马超在此追杀曹操，一前一后，越来越逼近了，曹操自感大难临头，急欲逃命，无计可施。正在这个节骨眼上，忽见前面一棵大树，顿生绕树脱身之心。说时迟那时快，骁勇的马将军，一刀劈来，幸好被树挡住了。后来这株古槐被曹操封为“救命树”和“神树”，感激它“救命”之恩。

河南陕县观音堂的古槐，更吸引着许多中外人士的欣赏和研究。此树高17.5米，胸围9.2米，躯干雄伟，枝丫横竖，节瘤裂口，状如虎头，当地人称之为“虎头槐”。休看它苍老秃顶，却依然枝叶繁茂。据说唐初名将尉迟敬德将军率兵路过观音堂时，目睹这棵奇异神秘的大树，竟勒马注目观赏，思古怀幽，流连忘返。

这两棵古树，都是汉代“遗物”，距今约2000年的历史了。假若你侧身汉槐，回味着那优美动人的民间传说，能不感到这绿色的生命仿佛蒙着一层美妙神奇的色彩吗?!

古榕是长寿象征

榕树，是长寿的象征，唐代诗人许浑对榕树的描述，不仅形象地勾画了榕树“独木成林”的特点，而且也歌颂了它庄严而不矜持的风度。

桑科榕属植物是一个庞大的家族，在我国有100种左右。早在200多年前，清代赵学敏编写的《本草纲目拾遗》，称榕树为“不死树”，不死之意，谓其长寿也！

祖国蓝天，古榕郁郁，桂林的榕潮，因榕树得名，据说现在湖边那株大榕树，当年曾系过黄庭坚贬官南来的行舟，这样算来，寿命已近1000岁了。著名风景区阳朔明月峰前的古榕，相传是晋代的活古董。这批棵棵苍翠挺拔的古榕树，虬干蟠枝，迎风细语，好像在向游人们诉说这儿饱经沧桑变化的历史。

榕树在我国栽培历史悠久。最早被誉为“羊城八景”之一的光孝菩提，就是指栽植于广州光孝寺内的一棵菩提榕，相传是古印度名僧智药禅师于梁朝天监元年来广州时亲手种植的。历经千余年，于清兵入关时才枯死。

北宋书法家蔡襄，平生爱植树。庆历年间(公元1042~1048年)两度担任福建福州地方官，下令路旁广植榕树，为了劝人造林，他曾写了这样一首通俗易懂的科普诗:“谁种青松在塔西？塔高松矮不相齐，时人莫道青松小，他日松高塔又低。”十几年后，榕树如海，出现了“绿荫满城，暑不涨盖”的景象。人们赞颂他的功德，又流传一首打油诗:“道边松，道边松，问谁栽之我蔡公。岁久广荫如云浓，委蛇夫矮腾苍龙。行人六月不知暑，千古万古摇青风。”诗中是松，为何说的是榕，因为自古以来，闽南人和福州人一直“榕”、“松”不分，习惯于误把榕树称为松树的缘故。治平年间(公元1064~1067年)张伯玉任福州知州，进一步“编户植榕”，榕树就成了该城的象征，开始被称作“榕城”，沿古至今，简称为“榕”。

南宋大理学家朱熹在福建同安任主簿的5年中，也大力提倡植树造林。从他亲手种树的几处地方，可以看出他当时对植树的意义已有较高的见解。

古榕的美观，可以说是独树一帜的。远远望去，棵棵大树如座座平顶凉亭，苍翠素雅。由于这些特色，它给人间造就了许多美妙绮丽的自然景观。

广东新会县天马河畔，有个“小鸟天堂”，闻名世界。其实这座“天堂”是一株树龄600余年的巨榕。这株巨榕干生气根，气根成“支柱”，“支柱”托支干，支干又分杈，根接株连，树冠不断扩展，莽莽苍苍，遮天蔽日，覆荫面积达15亩多宽。每年金秋时节，榕果成熟，红满枝条，露于绿叶之上，如初春杜鹃蓓蕾，分外娇艳。果味酸甜，百鸟爱吃因而招来不可胜数的喜鹊、黄莺、麻雀、灰鹤、白鹤在此啄食啼鸣。春夏之交，白鹭南飞，群群白鹭落满枝头，这时的古榕，犹如梨花盛开，傲立河边，生机盎然。人们保护了这儿的生态，许多飞鸟就在此“安家落户”，早出晚归，友好相处，热闹非凡。戏剧家田汉曾赋诗记曰:“三百年来榕一章，浓荫十亩鸟千双，并肩差许木棉树，立脚长依立马江。新枝更比旧枝壮，白鹤能睡灰鹤床，历难经灾全不犯，人间毕竟有天堂。”

松树的风格，值得歌颂，榕树的风度，也令人赞扬。它庄严，并没有矜持的气息；它平和，却半点也不见得荏弱；它安详，又显得非常坚韧。

姚家黄梅冠天下

很古的时候，有一个小国，叫鄢国，国都就在现在鄢陵城西十五里的地方。那儿地势平坦，树木葱茏，花草繁茂，风光优美。国王在那里建了紫禁城，又在城内修了一座御花园，把从各地搜罗来的奇花异卉栽培在花园里，供他游玩观赏。

在这许多花卉里，国王最喜爱黄梅(现在也叫腊梅)。每逢寒冬腊月，别的花都凋零了，只有黄梅怒放在冰天雪地里，满树的黄花玲珑小巧，好像点点碎金，国王越看越爱看。美中不足的是，黄梅虽然好看耐寒，却没有香气，所以国王很烦恼。他下了一道圣旨，要御花园里的花匠想办法使黄梅吐香。明年冬天，如果黄梅还不吐香，他就要把这些花匠全都杀光。

花匠们接到圣旨后，心里都很焦急，怎样才能使黄梅吐香呢？他们想来想去，谁也没有办法。

冬天来到了，鹅毛大雪下个不停，黄梅树上吐出了密密匝匝的金黄色小花苞。一旦黄梅开花，国王就要来赏花，黄梅不吐香，花匠们就要被杀光。

这天，已是黄昏时分了，大家正在发愁，忽然听到花园门口传来一阵吵闹声，走出去一看，原来是花园的看守在和一个要饭的叫花子吵架。那叫花子衣衫褴褛，又脏又臭，一手拿着几枝黄梅，一手掂着要饭罐，硬要往御花园里走。看守不准他进来，他哈哈大笑说："莫笑老姚身上脏，御花园里花不香……"他边说边往里走，看守操起棍子，劈头盖脸就朝他打去。花匠们看不过去，急忙上前拦阻，并且纷纷掏出身上的钱送给老姚，说："这里不是你停留的地方，快快走吧！"

老姚接过钱，放进了要饭罐，然后把那几枝臭梅送给大家，说："谢谢老哥们的好意，我没啥东西报答你们，这几枝臭梅就留给你们吧！别看它臭，它跟您御花园里的黄梅还有不解之缘哩！"

花匠们急忙接过臭梅，果不其然，一股奇特的臭味钻进了花匠们的鼻子。这花的形状与黄梅几乎一样，只是带有臭味。一个花匠说："咱这黄梅不香，就够麻烦了，还要这臭梅干啥，快扔了吧！”

众花匠一听，不知如何是好，还想向花子老姚请教，谁知花子老姚已经不知去向了。此时大家都觉得衣兜沉甸甸的，摸了摸，原来给老姚的钱又都回到自己的衣兜里了。花匠们这才醒悟，老姚是前来拯救大家的神仙。花匠中有个聪明人也姓姚，他说："既然老姚说黄梅和臭梅有不解之缘，咱就把这臭梅接到黄梅树上试试吧！”大家觉得有理，就把臭梅接到了黄梅树上，裹上泥土用麻绳缠好。几天过去了，星星点点的黄梅花苞都绽开了。国王听说黄梅花开，便带领着文武大臣到御花园来观花赏景。

一进御花园，只见遍地白雪茫茫，满树黄梅怒放。花园里幽香四溢，沁人心脾。国王心里很高兴，就重赏了花匠。有人又把那老姚的事禀明，国王听后，立即下了一道诏书，把民间姚姓的花匠都召到御花园里当花工。

后来，斗转星移，鄢国被郑国灭了，王宫和紫禁城变为一片废墟，只有御花园留了下来。因花匠都姓姚，世代子孙繁衍，这里成了一个村庄，家家户户都种花草，所以这个村庄就叫姚家花园。又因香黄梅是姚家花园培育出来的，所以有“姚家黄梅冠天下”之说。

花中之魁梅花

梅花，俗称腊梅，冬梅，性耐寒，姿态矫健。花凌霜傲，开放于群芳之首，人称“千红万紫，终以梅花为魁”，故梅花享有“花中之魁”的美称。

据《唐才子传》记载，唐代诗僧齐己，曾写了一首《早梅》诗，诗中有“前村深雪里，昨夜数枝开”二句。诗写好后，他送给诗人郑谷看，郑读后说：“‘数枝’非早也，未若‘一枝’佳”，齐己深为佩服，称郑谷为“一字师”。郑谷改诗，传为千古佳话，更渲染了寒梅报春，人们喜中有惊的心情。

梅花自古为文人所喜爱。文人爱梅，莫过于林逋。林逋是宋代诗人，一直隐居在杭州西湖孤山。他一生以植梅养鹤为乐，终身不仕，也不婚娶，故留下了“梅妻鹤子”的佳话。他曾写过一首有名的梅诗，其中的“疏影横斜水清浅，暗香浮动月黄昏”，把梅的体态神韵写得惟妙惟肖，无怪古人都盛赞此诗是“曲尽梅之体态”。

在历史上，曾发生过“疗梅”一事，自古以来，人们都认为“梅以曲为美，直则无姿；以欹为美，正则无景；以疏为美，密则无态”，花匠们投其所好，也故意将梅“斫直，删密，锄正”，变成病梅，“以求重价”。清代龚自珍反对这种故意将梅弄成“病态”的作为。因此，有次特地购买了300盆“皆病者，无一完者，既泣之三日，乃誓疗之，纵之，顺之，毁其盆，悉埋于地，解其棕缚；以五年为期，必复之全之”，并“辟病梅之馆以贮之”。此事记载在他的《病梅馆记》一文中。

梅花是中国的名花之一。在中国有很多赏梅的胜地，如杭州、苏州、无锡、南京等，尤其是位于江苏无锡西部浒山的梅园，享誉中外，这里有名贵梅树6000多株，素来以其品种多、花树繁、观花期长而著称。每年当梅花怒放时，来这里踏雪赏梅的中外游客，络绎不绝，到梅园赏梅，循幽径踏雪登上无心台，看碧溪清泉映照花容；凭栏清芬轩，让阵阵梅香洗心净脾；小坐诵堂，欣赏梅桩疏影横斜的虬枝；漫步“香雪海”，领略“遥知不是雪，为有暗香来”的诗意，真是其乐无穷。

梅乡

我国是梅树的故乡。在远古时期，梅树已广泛分布于大江南北了。古梅苍劲，梅花清香，人们十分喜欢它，诗人爱咏梅，画家爱画梅，园艺家爱种梅，已成为优良的风尚。元、明之际的王冕是个大画家，平生爱梅，在他的住房周围，种植许多梅树，自称为“梅花屋”(见《玉壶春》)，吟诗作画，自我陶醉，简直成为梅花迷了。

梅是一种喜欢温暖湿润气候的果树。远在3000多年前，黄河流域的气候比今天要暖和些，从平原到山区到处都有梅的“华彩”。以后随着气候变迁，温度渐低，又悄悄地移居到长江以南“落户”了。正因为如此，我国几株著名的“寿星梅”和许多的赏梅“圣地”也出现在江南各地。

浙江天台山清国寺前的隋梅，树龄已有1300多年，愈是老干古枝，愈显得苍劲挺秀，生机盎然。1964年，郭沫若同志寻芳访古，曾咏诗一首：

塔古钟声寂，山高月上迟。
隋梅私自笑，君梦复何痴。

赞扬它是世界上最古老的艺梅。

杭州超山浮香阁前的唐梅，系老干枯死后又长出的新枝，茎细枝茂，新蕾绽开，充分显示出返老还童的神气，现代文学家郁达夫在游记《超山梅花》中，曾精心描述和推崇。

苏州邓尉山的香雪梅林，传说是宋代“遗产”，春初花开，白如雪浪翻岸，红似彩霞倒影，香闻数里，迷得游人流连忘返。

四川成都的梅花，据说是五代王健踞蜀称王时栽培的。梅林如海，宋代著名诗人陆游曾多次去那里赏梅。有时走马观花，有时留步赞叹。你望着他折枝在手的神态，默诵其赞美诗：“当年走马锦城西，曾为梅花醉如泥；二十里中香不断，青羊宫到浣花溪。”追忆昔日香雪留春的情景，多么令人神往啊！

此外，还有武昌东湖的梅岭，无锡的梅园（有梅 4000 余株，计 54 个品种），广东大庚岭的罗浮山，南京中山陵中的梅圃等，都是我国闻名的赏梅胜地。若遇上雪后赏梅，那种“花外见晴雪，花里闻香风”的景观，更加绚丽动人。

梅不是华而不实，而是硕果可居。梅的果实俗称梅子。梅子酸溜溜的，提及它，不禁令人满口生津，唾液顿涌。《三国演义》中描写曹操率领大军南下，行军至一处荒山僻岭，前缺汲水，后无河溪，将士们渴累交加，实在走不动了。这时曹孟德眉头一皱，计上心来。他扬鞭向前一指，喊道：“将士们，那远处山城上有一片梅林，满树的果实又酸又甜，加油快走呀！”将士们一听到这个喜讯，立即从齿缝里分泌出阵阵涎水，精神倍增，一鼓作气，急行军打了一个胜仗。这个“望梅止渴”的故事，不仅生动形象地说明条件反射学说在军事上的运用，也表现出曹操不愧是一位雄才大略、学识丰富的军事家。

梅果仅只有酸溜溜的味道吗？不，它还有甜丝丝、香喷喷的余味。对于那些嗜酸和脾胃欠佳的人，特别是对孕妇来说，能吃上两个肥大酸梅，那简直是大享口福了。《居家必用》中记载梅酱的制法：取熟梅 10 斤，蒸烂去核后，每 1 斤加盐 3 钱搅匀，再晒至红黑色收起，用时加葛粉拌调凝成膏冻。广东加工成“油话梅”，福建为“盐话梅”，集甜、酸、咸、香诸味于一体，含在嘴里，其味无穷，既有清热祛暑的作用，又有健脾消食的药效。

乌梅入药（又称梅仔、梅实、春梅），更是传奇。《医说》里有一则医例说，古时有一位曾鲁公，患血痢百余日，百般医治，疗效不佳。当时有位名叫陈应之的医生，不用名药珍品，仅取盐渍梅肉一枚，研烂后调和腊茶入醋服用，一服血痢即止，二服腹泻痊愈。从现代医学分析，血遇酸即收敛，见寒则辄止，得苦则涩阻。这是什么奥妙呢？原来乌梅肉的化学成分对大肠杆菌、痢疾杆菌、伤寒杆菌有明显的抑制作用哩。

“要知春景深和浅，试看青梅大几分”。梅树还是物候观测的对象。传说古人一看到梅果结得少，就预感这年的高粱也会歉收。担心“树无梅，手无杯”；反之，如果梅子丰收也就预兆着高粱也会丰收，大家有粮有酒，日子该多好过啊。

瑞雪兆丰年，梅熟传春色。春天是青年男女播种爱情季节，梅子也有它的用场。《诗经》中“标有梅，顷筐塈之，求我遮士，迨其谓之。”译成白话是：树上梅果成熟，快提筐儿来采收，谁个有心追求我，等句话儿就相赠。古代习俗，每当梅子黄熟时节，青年男女常在梅林下聚会，要是女方喜欢谁把梅子掷给对方，若是男的也欢喜她，便以佩玉相赠。这种青梅竹马的风俗与今天广西壮族姑娘抛绣球以投情，何其相似。

梅花，是报春的花。每当人们看到梅树苍劲枝头迎风怒放的梅花，便情不自禁地想到：春天来了，春从梅花的枝头上来了，苏东坡的赞《梅》诗写道：

春来幽谷水潺潺，灼烁梅花草棘间；
一夜东风破石裂，半随飞雪渡关山。

风雪不能阻挡它含苞欲放，这是何等的气魄！

梅，属于蔷薇科的小乔木，花朵虽不大，但姿态和色泽瑰丽多彩（有红有白，还有粉红或黄、紫的）。花分五瓣，古人喻为吉祥五福，即快乐、幸福、长寿、顺利和平安。常见的腊梅，花形花香与梅相近，但花呈杯状，果有毒，只能作瓶花观赏，在分类学上属腊梅科小灌木，两者不能混为一谈。

我国是世界园林之母，是世界花卉资源最多的国家之一，应该选哪种花为国家之花呢？通过各地群众评选，推荐梅花的最多，牡丹、菊花次之。他们认为梅花是中国之花，是报春信使；梅花美丽、清香、挺拔、凌寒傲雪，传芳几千年，不仅如此，梅花对自己的祖国也特别热爱，如果叫它远离祖国，托身异乡，它会表现出依依的情怀，不愿流落异邦。

桑树趣话

我们伟大祖国是世界上种桑养蚕最早的国家，人们在公元前10世纪殷商时代的甲骨文中，还可以找到这方面的记载。战国时期，孟子曾提出：“五亩之宅，树之以桑，五十者可以衣帛矣。”到三国时代，诸葛亮更为重视，当他病危时，还给后主刘禅的遗疏上写道："臣家有桑八百棵，子孙衣食，自可足用。"由此可见，自古名人，早已把屋前屋后种桑养蚕作为发家致富之道。

桑树寿命很长，在全国各地存留的古桑中，还有几株著名的"千岁老翁"，虽老枝纵横，仍然春来荣发新叶，显示出它那老而不衰的生机。

福建省泉州市开元大殿的西廊，有一棵唐代雄性古桑，树皮黑褐色，又粗又厚，基部周围6.3米，长有两枝巨大主干，用尺测量，各粗约3米，其中一枝被雷劈成两半，心材已经腐朽，但边材新嫩，枝繁叶茂，生长旺盛。开元寺建于唐代垂拱二年（公元686年）。据《晋江县志》记载："寺址本是黄守恭的桑园，因园主曾梦见桑树开白莲花，就舍地建寺，以求降福。"由此可见，古桑在建寺前就已栽植，屈指计算，树龄至今至少有1300年了。树老名大，被列入寺内的重要古迹，人们赞扬它是"佛国名传久，桑莲独擅声。"

这株古桑是桑中之王吗？不，1982年，中国农业科学蚕业研究所的科技工作者到西藏地区进行桑树品种资源调查，在林芝县的日角山麓泥洋河畔发现一棵特大的古桑树，树干直径4.12米，胸围将近13米，八个人手拉手才能合抱。主干高3.3米处，分生7个大枝，其中6个已被截断，留下的那枝距地高约7米。仅主干一段的材积即有44立方米之多。据年轮推测，树龄已有一千六百多年。莫看它年事已高，但无枯朽状，无病虫危害，树干隐芽萌生的密丛短枝，郁郁葱葱，远远望去，整个树形活像一座巨大的树桩盆景。从树龄、树体、形态等方面来看，大大地超过了开元寺的古桑。科学工作者认为，这棵巨桑国内无双，不愧是世界罕见的"桑树王"。

人们喜爱丝绸，诗人赞美养蚕，自古以来也很推崇慷慨地用自己青青的嫩叶来养育春蚕的桑树。《诗经》中"唯桑与梓，毕恭毕敬"两句，形象地说明我们的祖先见了前人种的桑树与梓树，即生崇敬和怀念之情。正因如此，"桑梓"便成了家乡的代名词。

称赞桑树，不是没有道理的。它看来平凡，貌不惊人，但长相宽厚，朴实，本质高尚，不花枝招展，不垂枝献媚，自甘牺牲，养育蚕宝，丝织绫罗。"织为云外秋雁行，染作江南春水色"（白居易《缭绫篇》中诗句），把美留给人间。

樱花天女

我国的台湾岛，一年四季鲜花盛开，素有"海上花园"之称。这里的樱树长得格外繁茂,樱花开得也格外鲜艳。这里的樱花为什么开得这样好呢?还有个像花一样美丽的传说呢!

据说,从前人间没有樱花。在天宫的南天门外,有座百花山,王母娘娘很喜欢百花山上的花,专门派了一百名天女,到这座山上莳养百花。每当春天,百花山上的天女,奉王母娘娘的旨意,从自己分养的花树上,采摘花朵,装进花篮里,飞向人间飘撒。可是,王母娘娘唯独不让樱花天女飞向人间撒花,因为樱花树在百花山上只有两株,开的花也就非常金贵,所以不往人间传播,专供天上诸仙欣赏。

天女们每逢撒完花回到百花山上, 就讲人间花香鸟语和男耕女织的动人景象。樱花天女听后,很向往人间,就对其他天女说,她也要到人间去撒花,把樱花带到人间, 为人间的春色增光添彩。其他天女听后劝她道:“你要是这样做,被王母娘娘知道了,会把你关进天牢,永无出头之日啊!”

可是,天女们的话没有把樱花天女吓住。这年春天,天女们一离开百花山,她也挎起装满樱花的花篮,偷偷地离开百花山,向人间飞来。她飞到台湾岛上空,正要向下撒樱花时,见一座高山上,一个英俊的小伙子,正赤脚光背在追赶一只猛虎。他的脚被树橛划破了,身上被荆棘刺得直流血也不在乎。他追上那只猛虎,手起刀落,就把猛虎杀死了。樱花天女被这个小伙子的勇猛举动吸引住了。她顾不得撒花,急忙落到小伙子的面前,深情地说:“阿哥,你辛苦了!”

小伙子名叫麻达,他冷不丁见这么一个俊俏的姑娘出现在面前,不禁吃惊地问:“阿妹,你是哪个村寨的?怎么一个人来到这里?”

樱花天女说:“我住在山东坡。知道阿哥为人忠厚,又无妻室,特来拜访。如果阿哥不嫌弃,我情愿陪伴阿哥白头到老。”

麻达为难地说:“我家无隔夜米,人无随身衣,可怎么养活你呀?”

樱花天女说:“不怕。只要咱俩勤快,日子就会好起来的呀!”

麻达见这个阿妹这样诚心,也就不再推辞了,当即把她领到家里成了亲。樱花天女把带来的樱花撒到房前屋后, 一眨眼工夫房前屋后就长出了一株株樱花树,开满了鲜艳的樱花。于是,麻达除了到山上打猎外,还采些樱花,到集市上去卖,得来的钱,换回米面,再也不缺吃穿了。

后来,樱花天女下凡的事被王母娘娘知道了,她大发雷霆,下令金甲天将把樱花天女捉回天宫,关进天牢。樱花天女虽然离开了人间,可是她留下的樱花却在人间繁衍开来,把人间的山水,点缀得更加美丽可爱。

武当山的七星树

湖北小武当山顶长着七棵七星树，据说，它是月宫里的梭罗树籽落地生成的。

那年，真武大帝在武当山修行，选中了最高的天柱峰顶，要盖造宫殿。可是，峰顶长没一丈，宽没八尺，高低不平，实在难以建起殿堂。他见到无法，便拔出宝剑，对准山头平削过去。只听“当啷啷”一声巨响，山崩地裂，把个天柱峰齐齐折去了一截。这被削的山尖“呼”的一声落在黄龙洞下，成了小武当。

广寒宫中的嫦娥，忽听天外传来一声巨响，觉得好生奇怪，便出宫观看。但值午夜，人间黑糊糊一片，什么也看不清楚。为要照明，她顺手摘下七颗星星，扔下凡间，恰好落进黄龙洞边的水池中，照得四周如同白昼，后来，人们就把这池子叫“七星池”。

嫦娥借助池里的亮光，看到地面突然耸起一座山峰，峰上青石林立，草绿花红，十分好奇。她想把这座山四周都看看，可是被黄龙洞前的一座大山挡住了视线。她一气之下，从头上取下金簪子，在山顶一划，“哗啦”划去半边，留下光秃秃的万丈高崖，耸立在七星池边，人们就叫它“七星岩”。

星落接着山崩，直震得天摇地动，连月宫里的梭罗树也猛烈摇晃起来，扑簌簌落下几颗树子，飘飘荡荡飞下凡间来，落在七星池边。

几粒树子一夜之间长成了七棵大树，上顶天，下接地，遮云蔽日，荫蔽了武当半边山。每到夜里，树下就放出亮光，像一天繁星，使八百里武当处处都能见到它的英姿。因为它每个枝梢都长出七片叶子，人们就叫它“七星树”。

因为七星树、七星池、七星岩都是嫦娥留下来的，所以，这里成了她的行宫。据说，每到中秋夜花好月圆时，还可以看到她来去的踪影哩！

草木有情紫荆花

相传古时候，陕西临潼有个田老汉，领着田真、田直、田刚三个儿子，齐心协力地耕种着十几亩土地。“土地不负勤劳人”，汗水换来了年年丰收，一家人小日子过得快要飞了。

一年一年地过去了。老人替大儿子田真娶了个媳妇叫桂花，她为人忠厚，俭朴持家；老二田直也娶了个老婆叫梅花，她勤劳贤惠，种田样样在行……俗话说"人多好种田"，这话确实不假。自从两房媳妇娶上来，田家像蒸馒头一样，蒸蒸日上，一天天地好起来……正在这个节骨眼上，老三田刚又娶上了媳妇叫菊花，此人好吃懒做，尖刻厉害。她进门没有三天，就闹着要分家。大嫂规劝她："你刚过门就闹分家，左邻右舍会说闲话呀！"二嫂开导她："你知道地主老财为什么不敢欺我家？主要是一家人团结种田，他无处下手。"老公公也批评她："菊花呀，千万不要闹分家，好家分穷了，笑掉人下巴……"一家人苦口婆心地劝导她，千万别分家。她半句听不下，和男人吵、与丈夫打，闹得六神无主不安宁。老人见日子再也过不起来了，牙一咬心一狠，把三个儿子叫到面前，挥着老泪，说："这个家不分不行啦，现在你们三兄弟，田地、房屋、家具……一分为三。"一切分好了，只剩下门前一株紫荆树没有三一三十一地分。菊花一见又吵又跳闹开啦，逼着老人第二天砍倒紫荆树，一锯为三，各得其一。老人实在无法也只好答应了。

谁知草木也通人心。到了第二天清晨，青树绿叶的紫荆树突然枯萎死了。老人与老大老二及儿媳，见这种奇异的现象，抱着紫荆树痛哭不止，泪水湿透了紫荆树。老人哭了好半天，痛心地说："树木同株，闻将分所，所以憔悴，是人不如木也。"他们哭着、哭着，只见紫荆树枝头也落泪纷纷。于是，他们更伤心地抱树痛哭……这一切，就是铁石心肠也足以感动，老三田刚与媳妇菊花看到这种悲恸的场面，也真的感动得流泪了。扑通一声跪倒在老人和紫荆树前，哭着说："爸爸，我们真不如这棵紫荆树！现在我俩愿死也不分家了。"

老人一听，忙挥泪搂抱着儿子和儿媳，语重心长地说："这就对了，树木同株，兄弟同根，绝不能分啦！"

这时，奇怪的是屋前那棵已枯萎死的紫荆树又渐渐地长出绿叶，开出满树红花，所以，后人就把紫荆花又叫做"不分家的紫荆花"。

奇物接骨木

在种类繁多的植物世界中，有一些非常普通的植物，它们虽然貌不惊人，

但却有着神奇的药用价值。

接骨木的个子并不高，株高一般不到6米，是落叶灌木或小乔木，叶对生，属忍冬科，因其生命力极强，故又被叫做芊芊活。

接骨木能舒筋血、活脉络。最早发现其药用价值的是我国古代劳动人民。比如，在我国的西南少数民族地区中就流传着有关接骨木的传说。

据说，早先有一位郎中，苦于找不到一种能帮助断骨愈合的药物，整天在山里寻找草药。一次他上山采药，砍伤了一条蜈蚣，结果发现另一条蜈蚣抬来了一片树叶，敷在伤蜈蚣的创口上，伤口很快长好了。这树叶，就是接骨木的叶子。

传说固然是虚构的，但接骨木作用却不容忽视，因为它对于跌打损伤确实有着奇特的治疗效果。接骨木的茎、叶都能入药，主治风湿痹痛、跌打损伤、筋脉不利。

辨认接骨木并不太难，接骨木的老枝髓心呈黄褐色，长有羽状复叶、卵形或椭圆形的小叶5~7枚，边缘还有锯齿，揉碎以后更有特殊臭气。据说，这种臭气对老鼠有着强烈的驱避作用。

接骨木于春季开花，花很小，黄白色，聚集在枝头呈圆锥形，花开后结出红色的浆果。接骨木分布于我国华北、华东和东北各地。此外欧洲和日本也有分布。

昙花一现

人们喜欢用“昙花一现”这句成语来形容人短暂的一生。就是因为早年的一现，使昙花至今关在没底的黑牢里。

传说，昙花本是天上王母娘娘跟前一个最俊美、最甜人的侍女。有一天，她和众仙女在琼台上玩耍，偷眼见凡间桃红柳绿，百鸟争鸣、万花争艳，蜂蝶飞吻在花蕊；农家男耕女织美满幸福，樵夫在山上打柴自由自在……她高兴得跳了起来，忙又转到台阁的另一边，偷看人间，只见碧水清清、群鱼戏水，一个年轻俊美的渔夫，在湖里撒网捕鱼，一网汗水一网鱼，打上金黄、玉白、墨黑、赤红的鲜鱼，个个活跳活蹦，真是爱煞人。年轻的渔夫抬着鱼，唱着渔歌，自由自在、幸福极了。昙花她一下子看呆了。心里唱着："静寂天空太无聊，幸福人间实在好。"

众仙女见昙花偷看人间，看得如痴如呆，一起围上来，七嘴八舌地劝说昙花："昙花妹妹，不要痴心妄想，王母不会让你自由幸福，七妹的下场你难道没看到？""昙花妹妹，你莫找罪受，织女姐的教训明摆着！""我们还是一起回去吧！"说着天鼓打响，众仙女连推带拖地把昙花拖回去了。

昙花人虽被众仙女拖回宫去了，但她心一直留在人间，贴在渔夫身上，她恨王母娘娘惨无人性，不让她们自由幸福；她恨王母娘娘狠毒无常，把她跟渔夫隔在天上人间。思念渔夫心切，她不顾一切天规法网，在一个五更天偷偷地离开天宫，来到人间，她驾着彩霞飘飘悠悠飞落到渔船上。她见渔夫正在舱里甜睡，跑到灶房为他煮好早饭。当渔夫醒来，见锅里直冒热气，他惊讶地定神一看，原来是一个绝代美人儿在向他微笑。他惊讶地倒退三步说："你你……你……你是……""渔郎，不必害怕，我是王母娘娘的膝下侍女昙花，我看你忠厚勤快人品好，我看你孤孤单单的好惆怅！""昙花姑娘，我不能连累你一起受煎熬！""渔郎，只要我俩夫妻恩爱，即使饿死心也欢畅！"昙花和渔夫当天就结为夫妻，一个撑船，一个撒网，俩人恩恩爱爱。三年后，生下一男一女，小日子过得比蜜糖还甜。

谁知好景不长，王母娘娘知道昙花偷到人间，大发雷霆，即令天兵天将，雷打火烧，把她捉拿到天宫，要把昙花碎尸万段。即使这样她还不解恨，又想了一个十分毒辣的点子，叫她受活罪，把她变成一株花，趁黑夜把她送到人间，只让她一现，就立即把她捉拿回天宫，关进无底黑牢。天天折磨她，叫渔夫和她天天活活相思，想得柔肠寸断，痛苦万分，永世不得团圆。

就这样，天长日久，最后终于把昙花姑娘折磨至死。昙花姑娘死后，由于生前与渔夫感情深挚，所以魂灵又飞回人间，化为极其美丽芳香扑鼻的大型花朵。因为这种花是昙花仙女变的，所以人们就把这种花叫做昙花（又叫仙女花）。由于天上一天，人间就是一年，因而昙花一年只在夜间开放一次。

生女种牡丹

土家人有个风俗，每逢有一个女儿落地，就要在房前屋后种棵牡丹；以后经常浇水、施肥，精心照料，使它快长，长好，开出最美的牡丹花。同时，女大十八变，越变越好看，也终于出落得像那棵盛开的牡丹花。女大要嫁人，父母一定得给她准备嫁妆。不管是多么富有的人家，这时候，都要把那一棵牡丹挖出来，作为药材变卖以后，将得的钱办嫁妆用掉，意思是让它也要随女儿一起到婆家去。

这个风俗是怎么来的呢？

传说，有个猎人到山里去打猎，越走越远，不知不觉进了深山老林。一望都是阴森森的，整天不见人影，怪孤单的，他很想有个伴儿，互相说几句话。这时候，忽然听到几声鸟叫，特别动听，好像年轻妹子唱的山歌。仔细打量，原来是一只黄莺落在不远的树枝上，正瞪着亮晶晶的眼睛朝自己望。猎人很高兴，对它说："跟我做个伴吧！"它点点头，猎人走了几步，回头向它招手："来呀，来呀！"它果然也扑棱棱飞前几步，落在旁边的树枝上，又叫起来。猎人更喜欢它了，就地坐下，对它又说："你要是心里有话，就痛痛快快对我说吧！"黄莺又点点头，叫了起来，好像遇上了亲人，简直有说不完的知心话儿。猎人再也不愿和它分开了，要它飞到自己的肩头上来，永远随着。它果然又会意了，展开翅膀。不料想这时候忽然有一只鹞鹰猛扑过来，叼住了它的脖子，它只是惨叫了声，便没命了。

猎人当头挨了一棒，心如刀绞。他举起猎枪，弄着了引线，"轰隆轰隆"一阵响，鹞鹰倒头栽了下来。猎人跑过去，找着了被打死的鹞鹰，就地捡起乱石块，把它砸得稀烂。可是附近却不见黄莺的尸体，只是有一棵牡丹刚长出土，转眼生叶，不久开花，艳红艳红，清香扑鼻。猎人从来没有见过长得这么快，又这么好看的牡丹。心想：它一定是那黄莺变的，就把它挖出来，拿回家去。还没进门，就听见屋里传出一阵婴儿的哭声，原来是妻子刚刚生下一个女儿。他心里一动，觉得这个女儿也一定和黄莺、牡丹有关，赶紧把牡丹栽到门前，又浇上水，简直当成了命根子。同时给女儿取名就叫牡丹。

后来，猎人的女儿和他门前的牡丹同样生长，一般漂亮，人人叫好，便也都学着他们家的样子，每逢生下一个女儿就要种下一棵牡丹，渐渐成了风俗。

女儿杉

在恩施的一些苗家山寨里，还有这样一个风俗习惯：无论谁家生了女儿都要栽一片杉树，女儿大了便砍几棵办嫁妆。人们称这种杉树叫做“女儿杉”或“十八女儿杉”。

这个风俗是怎么来的呢？

相传四百多年前，恩施这地方还没有杉树。后来一个姓唐的木匠外出谋活计，看到杉树树干通直圆满，成材又快，木质也好，便带了些小树苗回来。

唐木匠刚一到屋，就听见有婴儿的啼哭声。原来他的妻子刚生下一个又白又胖的女孩子。唐木匠心里有说不出的欢喜，这天晚上，他连夜把杉树苗栽到屋后一片空地上。

女儿一天天长大了，小杉树也一天天长高长粗了。

女儿长到十八岁了，该放人家了。用什么给女儿打嫁妆呢？阿妈发愁了。阿爸却一拍腿胯子：“急哪样？跟我来！”他取下锯子、斧头，带着母女俩来到杉树林子里：“看，都成材了！选吧，选中哪棵砍哪棵。”

一房嫁妆很快就打好了。消息一传开，寨子里的人都说：“养了女儿栽了杉，女儿出门有打发。这个法子好！”从此后，人们也开始栽“女儿杉”了。世世代代，越传越广，相沿成习。

琼花

传说隋炀帝有个俊俏的胞妹叫琼花。琼花姑娘心灵手巧，她绣的花儿能招来成群的蜜蜂和蝴蝶团团飞舞；她唱的歌儿能使空中的百鸟停住翅膀；她的容貌也美丽极了，百花争艳的春日，她到溪边，群鱼见她的美丽的脸蛋，都羞愧得沉到海底；月光如洗的晚上，她站在窗前眺望天空，天上的月亮也害羞得躲进云层。琼花姑娘可真算是人世间绝代的美人儿啊！

琼花姑娘天天在房中织锦绣花，一晃，已长大成人了。年老的妈妈，一直想替她挑选个称心如意的女婿。说来也巧，在她楼窗下，住着个忠厚善良的小伙子叫农夫，是个勤劳、朴实的庄稼人，她见他没日没夜地在地里干活，从内心同情他、爱慕他。有一次，农夫在楼下编筐，忽然从天上飞下一条“梁祝手帕”，农夫一惊，抬头见是琼花小姐的，忙拾起包上颗石子抛进窗中。琼花姑娘把梁祝手帕紧紧地捂在胸中，向农夫含情脉脉地甜甜笑着，俩人你有情她有意。从此，农夫和琼花隔窗相望，琼花在楼上低声情意绵绵地轻唱，农夫在楼下吹笛伴奏。一日两、两日三，天长日久，俩人情深似海，山盟海誓……

春天早来啦！万物苏醒，百花争艳，蜂蝶双飞。一天，琼花一人在玉池里洗澡游凫、甜笑、歌唱，尽情地玩个够。当她起来的时候，发现自己的衣裤没有了，她连忙又退下水惊叫起来。隋炀帝见他妹妹没命地叫喊，怕惊动老母和宫中文武百官，忙嬉皮笑脸地从假山后走出来，调戏他美丽的胞妹，企图侮辱琼花姑娘。妹妹死也不从，并要一丝不挂地拖着他去见老母。他一吓，才把胞妹的衣裤放下，灰溜溜地走了。

琼花受不了这奇耻大辱，回到房中不吃也不喝，整整哭了三天三夜。第四天天刚亮，她听到楼下农夫情意绵绵的笛声，挣扎着爬到窗前，恳求农夫带她逃出牢笼。农夫在琼花姑娘的恳求下，于第五天深夜，扔上去一根粗绳，绕过大梁，系上柳筐，用筐把琼花姑娘接了下来。琼花向农夫诉说了事情的经过，两个人立即向南逃走，一路上披星戴月，跋山涉水，吃尽了千辛万苦，千里迢迢逃到扬州。他俩刚到扬州，刺客也跟到了扬州。看来，再逃也逃不脱皇帝的手心，他俩迟早免不了一死。

于是，两个人为了保持洁白无瑕的身体，饮恨自尽了。他俩那纯洁的灵魂却化作一株又高又大的花树。一阵春风吹过，花树枝条上挂了花蕾，花蕾迎着太阳开放，赤、橙、黄、绿、青、蓝、紫，花树多像一片美丽的彩云呀！每朵鲜花都光彩耀眼，香气四溢。因为花树是琼花姑娘洁白无瑕的灵魂变化的，所以人们就把这花树取名叫洁白无瑕的“琼花”。四乡八镇的人看了都一致夸赞这琼花开得美、开得香。这样琼花的名声一下子传开了，而且越传越远，越传越大。方圆几百里地方的人们都纷纷赶来欣赏琼花。

这消息像长了翅膀，一下子传到隋炀帝耳朵里。隋炀帝上殿对大臣们说：“扬州有株洁白无瑕的琼花仙，你们为什么不告诉我？”说着，把大臣痛骂了一顿，他气愤地端起九龙杯往嘴里倒酒，一下倒偏了，酒洒了一桌。他把御案一拍，桌上九龙杯跳得老高，他大声吼道：“我把你们都砍了！”臣子们一个个吓得面如土色，连个屁都不敢放，浑身筛糠似的发抖。这时有个惯于献媚取宠的奸臣笑了，他指着桌上流动着的酒凑到隋炀帝耳边叽咕了几句，隋炀帝连连点头，说：“好，好！寡人为了到扬州看琼花，决定从京城开一条河，直通淮河，再从淮安接上邗沟，达扬州、长江。”这下子老百姓可苦透啦！成千上万的人，日夜不停地给他挖呀！挖呀！挖了好几年，总算把运河挖成啦！累死的百姓尸骨堆起来比泰山还要高呢！

这一天，隋炀帝带着一大帮臣子、美女坐在四十五尺高、二百尺长的四层大龙舟上，顺着运河到扬州而来。龙舟上，隋炀帝一边让美女吹拉弹唱，载歌载舞，陪伴他日夜饮酒作乐，一边叫成千上万的男女百姓在岸边替他拉纤。他高兴起来，挥起宝剑砍断纤绳，拉绳的人一下子前仰后合纷纷跌倒在地上，他取乐后则狂笑不止。就这样闹腾了几个月，总算到了扬州。

隋炀帝刚到扬州，就急忙领着大臣、美女气喘吁吁地赶到土台子前看琼花，谁知琼花在他到时都凋谢了。隋炀帝气得要死，拔出宝剑怒砍琼花树。突然琼花树枝叶间放射出强烈的光芒，一下子把隋炀帝和一帮大臣的眼睛都射瞎了，跟着，从琼花树间飞出一对彩蝶，追逐着，直向天宫飞去。

窦娥与六月雪

六月雪这种小树，原来既无名称，也不开花，并不引人注目。那么，后来怎么有了这个好听的名称，并且开花了呢？

传说，窦娥的父亲窦天章，考取进士后，一直在外地做官，十分想念自己的女儿。三年后告假回家，想先到女婿家去看看窦娥，叙叙父女的离别之情。

一日，女儿披头散发走了进来，一见父亲，放声号啕大哭。窦天章被弄得莫名其妙，忙说："女儿别哭，有事与爸爸讲来。"窦娥收住眼泪，把自己含冤屈死的经过说了一遍，要求父亲为她伸冤，并说："若是女儿害人，死也活该，但女儿确实冤枉，天也知道，要下大雪。"说罢，含泪匆匆离去。窦天章忙叫："女儿别去。"伸手去拉，拉着了床帐。醒来原是做梦。

窦天章细想梦境，心中非常吃惊：难道女儿被人害死了？急忙穿衣起床，开门一看，果见天下大雪，纷纷扬扬，落个不停。窦天章想：奇了，现在正是六月天气，天下大雪，莫非女儿真的有冤？

窦家门前有棵不知名的小树，长在屋角阴凉处，枝叶丛生，但从不开花，常被行人践踏，只有窦娥去培土浇水，整理残枝。大雪之中，这棵小树竟然开出花来，花朵密集，色白如雪。窦天章一看，感到十分奇怪。回想女儿爱护小树，现在女儿受冤，小树也为她开花。窦天章就把小树移在盆内，小心栽培。因为小树在六月雪中开花，故取名为“六月雪”。

后来，窦天章亲自审理此案，为窦娥伸了冤。老百姓拍手称快。人们知道了“六月雪”，就纷纷到窦家去扦插，一为纪念窦娥，二为敬佩窦天章为官清正。

杨柳花

杨柳花很神秘，故事也很曲折。

传说春秋战国时，晋文公手下有位很有才干的爱国贤臣介子推。晋献公死后，后母骊姬为谋朝夺位，不但不让其子文公接位，相反，欲谋杀之。介子推听到这个消息，就和狐偃、赵衰等商议，连夜带着文公重耳及晋献公宫中的医生，一起乘坐马车逃往秦国。途中经过卫国，卫文公不让重耳他们进城。为避追击，他们没有办法，沿途乞讨，绕道而行。

一日，他们走到一个渺无人烟的地方。重耳悲愤中突然说想吃肉，介子推听后走了。有人说介子推乘主公之危逃走了。文公坚信介子推不是那种人。不一会，介子推果然一步一拐地走过来，双手捧着一碗肉汤。晋文公因饿极了，不管三七二十一狼吞虎咽地吃了下肚。吃后，才发现介子推大腿上血迹斑斑。原来介子推怕饿坏晋文公，悄悄地割下自己大腿上的肉，做了碗肉汤。晋文公知道此事后，含着泪水，立即令医生帮他治疗，还请介子推和他同坐一辆马车，并对周围臣子说：“我继位后，绝不忘前情，重赏介子推。”

后来，晋文公重耳在秦穆公的帮助下打回晋国，当了国君，称文公。晋文公为了报恩，对随行有功之臣，一一发赏加封，名单唯独没有介子推，很多人都为之打抱不平，有人告诉介子推，叫他去讨封受赏。他却非常鄙视那种争功讨赏的人，他不但不要俸禄，反而高高兴兴地和母亲一起隐居绵山之中。介子推这一举动，很得世人钦佩和同情，人们纷纷写信提醒晋文公。文公得知漏封了介子推，严厉地责骂自己。立即派狐偃等在清明节这一天，专程去请介子推，回朝受封领赏。介子推得知这个消息后，就带着母亲到深山老林里躲藏起来。狐偃对文公说：“介子推是天下第一孝子，如果放火烧山，他定然会背着老母自动地出来。”于是，晋文公同意放火烧山，大火烧了三天三夜，天烧红了，山烧焦了，都未见介子推和他母亲的影子。这时，晋文公又派人上山寻找，最后找到介子推和他老母，抱着一棵参天柳树一同烧死了。

晋文公赶到介子推母子尸旁，呼天抢地地大哭一场，哭得天昏地暗，哭得日月无光……他为不忘介子推为国尽忠不争寸功的高尚品质，便把母子俩安葬在枯柳树下，建庙立碑，改绵山为介山。同时，折下枯柳枝，亲手插在介子推的坟上，寄托他的怀念。

奇怪的是，枯柳枝一插即绿，吐蕾开花，满坟杨柳，纷纷扬扬，开出赛似白雪的杨柳花。

从此，晋文公为了世世代代永远纪念这位爱国贤臣介子推，下令全国在清明节这一天，家家房檐插杨柳，人人头戴杨柳花，祭扫烈墓，寄托人们的哀思，从古一直流传到今。

红枫如火

人们平时总是说“绿叶红花”，仿佛叶子总是绿色的。确实，在大自然中，树叶和其他植物的叶子在绝大多数时间里几乎都是绿色的。可也有些树种，在秋天时它的树叶颜色会起变化。有名的北京一景——香山红叶，那漫山遍野的红叶，真使游人们陶醉而流连忘返。江南一带的枫树，到了秋天，也是一派“红枫如火”的景象。唐代大诗人杜牧的名句“霜叶红于二月花”便是对秋天红叶的赞美。

那么，叶子的红色是怎么染上去的呢？原来叶子的颜色是由它所含的色素来决定的。一般的叶子含有大量的绿色色素，我们叫它叶绿素。另外还有黄色或橙色的胡萝卜色素，也还有红色的花青素等等。

叶子的叶绿素和胡萝卜素是进行光合作用的色素。它们在阳光作用下，吸收二氧化碳和水，吐出氧气，产生淀粉，所以叶绿素是十分活跃的家伙，但它也很容易被破坏。夏天的叶子能保持绿色，是因为不断地有新的叶绿素来代替那些褪色的老叶绿素。到了秋天，天气逐渐转冷，大多数叶绿素的产生就会受到影响。叶绿素遭破坏的速度超过了它生成的速度，于是树叶的绿色逐渐褪掉，变成了黄色。那黄色就是因为胡萝卜素还留在叶子里。

有些树种的树叶会产生大量的红色花青素，叶子就开始变红了。叶子产生花青素的能力和它周围环境的变化有很大关系。如冷空气一来，气温突然下降，植物中的花青素就容易形成。因此秋天有些树上的树叶就会变红。

秋天的红叶使景色增添了色彩，变得更加美丽、迷人。可是至今为止，人们对于花青素究竟是什么样的物质，它在植物叶子中起什么作用还不清楚，这将有待于科学家的进一步研究。

树林安静之谜

在现代化大城市中生活的人们，每天被各种各样的音响烦扰着。汽车、摩托车的发动机声音和刹车声，工厂里机器的轰鸣声，建筑工地打桩的巨响声以及人声，流行音乐的乐声和其他各种声响。这些现代社会的混合音响组成了对人的情绪和健康有很大危害的噪音。噪音会使人觉得心情烦躁不安、头痛头晕，产生失眠、心跳加快、血压上升等病症，甚至还会诱发精神病呢。可见噪音真是人类的一大公害呀。所以，生活在大城市里的人十分希望能在节假日时到公园里去走走。当我们在茂密的树林里悠闲地散步时，人会感到十分宁静，心情舒畅、愉悦。这主要是因为在树林里没有噪音，给人们提供了一个幽静的环境。

树木的枝干和浓密的树叶能吸收声波，而且还能不定向地反射声波。因此，当噪音进入树里后，一部分被吸收了，另一部分又被反射了，于是噪音大大地减弱。据统计资料表明，绿化的街道比没有绿化的街道噪音要低 10~15 分贝。一般的居民住宅区夜间噪音应低于 40 分贝，白天应低于 50 分贝。如果超过 60 分贝，就会干扰人的正常工作和生活。80 分贝的噪音会使人感到疲倦和烦恼。因此，住宅区和街道的绿化能减低噪音，对人们的心理和生理健康大有好处。

实验结果说明，10 米宽的林道能减弱 30%的噪音，20 米、30 米、40 米宽的林带分别能减弱 40%、50%和 60%的噪音。因此，在噪音多的地区，更应该植树造林，绿化不仅可以美化环境、净化空气，调节气温、湿度，还可以降低噪音，它的好处可真不少。

树林之过冬

大自然里有许多现象是十分引人深思的。例如，同样从地上长出来的植物，为什么有的怕冻，有的不怕冻？更奇怪的是松柏、冬青一类树木，即使在滴水成冰的冬天里，依然苍翠夺目，经受得住严寒的考验。

其实，不仅各式各样的植物抗冻力不同，就是同一株植物，冬天和夏天抗冻力也不一样。北方的梨树，在-20℃~-30℃能平安越冬，可是在春天却抵挡不住微寒的袭击。松树的针叶，冬天能耐-30℃严寒，在夏天如果人为地降温到-8℃就会冻死。

什么原因使冬天的树木变得特别抗冻呢？这确实是个有趣的问题。

最早国外一些学者说，这可能与温血动物一样，树木本身也会产生热量，它由导热系数低的树皮组织加以保护的缘故。以后，另一些科学家说，主要是冬天树木组织含水量少，所以在冰点以下也不易引起细胞结冰而死亡。但是，这些解释都难以令人满意。因为现在人们已清楚地知道，树木本身是不会产生热量的，而在冰点以下的树木组织也并非不能冻结。在北方，柳树的枝条、松树的针叶，冬天不是冻得像玻璃那样发脆吗？然而，它们都依然活着。

那么，秘密究竟何在呢？

原来，树木的这个本领，它们很早就已经锻炼出来了。它们为了适应周围的变化，每年都用“沉睡”的妙法来对付冬季的严寒。

我们知道，树木生长要消耗养分，春夏树木生长快，养分消耗多于积累，因此抗冻力也弱。但是，到了秋天，情形就不同了，这时候白昼温度高，日照强，叶子的光合作用旺盛；而夜间气温低，树木生长缓慢，养分消耗少，积累多，于是树木越长越“胖”，嫩枝变成了木质……逐渐地树木也就有了抵御寒冷的能力。

然而，别看冬天的树木表面上呈现静止的状态，其实它的内部变化却很大。秋天积贮下来的淀粉，这时候转变为糖，有的甚至转变为脂肪，这些都是防寒物质，能保护细胞不易被冻死。如果将组织制成切片，放在显微镜下观察，还可以发现一个有趣的现象哩！平时一个个彼此相连的细胞，这时细胞的连接丝都断了，而且细胞壁和原生质也离开了，好像各管各一样。这个肉眼看不见的微小变化，对植物的抗冻力方面竟然起着巨大的作用哩！当组织结冰时，它就能避免细胞中最重要的部分——原生质不受细胞间结冰而遭致损伤的危险。

可见，树木的“沉睡”和越冬是密切相关的。冬天，树木“睡”得愈深，就愈忍得住低温，愈富于抗冻力；反之，像终年生长而不休眠的柠檬树，抗冻力就弱，即使像上海那样的气候，它也不能露地过冬。

绚丽多姿的神农架

神农架林区位于湖北省西部，和四川、陕西交界，最高海拔三千一百多米，最低四百三十米，人称“华中第一峰”。它的面积三千二百多平方公里。现在这里，公路四通八达，南接长江，北连襄渝铁路，西至四川巫溪边界，东通鄂西襄樊市。森林资源十分丰富，据初步估算，木材蓄积量达一千三百多万立方米，有一千多种树种。分布在海拔一千米以下的是油桐、杜仲、核桃等经济林带；海拔一千至一千七百米的是阔叶林带；海拔二千米以上的是以冷杉为主的针叶林带。这里有木质特别细硬的紫荆、青檀，有世界上濒于灭绝的“活化石”香果树，有花片洁白、形如飞鸽、号称“中国鸽子树”的珙桐，还有珍贵的紫檀、黄杉等；材质优良的楠木，气味芳香的樟树，质地柔软的白杨，可供雕刻的黄杨等，在这里也广泛分布。森林下面生长着各种各样的奇花异草，有许多名贵的观赏植物如报春、盛敦草、叶上青。最近，在海拔五百米的南垭山麓，发现了面积达四千亩的野生腊梅。我国腊梅品种较多，包括著名的鄢陵腊梅在内，均系人工栽培；像这样大面积的野生腊梅还是少见的。腊梅亦称香梅、黄梅，味香浓，是经济价值较高的芳香植物，并可药用。

神农架山区还是一座天然中药库。传说古代神农氏曾在这里遍尝百草，因此得名。初步统计，这里的药材近一千三百种，其中有人参、金柴、太白参、田七、天麻、头顶一颗珠、九死还阳草等稀有名贵药材，至于当归、独活、黄连、杜仲就更多了。十多年来，政府组织专业队伍多次来此考察，先后建起了两个大型国营药材场和二十四个集体药材场，使人参、天麻、田七等三十多种贵重药材由野生变为人工栽培，产量逐步上升。

神农架竹茂林密，野果繁多，是各种珍禽异兽栖息繁殖的天然场所。据不完全统计，各种野生动物达五百七十多种，其中珍贵、稀有动物就有二十多种，有“天然动物园”之称。大大小小的动物经常出没，形形色色的飞禽千姿百态。许多受到国家保护的珍贵动物如金丝猴、灰金丝猴、短尾猴、毛冠鹿、麝獐、苏门羚、褐马鸡、锦鸡、水獭、大鲵、蟒蛇等，十分活跃。还有少见的白麝獐、白狼、青鹿、小白熊。这里的动物资源得到了较好的保护，已为一些城市动物园提供了部分珍禽异兽。

神农架的山水很有特色。雄伟挺拔、气势磅礴的大巴山系和武当山系,像两条巨龙盘卧在陕、川、鄂交界一带。神农架林区居于遥遥相对的两颗龙头之间,宛如二龙戏珠。巍巍神农,千岩万壑,山川交错,地势险峻,流云瀑布,景象万千。神农地势由西南向东北延伸,海拔由三千一百多米慢慢跌至四百余米。自宋洛至长坊一带,系深邃峡谷,俯视深涧,溪水清澈见底;举首仰望,峭壁凌空,浓荫蔽日,素有"一线天"和"鬼门关"之称。神农西部,铜、铁等矿产蕴藏丰富。在温湿多雨的神农架,凡有碳酸盐岩层露出的地方,几乎都能看到巧夺天工的岩溶。在长坪河一带,溶洞密集。据不完全统计,较大的溶洞有一百个左右,其中最大的可容纳数千人之多。这些岩洞有的成为飞禽走兽的巢穴,如燕子洞内栖息燕子成千上万,人若入洞,扑面挡身,无法前进,群燕出洞,则罩天盖地,叫声不绝,在旧社会,人称"神燕"。有的岩洞挂冰常年不化,如冰洞山的冰洞,宛如水晶宫。有的岩洞泉水汹涌外流,成了部分河流的发源地。一些小山溪所经之地,因山势险峻,急流直下,百川飞泻,景色分外壮观。有的岩洞则成了鱼类的大本营,如清泉鱼洞、官封鱼洞等皆是。每年旧历三月,春雷响动,鱼群随泉水涌出,这便是一年一度的山区鱼汛。附近群众在这黄金季节,往往捕捞成千上万斤鲜鱼。相传很久以前,官封鱼洞曾引起一场风波:当地群众偶遇一鱼洞,纷纷捕捞,不料被地主发现,据为己有。地主之间又互相争夺、火并,进行集团械斗。后由官府出面调停,堵塞鱼洞,紧封洞口,这就是官封鱼洞"官封"二字的来历。

神农架林区是长江干流和汉水的分水岭,是长江中游部分河流的河源区。直接流入长江的香溪河,注入长江最大支流汉江的南河、堵河等,均发源于此。有些小河很有意思,如潮水河发源于一大山洞,每天日出、日落、中午十二点钟涨潮、落潮各一次,每次持续约三十分钟,故叫潮水河。涨潮时,河水流量是原来的两倍,水清如故;平时不论天旱、雨涝,水位均无甚变化。还有妖水河,发源于两泉洞。传说唐代大将薛刚反唐,因兵败出逃,路过神农架一干沟,人困马乏,薛刚离鞍歇息。口渴的战马,舞动前蹄,掘出两穴,顿时泉水上涌,后人起名叫"要水喝",人们叫走了口,变成现在的"妖水河"。由于神农架林区雨量充沛,河流交错,山泉广布,落差大,水利资源十分丰富,据估计,水电蕴藏量约十三万千瓦。目前,除已建成的二十五座小型水电站外,装机五千千瓦的阳日电站正建设施工。

神农架气候冬暖夏凉,气温柔和宜人。这里山高云低雾缭绕,云和雾很难区分,有时云层很低,高山之巅明明被云所淹没,可是山顶上的人却说,这里弥漫着浓密的大雾；当山腰为大雾所笼罩，山下的人却说，这是一条白色的云缠绕在山腰。人们常说，“神农架风云多变”，确实如此。特别是天门垭、燕子垭、巴东垭、猴子石、小龙潭等地更为明显，有时高山云遮雾漫，山下却阳光灿烂；有时整个群山沐浴着阳光，瞬间云层凝聚，滚滚白云奔腾起伏，颇为壮观。

拜树节

农历八月十五日，是隆林县仡佬族人民的传统节日——拜树节。

仡佬族人拜树，并不拜所有的树，而只拜青杁树。在隆林，青杁树之所以成为仡佬族所拜的祖宗树，同历史上这个民族的迁徙有关。仡佬族有首民歌唱道：

云南下来一条河，
这里流来那里落。
仡佬古时无住址，
贵州飘流广西落。

相传，古代居住在贵州省安顺等地的仡佬族人民向广西的隆林迁徙时，由仡佬族的辈分最高者“大房”带着祖公婆的香炉和灵位先走，经过的道路，都用树叶打上记号，为后边来的本族人做路标。

“大房”边走边观察各地的山山水水，想找个可以开发的好地方定居下来，建立家园，繁衍后代，使仡佬族兴旺起来。他走了一山又一山，过了一村又一村，也不知走了多少日子，终于找到了一个心爱的地方。那里四周山青树绿，“草有九拿长，树有九拿高”，烧荒能种地，挖坎可造田，畜牧有水草，这就是广西的隆林。于是，他决定在这里定居下来。

居住在隆林的人们，热情地接待了仡佬族的开发者。没有房子，就腾出自己的半间住房让客人住。“大房”十分感激。然而，当他看到主人家堂屋的祖宗神位时，不禁发愁了：自己带来的祖宗灵位安置在哪里？要是同主人家的安在一起，又不合风俗。“大房”一时想不出办法，便闷闷不乐地走出寨子。

“大房”快到寨口时，看到两株青杁树青葱挺拔，直指蓝天，他不由得停步观察起来。“大房”边看边自言自语：好青枫！它们那坚硬、粗大的躯干，暴风雨也刮不倒；那茂密的枝叶，夏天的烈日也晒不透。它们那威武、坚毅和顽强不屈的气魄，使“大房”越看越喜爱，越看越感动，情不自禁地放声高歌起来：

青枫树啊树青枫，
根深叶茂好阴凉。
遮得太阳遮得雨，
仡佬灵位有地方！

山歌一唱，心里亮堂。“大房”立即找到刀斧，在这两棵青枫树上各开了一个洞，分别把祖公、祖婆的灵位安置在青枫树洞里。从此，代代相传，隆林境内的仡佬族人民，就拜青枫树为自己的祖宗树。

拜树节为什么定在八月十五日呢？这也是有原因的。原来，“大房”最先来到隆林后，以为随后迁徙的仡佬族人会沿着他设下的路标找到他的。谁知，那些用树叶做成的路标，很快就被牲畜吃光了。后面来的人看不见路标，就分头四处去找寻，找不到“大房”的人们就纷纷自己择地定居下来。过了很久，散居在隆林各地的仡佬族人才知道“大房”定居的地点。为了便于集中纪念祖宗，全族讨论后，定在每年的农历八月十五为集中日，到时都来祭祀祖宗树。

祭祀祖宗树，是仡佬族一年中的重大节日。所以，每人都自觉承担节日赋予的义务。如祭祀用的一头黄牯子牛，每年都轮流由三户人献出，合伙养或凑钱买都行。

祭祀祖宗树的前几天，仡佬族就杀牛聚餐。除本族人参加外，还邀请附近寨子的各族人民来会餐。会餐只吃牛下水及其他酒菜，留下牛心到八月十五用以祭祀祖宗树。牛肉则按会餐人数平分。

祭祀祖宗树时，由“大房”主祭。先将两只半斤重的小公鸡扭断脖子，扯下翅膀，与鸡脚以及牛心等一起作为祭品。祭祖公树用一只鸡头、鸡的左翅膀和脚；祭祖婆树也用一只鸡头，加上右边翅膀和脚，均用红纸包好，然后分别送进祖公、祖婆的树洞里，再用纸钱封好树洞。随后，由“大房”向祖宗树下跪祈祷、敬酒，接着就是鸣炮会餐。祭祀完毕，就将牛心分给本族中各户的“大房”，有多少位“大房”，牛心就切成多少片，每人一片。